Über dieses Buch

Die stürmische Liebesaffäre der George Sand mit dem sechs Jahre jüngeren berühmten Schriftstellerkollegen Alfred de Musset lieferte den Stoff für den vorliegenden Roman, der bei seinem Erscheinen 1859 heftige Auseinandersetzungen auslöste. Unschwer war hinter dem lapidaren Titel ›Sie und Er‹ die ebenso leidenschaftliche wie quälende Beziehung der »venezianischen Liebenden« erkennbar, auch wenn Thérèse und Laurent mehr als bloße Widerspiegelungen sind.

In ihrem persönlichsten, mit größtem Engagement geschriebenen Werk schildert George Sand das Aufeinandertreffen zweier grundverschiedener Vorstellungen von Liebe, verknüpft mit dem Zusammenprall zweier Kunstauffassungen: Der mütterlichen Thérèse gelingt es nicht, den ausschweifenden Dandy vor sich selbst zu schützen, und ihrem ernsthaften Künstlertum setzt Laurent den Geniekult des jungen Romantikers entgegen. Das erhoffte Ideal einer Synthese zwischen Phantasie und Einsicht bleibt unerreicht.

›Sie und Er‹ ist ein Schlüsselroman, in dem man das Muster romantischer Liebe und Lebenshaltung schlechthin erkennen kann, in dem man aber auch zwei großen Autoren der französischen Literatur begegnet.

Literatur · Philosophie · Wissenschaft

George Sand

Sie und Er

Roman

Deutscher Taschenbuch Verlag

Vollständige Ausgabe.
Aus dem Französischen übersetzt von Liselotte Ronte.
Mit 10 Zeichnungen von Alfred de Musset und Eugène Lami.
Nachwort und Zeittafel von Bodo Guthmüller.

Titel der Originalausgabe:
›Elle et Lui‹ (Paris 1859)

Von George Sand
sind im Deutschen Taschenbuch Verlag erschienen:

Ein Winter auf Mallorca (2157)
Sie sind ja eine Fee, Madame! (2197)
Nimm Deinen Mut in beide Hände. Briefe (2238)
Nanon (2282)
Mauprat. Geschichte einer Liebe (2300)
Lelia (2311)
Jeanne (2319)
Correspondance (dtv zweisprachig 9234)

März 1992
2. Auflage Januar 1994
Deutscher Taschenbuch Verlag GmbH & Co. KG,
München
© 1982 Winkler Verlag, München
Umschlaggestaltung: Celestino Piatti
Umschlagbild: Gemälde von Carl Gustav Carus
(Kunstmuseum Düsseldorf im Ehrenhof)
Gesamtherstellung: C. H. Beck'sche Buchdruckerei,
Nördlingen
Printed in Germany · ISBN 3-423-02295-7

An Fräulein Jacques

Meine liebe Thérèse, da Sie mir doch gestatten, Sie nicht
mit ›Fräulein‹ anzureden, so vernehmen Sie denn, was es
Neues in der Welt der Künste gibt, wie unser Freund
Bernard zu sagen beliebt. Sieh an, das reimt sich! Doch auf
das, was ich Ihnen jetzt erzählen will, vermag ich mir
überhaupt keinen Reim zu machen.

Stellen Sie sich vor, als ich gestern, nachdem ich Sie mit
meinem Besuch zur Genüge gelangweilt hatte, nach
Hause kam, traf ich hier einen englischen Mylord an . . .
doch zuletzt ist er vielleicht gar kein Mylord; aber mit
Sicherheit ist er ein Engländer, der mich in seiner Sprache
fragte:

»Sie sind Maler?«

»Yes, Mylord.«

»Malen Sie Bildnisse?«

»Yes, Mylord.«

»Und die Hände?«

»Yes, Mylord; die Füße auch!«

»Gut!«

»Sehr gut!«

»Oh, ganz sicher! – Wohlan, wollen Sie ein Porträt von
mir machen?«

»Von Ihnen?«

»Warum denn nicht?«

Dieses ›Warum denn nicht‹ kam so treuherzig heraus,
daß ich ihn nicht länger für einen Einfaltspinsel halten
konnte, zumal dieser Sohn Albions ein wunderschöner
Mann ist. Der Kopf des Antinous sitzt auf den Schultern
eines . . . ja, auf den Schultern eines Engländers, ein grie-
chischer Kopf aus der besten Zeit auf der etwas sonderbar
gekleideten und mit einer Halsbinde versehenen Büste
eines Musterbeispiels vornehmer britischer Mode.

»Meiner Treu«, habe ich zu ihm gesagt, »Sie sind bestimmt ein schönes Modell, und von Ihnen würde ich gern eine Studie für meine eigenen Zwecke anfertigen, aber Ihr Porträt kann ich leider nicht machen.«

»Und warum nicht?«

»Weil ich kein Porträtmaler bin.«

»Oh! . . . Müssen Sie in Frankreich denn ein besonderes Patent für jedes Fachgebiet in den bildenden Künsten erwerben?«

»Nein; aber die Öffentlichkeit erlaubt uns kaum, auf mehreren Gebieten gleichzeitig tätig zu sein. Sie will wissen, woran sie mit uns ist, vor allem wenn wir jung sind; und wenn ich, der ich hier mit Ihnen spreche und der ich noch sehr jung bin, das Unglück haben sollte, ein gutes Porträt von Ihnen zu machen, so wäre es für mich auf der nächsten Ausstellung äußerst schwierig, mit anderen Werken als Porträts überhaupt Erfolg zu haben; ebenso würde mir für immer untersagt, mich jemals wieder an anderen Porträts zu versuchen, sollte mir das Ihre nur mäßig gut gelingen; durch Verfügung würde festgestellt, ich hätte nicht die erforderliche Befähigung für eine solche Arbeit, und es sei anmaßend von mir gewesen, mich an so etwas heranzuwagen.«

Ich erzählte meinem Engländer noch viel mehr solches dummes Zeug, mit dem ich Sie verschonen will, worüber er aber nicht schlecht staunte; dann fing er an zu lachen, und ich erkannte deutlich, daß meine Überlegungen ihm tiefste Verachtung für Frankreich einflößten, wenn nicht gar für Ihren ergebenen Diener.

»Sagen Sie es offen heraus«, meinte er zu mir, »Sie mögen eben das Porträt nicht.«

»Wieso! Für was für einen ungebildeten Kerl halten Sie mich? Sagen Sie lieber, ich wagte mich noch nicht daran, Porträts zu malen, und ich wäre dazu auch gar nicht imstande, weil ja nur eines von beiden sein kann: entweder ist das ein Fachgebiet, das keine anderen neben sich

duldet, oder es ist höchste Meisterschaft und gewisserma-
ßen die Krönung des Talents. Manche Maler, die unfähig
sind, selbst irgend etwas Neues zu schaffen, können sehr
gut das lebende Modell getreulich und in ansprechender
Weise abbilden. Der Erfolg ist ihnen sicher, sofern sie
sich nur darauf verstehen, das Modell von seiner vorteil-
haftesten Seite darzustellen, und sie obendrein das Geschick haben, es gefällig und gleichwohl nach der neue-
sten Mode zu kleiden; doch wenn man nur ein armer
Historienmaler ist, dazu noch ein Anfänger und sehr
umstritten, wie ich die Ehre habe, es zu sein, dann kann
man einfach nicht gegen die Leute vom Fach antreten. Ich
muß Ihnen gestehen, ich habe niemals gewissenhaft den
Faltenwurf eines schwarzen Gewandes und die besonderen Züge eines bestimmten Gesichtsausdrucks studiert.
Ich bin auch schlecht im Erfinden von Gestalten, Haltun-
gen und Ausdrucksweisen. Dies alles muß sich meinem
Thema, meiner Vorstellung, wenn Sie so wollen, meinem
Traum unterordnen. Wenn Sie mir gestatten würden, Sie
nach meinem Geschmack zu kleiden und Sie in eine Umgebung hineinzustellen, die ich nach eigenen Ideen gestalten könnte . . . Und selbst dann, sehen Sie, würde das alles
nichts nützen, denn das wären am Ende gar nicht mehr
Sie. Das wäre kein Porträt, das Sie Ihrer Geliebten schenken könnten . . . und schon gar nicht Ihrer Frau. Weder
die eine noch die andere würde Sie wiedererkennen. Also
bitten Sie mich heute nicht um etwas, das ich vielleicht
eines Tages doch zu vollbringen vermöchte, sollte ich
nämlich durch Zufall ein Rubens oder ein Tizian werden,
weil ich es dann verstehen würde, Poet und Schöpfer zu
bleiben und doch ohne Mühe und ohne Angst die gewaltige und erhabene Wirklichkeit einzufangen. Leider ist es
unwahrscheinlich, daß ich jemals mehr als ein Narr oder
ein Dummkopf sein werde. Lesen Sie das bei diesen oder
jenen Herren nach, die darüber in ihren Feuilletons geschrieben haben.«

Denken Sie nur, Thérèse, ich habe meinem Engländer kein Wort von alledem gesagt, was ich Ihnen hier erzähle: wenn man sich selbst sprechen läßt, legt man sich seine Worte so schön zurecht; doch von allem, was ich zu meiner Entschuldigung dafür anführen konnte, daß ich das Porträt nicht auszuführen vermag, halfen einzig und allein jene wenigen Worte: »Warum zum Teufel wenden Sie sich nicht an Fräulein Jacques?«

Er sagte dreimal »Oh!«. Dann bat er mich um Ihre Anschrift, schon war er auf und davon, ohne die geringste Erklärung abzugeben, und ließ mich höchst verwirrt und recht ärgerlich zurück, weil ich meine Ausführungen über das Porträt nicht beenden konnte; denn schließlich, meine liebe Thérèse, wenn dieser Tölpel von einem schönen Engländer heute zu Ihnen kommt, was ich ihm durchaus zutraue, und er Ihnen alles wiederholt, was ich Ihnen gerade geschrieben habe, das heißt alles, was ich ihm gar nicht gesagt habe, über die guten Handwerker und die großen Meister, was werden Sie dann von Ihrem undankbaren Freund denken? Daß er Sie den ersteren zurechnet und Sie für unfähig hält, etwas anderes zu vollbringen als recht hübsche Porträts, die jedermann gefallen? Ach! Meine liebe Freundin, wenn Sie gehört hätten, was ich ihm alles über Sie gesagt habe, als er schon weggegangen war! ... Sie wissen es, Sie wissen, daß Sie für mich nicht Fräulein Jacques sind, die Porträts malt, die gut getroffen und sehr beliebt sind, sondern ein überragender Mensch, als Frau verkleidet, der, ohne jemals auf der Akademie gewesen zu sein, fähig ist, in einer Porträtbüste den ganzen Körper und die ganze Seele einzufangen, und der es auch versteht, sie beide erkennbar zu machen, so wie die großen Bildhauer der Antike und die großen Maler der Renaissance. Doch ich schweige lieber; Sie mögen es nicht, daß man Ihnen sagt, was man von Ihnen denkt. Sie tun so, als hielten Sie das alles nur für Komplimente. Sie sind doch sehr stolz, Thérèse!

Heute bin ich richtig melancholisch, und ich weiß nicht warum. Am Morgen habe ich so schlecht gefrühstückt . . . Und überhaupt habe ich noch nie so schlecht gegessen wie jetzt, seitdem ich eine Köchin habe. Und dann bekommt man auch keinen guten Tabak mehr. Die Tabakregie verdirbt alles. Und dann habe ich neue Stiefel bekommen, die gar nicht passen . . . Und dann regnet es . . . Und dann, und dann, ich weiß es selbst nicht! Seit einiger Zeit sind die Tage schrecklich eintönig, finden Sie nicht auch? Nein, das finden Sie nicht. Sie kennen dieses Unbehagen nicht, die Freude, die langweilt, und die Langeweile, die trunken macht, das Leid ohne Namen, über das ich neulich abend mit Ihnen sprach in jenem kleinen lila Salon, wo ich jetzt so gern sein möchte; denn ich habe heute einen schlechten Tag fürs Malen, und da ich nicht malen kann, würde es mir Vergnügen bereiten, Ihnen mit meiner Unterhaltung lästig zu fallen.

Heute werde ich Sie also nicht sehen! Sie haben da eine unausstehliche Familie, die Sie Ihren erlesensten Freunden entzieht! Notgedrungen werde ich also heute abend irgendeine fürchterliche Dummheit begehen müssen! . . . Das kommt nun von Ihrer Güte zu mir, meine liebe große Freundin. Da ich mich so töricht und so nichtig fühle, wenn ich Sie nicht sehen darf, muß ich mich unbedingt betäuben, auch auf die Gefahr hin, Sie zu erzürnen. Doch seien Sie ganz beruhigt; ich werde Ihnen nicht erzählen, wie ich meinen Abend verbracht habe.

Ihr Freund und Diener

11. Mai 183 . . .   Laurent.

An Herrn Laurent de Fauvel

Zunächst, mein lieber Laurent, bitte ich Sie, wenn Sie ein wenig Freundschaft für mich empfinden, daß Sie zumindest nicht zu häufig Dummheiten begehen, die Ihrer Gesundheit schaden. Alle anderen seien Ihnen gestattet. Sie werden mich bitten, Ihnen nur eine solche zu nennen, und schon bin ich höchst verlegen; denn in Sachen Dummheiten kenne ich wenige, die nicht schädlich wären. Es fragt sich nur, was Sie als Dummheit bezeichnen. Wenn es sich um diese langen Abendessen handelt, von denen Sie neulich gesprochen haben, so glaube ich, diese werden Sie zugrunde richten, und das betrübt mich nur allzu sehr. Mein Gott, was denken Sie sich dabei, wenn Sie mutwillig ein so kostbares und schönes Leben zerstören? Doch Sie mögen Predigten nicht; ich begnüge mich mit der Bitte.

Und nun zu Ihrem Engländer, der Amerikaner ist und im übrigen gerade hier war; und da ich Sie zu meinem großen Bedauern weder heute abend noch vermutlich morgen sehen werde, muß ich Ihnen sagen, daß Sie auf jeden Fall unrecht daran tun, sein Porträt nicht malen zu wollen. Er hätte es sich etwas kosten lassen, und bei einem Amerikaner wie Dick Palmer bedeutet das viele Banknoten, die Sie nötig brauchen, eben um keine Dummheiten mehr zu machen, das heißt um nicht immer wieder dem Kartenspiel zu verfallen in der Hoffnung auf den großen Glückswurf, den Menschen mit Phantasie doch niemals erzielen, denn Menschen mit Phantasie können nicht spielen. Sie verlieren ständig und müssen dann ihre Phantasie befragen, wovon sie ihre Schulden bezahlen sollen, ein Geschäft, auf das sich diese Dame Phantasie nicht versteht und zu dem sie sich nur herabläßt, um den armen Körper, den sie bewohnt, in Brand zu stecken.

Sie finden mich sicher sehr nüchtern, nicht wahr? Das ist mir einerlei. Wenn wir übrigens die Frage genauer betrachten, dann sind alle Gründe, die Sie Ihrem Amerikaner und mir gegenüber angeführt haben, keinen roten Heller wert. Sie können das Porträt nicht machen, das ist schon möglich, das ist sogar sicher, wenn es unter den Bedingungen des bürgerlichen Erfolgs geschehen muß; aber Herr Palmer hat in keiner Weise verlangt, daß dies so sein sollte.. Sie haben ihn für einen Spießbürger gehalten, und da haben Sie sich getäuscht. Er ist ein Mann mit großem Urteilsvermögen und Geschmack, der etwas von Kunst versteht und begeistert von Ihnen ist. Sie können sich denken, daß ich ihn gut aufgenommen habe! Als er zu mir kam, war ich seine letzte Hoffnung; das habe ich genau gespürt, und dafür war ich ihm sehr dankbar. Übrigens habe ich ihn getröstet und ihm versprochen, ich wolle mein Möglichstes tun und Sie dazu bewegen, ihn doch zu malen. Übermorgen müssen wir diese ganze Angelegenheit noch einmal besprechen, denn ich habe mich mit besagtem Herrn Palmer für den Abend verabredet; er soll mir helfen, Ihnen gegenüber seine Sache zu vertreten, damit er Ihre Zusage mitnehmen kann.

Und nun, mein lieber Laurent, wenn wir uns jetzt zwei Tage nicht sehen, so vertreiben Sie sich die Zeit, so gut Sie können. Das dürfte Ihnen nicht schwer fallen, Sie kennen viele geistreiche Leute, und Sie verkehren in den besten Kreisen. Ich dagegen bin nur eine alte Moralpredigerin, die Sie sehr gern hat, die Sie beschwört, nicht jeden Abend so spät zu Bett zu gehen, und die Ihnen rät, sich weder Exzessen noch irgendwelchen Ausschweifungen hinzugeben. Dazu haben Sie einfach nicht das Recht: Genie verpflichtet!

Ihre Gefährtin
Thérèse Jacques.

An Fräulein Jacques

Meine liebe Thérèse, in zwei Stunden fahre ich mit Graf S*** und Prinz D*** zu einem Fest auf dem Land. Wie man mir versichert, soll viel Jugend und Schönheit dort sein. Ich verspreche und schwöre Ihnen, keine Dummheiten zu machen und keinen Champagner zu trinken . . ., wenigstens nicht, ohne mir bittere Vorwürfe zu machen! Was wollen Sie! Sicher wäre ich lieber in Ihrem großen

Atelier herumspaziert und hätte in Ihrem kleinen lila Salon dummes Zeug geschwätzt; doch da Sie sich mit Ihren zahllosen Vettern aus der Provinz in die Einsamkeit zurückgezogen haben, wird Ihnen meine Abwesenheit morgen bestimmt auch nicht sonderlich auffallen: Sie genießen ja den ganzen Abend lang die liebliche Musik des anglo-amerikanischen Tonfalls. Ach! Dick heißt er, dieser gute Herr Palmer? Ich dachte immer, Dick sei die Koseform von Richard! Freilich beherrsche ich an Sprachen allerhöchstens Französisch.

Was das Porträt anlangt, so wollen wir nicht mehr davon sprechen. Sie sind viel zu mütterlich, meine liebe Thérèse, wenn Sie an meine Interessen zum Nachteil der Ihren denken. Auch wenn Sie viele gute Auftraggeber haben, so weiß ich doch, daß Ihr Edelmut es Ihnen nicht erlaubt, reich zu sein, und daß einige zusätzliche Banknoten viel besser in Ihren Händen aufgehoben sind als in den meinen. Sie würden sie dazu verwenden, andere glücklich zu machen; ich aber würde sie, wie Sie sagen, im Kartenspiel vergeuden.

Übrigens war ich noch nie so wenig zum Malen aufgelegt! Dazu bedarf es zweier Dinge, die Sie besitzen: kühle Überlegung und Inspiration; erstere werde ich niemals besitzen, und die zweite *habe* ich *gehabt*. Außerdem ist sie mir restlos verleidet wie eine alte Närrin, die mich kreuzlahm gemacht hat, indem sie mich querfeldein auf dem hageren Rücken ihrer Schindmähre hat reiten lassen. Ich erkenne sehr wohl, was mir fehlt; auch wenn es Ihnen mißfallen sollte, ich habe einfach noch zu wenig gelebt, und ich verreise jetzt für drei oder sieben Tage mit der Dame Wirklichkeit in Gestalt einiger Nymphen aus dem Opernballett. Bei meiner Rückkehr hoffe ich der vollendetste Weltmann zu sein, mit anderen Worten der blasierteste und der vernünftigste.

Ihr Freund
Laurent.

1.

$\mathscr{S}$chon auf den ersten Blick verstand Thérèse nur allzu gut, daß Verdruß und Eifersucht diesen Brief diktiert hatten.

»Und doch«, sagte sie sich, »ist er nicht in mich verliebt. O nein! Er wird bestimmt niemals in irgend jemanden verliebt sein, und in mich schon gar nicht.«

Und während sie den Brief noch einmal durchlas und vor sich hin träumte, fürchtete Thérèse, sie könne sich selbst belügen, wenn sie sich einzureden versuchte, Laurent drohe in ihrer Nähe keine Gefahr.

»Ach was! Welche Gefahr denn schon«, sprach sie weiter zu sich selbst: »leiden an einer verliebten Laune? Kann man denn überhaupt an einer verliebten Laune sehr leiden? Ich weiß das einfach nicht. Ich habe nie eine gehabt!«

Doch da schlug die Wanduhr fünf Uhr nachmittags. Nachdem Thérèse den Brief in ihre Tasche gesteckt hatte, verlangte sie nach ihrem Hut, schickte ihren Diener für vierundzwanzig Stunden auf Urlaub, gab ihrer getreuen Catherine noch einige Anweisungen und bestieg eine Droschke. Zwei Stunden später kam sie mit einer kleinen zarten Frau zurück, die leicht vornübergebeugt und tief verschleiert war, so daß nicht einmal der Kutscher ihr Gesicht zu sehen bekam. Sie schloß sich mit dieser geheimnisvollen Person ein, und Catherine trug ihnen ein kleines, aber sehr schmackhaftes Mahl auf. Thérèse umsorgte und bediente ihre Besucherin, die sie voller Entzücken und mit solcher Begeisterung anschaute, daß sie kaum essen konnte.

Laurent seinerseits bereitete sich auf die angekündigte Lustbarkeit vor; doch als Prinz D*** ihn mit seinem Wagen abholen wollte, sagte ihm Laurent, eine unvorhergesehene Angelegenheit halte ihn leider noch für zwei

Stunden in Paris fest, er werde aber im Laufe des Abends in das Landhaus des Prinzen nachkommen.

Laurent hatte jedoch überhaupt nichts zu erledigen. In fieberhafter Eile hatte er sich angekleidet und mit besonderer Sorgfalt frisieren lassen. Dann warf er seinen Rock auf einen Sessel und fuhr mit der Hand durch seine viel zu symmetrisch angeordneten Locken, ohne daran zu denken, wie er nun wohl aussehen mochte. Er ging in seinem Atelier auf und ab, bald schneller, bald langsamer. Als Prinz D*** weggegangen war, nachdem er ihm zehnmal das Versprechen abgenommen hatte, sich mit der Abfahrt zu beeilen, stürzte Laurent auf die Treppe hinaus, um den Prinzen zu bitten, er solle doch auf ihn warten, und um ihm zu sagen, er lasse die Angelegenheit fallen und könne doch gleich mitfahren; aber er rief ihn nicht zurück und begab sich in sein Zimmer, wo er sich auf sein Bett warf.

›Warum verschließt sie mir für zwei Tage ihre Türe? Da steckt etwas dahinter. Und wenn sie mich schließlich für den dritten Tag bestellt, dann nur, damit ich bei ihr einen Engländer oder Amerikaner treffe, den ich gar nicht kenne! Sie dagegen, sie kennt diesen Palmer sehr wohl, den sie bei seinem Kosenamen nennt! Wieso hat er mich dann um ihre Anschrift gebeten? Um mir etwas vorzumachen? Warum sollte Thérèse mir etwas vormachen? Ich bin nicht ihr Geliebter, ich habe keinerlei Anrecht auf sie! Der Geliebte von Thérèse! Das werde ich bestimmt nie sein. Gott bewahre mich davor! Eine Frau, die fünf Jahre älter ist als ich, vielleicht sogar mehr! Wer kennt schon das Alter einer Frau, und noch dazu dieser Frau, von der niemand etwas weiß! Hinter einer so geheimnisvollen Vergangenheit muß sich irgendeine Riesendummheit verbergen, vielleicht eine handfeste Schande. Und zu alledem gibt sie sich spröde oder fromm oder philosophisch, wer weiß das schon? Über alles spricht sie so unvoreingenommen oder so tolerant, so unbefangen . . . Weiß man denn, was sie wirklich denkt, was sie will, was sie liebt, und ob sie überhaupt fähig ist zu lieben?‹

Da platzte Mercourt herein, ein junger Kritiker, ein Freund von Laurent.

»Ich weiß«, sagte er zu ihm, »Sie wollen nach Montmorency rausfahren. Ich komme auch nur auf einen Sprung, ich möchte Sie lediglich um eine Adresse bitten, und zwar um die von Fräulein Jacques.«

Laurent fuhr zusammen.

»Und was zum Teufel wollen Sie von Fräulein Jacques?« antwortete er und tat so, als suche er Papier, um sich eine Zigarette zu drehen.

»Ich? Nichts . . . das heißt, doch! Ich möchte sie gern kennenlernen; ich kenne sie nur vom Sehen und Hörensagen; nach der Anschrift aber frage ich für jemanden, der sich gern malen lassen möchte.«

»Sie kennen Fräulein Jacques vom Sehen?«

»Und ob! Sie ist doch jetzt ganz berühmt, und wem wäre sie wohl nicht aufgefallen? Sie ist wie geschaffen dafür.«

»Finden Sie?«

»Nun ja! Sie etwa nicht?«

»Ich? Ich weiß nicht. Ich habe sie sehr gern, ich bin da nicht ganz unbefangen.«

»Sie haben sie sehr gern?«

»Ja, wie Sie sehen, spreche ich das sogar aus, was wiederum beweist, daß ich ihr nicht den Hof mache.«

»Sehen Sie sie häufig?«

»Ab und an.«

»Dann sind Sie also ihr Freund . . . ernsthaft?«

»Na schön, ja, ein wenig . . . Warum lachen Sie?«

»Weil ich kein Wort davon glaube; mit vierundzwanzig ist man nicht der ernsthafte Freund einer Frau, die . . . jung und schön ist!«

»Unsinn! Weder ist sie so jung noch so schön, wie Sie sagen. Sie ist eine gute Freundin, recht angenehm anzuschauen, weiter nichts. Dennoch gehört sie zu einem Typ, den ich gar nicht schätze; und ich muß mich zwingen, ihr nachzusehen, daß sie blond ist. Blondinen mag ich nur in der Malerei.«

»So blond ist sie nun auch wieder nicht! Sie hat sanfte schwarze Augen, ihr Haar ist weder braun noch blond, und sie versteht sich darauf, es in ganz besonderer Weise zu frisieren. Übrigens steht ihr das, sie sieht aus wie eine gutmütige Sphinx.«

»Das ist ein hübsches Wort; aber . . . Sie persönlich, mögen Sie denn große Frauen?«

»Sie ist nicht sehr groß, sie hat kleine Füße und kleine Hände. Sie ist eine richtige Frau. Ich habe sie mir genau angeschaut, weil ich in sie verliebt bin.«

»Sieh mal einer an, wie kommen Sie denn dazu?«

»Ihnen macht das doch wohl nichts aus, da sie Ihnen als Frau nicht besonders gefällt?«

»Mein Lieber, und wenn sie mir gefiele, es wäre genau dasselbe. In diesem Fall würde ich es vorziehen, mich mit ihr besser zu stellen als augenblicklich; aber verliebt wäre ich nicht, das ist ein Zustand, von dem ich nichts halte; folglich wäre ich auch nicht eifersüchtig. Führen Sie Ihren Vorsatz unverdrossen aus, wenn es Ihnen denn so beliebt.«

»Ich? Ja, wenn sich die Gelegenheit bietet; aber ich habe keine Zeit, sie zu suchen; und im Grunde bin ich wie Sie, Laurent, und neige durchaus zu Geduld, da ich ja in einem Alter bin und in einer Welt lebe, wo es an Vergnügungen und Freuden nicht mangelt . . . Doch da wir schon von dieser Frau sprechen und Sie sie kennen . . . so sagen Sie mir doch . . . und das ist meinerseits reine Neugier, was ich Ihnen hiermit ausdrücklich versichere . . . ob sie nun Witwe ist oder . . .«

»Oder was?«

»Ich wollte sagen, ob sie die Witwe eines Liebhabers ist oder die eines Ehemannes.«

»Ich habe keine Ahnung.«

»Nicht möglich!«

»Ehrenwort! Ich habe sie nie danach gefragt. Das ist mir auch völlig gleichgültig!«.

»Wissen Sie, was über sie geredet wird?«

»Nein, darum kümmere ich mich überhaupt nicht. Was wird denn geredet?«

»Sehen Sie, nun kümmern Sie sich doch darum! Es heißt, sie sei mit einem reichen Mann von Stand verheiratet gewesen.«

»Verheiratet . . .«

»Richtiggehend verheiratet, vor dem Standesbeamten und dem Priester.«

»Dummes Zeug! Sie würde seinen Namen und seinen Titel tragen.«

»Ach! das ist es ja eben. Dahinter steckt ein Geheimnis. Wenn ich Zeit habe, werde ich versuchen, das herauszubekommen, und es Ihnen dann mitteilen. Es heißt, sie habe – soweit bekannt – keinen Liebhaber, obwohl sie ein sehr freies Leben führt. Übrigens müßten Sie das doch am besten wissen?«

»Darüber weiß ich gar nichts. Nein, so was! Nun hören Sie mir mal zu. Glauben Sie womöglich, ich brächte meine Tage damit zu, die Frauen zu beobachten und auszuhorchen? Schließlich bummle ich für meine Person nicht so viel herum wie Sie! Ich finde, das Leben ist sehr kurz, will man leben und arbeiten.«

»Leben . . . da will ich nichts sagen. Sie scheinen in vollen Zügen zu leben. Was das Arbeiten anlangt . . . so heißt es, Sie arbeiteten nicht genug. Sieh mal an, was haben Sie denn dort? Lassen Sie mal sehen!«

»Nein, das ist nichts, ich habe nichts Neues angefangen.«

»Aber gewiß doch, dieser Kopf dort . . . sehr schön, Teufel nochmal! Nun lassen Sie mich schon sehen, oder Sie kommen in der nächsten Kunstausstellung schlecht weg.«

»Dazu sind Sie durchaus imstande.«

»Ja, wenn Sie es darauf anlegen; aber dieser Kopf da, der ist einfach ganz herrlich und verdient unbedingt Bewunderung. Was soll das geben?«

»Weiß ich es?«

»Soll ich es Ihnen sagen?«

»Sie würden mir einen Gefallen tun.«

»Machen Sie daraus eine Sibylle. Sie putzen sie fein heraus, ganz wie Sie wollen. Das verpflichtet zu nichts.«

»Sieh mal einer an. Das ist eine Idee.«

»Außerdem wird diejenige, der sie ähnelt, nicht kompromittiert.«

»Das soll jemandem ähneln?«

»Wahrhaftig! Sie Witzbold! Glauben Sie vielleicht, ich würde sie nicht erkennen? Nun hören Sie aber auf, mein Lieber, Sie wollen sich wohl über mich lustig machen, wenn Sie alles abstreiten, selbst die klarsten Dinge. Sie sind der Liebhaber jener Gestalt dort!«

»Zum Beweis, daß dem nicht so ist, fahre ich jetzt nach Montmorency«, sagte Laurent kühl und nahm seinen Hut.

»Das beweist noch gar nichts!« entgegnete Mercourt.

Laurent verließ das Haus, und Mercourt, der mit ihm die Treppe hinuntergegangen war, sah ihn noch in eine Mietdroschke steigen; doch Laurent ließ sich in den Bois de Boulogne fahren, wo er ganz allein in einem kleinen Café zu Abend aß und von wo er bei einbrechender Dunkelheit zurückkehrte, zu Fuß und ganz in seine Träume versunken.

Zu jener Zeit war der Bois de Boulogne noch nicht das, was er heute ist. Er wirkte kleiner, nicht so gepflegt, ärmlicher, geheimnisvoller und ländlicher; dort konnte man träumen.

An den Champs-Elysées, die weniger prunkvoll und nicht so bewohnt waren wie heute, gab es neue Viertel, in denen kleine Häuser mit winzigen, aber sehr lauschigen Gärten noch zu niedrigen Preisen vermietet wurden. Dort konnte man leben und arbeiten.

In einem dieser weißen schmucken Häuschen, inmitten von blühendem Flieder, verborgen hinter einer hohen Weißdornhecke, die von einer grün gestrichenen Gartentüre abgeschlossen wurde, wohnte Thérèse. Es war im Monat Mai. Das Wetter war herrlich. Laurent selbst hätte wohl nur schwerlich erklären können, wie er abends um neun Uhr hinter diese Hecke in der ausgestorbenen und noch nicht fertigen Straße geraten war, wo noch keine Laternen aufgestellt waren und Brennesseln und Unkraut auf der Böschung wuchsen.

Die Hecke war sehr dicht, und Laurent ging einmal ganz leise rundherum und entdeckte nichts als Blätter, leicht vergoldet von einem Licht, das – wie er vermutete – auf dem kleinen Tisch im Garten stand, an dem er zu rauchen pflegte, wenn er den Abend bei Thérèse verbrachte. Also wurde im Garten geraucht? Oder Tee getrunken, was auch zuweilen vorkam?

Thérèse hatte Laurent angekündigt, sie erwarte eine ganze Familie aus der Provinz, doch er konnte nur das geheimnisvolle Flüstern zweier Stimmen ausmachen, von denen ihm die eine die von Thérèse zu sein schien. Die andere sprach ganz tief: war es die Stimme eines Mannes?

Laurent lauschte und lauschte, daß ihm die Ohren sausten, bis er zuletzt Thérèse die folgenden Worte sagen hörte oder zu hören meinte: »Was bedeutet mir das alles schon? Ich liebe auf der Welt nur noch einen Menschen, und das sind Sie!«

Hals über Kopf stürzte Laurent aus der kleinen ruhigen Seitenstraße auf die belebten Champs-Elysées und sagte zu sich selbst: ›Nun kann ich völlig unbesorgt sein. Sie hat einen Liebhaber! Im Grunde war sie nicht verpflichtet, mir das anzuvertrauen! . . . Nur hätte sie nicht bei jeder Gelegenheit so reden dürfen, daß sie mich glauben machte, sie gehöre keinem und wolle keinem gehören. Sie ist eine Frau wie alle anderen auch: Lügen geht ihr über alles. Was macht mir das schon aus? Und doch hätte ich es nicht gedacht. Und irgendwie muß sie mir sogar ein bißchen den Kopf verdreht haben, ohne daß ich es mir eingestehen wollte, denn ich habe dort auf der Lauer gestanden und mich höchst schändlich, wenn nicht gar wie ein Eifersüchtiger aufgeführt! Aber eigentlich brauche ich es nicht zu bereuen, denn das bewahrt mich vor einem großen Unglück und einer großen Torheit: nämlich eine Frau zu begehren, die nicht begehrenswerter ist als jede andere auch, ja noch nicht einmal aufrichtig!‹

Laurent hielt eine vorbeifahrende leere Droschke an und begab sich nach Montmorency. Er nahm sich fest vor, eine Woche dort zu bleiben und frühestens in vierzehn Tagen wieder zu Thérèse zu gehen. Er blieb jedoch nur achtundvierzig Stunden auf dem Land und stand am dritten Abend vor Thérèses Türe, genau im gleichen Augenblick wie Herr Richard Palmer.

»Oh!« meinte der Amerikaner und reichte ihm die Hand. »Ich bin froh, Sie hier zu sehen!«

Laurent mußte ihm wohl oder übel auch die Hand geben, doch konnte er es sich nicht verkneifen, Herrn Palmer zu fragen, warum er denn so froh sei, ihn zu treffen.

Der Fremde überhörte den reichlich unverschämten Ton des Malers.

»Ich bin froh, weil ich mag Sie«, erwiderte er mit entwaffnender Herzlichkeit, »und ich mag Sie, weil ich bewundere Sie sehr!«

»Was! Sie hier?« sagte Thérèse erstaunt zu Laurent. »Heute abend habe ich nicht mehr mit Ihnen gerechnet.«

Und der junge Mann meinte aus diesen einfachen Worten einen ungewohnt kühlen Ton herauszuhören.

»Ach!« antwortete er ihr ganz leise, »Sie hätten sich schnell damit abgefunden, und ich glaube, ich störe hier ein reizendes Tête-à-tête.«

»Um so grausamer von Ihnen«, erwiderte sie im gleichen scherzhaften Ton, »zumal Sie mir ja ganz offenbar dazu verhelfen wollten.«

»Sie haben sich darauf verlassen, da Sie doch nicht abgesagt haben! Soll ich wieder gehen?«

»Nein, bleiben Sie. Ich nehme es auf mich, Sie zu ertragen.«

Nachdem der Amerikaner Thérèse begrüßt hatte, öffnete er seine Brieftasche und entnahm ihr einen Brief, den er Thérèse überbringen sollte. Mit undurchdringlicher Miene überflog Thérèse das Geschriebene, ohne die geringste Bemerkung zu machen.

»Wenn Sie antworten wollen«, sagte Palmer, »ich habe eine Postgelegenheit nach Havanna.«

»Danke«, antwortete Thérèse und öffnete die Schublade einer kleinen Kommode, neben der sie gerade stand. »Ich werde nicht antworten.«

Aufmerksam verfolgte Laurent alle ihre Bewegungen und sah, wie sie diesen Brief zu vielen anderen legte, von denen einer durch die Form und die Unterschrift ihm sozusagen in die Augen sprang. Es war der Brief, den er zwei Tage zuvor an Thérèse geschrieben hatte. Ich weiß nicht, warum er zutiefst betroffen war, seinen Brief mit dem zusammenliegen zu sehen, den Herr Palmer ihr übergeben hatte.

›Sie legt mich dort in buntem Durcheinander mit ihren ausgedienten Liebhabern ab. Ich habe aber keinen Anspruch auf solche Ehre. Über Liebe habe ich mit ihr nie gesprochen.‹

Thérèse fing an, über das Porträt von Herrn Palmer zu reden. Laurent ließ sich sehr bitten und beobachtete genau die geringfügigsten Blicke und die leisesten Schwankungen in den Stimmen seiner Gesprächspartner; jeden Augenblick meinte er, bei ihnen eine heimliche Angst zu entdecken, er könne nachgeben; doch ihr Drängen war so aufrichtig, daß er sich beruhigte und sich über seinen Argwohn ärgerte. Wenn Thérèse, eine Frau, die so frei und selbständig lebte, keinem etwas schuldig zu sein schien und sich auch niemals darum kümmerte, was über sie geredet werden könnte, nun wirklich Beziehungen zu diesem Ausländer hatte, dann brauchte sie wohl nicht den Vorwand eines Porträts, um das Objekt ihrer Liebe oder ihrer Träume oft und lange bei sich zu empfangen?

Sobald sich Laurent beruhigt fühlte, hielt ihn kein Schamgefühl mehr davon ab, seine Neugier offen kundzutun.

»Sie sind also Amerikanerin?« sagte er zu Thérèse, die hin und wieder Herrn Palmer die Antworten, die er nicht ganz verstand, ins Englische übersetzte.

»Ich?« antwortete Thérèse, »habe ich Ihnen denn nicht gesagt, daß ich die Ehre habe, eine Landsmännin von Ihnen zu sein?«

»Ja, nur weil Sie so gut Englisch sprechen.«

»Sie können nicht beurteilen, ob ich es gut spreche, da Sie es gar nicht verstehen. Aber ich merke schon, worauf Sie hinaus wollen, denn ich weiß, daß Sie neugierig sind. Sie möchten wissen, ob ich Dick Palmer seit gestern oder schon seit langem kenne. Na schön, fragen Sie ihn doch selbst.«

Palmer wartete die Frage, die Laurent ihm von sich aus nicht gern gestellt hätte, gar nicht erst ab. Er antwortete, es sei nicht das erste Mal, daß er nach Frankreich komme, und er habe Thérèse schon bei ihren Eltern gekannt, als sie noch sehr jung war. Wer die Eltern waren, wurde nicht gesagt. Thérèse pflegte zu erzählen, sie habe weder ihren Vater noch ihre Mutter gekannt.

Die Vergangenheit von Fräulein Jacques war ein undurchdringliches Geheimnis für die Leute der Gesellschaft, die sich von ihr malen ließen, und für die kleine Zahl von Künstlern, die sie privat bei sich zu Hause empfing. Sie war nach Paris gekommen, keiner wußte woher, wann und mit wem. Man kannte sie erst seit zwei oder drei Jahren, nachdem ein von ihr gemaltes Porträt bei Kunstkennern große Beachtung gefunden hatte und überraschend zum Meisterwerk erklärt worden war. So

George Sand, gezeichnet von Alfred de Musset

kam es, daß mit einemmal aus ihrer eher bescheidenen Existenz und etwas obskuren Kundschaft ein sehr guter Ruf als Malerin und ein wohlhabendes Leben wurden; doch an ihren stillen Neigungen, ihrem Hang zur Unabhängigkeit und an der heiteren Strenge ihrer Lebensweise änderte sich nichts. Sie spielte sich nie auf und sprach von sich selbst immer nur, um ihre Ansichten und Gefühle mit großer Offenheit und viel Mut zu äußern. Was ihre eigenen Lebensumstände betraf, so hatte sie eine ganz bestimmte Art, Fragen zu umgehen und ihnen auszuweichen, die ihr jede Antwort ersparte. Wenn es jemandem gelang, darauf zu beharren, so pflegte sie stets nach einigen undeutlichen Worten zu sagen:

»Es geht hier nicht um mich. Ich habe nichts Interessantes von mir zu berichten, und wenn ich Kummer und Gram erlebt habe, so erinnere ich mich nicht mehr daran, weil mir die Zeit fehlt, darüber nachzudenken. Ich bin jetzt sehr glücklich, ich habe meine Arbeit, und diese Arbeit liebe ich über alles.«

Durch einen reinen Zufall, dank der Beziehungen, die Künstler des gleichen Fachs untereinander pflegen, hatte Laurent die Bekanntschaft von Fräulein Jacques gemacht. Herr de Fauvel war als Mann von Adel und hervorragender Künstler in eine doppelbödige Gesellschaft eingeführt worden, und mit seinen vierundzwanzig Jahren waren ihm Lebenserfahrungen vertraut, die so mancher mit vierzig noch nicht erworben hat. Mal bildete er sich etwas darauf ein, und dann wieder war er betrübt darüber, doch besaß er keineswegs die nötige Herzensbildung, die sich im Laster und in der Ausschweifung nicht erlernen läßt. Auf Grund seiner Skepsis, die er nie verhehlte, stand für ihn zunächst fest, daß alle diejenigen, die Thérèse als Freunde behandelte, auch ihre Liebhaber sein mußten. Erst als sie samt und sonders die Lauterkeit ihrer Beziehungen zu ihr betont und bewiesen hatten, kam er zu dem Schluß, Thérèse sei eine Frau, die vielleicht leidenschaftliche Liebe erlebt, aber keine Liebeleien gehabt haben konnte.

Von nun an brannte er vor Neugier, den Hintergrund dieses ungewöhnlichen Falls zu erkunden: eine junge, schöne, intelligente, völlig unabhängige Frau, die aus freiem Willen allein lebte. Er besuchte sie immer häufiger und mit der Zeit fast täglich, zunächst noch unter allerlei Vorwänden, bis er sich schließlich als unwichtigen Freund ausgab, der zu sehr Lebemann war, als daß er es nötig gehabt hätte, einer ernsthaften Frau etwas vorzugaukeln, der aber trotz allem noch zu idealistisch war, als daß er nicht der Zuneigung bedurft und den Wert selbstloser Freundschaft zu schätzen gewußt hätte.

Eigentlich entsprach das grundsätzlich der Wahrheit; doch die Liebe hatte sich in das Herz des jungen Mannes eingeschlichen, und wir haben gesehen, daß Laurent sich gegen die Macht eines Gefühls sträubte, das er vor Thérèse und vor sich selbst noch verborgen halten wollte, um so mehr, als er es zum erstenmal in seinem Leben empfand.

»Und trotzdem«, sagte er, nachdem er Herrn Palmer versprochen hatte, sich an seinem Porträt zu versuchen, »warum zum Teufel bestehen Sie so hartnäckig auf einer Sache, die womöglich gar nicht gut wird, obwohl Sie Fräulein Jacques kennen, die das bestimmt nicht ablehnen und ganz gewiß etwas Ausgezeichnetes daraus machen würde?«

»Sie schlägt es mir ab«, sagte Palmer völlig unbefangen, »und ich weiß nicht warum. Meiner Mutter, die eine Schwäche für mich hat und mich für schön hält, habe ich ein Porträt von Meisterhand versprochen, und wenn es zu wirklichkeitsnah ist, wird sie niemals finden, es sei gut getroffen. Und aus diesem Grunde habe ich mich an Sie gewandt als an einen idealistischen Meister. Wenn Sie ablehnen, dann bleibt mir der Kummer, meiner Mutter keine Freude bereiten zu können, oder aber die Mühe, weiter suchen zu müssen.«

»Da brauchen Sie nicht lange zu suchen; es gibt so viele, die befähigter sind als ich! . . .«

»Das kann ich nicht finden; doch selbst wenn dem so wäre, so ist damit noch nicht gesagt, daß jemand sofort Zeit dafür hat, und ich habe Eile, das Porträt loszuschicken. Es ist für meinen Geburtstag in vier Monaten gedacht, und der Transport allein dauert ungefähr zwei Monate.«

»Das heißt also, Laurent«, fügte Thérèse hinzu, »daß Sie dieses Porträt spätestens in sechs Wochen fertig haben müssen, und da ich weiß, wie lange Sie brauchen, sollten Sie morgen damit anfangen. Wohlan! Abgemacht, versprochen, nicht wahr?«

Herr Palmer reichte Laurent die Hand und sagte:

»Damit ist der Vertrag geschlossen. Über Geld rede ich nicht. Die Bedingungen setzt Fräulein Jacques fest; ich mische mich da nicht ein. Wann paßt es Ihnen morgen?«

Nachdem die Uhrzeit vereinbart war, nahm Palmer seinen Hut, und aus Rücksicht auf Thérèse hielt sich Laurent für verpflichtet, das Gleiche zu tun; doch Palmer beachtete ihn gar nicht, er verabschiedete sich von Fräulein Jacques, indem er ihr die Hand schüttelte, ohne sie jedoch zu küssen.

»Soll ich nicht auch gehen?« sagte Laurent.

»Das ist nicht notwendig«, antwortete sie; »alle Leute, die mich abends besuchen, kennen mich gut. Aber heute verlassen Sie mich um zehn Uhr, denn in letzter Zeit habe ich mich dazu verleiten lassen, mit Ihnen bis kurz vor Mitternacht zu plaudern, und da ich nicht länger als bis fünf Uhr morgens schlafen kann, habe ich mich am andern Tag stets sehr zerschlagen gefühlt.«

»Und Sie haben mich nicht hinausgeworfen?«

»Nein, daran habe ich nicht gedacht.«

»Wenn ich eingebildet wäre, könnte ich ganz schön stolz darauf sein!«

»Aber Sie sind nicht eingebildet, Gott sei Dank! Das

überlassen Sie denen, die dumm sind. Im Ernst, trotz des Kompliments, Meister Laurent, muß ich mit Ihnen schimpfen. Wie ich höre, arbeiten Sie nicht.«

»Und um mich zum Arbeiten zu zwingen, haben Sie mir also das Porträt von Palmer wie eine Pistole auf die Brust gesetzt?«

»Na schön, warum auch nicht?«

»Thérèse, Sie sind gütig, das weiß ich; Sie wollen mich gegen meinen Willen dazu bringen, daß ich mir meinen Lebensunterhalt verdiene.«

»Um Ihr Einkommen kümmere ich mich nicht, dazu habe ich kein Recht. Ich habe nicht das Glück . . . oder das Unglück, Ihre Mutter zu sein; aber ich bin Ihre Schwester . . . ›in Apoll‹, wie unser Klassiker Bernard sagt, und es ist mir unmöglich, mir über Ihre Anwandlungen von Faulheit keine Sorgen zu machen.«

»Aber was kann Ihnen das schon bedeuten«, rief Laurent in einer Mischung von Freude und Verärgerung aus, die Thérèse spürte und die sie dazu bewog, ihm in aller Offenheit zu antworten.

»Hören Sie, mein lieber Laurent«, sagte sie zu ihm, »wir wollen offen miteinander sprechen. Ich empfinde große Freundschaft für Sie.«

»Darauf bin ich sehr stolz, aber ich weiß nicht warum! . . . Ich tauge nicht einmal zum guten Freund, Thérèse! An die Freundschaft glaube ich so wenig wie an die Liebe zwischen einer Frau und einem Mann.«

»Das haben Sie mir schon gesagt, und es ist mir höchst gleichgültig, woran Sie nicht glauben. Ich aber glaube an das, was ich fühle, und ich empfinde für Sie Anteilnahme und Zuneigung. So bin ich nun einmal; ich kann es nicht ertragen, in meiner Nähe irgendeinen Menschen zu wissen, ohne mich ihm verbunden zu fühlen und mir zu wünschen, daß er glücklich ist. Dafür pflege ich mein Möglichstes zu tun, und ich kümmere mich nicht darum, ob man es mir dankt. Nun sind Sie auch nicht irgend jemand; Sie sind ein Mann von Genie, und was noch mehr ist, ich hoffe, Sie sind ein Mann mit Herz.«

»Ich, ein Mann mit Herz? Ja doch, wenn Sie das so meinen, wie alle Welt es versteht. Ich kann mich im Duell schlagen, weiß meine Schulden zu bezahlen und werde stets die Frau verteidigen, der ich gerade den Arm reiche, wer sie auch sein mag! Doch wenn Sie glauben, ich hätte ein empfindsames, liebevolles, naives Herz . . .«

»Ich weiß, Sie bilden sich etwas darauf ein, alt, verbraucht und verderbt zu sein. Aber was Sie sich einbilden, macht auf mich überhaupt keinen Eindruck. Heutzutage ist das eine weit verbreitete Mode. Bei Ihnen jedoch ist es eine echte und schmerzvolle Krankheit, die aber vorübergehen wird, sobald Sie nur selbst wollen. Sie sind ein Mann mit Herz; und zwar genau deshalb, weil Sie an der Leere Ihres Herzens leiden; es wird eine Frau kommen, die es erfüllt und ausfüllt, wenn sie sich darauf versteht und Sie sie gewähren lassen. Aber das gehört nicht zu meinem Thema: Ich spreche zu dem Künstler; der Mensch in Ihnen ist nur deshalb unglücklich, weil der Künstler mit sich selbst nicht zufrieden ist.«

»Gut und schön, aber Sie täuschen sich, Thérèse«, antwortete Laurent heftig. »Das Gegenteil von dem, was Sie sagen, trifft zu! Der Mensch leidet an dem Künstler und erstickt ihn. Ich weiß nichts mit mir anzufangen, verstehen Sie? Langeweile und Sehnsucht bringen mich um. Sehnsucht wonach? werden Sie fragen. Sehnsucht nach allem! Ich bringe es nicht fertig, aufmerksam und ruhig sechs Stunden lang zu arbeiten, wie Sie dann einen Gang durch den Garten zu machen und den Spatzen Brotkrumen hinzustreuen, abermals vier Stunden zu arbeiten und schließlich am Abend zwei oder drei Störenfriede zuzulächeln, wie ich zum Beispiel einer bin, bis es Schlafenszeit ist. Was meinen Schlaf angeht, so ist er schlecht, meine Spaziergänge sind ruhelos, meine Arbeit ist fieberhaft. Der schöpferische Einfall verwirrt mich und läßt mich erzittern; während der Ausführung, die mir stets viel zu lange dauert, habe ich entsetzliches Herzklopfen; ich weine und unterdrücke mein Schreien, wenn ich eine Idee ausbrüte, die mich trunken macht; doch schon am nächsten Morgen schäme ich mich ihrer, und sie langweilt mich zu Tode. Ändere ich sie ab, so wird es noch schlimmer, sie verläßt mich; es ist besser, ich vergesse sie und warte auf eine andere; aber diese andere erreicht mich so verworren und so gewaltsam, daß ich armes Geschöpf sie nicht zu fassen vermag. Sie bedrängt und quält mich, bis sie durchführbare Dimensionen angenommen hat, und nun beginnt die neue Qual, die Qual nämlich, dieser Idee Gestalt zu verleihen, ein echtes körperliches Leiden, das ich nicht näher zu beschreiben vermag. Und so bringe ich mein Leben zu, wenn ich mich von diesem Riesendämon Künstler beherrschen lasse, der in mir steckt und dem der arme Mann, der hier mit Ihnen spricht, mit der Geburtszange seines Willens Stück für Stück halbtote Mäuse entreißt! Thérèse, also ist es doch viel besser, ich lebe das Leben so, wie ich es mir vorgestellt und eingerichtet habe, gebe mich einfach allen möglichen Ausschweifungen hin und töte diesen bohrenden Wurm in mir ab, den andere bescheiden ihre Eingebung nennen und der für mich ganz einfach mein Gebrechen ist.«

»Dann ist es also beschlossene Sache«, sagte Thérèse lächelnd, »daß Sie am Selbstmord Ihres Verstandes arbeiten? Na gut, ich glaube nicht ein Wort von alledem. Böte man Ihnen morgen an, Sie sollten Prinz D*** oder Graf S*** sein, mitsamt den Millionen des einen und den schönen Reitpferden des anderen, Sie würden nach Ihrer armen, ach so verachteten Palette verlangen und sagen: ›Gebt mir meinen Liebling wieder.‹«

»Meine verachtete Palette? Sie verstehen mich nicht, Thérèse! Sie ist ein Instrument des Ruhms, das weiß ich nur zu gut, und was man als Ruhm bezeichnet, das ist so etwas wie Ehrfurcht vor einem Talent, reiner und köstlicher als die Hochachtung, die man Titeln oder Vermögen entgegenbringt. Es ist also ein sehr großer Vorzug und eine echte Freude für mich, daß ich mir sagen kann: ›Ich bin zwar nur ein ganz kleiner Edelmann ohne jedes Vermögen; die Leute meinesgleichen, sofern sie nicht aus ihrem Stand ausgebrochen sind, leben als Förster, und ihr ganzer Besitz sind die Holzsammlerinnen, die sie mit Reisigbündeln bezahlen. Ich aber, ich bin ausgebrochen, ich habe einen Beruf ergriffen, und wenn ich mit meinen vierundzwanzig Jahren auf einem einfachen Leihpferd unter den Allerreichsten und den Allervornehmsten von Paris, die auf Zehntausend-Franken-Pferden sitzen, heute dahergeritten komme, so geschieht es eben, daß mich die Gaffer auf den Champs-Elysées – sofern ein Mann mit Kunstverstand oder eine Frau von Geist unter ihnen ist - bestaunen und beim Namen rufen, nicht aber die anderen. Sie lachen! Halten Sie mich für sehr eitel?«

»Nein, aber für ein großes Kind, Gott sei Dank! Sie werden sich nicht umbringen.«

»Aber ich will mich ja gar nicht umbringen! Ich liebe mich ganz genauso wie andere auch, ich liebe mich von ganzem Herzen, das schwöre ich Ihnen! Doch meine ich, daß meine Palette, das Werkzeug meines Ruhms, auch das Instrument meiner Folterqualen ist, da ich nicht zu arbeiten vermag, ohne zu leiden. Deshalb suche ich in der Ausschweifung nicht etwa den Tod meines Körpers oder meines Geistes, sondern den Verschleiß und die Beschwichtigung meiner Nerven. Das ist alles, Thérèse. Was soll daran so unvernünftig sein? Nur wenn ich vor Müdigkeit fast umfalle, kann ich einigermaßen ordentlich arbeiten.«

»Das stimmt«, sagte Thérèse, »das ist mir auch schon aufgefallen, und es erschreckt mich beinahe wie etwas Widernatürliches; ich mache mir Sorgen, daß diese Art und Weise des Schaffens Sie vollends zugrunde richtet, und ich kann mir nicht vorstellen, daß es anders kommen wird. Ja, da ist noch etwas, beantworten Sie mir eine Frage: Haben Sie Ihr Leben mit Arbeit und Enthaltsamkeit begonnen und erst danach das Bedürfnis verspürt, sich zu betäuben, um auszuruhen?«

»Nein, genau umgekehrt. Als ich das Gymnasium verließ, liebte ich die Malerei, glaubte jedoch nicht, ich würde jemals gezwungen sein zu malen. Ich hielt mich für reich. Mein Vater starb und hinterließ mir nur einige dreißigtausend Franken, und ich hatte nichts Besseres zu tun, als sie ganz rasch aufzubrauchen, um wenigstens ein Jahr lang mein Leben im Wohlstand zu genießen. Als ich dann restlos blank war, griff ich zum Pinsel; ich wurde furchtbar verrissen und dann wieder über den grünen Klee gelobt, was heutzutage größten Erfolg bedeutet, und nun ergebe ich mich einige Monate oder Wochen dem Luxus und dem Vergnügen, solange das Geld reicht. Wenn ich nichts mehr habe, dann ist das für mich nur um so besser, denn ich bin gleichzeitig am Ende meiner Kräfte wie meiner Mußezeit. Dann nehme ich die Arbeit wieder auf, voller Leidenschaft, Schmerz und Begeisterung, und wenn die Arbeit vollendet ist, beginnen Muße und Verschwendung von neuem.«

»Führen Sie dieses Leben schon lange?«

»In meinem Alter kann es ja noch nicht so lange sein. Seit drei Jahren!«

»Eben! Für Ihr Alter ist das viel! Und zudem haben Sie falsch angefangen: Sie haben Ihre Lebensgeister in Brand gesteckt, ehe sie sich überhaupt entfalten konnten; Sie haben Essig getrunken, um zu verhindern, daß Sie noch wachsen. Ihr Kopf ist gleichwohl dicker geworden, und die Begabung hat sich dort trotz allem entwickelt, doch vielleicht ist Ihr Herz dabei verkümmert, vielleicht werden Sie niemals ein vollkommener Mensch und Künstler sein.«

Diese Worte von Thérèse, in ruhigem und traurigem Ton gesprochen, irritierten Laurent.

»Also verachten Sie mich?« entgegnete er und erhob sich.

»Nein«, antwortete sie und reichte ihm ihre Hand, »ich bedaure Sie!«

Und Laurent sah zwei dicke Tränen langsam über die Wangen von Thérèse rollen.

Diese Tränen lösten in ihm eine heftige Reaktion aus: eine wahre Tränenflut überschwemmte sein Gesicht, und er warf sich Thérèse zu Füßen, nicht wie ein Liebender, der sich erklären will, sondern wie ein Kind, das etwas zu beichten hat:

»Ach! Meine arme liebe Freundin!« rief er aus und ergriff ihre Hände, »Sie tun recht daran, Mitleid mit mir zu haben, denn ich brauche es. Ich bin unglücklich, sehen Sie, so unglücklich, daß ich mich scheue, es auszusprechen! Dieses unbestimmte Etwas, das ich an der Stelle des Herzens in meiner Brust habe, verlangt unaufhörlich nach irgendeinem anderen Etwas; und ich, ich weiß nicht, was ich ihm geben soll, um es zu beschwichtigen. Ich liebe Gott, und ich glaube nicht an ihn. Ich liebe alle Frauen, und ich verachte sie allesamt! Ihnen kann ich das sagen, Ihnen, meiner Gefährtin und meinem Freund! Manchmal ertappe ich mich dabei, daß ich eine Kurtisane anbete, während ich bei einem Engel womöglich kälter wäre als Marmor. Meine Vorstellungen sind völlig gestört, vielleicht sind meine Instinkte alle verkümmert. Wenn ich Ihnen sage, daß ich selbst im Wein keine heiteren Gedanken mehr finden kann! Ja, meine Trunkenheit ist traurig, wie es scheint, und bei dieser Orgie vorgestern in Montmorency soll ich tragische Passagen mit einem ebenso schrecklichen wie lächerlichen Pathos vorgetragen haben. Was wird bloß aus mir werden, Thérèse, wenn Sie kein Mitleid mit mir haben?«

»Gewiß doch, ich habe Mitleid, mein armes Kind«, sagte Thérèse und trocknete ihm die Augen mit ihrem Taschentuch; »doch was nützt Ihnen das schon?«

»Wenn Sie mich lieben könnten, Thérèse! Entziehen Sie mir nicht Ihre Hände! Haben Sie mir nicht erlaubt, Ihnen so etwas wie ein Freund zu sein?«

»Ich habe Ihnen gesagt, daß ich Sie liebe; Sie haben mir geantwortet, an die Freundschaft einer Frau könnten Sie nicht glauben.«

»Vielleicht könnte ich an die Ihre doch glauben; Sie müssen das Herz eines Mannes haben, da Sie Kraft und Talent wie ein Mann haben. Geben Sie mir Ihre Freundschaft zurück.«

»Ich habe Sie Ihnen nicht entzogen, und ich will gern versuchen, für Sie ein Mann zu sein«, antwortete sie; »doch weiß ich nicht so recht, wie ich das anfangen soll. Die Freundschaft eines Mannes muß viel mehr Strenge und Autorität haben, als ich aufzubringen vermöchte. Gegen meinen Willen werde ich Sie mehr bedauern als schelten. Da haben wir es ja schon! Ich hatte mir fest vorgenommen, Sie heute zu kränken, Sie gegen mich und gegen sich selbst zu erzürnen; statt dessen weine ich hier mit Ihnen, was gar nichts nützt.«

»Doch! Doch!« schrie Laurent laut auf. »Diese Tränen tun mir gut, sie haben die ausgetrocknete Stelle benetzt; vielleicht wird mein Herz dort wieder wachsen und schlagen. Ach! Thérèse, Sie haben mir schon einmal gesagt, ich prahlte vor Ihnen mit Dingen, die mich erröten lassen müßten, ich sei wie eine Gefängnismauer. Dabei haben Sie nur eins vergessen: und zwar daß hinter dieser Mauer ein Gefangener sitzt! Wenn ich fähig wäre, die Türe zu öffnen, könnten Sie ihn sehen; doch das Tor ist verschlossen, es ist eine eherne Mauer, und weder mein Wille noch mein Glaube oder mein überströmendes Herz, auch nicht mein Wort vermögen sie zu durchdringen. Werde ich denn so leben und sterben müssen? Was hilft es mir, frage ich Sie, daß ich die Mauern meines Gefängnisses mit phantastischen Malereien beschmiert habe, wenn doch nirgends das Wort ›lieben‹ steht!«

»Wenn ich Sie richtig verstehe«, sagte Thérèse verträumt, »so meinen Sie, Ihr Werk müsse durch das Gefühl befeuert werden.«

»Meinen Sie das nicht auch? Ist es nicht genau das, was Sie mir mit allen Ihren Vorhaltungen sagen wollen?«

»Gerade das nicht! In Ihrer Darstellungsweise ist schon viel zu viel Feuer, und das eben macht Ihnen die Kritik zum Vorwurf. Ich selbst stehe von jeher voller Ehrfurcht vor solchem Überschwang an Jugend, der die großen Künstler hervorbringt und dessen schöne Züge jeden Begeisterungsfähigen daran hindern, nach Fehlern und Mängeln zu suchen. Ich bin weit davon entfernt, Ihre Arbeiten für kalt und hochtrabend zu halten, vielmehr wirken sie auf mich feurig und leidenschaftlich; doch suchte ich immer, wo diese Leidenschaft ihre Wurzeln in Ihnen hat. Jetzt sehe ich es, sie steckt im Verlangen Ihrer Seele. Ja, gewiß«, fügte sie immer noch verträumt hinzu, als ob sie versuchte, die Schleier ihrer eigenen Gedanken zu durchbrechen, »das Verlangen kann eine Leidenschaft sein.«

»Nun, woran denken Sie?« sagte Laurent, während er ihren nachdenklich versunkenen Blicken folgte.

»Ich frage mich, ob ich diese Kraft, die in Ihnen steckt, bekämpfen soll, und ob man Ihnen nicht das heilige Feuer raubt, wenn man Sie dazu überredet, glücklich und ruhig zu sein. Und dennoch . . . ich meine, das Verlangen kann für den Geist kein Dauerzustand sein, und wenn es sich in der Zeitspanne seines Fieberns hell und deutlich offenbart hat, muß es entweder von selbst fallen oder uns zerbrechen. Was sagen Sie dazu? Hat nicht jedes Alter seine eigene Kraft und besondere Ausdrucksform? Was man unter den verschiedenen Malweisen der Meister versteht, ist das nicht der Ausdruck für die fortgesetzten Wandlungen ihres Wesens? Wird es Ihnen mit dreißig Jahren noch erlaubt sein, nach allem verlangt, ohne irgend etwas festgehalten zu haben? Werden Sie nicht gezwungen sein, über irgendeinen Punkt Gewißheit zu erlangen? Sie sind in dem Alter der Phantasie, doch bald kommen Sie in das Alter der Einsicht. Wollen Sie keine Fortschritte machen?«

»Liegt es an mir, ob ich welche mache?«

»Ja, wenn Sie nicht weiter daran arbeiten, das Gleichgewicht Ihrer Fähigkeiten zu stören. Sie werden mich nicht davon überzeugen, daß die Erschöpfung das Heilmittel gegen das Fieber ist; sie ist die unvermeidliche Folge davon.«

»Welches Fiebermittel empfehlen Sie mir also?«

»Ich weiß nicht: vielleicht die Ehe.«

»Entsetzlich!« rief Laurent aus und lachte schallend.

Und während er noch lachte, fügte er hinzu – ohne so recht zu wissen, wieso ihm diese Erwiderung einfiel:

»Es sei denn mit Ihnen, Thérèse! Das ist mir eine Idee!«

»Reizend«, antwortete sie, »aber vollkommen unmöglich.«

Die Antwort Thérèses überraschte Laurent durch ihre endgültige, keinen Widerspruch duldende Ruhe, und was er gerade noch als witzigen Einfall gemeint hatte, schien ihm plötzlich ein begrabener Traum zu sein, so als hätte sich dieser in seinem Kopf festgesetzt. Dieser starke und unglückliche Geist war so beschaffen, daß das Wort ›unmöglich‹ genügte, damit er sich etwas wünschte, und eben dieses Wort hatte Thérèse gerade ausgesprochen.

Alsbald fielen ihm seine Liebesanwandlungen für sie wieder ein und im selben Augenblick auch sein Verdacht, seine Eifersucht und sein Zorn. Bis jetzt hatte ihn der Zauber solcher Freundschaft betäubt und beinahe trunken gemacht; plötzlich wurde er bitter und eisig.

»Ach! Ja, richtig«, sagte er, griff nach seinem Hut und wollte weggehen. »Das ist das Wort meines Lebens, das sich bei jeder passenden Gelegenheit wieder einstellt, am Ende eines Scherzes genauso wie am Ende einer ernsten Angelegenheit: ›unmöglich‹. Diesen Feind kennen Sie nicht, Thérèse. Sie lieben still und ruhig. Sie haben einen Liebhaber oder Freund, der nicht eifersüchtig ist, weil er Sie als kalt oder vernünftig kennt! Dabei fällt mir auf, daß die Zeit vergeht und daß draußen vielleicht zahllose ›Vettern‹ stehen und darauf warten, daß ich gehe.«

»Was sagen Sie da bloß?« fragte ihn Thérèse bestürzt. »Was für Ideen befallen Sie? Haben Sie Anfälle von Wahnsinn?«

»Zuweilen«, antwortete er und ging. »Sie müssen sie mir verzeihen.«

2.

Am anderen Tag erhielt Thérèse folgenden Brief von Laurent:

»Meine gute und liebe Freundin, wie habe ich Sie gestern verlassen? Sollte ich irgend etwas Ungeheuerliches zu Ihnen gesagt haben, vergessen Sie es, ich war mir dessen nicht bewußt. Mich hatte ein Schwindel befallen, der auch draußen nicht vorüberging; denn ich gelangte – im Wagen – vor meine Türe und konnte mich nicht erinnern, wie ich eingestiegen war.

Recht häufig passiert es mir, meine liebe Freundin, daß mein Mund ein Wort sagt, während mein Gehirn ein anderes ausspricht. Bedauern Sie mich und verzeihen Sie mir. Ich bin krank, und Sie hatten recht, das Leben, das ich führe, ist verabscheuungswürdig.

Mit welchem Recht dürfte ich Ihnen Fragen stellen? Doch eines müssen Sie mir gerechterweise zugute halten, es ist das erstemal, daß ich eine solche Frage an Sie gerichtet habe . . . in den ganzen drei Monaten, seit Sie mich allein bei sich zu Hause empfangen. Was geht es mich an, ob Sie verlobt, verheiratet oder verwitwet sind . . .? Sie wollen, daß keiner das weiß; habe ich versucht, das herauszukriegen? Habe ich Sie gefragt . . .? Ach! Sehen Sie, Thérèse, heute morgen ist in meinem Kopf immer noch alles durcheinander, und doch fühle ich, daß ich lüge, und Ihnen gegenüber will ich nicht lügen. Freitag abend hatte ich meine erste Anwandlung von Neugier, was Sie betrifft, die von gestern war schon die zweite; und das soll die letzte gewesen sein, ich schwöre es Ihnen, und damit nie wieder die Rede davon ist, will ich Ihnen alles gestehen. Neulich war ich also vor Ihrer Türe, das heißt am Gartentor. Ich habe geschaut und habe nichts gesehen; ich habe gelauscht und ich habe vernommen! Schön und gut, was kümmert Sie das? Ich weiß seinen Namen nicht, ich habe sein Gesicht nicht gesehen; doch ich weiß, daß Sie meine Schwester, meine Vertraute, mein Trost, mein Halt sind. Ich weiß, daß ich gestern zu Ihren Füßen geweint habe und Sie mit Ihrem Taschentuch meine Tränen getrocknet und dabei gesagt haben: ›Was tun, was tun, mein armes Kind?‹ Ich weiß, Sie sind klug, fleißig, gelassen, geachtet, weil Sie frei sind und geliebt werden, weil Sie glücklich sind; und dennoch finden Sie die Zeit und die Barmherzigkeit, mich zu bedauern und stets daran zu denken, daß es mich gibt, und zu wünschen, ich solle ein besseres Leben führen. Gute Thérèse, Sie nicht preisen hieße undankbar sein, und so erbärmlich ich auch bin, Undankbarkeit kenne ich nicht. Wann wollen Sie mich empfangen, Thérèse? Mir scheint, ich habe Sie gekränkt. Das fehlte mir gerade noch. Darf ich heute abend zu Ihnen kommen? Wenn Sie nein sagen, oh! wahrlich, dann muß ich mich zum Teufel scheren!«

Bei der Rückkehr seines Dieners erhielt Laurent die Antwort von Thérèse. Sie war kurz: »Kommen Sie heute abend.« Laurent war weder durchtrieben noch eingebildet, obwohl er oft erwog oder versucht war, das eine oder das andere zu sein. Er war aber offensichtlich, wie wir gesehen haben, ein Wesen voller Widersprüche, das wir beschreiben, ohne es zu erklären; dies wäre nicht möglich: manche Charaktere entziehen sich der logischen Analyse.

Die Antwort von Thérèse ließ ihn erzittern wie ein Kind. Noch nie hatte sie ihm in solchem Ton geschrieben. Sollte er sich bei ihr seinen wohlverdienten Abschied holen? Oder lud sie ihn ein zu einem Abend zärtlicher Zweisamkeit? Hatte Entrüstung oder Leidenschaft diese vier trockenen oder glühenden Worte diktiert?

Herr Palmer kam, und Laurent mußte, so aufgeregt und beunruhigt er auch war, mit seinem Porträt beginnen. Er hatte sich fest vorgenommen, ihn mit vollendeter Geschicklichkeit auszufragen und ihm sämtliche Geheimnisse von Thérèse zu entlocken. Er fand nicht ein einziges

Wort, um zum Thema überzuleiten, und da der Amerikaner gewissenhaft, regungslos und stumm wie eine Statue Modell stand, ging die Sitzung vorüber, ohne daß der eine oder der andere auch nur den Mund aufgemacht hätte.

Laurent konnte sich also vollauf beruhigen und die gelassene und reine Physiognomie dieses Ausländers gründlich studieren. Palmer war von vollendeter Schönheit, was ihm beim ersten Anblick ein seelenloses Aussehen verlieh, wie es ebenmäßigen Gesichtern oft eigen ist. Bei genauerem Betrachten entdeckte man die Feinheit in seinem Lächeln und das Feuer in seinem Blick. Während Laurent diese Beobachtungen machte, erforschte er das Alter seines Modells.

»Entschuldigen Sie bitte«, sagte er unvermittelt zu ihm, »aber ich möchte und muß wissen, ob Sie ein junger Mann sind, der schon etwas müde ist, oder ein reifer Mann, der noch außergewöhnlich frisch ist. So sehr ich Sie auch betrachte, ich werde aus dem, was ich sehe, nicht ganz klug.«

»Ich bin vierzig Jahre alt«, antwortete Herr Palmer schlicht.

»Donnerwetter!« erwiderte Laurent, »Sie müssen eine beachtliche Gesundheit haben!«

»Eine ausgezeichnete«, sagte Palmer.

Und er nahm seine ungezwungene Pose mit seinem stillen Lächeln wieder ein.

›Das ist das Gesicht eines glücklichen Liebhabers‹, sagte der Maler zu sich selbst, ›oder das eines Mannes, der in seinem Leben immer nur das Roastbeef zu schätzen gewußt hat.‹

Er konnte dem Verlangen nicht widerstehen, noch hinzuzufügen:

»Dann haben Sie Fräulein Jacques wohl sehr jung gekannt?«

»Sie war fünfzehn Jahre alt, als ich sie zum erstenmal sah.«

Laurent brachte nicht den Mut auf zu fragen, in welchem Jahr. Ihm war, als stiege ihm jedesmal die Röte ins Gesicht, wenn er von Thérèse sprach. Was bedeutete ihm überhaupt Thérèses Alter? Was er zu gern erfahren hätte, das war ihre Geschichte. Thérèse schien ihm noch keine dreißig Jahre alt; Palmer konnte für sie früher nur ein guter Freund gewesen sein. Außerdem hatte er eine laute Stimme und eine harte Aussprache. Würde sich Thérèse an ihn gewandt und zu ihm gesagt haben: »Ich liebe nur noch Sie«, dann müßte Palmer irgendeine Antwort gegeben haben, die Laurent gehört hätte.

Endlich wurde es Abend, und der Maler, der nicht pünktlich zu sein pflegte, erschien noch vor der Zeit, zu der Thérèse ihn für gewöhnlich empfing. Er traf sie in ihrem Garten, gegen ihre Gewohnheit untätig, aufgeregt herumlaufend. Sobald sie ihn sah, ging sie ihm entgegen und ergriff seine Hand, eher gebieterisch als leidenschaftlich.

»Wenn Sie ein Ehrenmann sind«, sagte sie zu ihm, »so werden Sie mir jetzt alles sagen, was Sie durch dieses Gebüsch hindurch gehört haben. Los, reden Sie, ich höre zu.«

Sie setzte sich auf eine Bank, und Laurent, irritiert durch diesen ungewohnten Empfang, versuchte sie in Unruhe zu versetzen, indem er ihr ausweichende Antworten gab; doch ihre mißbilligende Haltung und ein Gesichtsausdruck, den er an ihr nicht kannte, geboten ihm Einhalt. Die Angst, sich mit ihr unwiderruflich zu überwerfen, ließen ihn ganz schlicht die Wahrheit sagen.

»Das ist alles, was Sie gehört haben?« bemerkte Thérèse. »Ich habe zu einer Person, die Sie nicht einmal wahrnehmen konnten, gesagt: ›Sie sind jetzt meine einzige Liebe auf der Welt‹?«

»Habe ich denn das alles nur geträumt, Thérèse? Ich bin bereit, es zu glauben, wenn Sie es mir befehlen.«

»Nein, Sie haben nicht geträumt. Ich kann, ja, ich muß das gesagt haben. Und was hat man mir geantwortet?«

»Nichts, ich habe gar nichts gehört«, sagte Laurent, auf den die Antwort von Thérèse wie eine kalte Dusche wirkte, »noch nicht einmal den Ton der Stimme. Sind Sie beruhigt?«

»Nein! Ich frage Sie weiter aus. Zu wem, vermuten Sie, habe ich so gesprochen?«

»Ich vermute gar nichts. Ich wüßte da nur Herrn Palmer, über dessen Beziehung zu Ihnen mir nichts bekannt ist.«

»Sieh mal an!« rief Thérèse mit einem seltsamen Ausdruck von Befriedigung. »Sie glauben also, es sei Herr Palmer gewesen?«

»Warum sollte er es nicht gewesen sein? Ist denn der Gedanke, eine frühere Bindung könnte plötzlich neu geknüpft werden, eine Beleidigung für Sie? Ich weiß, Ihre Beziehungen zu all denen, die ich hier seit drei Monaten bei Ihnen treffe, sind ebenso uneigennützig, was die Absichten der anderen angeht, wie gleichgültig, was Sie selbst betrifft, genau wie das Verhältnis, das ich selbst zu Ihnen habe. Herr Palmer ist sehr schön, und sein Auftreten ist galant und ritterlich. Er ist mir sehr sympathisch. Ich habe weder das Recht, noch bin ich so vermessen, von Ihnen Rechenschaft über Ihre privaten Gefühle zu verlangen. Nur . . . Sie werden sagen, ich hätte Ihnen nachspioniert.«

»Ja, in der Tat«, bemerkte Thérèse, die offenbar nicht die leiseste Absicht hatte, auch nur das Geringste zu leugnen, »warum spionieren Sie mir nach? In meinen Augen ist das schlecht, und ich kann es überhaupt nicht verstehen. Erklären Sie mir diese Anwandlung!«

»Thérèse!« antwortete der junge Mann lebhaft, fest entschlossen, alles loszuwerden, was ihn noch bedrückte, »sagen Sie mir, daß Sie einen Geliebten haben und daß Herr Palmer dieser Liebhaber ist, und ich werde Sie wirklich lieben, ich werde zu Ihnen in vollkommener Unschuld sprechen. Ich werde Sie um Verzeihung bitten für einen Anfall von Torheit, und Sie werden mir niemals mehr etwas vorzuwerfen haben. Im Ernst! Wollen Sie, daß ich Ihr Freund bin? Trotz aller meiner Prahlereien fühle ich, daß ich dies brauche und daß ich dazu auch fähig bin. Seien sie aufrichtig mir gegenüber, das ist alles, worum ich Sie bitte!«

»Mein liebes Kind«, antwortete Thérèse, »Sie sprechen mit mir wie mit einem koketten Frauenzimmer, das versuchen möchte, Sie festzuhalten, und einen Fehltritt zu beichten hat. Diese Situation kann ich nicht hinnehmen; sie kommt mir einfach nicht zu. Herr Palmer ist und wird für mich immer nur ein hochgeschätzter Freund sein, mit dem ich nicht einmal auf vertrautem Fuße stehe und den ich seit langem aus den Augen verloren hatte. So viel muß ich Ihnen sagen, aber darüber hinaus nichts mehr. Was meine Geheimnisse angeht, sofern ich welche habe, so brauche ich Ihnen mein Herz nicht auszuschütten, und ich bitte Sie, sich nicht mehr dafür zu interessieren, als ich es wünsche. Es ist also nicht Ihre Sache, mich auszufragen, vielmehr ist es an Ihnen, mir Rede und Antwort zu stehen. Was hatten Sie hier vor vier Tagen zu suchen? Warum spionieren Sie mir nach? Was ist das für ein Anfall von Torheit, den ich verstehen und über den ich urteilen soll?«

»Der Ton, in dem Sie mit mir sprechen, ist nicht ermutigend. Warum sollte ich denn beichten, da Sie nicht geruhen, mich als guten Freund zu behandeln und mir Vertrauen zu schenken?«

»Gut, dann beichten Sie eben nicht«, antwortete Thérèse und stand auf. »Das ist mir ein Beweis dafür, daß Sie die Achtung, die ich Ihnen entgegengebracht habe, nicht verdienen und daß Sie diese auch in keiner Weise erwidert haben, indem Sie versuchten, meinen Geheimnissen auf die Spur zu kommen.«

»Sie werfen mich also hinaus«, entgegnete Laurent, »und zwischen uns ist es aus?«

»Es ist aus, und Adieu«, antwortete Thérèse in strengem Ton.

Laurent entfernte sich, von einem Zorn erfüllt, der es ihm unmöglich machte, auch nur ein Wort herauszubringen; doch draußen hatte er noch keine dreißig Schritte getan, da kehrte er wieder um und sagte zu Catherine, er habe ganz vergessen, ihrer Herrin etwas auszurichten, worum er gebeten worden sei. Er fand Thérèse im kleinen Salon; die Türe zum Garten war offen geblieben; betrübt und niedergeschlagen schien sie ganz in ihre Gedanken vertieft zu sein. Ihr Empfang war eisig.

»Sie wieder hier?« sagte sie. »Was haben Sie vergessen?«

»Ich habe vergessen, Ihnen die Wahrheit zu sagen.«

»Ich will sie nicht mehr hören.«

»Und doch haben Sie mich vorhin darum gebeten!«

»Ich dachte, Sie könnten sie von sich aus sagen.«

»Ich konnte es, und ich mußte es; es war falsch von mir, es nicht zu tun. Thérèse, glauben Sie denn, es sei für einen Mann in meinem Alter möglich, Sie zu sehen, ohne in Sie verliebt zu sein?«

»Verliebt?« sagte Thérèse stirnrunzelnd. »Als Sie mir sagten, Sie könnten sich nicht in eine einzige Frau verlieben, wollten Sie mich wohl zum besten halten?«

»Nein, bestimmt nicht, ich habe das gesagt, was ich dachte!«

»Dann haben Sie sich also getäuscht, und nun sind Sie verliebt; ist das ganz sicher?«

»Ach! Ach! Werden Sie nicht gleich böse, mein Gott, so sicher ist das nun auch wieder nicht. Gedanken an Liebe sind mir durch den Kopf gegangen, haben meine Sinne berührt, wenn Sie so wollen! Haben Sie so wenig Erfahrung, daß Sie so etwas für unmöglich halten könnten?«

»Ich bin in einem Alter, in dem man Erfahrungen hat«, antwortete Thérèse, »aber ich habe lange allein gelebt. So habe ich von bestimmten Situationen eben keine Erfahrungen. Erstaunt Sie das? Und doch ist das nun einmal so.

Ich bin sehr arglos, obwohl ich schon einmal betrogen wurde ... wie jedermann. Und Sie haben mir hundertmal gesagt, Sie verehrten mich viel zu sehr, um in mir eine Frau zu sehen, zumal Sie die Frauen nur mit größter Grobheit lieben könnten. Ich glaubte also geschützt zu sein vor der Beleidigung Ihres Begehrens; auch habe ich an Ihnen ganz besonders Ihre Aufrichtigkeit in diesem Punkt zu schätzen gewußt. Ich fühlte mich Ihrem Schicksal um so mehr verbunden, als wir lachend, Sie erinnern sich, aber im Grunde doch ernsthaft zueinander gesagt hatten: ›Zwischen zwei Geschöpfen, von denen das eine Idealist und das andere Materialist ist, liegt das ganze Baltische Meer.‹«

»Ich habe das in gutem Glauben gesagt und bin zuversichtlich an meinem Ufer entlanggewandert, ohne daß ich daran gedacht hätte, das Wasser zu überqueren; doch es stellte sich heraus, daß auf meiner Seite das Eis nicht trug. Ist das meine Schuld, daß ich vierundzwanzig Jahre alt bin und Sie schön sind?«

»Bin ich denn noch schön? Ich hatte gehofft, nein.«

»Ich weiß nicht so recht; zuerst fand ich es nicht, und dann habe ich Sie eines Tages doch so gesehen. Sie selbst, Sie haben das nicht gewollt, das weiß ich; und als ich diesen verführerischen Zauber spürte, habe ich es auch nicht gewollt, ganz und gar nicht, so daß ich versuchte, mich dagegen zu wehren und davon abzulenken. Ich habe dem Teufel zurückgegeben, was des Teufels ist, nämlich meine arme Seele; und ich habe hier dem Kaiser nur das dargebracht, was dem Kaiser gebührt, meine Achtung und mein Schweigen. Doch diese ungute Erregung taucht nun schon acht oder zehn Tage lang in meinen Träumen auf. Sie verschwindet, sobald ich in Ihrer Nähe bin. Mein Ehrenwort, Thérèse, wenn ich Sie sehe, wenn Sie mit mir reden, bin ich ganz ruhig. Ich erinnere mich nicht mehr, Sie gescholten zu haben in einem Augenblick von Wahnsinn, den ich mir selbst nicht erklären kann. Wenn ich von

Ihnen spreche, dann sage ich, Sie seien nicht jung und die Farbe Ihrer Haare gefalle mir nicht. Ich verkünde, Sie seien meine große Gefährtin, das heißt mein Bruder, und ich habe das Gefühl, ehrlich zu sein, wenn ich das sage. Und dann weht irgendein Frühlingshauch durch den Winter meines törichten Herzens, und ich bilde mir ein, Sie seien es, die ihn mir zubläst. Ja, wahrhaftig, Sie sind es auch, Thérèse, Sie mit Ihrem Kult um das, was Sie die echte Liebe nennen! Das stimmt nachdenklich, ob man will oder nicht!«

»Ich glaube, da irren Sie sich, ich spreche nie von Liebe.«

»Ja, ich weiß. In dieser Hinsicht haben Sie eine vorgefaßte Meinung. Irgendwo haben Sie gelesen, von Liebe zu sprechen bedeute schon, Liebe zu schenken oder zu nehmen; doch Ihr Schweigen ist von großer Beredsamkeit, Ihre Zurückhaltung macht fiebrig und Ihre übertriebene Vorsicht übt einen teuflischen Reiz aus.«

»Wenn das so ist, sehen wir uns besser nicht mehr«, sagte Thérèse.

»Warum nicht? Was macht es Ihnen schon aus, daß ich ein paar schlaflose Nächte gehabt habe, da es doch nur an Ihnen liegt, mich wieder so ruhig werden zu lassen, wie ich vorher war?«

»Was muß ich dafür tun?«

»Das, worum ich Sie gebeten habe: Geben Sie zu, daß Sie jemandem angehören. Ich werde es mir gesagt sein lassen, und da ich sehr stolz bin, werde ich geheilt sein, als hätte mich der Zauberstab einer Fee berührt.«

»Und wenn ich Ihnen sage, daß ich keinem angehöre, weil ich niemanden mehr lieben will; genügt Ihnen das nicht?«

»Nein, ich wäre so töricht zu glauben, Sie könnten Ihre Meinung ändern.«

Thérèse mußte lachen, wie anmutig es Laurent verstand, gute Miene zum bösen Spiel zu machen.

»Na schön«, sagte sie zu ihm, »Sie sollen geheilt werden, und nun geben Sie mir eine Freundschaft zurück, die mich stolz machte, anstelle einer Liebe, die mich erröten ließe. Ich liebe jemanden.«

»Das genügt nicht, Thérèse: Sie müssen mir sagen, daß Sie ihm angehören!«

»Sonst würden Sie glauben, dieser jemand, das seien Sie selbst, nicht wahr? Nun denn, ich habe einen Liebhaber. Sind Sie nun zufrieden?«

»Voll und ganz. Und sehen Sie, ich küsse Ihre Hand, um Ihnen für Ihre Offenheit zu danken. Machen Sie das Maß Ihrer Güte voll und sagen Sie mir, daß es Palmer ist!«

»Das ist mir ganz unmöglich. Ich müßte lügen . . .«

»Nun . . . daraus werde ich nicht klug!«

»Es ist niemand, den Sie kennen; es ist eine Person, die nicht hier ist.«

»Die jedoch ab und zu kommt?«

»Anscheinend . . . da Sie doch ein Bekenntnis belauscht haben . . .«

»Danke, danke, Thérèse! Jetzt stehe ich wieder fest auf den Beinen; ich weiß, wer Sie sind und wer ich bin, und wenn ich alles sagen darf, ich glaube, ich liebe Sie so noch mehr; nun sind Sie eine Frau und keine Sphinx mehr. Ach! Hätten Sie doch früher gesprochen!«

»Diese Leidenschaft hat Sie wohl ziemlich mitgenommen?« meinte Thérèse spöttisch.

»Ach nein, oder doch, vielleicht! In zehn Jahren, Thérèse, kann ich es Ihnen sagen, und wir werden darüber zusammen lachen.«

»Abgemacht! Guten Abend.«

Laurént ging gefaßt und tief enttäuscht zu Bett. Er hatte wirklich um Thérèse gelitten. Er hatte sie leidenschaftlich begehrt, ohne daß sie es ahnen durfte. Aber gerade diese Leidenschaft war bestimmt nicht gut gewesen. Ebenso viel Eitelkeit wie Neugier hatten sich eingeschlichen. Diese Frau, von der alle Freunde sagten: »Wen

liebt sie eigentlich? Ich möchte gern derjenige sein, aber
es ist keiner von uns«, war ihm wie ein Wunschbild
erschienen, nach dem es zu greifen galt. Seine Phantasie
war entbrannt, sein Stolz hatte sich verzehrt in der Angst,
in der fast untrüglichen Gewißheit, daß er scheitern
würde.

Doch dieser junge Mann war nicht einzig und allein
von Stolz besessen. Er hatte dann und wann eine glän-
zende und souveräne Vorstellung vom Guten, vom Schönen und vom Wahren. Er war ein Engel, womöglich ein
gefallener Engel wie so viele andere auch, doch zumindest
verirrt und krank. Das Verlangen zu lieben zehrte an
seinem Herzen, und hundertmal am Tag fragte er sich
voller Entsetzen, ob er nicht schon zu viel Mißbrauch mit
seinem Leben getrieben habe und ob er noch genügend
Kraft besitze, um glücklich zu werden.

Ruhig und traurig wachte er auf. Schon trauerte er seinem Trugbild, seiner schönen Sphinx nach, die in ihm mit
gütiger Aufmerksamkeit zu lesen verstand, die ihn bald
bewunderte und bald schalt, die ihn aber auch ermutigte
oder bedauerte, ohne jemals irgend etwas von ihrem eigenen Schicksal preiszugeben, und die doch ganze Schätze
an Zuneigung, Hingabe, ja vielleicht Wonne ahnen ließ!
Zumindest gefiel es Laurent, das Schweigen von Thérèse
über sich selbst so zu deuten und ebenso ein gewisses
geheimnisvolles Lächeln wie das der Mona Lisa, das sich
auf ihren Lippen und in ihren Augenwinkeln zeigte, wenn
er in ihrer Gegenwart lästerte. In diesen Augenblicken sah
sie so aus, als denke sie bei sich: »Angesichts dieser bösen
Hölle wäre es mir ein leichtes, das Paradies zu beschreiben, doch dieser arme Narr würde mich nicht verstehen.«

Nachdem das Geheimnis ihres Herzens aufgedeckt
war, verlor Thérèse in den Augen von Laurent zunächst
ihr ganzes Ansehen. Sie war nur noch eine Frau wie alle
anderen auch. Er war sogar versucht, sie in seiner Achtung herabzusetzen, und ihr, auch wenn sie sich niemals

hatte ausfragen lassen, Heuchelei und Prüderie vorzuwerfen. Doch nun sie jemandem angehörte, bedauerte er kaum noch, sie geachtet zu haben, und begehrte nichts mehr von ihr, nicht einmal ihre Freundschaft, die er, wie er dachte, mühelos anderswo finden könnte.

Dieser Zustand hielt zwei oder drei Tage an, in denen sich Laurent mehrere Ausflüchte zurechtlegte, um sich zu entschuldigen, sollte Thérèse ihn zufällig fragen, warum er sie so lange nicht besucht habe. Am vierten Tag befiel Laurent ein unbeschreiblicher Lebensüberdruß. Bei den Freudenmädchen und bei den leichten Damen wurde ihm ganz einfach übel; auch bei keinem seiner Freunde konnte er die geduldige und feinsinnige Güte von Thérèse finden, die seinen Verdruß bemerkt, die ihn abzulenken versucht, die mit ihm zusammen nach der Ursache oder einem Heilmittel geforscht, kurz, die sich um ihn gekümmert hätte. Sie allein wußte, was es ihm zu sagen galt, und schien zu verstehen, daß das Geschick eines Künstlers wie Laurent keine nebensächliche Angelegenheit war, von der ein erhabener Geist hätte behaupten dürfen, nun er sich unglücklich fühle, sei ihm eben nicht zu helfen.

Er lief in solcher Eile zu ihr hin, daß er vergaß, was er ihr sagen wollte, um sich zu entschuldigen; doch Thérèse bekundete weder Mißfallen noch Erstaunen über dieses Versäumnis, und sie ersparte es ihm zu lügen, indem sie einfach keine Fragen stellte. Nun fühlte er sich beleidigt und erkannte, daß er noch eifersüchtiger war als vorher.

›Sicher hat sie ihren Liebhaber getroffen‹, dachte er, ›mich wird sie vergessen haben.‹

Gleichwohl ließ er sich seinen Ärger nicht anmerken und nahm sich von nun an so in acht, daß Thérèse sich täuschen ließ.

Mehrere Wochen vergingen ihm in einem ständigen Wechsel von Wut, Kälte und Zärtlichkeit. Nichts auf der Welt war für ihn so unentbehrlich und so wohltuend wie die Freundschaft dieser Frau, nichts war für ihn so bitter

und so verletzend wie die Tatsache, daß er kein Recht auf ihre Liebe geltend machen konnte. Das Geständnis, das er ihr abverlangt hatte, trug in keiner Weise, wie er gehofft hatte, zu seiner Heilung bei, vielmehr verschlimmerte sich sein Leiden zusehends. Das war reine Eifersucht, die er sich nicht länger zu verbergen vermochte, denn sie hatte eine eindeutige und sichere Ursache. Wie hatte er sich nur einbilden können, sobald er diese Ursache kenne, werde er es verschmähen, zu kämpfen, um sie zu beseitigen?

Und doch machte er keinerlei Anstrengungen, den unsichtbaren und glücklichen Nebenbuhler auszustechen. Sein Stolz, der in Thérèses Nähe grenzenlos war, ließ das nicht zu. War er allein, so haßte er den anderen, verleumdete er ihn in seinem Inneren, indem er diesem Phantom lauter Lächerlichkeiten andichtete, es beleidigte und zehnmal am Tag herausforderte.

Verlor er aber die Lust am Leiden, dann kehrte er zum lasterhaften Leben zurück, vergaß sich selbst für einen Augenblick und verfiel wieder in tiefe Schwermut, verbrachte dann zwei Stunden bei Thérèse, war glücklich, sie zu sehen, die gleiche Luft zu atmen wie sie und ihr zu widersprechen aus lauter Freude daran, ihre grollend liebkosende Stimme hören zu können.

Zuletzt haßte er sie dafür, daß sie seine Qualen nicht erriet; er verachtete sie, weil sie diesem Liebhaber treu blieb, der ja höchstens ein Durchschnittsmensch sein konnte, da sie keinerlei Bedürfnis empfand, über ihn zu sprechen; er verließ sie und schwor sich, sie lange Zeit nicht mehr aufzusuchen, aber schon eine Stunde später wäre er am liebsten umgekehrt, wenn er hätte hoffen dürfen, von ihr empfangen zu werden.

Thérèse, die einen Augenblick lang seine Liebe bemerkt hatte, ahnte nichts mehr davon, so gut spielte er seine Rolle. Sie hatte dieses unglückliche Kind aufrichtig gern. Unter ihrem ruhigen und besonnenen Wesen war sie eine begeisterte Künstlerin und hatte, wie sie es nannte, eine Art Kult mit demjenigen getrieben, der es hätte sein können; nun blieb ihr nur noch übrig, ihn zu verwöhnen, aus übergroßem Mitleid, dem sich noch aufrichtige Achtung vor dem leidenden und verirrten Genie beimischte. Wäre sie ganz sicher gewesen, in ihm kein verhängnisvolles Begehren zu wecken, sie hätte ihn gestreichelt wie einen Sohn, und es gab Augenblicke, in denen sie sich zusammennehmen mußte, daß ihr nicht das Du über die Lippen kam.

War bei diesem mütterlichen Gefühl noch Liebe mit im Spiel? Ganz bestimmt, doch ohne Thérèses Wissen, denn eine wahrhaft keusche Frau, deren Leben lange Zeit mehr Arbeit als Leidenschaft gewesen ist, kann lange vor sich selbst das Geheimnis einer Liebe hüten, gegen die sie sich wehren zu müssen glaubt. Thérèse meinte sicher zu sein, sie werde niemals an ihre eigene Befriedigung in dieser Zuneigung denken, die ganz auf ihre Kosten ging; sobald Laurent in ihrer Nähe Ruhe und Wohlbefinden verspürte, fühlte auch sie in sich selbst solche Kräfte, die sie ihm wiederum zufließen lassen konnte. Sie wußte sehr gut, daß er unfähig war, so zu lieben, wie sie sich das vorstellte; außerdem hatte diese launenhafte Anwandlung, die er ihr gestanden hatte, sie verletzt und erschreckt. Nachdem nun diese Krise vorüber war, beglückwünschte sie sich, in einer unschuldigen Lüge das Mittel gefunden zu haben, einem Rückfall vorzubeugen; und da Laurent bei jeder Gelegenheit, sobald er etwas erregt war, eiligst das unüberwindliche Hindernis des »Baltischen Meeres« heraufbeschwor, hatte sie keine Angst mehr und gewöhnte sich daran, ohne Verbrennungen mitten im Feuer zu leben.

Alle diese Qualen und alle diese Bedrohungen der beiden Freunde blieben verdeckt und reiften gleichsam heran unter einer zur Gewohnheit gewordenen spöttischen Heiterkeit, die kennzeichnend ist für die Lebensart französischer Künstler, ja geradezu ihr unauslöschliches Siegel. Sie ist so etwas wie eine zweite Natur, die uns von den

Fremden aus dem Norden sehr häufig vorgehalten wird und um derentwillen uns vor allem die ernsten Engländer nicht selten verachten. Und doch macht gerade diese Lebensart den besonderen Charme delikater Liebesbeziehungen aus und bewahrt uns häufig vor so manchen Torheiten und Fehlern. Die komische Seite der Dinge suchen heißt die schwache und unlogische Seite aufdecken. Der Gefahren spotten, in die sich die Seele verstrickt sieht, heißt ihnen entgegentreten, so wie unsere Soldaten singend und lachend ins Feuer ziehen. Über einen Freund spotten, heißt oft, ihn vor der Verweichlichung der Seele retten, an der er, durch unser Mitleid ermutigt, hätte Gefallen finden können. Und sich selbst zu verspotten, heißt, sich vor der törichten Trunkenheit übertriebener Eigenliebe bewahren. Ich habe festgestellt, daß Menschen, die niemals scherzen, mit einer kindischen und unerträglichen Eitelkeit beladen sind.

Laurents Heiterkeit war wie ein blendender Rausch von Farben und Geist, genau wie seine Begabung, und sie wirkte um so natürlicher, als sie echt war. Thérèse war nicht so geistreich wie er, da sie von Natur aus verträumt und zu bequem war, viel zu reden; doch bedurfte gerade sie der Ausgelassenheit der anderen, damit ganz allmählich auch ihre Heiterkeit mit einfließen konnte, und dann war ihre eher stille Fröhlichkeit nicht ohne Charme.

Die zur Gewohnheit gewordene gute Laune, an der sie festhielten, brachte es mit sich, daß die Liebe, ein Thema, über das Thérèse niemals scherzte und über das in ihrer Gegenwart auch nicht gescherzt werden durfte, sich mit keinem Wort einschleichen und mit keinem Ton anklingen konnte.

An einem schönen Morgen war dann das Porträt von Herrn Palmer fertig; Thérèse übergab Laurent im Auftrag ihres Freundes eine ansehnliche Summe, und er versprach ihr, das Geld für den Krankheitsfall oder für unvorhergesehene dringende Ausgaben zurückzulegen.

Während der Arbeit an dem Porträt hatte sich Laurent mit Palmer angefreundet. Er erschien ihm so, wie er war: aufrichtig, gerecht, hochherzig, intelligent und gebildet. Palmer war ein reicher Bürger, dessen ererbtes Vermögen aus dem Handel stammte. In der Jugend hatte er dieses Gewerbe noch selbst betrieben und dafür weite Reisen unternommen. Mit dreißig Jahren kam ihm die vernünftige Einsicht, sich für reich genug zu halten und für sich selbst leben zu wollen. Nun reiste er nur noch zu seinem Vergnügen, und nachdem er, wie er sagte, viele merkwürdige Dinge und ungewöhnliche Länder gesehen hatte, fand er jetzt am Anblick wahrhaft schöner Dinge und am Studium der Länder Gefallen, die durch ihre Kultur und Zivilisation wirklich interessant waren.

Ohne auf dem Gebiet der Künste besonders gebildet zu sein, trat er mit einem ziemlich sicheren Urteil an sie heran und hatte auf allen Gebieten Ansichten, die so gesund waren wie seine natürlichen Neigungen. Seinem Französisch merkte man eine gewisse Befangenheit an, die so weit ging, daß er zu Beginn eines Gesprächs fast unverständlich und köstlich fehlerhaft redete; doch wenn er sich dann sicherer fühlte, erkannte man, daß er die Sprache beherrschte und ihm nur eine längere Übung und mehr Selbstvertrauen fehlten, um sie sehr gut zu sprechen.

Anfangs hatte Laurent diesen Mann mit großer Beunruhigung und Neugier studiert. Als endgültig feststand, daß er nicht der Liebhaber von Fräulein Jacques war, fing er an, ihn zu schätzen und so etwas wie Freundschaft für ihn zu empfinden, die in der Tat fast seiner Freundschaft für Thérèse ähnelte. Palmer war ein toleranter Philosoph, ziemlich unerbittlich gegen sich selbst und sehr wohlwollend gegenüber anderen. In seinen Vorstellungen, wenn nicht in seinem Charakter glich er Thérèse und stimmte fast immer in jeder Hinsicht mit ihr überein. Dann und wann war Laurent noch eifersüchtig auf das, was er, musikalisch ausgedrückt, ihr nicht zu erschütterndes

›Unisono‹ nannte, und da es nur noch eine rein verstandesmäßige Eifersucht war, wagte er es, sich bei Thérèse darüber zu beklagen.

»Ihre Definition taugt nichts«, sagte sie. »Palmer ist zu ruhig und zu vollkommen für mich. Ich habe etwas mehr Feuer, und ich singe etwas höher als er. Im Verhältnis zu ihm bin ich der Oberton einer großen Terz.«

»Dann bin ich wohl nur ein Mißton?« entgegnete Laurent.

»Nein«, sagte Thérèse, »mit Ihnen verändere ich mich und singe tiefer, um die kleine Terz zu bilden.«

»Soll das heißen, mit mir gehen Sie einen halben Ton nach unten?«

»Und ich bin Ihnen um ein halbes Intervall näher als Palmer.«

3.

$\mathscr{E}$ines Tages begab sich Laurent auf Bitten Palmers ins Hotel Meurice, wo dieser wohnte, um sich davon zu überzeugen, daß das Porträt ordentlich gerahmt und verpackt war. Man verschloß die Kiste vor ihren Augen, und Palmer schrieb eigenhändig mit einem Pinsel den Namen und die Anschrift seiner Mutter auf den Deckel. Als dann die Spediteure die Kiste hinuntertrugen, um sie zu verladen, drückte Palmer dem Künstler die Hand und sagte zu ihm:

»Ich bin Ihnen sehr zu Dank verpflichtet für eine große Freude, die Sie meiner Mutter bereiten, und ich danke Ihnen nochmals sehr herzlich. Wollen Sie mir jetzt gestatten, ein wenig mit Ihnen zu plaudern? Ich habe Ihnen etwas zu sagen.«

Sie gingen in einen Salon hinüber, in dem Laurent mehrere Koffer bemerkte.

»Ich fahre morgen nach Italien«, sagte der Amerikaner zu ihm und reichte ihm köstliche Zigarren und eine Kerze, obwohl er selbst nicht rauchte, »und ich möchte Sie nicht verlassen, ohne mit Ihnen über eine delikate Angelegenheit gesprochen zu haben, so delikat, daß ich, falls Sie mich unterbrechen, befürchten muß, ich könnte auf Französisch nicht mehr die passenden Worte finden, um alles richtig zu erklären.«

»Ich schwöre Ihnen, ich bleibe stumm wie ein Grab«, sagte Laurent lächelnd, erstaunt und recht beunruhigt über diese Einleitung. Palmer fuhr fort:

»Sie lieben Fräulein Jacques, und ich glaube, sie liebt Sie auch. Vielleicht sind Sie ihr Geliebter; wenn Sie es noch nicht sind, so steht für mich fest, daß Sie es sein werden. Ach! Sie haben versprochen, nichts zu sagen. Bitte sagen Sie nichts, ich frage Sie auch nichts. Ich glaube, Sie verdienen die Ehre, die ich Ihnen zuschreibe;

doch ich fürchte, Sie kennen Thérèse nicht gut genug und wissen nicht so genau, daß zwar Ihre Liebe eine Auszeichnung für Thérèse darstellt, die ihrige Sie jedoch gleichermaßen auszeichnet. Ich muß das befürchten auf Grund der Fragen, die Sie mir über Thérèse gestellt haben, und auch wegen bestimmter Äußerungen, die vor uns beiden über sie gefallen sind und die, wie ich bemerkte, Sie betroffener gemacht haben als mich. Das zeigt mir, daß Sie nichts wissen; und ich, der ich alles weiß, will Ihnen nun alles sagen, damit Ihre Zuneigung für Fräulein Jacques sich auf die Hochachtung und die Verehrung gründet, die sie verdient.«

»Halt, Palmer!« rief Laurent aus, der darauf brannte, mehr zu erfahren, den aber doch ein uneigennütziger Skrupel befiel. »Geschieht das mit Erlaubnis oder im Auftrag von Fräulein Jacques, daß Sie mir ihr Leben erzählen wollen?«

»Weder das eine noch das andere«, antwortete Palmer. »Thérèse wird Ihnen nie ihr Leben erzählen.«

»Dann schweigen Sie! Ich möchte nur das wissen, was auch Thérèse mich wissen lassen will.«

»Gut, sehr gut!« antwortete Palmer und schüttelte ihm die Hand; »doch wenn das, was ich Ihnen zu sagen habe, sie von jedem Verdacht freispricht?«

»Warum verbirgt sie es dann?«

»Aus Großmut gegenüber den anderen.«

»Na, schön, dann reden Sie«, sagte Laurent, der es nicht länger aushalten konnte.

»Ich werde keine Namen nennen«, fuhr Palmer fort. »Ich erzähle nur so viel, daß in einer großen Stadt in Frankreich einmal ein reicher Bankier lebte, der ein bezauberndes Geschöpf verführte, die Erzieherin seiner eigenen Tochter. Daraus entstammt ein uneheliches Mädchen, das vor achtundzwanzig Jahren laut Kirchenkalender am Tage des heiligen Jakobus zur Welt kam, auf dem Standesamt als Kind unbekannter Eltern eingetragen wurde und statt jedes anderen Namens den Familiennamen Jacques erhielt. Dieses Kind ist Thérèse.

Die Erzieherin wurde von dem Bankier mit guten Einkünften ausgestattet und fünf Jahre später mit einem seiner Bankangestellten verheiratet, einem rechtschaffenen Mann, der nichts ahnte, da die ganze Angelegenheit streng geheimgehalten worden war. Das Kind wurde auf dem Lande erzogen. Der Vater hatte es übernommen, für die Tochter zu sorgen. Später wurde sie in ein Kloster geschickt, wo sie eine sehr gute Erziehung genoß und von viel Fürsorge und Liebe umgeben war. In den ersten Jahren besuchte ihre Mutter sie regelmäßig; doch als sie dann verheiratet war, schöpfte der Ehemann Verdacht, bat um seine Entlassung bei der Bank und brachte seine Frau nach Belgien, wo er eine neue Tätigkeit fand und zu Vermögen kam. Die arme Mutter mußte ihre Tränen unterdrücken und gehorchen.

Diese Frau lebt heute noch sehr weit entfernt von ihrer Tochter; sie hat noch andere Kinder; seit ihrer Verheiratung war ihr Betragen untadelig; doch glücklich ist sie nie gewesen. Ihr Mann, der sie liebt, hält sie wie seine Gefangene und hat nie aufgehört, eifersüchtig zu sein, was sie als verdiente Strafe für ihren Fehltritt und ihre Lüge erduldet. Man sollte meinen, das Alter hätte das Geständnis der einen und die Vergebung des anderen herbeigeführt. In einem Roman hätte sich das sicher so abgespielt; doch nichts ist so wenig logisch wie das wirkliche Leben, und dieses Eheleben war vom ersten Tag an gestört: Der Ehemann ist verliebt, beunruhigt und hart; die Frau bußfertig, doch stumm und unterdrückt.

Unter solchen schwierigen Verhältnissen, in denen Thérèse sich befand, konnte sie also weder den Beistand noch den Rat, aber auch nicht die Hilfe oder den Trost ihrer Mutter bekommen. Dennoch liebt diese Thérèse, um so mehr als sie gezwungen ist, sie heimlich zu treffen, ganz im Verborgenen, wenn es ihr einmal gelingt, für ein oder zwei Tage allein nach Paris zu kommen, wie das vor kurzem der Fall war. Und außerdem ist es ihr erst seit wenigen Jahren möglich, irgendeinen Vorwand zu erfinden, um diesen höchst seltenen Urlaub durchzusetzen. Thérèse betet ihre Mutter an und wird nie irgend etwas zugeben, was ihre Mutter kompromittieren könnte. Aus diesem Grunde läßt sie niemals auch nur den leisesten Tadel am Lebenswandel anderer Frauen gelten. Vielleicht haben Sie geglaubt, Thérèse verlange auf diese Weise stillschweigend Nachsicht für sich selbst. Nichts von alledem! Thérèse hat sich selbst überhaupt nichts zu verzeihen, aber ihrer Mutter verzeiht sie alles: Und das ist auch die Geschichte ihrer Beziehung.

Und jetzt muß ich Ihnen die Geschichte der Gräfin von *** erzählen. ›Drei Sterne‹, so sagen Sie doch, glaube ich, auf Französisch, wenn Sie den Namen nicht nennen wollen. Und diese Gräfin, die weder den Titel noch den Namen ihres Gatten trägt, ist wiederum Thérèse.«

»Also ist sie verheiratet? Sie ist nicht verwitwet?«

»Geduld! Sie ist verheiratet, und sie ist es auch wieder nicht. Sie werden sehen.

Thérèse war fünfzehn Jahre alt, als ihr Vater, der Bankier, Witwer wurde und frei war, denn er hatte seine ehelichen Kinder alle versorgt. Er war ein hervorragender Mann, und trotz des Vergehens, von dem ich Ihnen erzählt habe und das ich nicht billige, mußte man diesen geistvollen und edelmütigen Menschen einfach lieben. Ich war sehr befreundet mit ihm. Die Geschichte von Thérèses Geburt hatte er mir anvertraut und nahm mich hin und wieder mit, wenn er sie in diesem Kloster besuchte, in das er sie geschickt hatte. Sie war schön, gebildet, liebenswürdig, feinfühlend. Ich glaube, er hätte es gern gesehen, wenn ich mich entschlossen hätte, ihn um ihre Hand zu bitten; doch zu diesem Zeitpunkt war mein Herz nicht frei; sonst . . . aber ich konnte an so etwas nicht denken.

Dann bat er mich um Auskünfte über einen jungen

adligen Portugiesen, der zu ihm ins Haus kam, große Ländereien in Havanna besaß und sehr gut aussah. Diesem Portugiesen war ich schon in Paris begegnet, aber ich kannte ihn nicht näher und enthielt mich jeden Urteils über seine Person. Er war sehr gewinnend, doch seinem Gesicht hätte ich nicht so recht getraut. Es war dieser Graf von ***, mit dem Thérèse ein Jahr später verheiratet wurde.

Ich mußte nach Rußland reisen; als ich zurückkam, war der Bankier einem plötzlichen Schlaganfall erlegen und Thérèse mit diesem Unbekannten, diesem Wahnsinnigen, um nicht zu sagen diesem Nichtswürdigen verheiratet, denn sie hat ihn immerhin geliebt, selbst als sie sein Verbrechen entdeckt hatte: dieser Mann war in den Kolonien schon verheiratet, als er die beispiellose Unverschämtheit besaß, um Thérèse anzuhalten und sie zu heiraten.

Fragen Sie mich nicht, wie der Vater von Thérèse, ein umsichtiger und erfahrener Mann, sich so hereinlegen lassen konnte. Ich könnte Ihnen nur wiederholen, was meine eigenen Erfahrungen mich nur zu gut gelehrt haben, daß alles, was auf dieser Welt geschieht, in der Hälfte aller Fälle das Gegenteil von dem ist, was sich eigentlich hätte ereignen sollen.

Der Bankier hatte in der letzten Zeit seines Lebens noch andere Unbesonnenheiten begangen, die vermuten lassen, daß sein klarer Verstand schon gefährdet gewesen sein mußte. Er hatte Thérèse ein Vermächtnis ausgesetzt, statt ihr von Hand zu Hand eine Mitgift zu geben. Das Vermächtnis wurde von den gesetzlichen Erben für nichtig erklärt, und Thérèse, die ihren Vater verehrte, wollte nicht vor Gericht klagen, auch nicht mit Aussicht auf Erfolg. Genau in dem Augenblick, als sie Mutter wurde, stand sie vor dem Nichts, und eben zu diesem Zeitpunkt erschien bei ihr eine aufgebrachte Frau, die ihre Rechte zurückforderte und einen Skandal zu inszenieren drohte. Dies war die erste, die einzige legitime Frau ihres Mannes.

Thérèse bewies einen nicht alltäglichen Mut: sie beruhigte diese Unglückliche und erreichte von ihr, daß sie keinerlei Prozeß anstrengte; bei dem Grafen bewirkte sie, daß er seine Frau wieder aufnahm und mit ihr nach Havanna zurückfuhr. Im Hinblick auf die Geburt von Thérèse und das Geheimnis, mit dem ihr Vater seine zärtliche Zuneigung stets umgeben wissen wollte, hatte die Hochzeit in aller Stille im Ausland stattgefunden, und das junge Paar hatte sich seit dieser Zeit ebenfalls im Ausland aufgehalten. Auch dieses Leben muß sehr geheimnisvoll gewesen sein. Der Graf, der befürchtete, mit Sicherheit entlarvt zu werden, falls er wieder in der Gesellschaft auftauchte, redete Thérèse ein, er wolle unbedingt mit ihr in der Einsamkeit leben, und die junge Frau, vertrauensvoll, verliebt und schwärmerisch, fand es nur natürlich, daß ihr Mann mit ihr unter falschem Namen reiste, um allen gesellschaftlichen Verpflichtungen aus dem Wege zu gehen.

Als Thérèse entdeckte, in welcher entsetzlichen Lage sie sich befand, war es also durchaus möglich, das Ganze unter Stillschweigen zu begraben. Sie fragte einen Rechtsgelehrten ihres Vertrauens um Rat, und nachdem sie die Gewißheit erlangt hatte, daß ihre Ehe ungültig war, es aber dennoch eines Urteils bedurfte, sie zu lösen, falls sie jemals Gebrauch von ihrer Freiheit machen wollte, faßte sie unverzüglich einen unwiderruflichen Entschluß, nämlich den, weder verheiratet noch frei zu sein, statt den Vater ihres Kindes durch einen Skandal und ein entehrendes Urteil in den Schmutz zu ziehen. Das Kind war sowieso unehelich; auch schien es ihr besser, es hatte keinen Namen und sollte niemals etwas über seine Herkunft erfahren, als einen Anspruch auf einen anrüchigen Namen durchzufechten und damit seinen Vater zu entehren.

Thérèse liebte diesen Elenden immer noch; das hat sie mir selbst gestanden, und er selbst liebte sie mit einer

geradezu teuflischen Leidenschaft. Es kam zu herzzerreißenden Auseinandersetzungen, zu unglaublichen Szenen,
in denen Thérèse sich mit einer Kraft und einer Energie
verteidigte, die weit über ihr Alter, ich will nicht sagen
über ihr Geschlecht hinausreichten; wenn eine Frau wie
eine Heldin handelt, dann tut sie das nicht halb.

Zum Schluß trug sie den Sieg davon; sie behielt ihr
Kind, verjagte aus eigener Kraft den Schuldigen und sah
ihn mit ihrer Rivalin abreisen, die, auch wenn Eifersucht
sie verzehrte, von der Großherzigkeit Thérèses so überwältigt war, daß sie ihr beim Abschied die Füße küßte.

Thérèse wechselte das Land und den Namen, gab sich
als Witwe aus, fest entschlossen, von den wenigen Menschen, die sie gekannt hatte, vergessen zu werden, und sie
begann, mit schmerzlicher Hingabe für ihr Kind zu leben.
Sie hing so sehr an diesem Kind, daß sie glaubte, sich mit
ihm zusammen über alles hinwegtrösten zu können; doch
dieses letzte ihr verbliebene Glück sollte nicht lange
dauern.

Da der Graf vermögend war und von seiner ersten Frau
kein Kind hatte, sah sich Thérèse gezwungen, auf Bitten
der letzteren eine angemessene Pension anzunehmen, um
in der Lage zu sein, ihren Sohn standesgemäß zu erziehen.
Doch kaum hatte der Graf seine Frau nach Havanna
zurückgebracht, verließ er sie aufs neue, verschwand,
kehrte nach Europa zurück, warf sich Thérèse zu Füßen
und beschwor sie, mit ihm und seinem Kind ans andere
Ende der Welt zu fliehen.

Thérèse blieb unerbittlich; sie hatte nachgedacht und
gebetet. Ihre Seele war gestärkt, sie liebte den Grafen
nicht mehr. Gerade um ihres Sohnes willen wollte sie
nicht, daß ein solcher Mann Herr über ihr Leben wurde.
Sie hatte das Recht verwirkt, glücklich zu sein, nicht aber
das Recht, sich selbst zu achten; sie wies ihn ohne Vorwürfe zurück, aber auch ohne jede Schwäche. Der Graf
drohte ihr, er werde ihr die Geldmittel entziehen: sie

antwortete, sie habe keine Angst davor, für ihren Lebensunterhalt selbst zu arbeiten.

Da sann der Elende auf ein abscheuliches Mittel, sich
entweder Thérèse gefügig zu machen oder sich für ihren
Widerstand zu rächen. Er entführte das Kind und verschwand. Thérèse eilte ihm nach; doch er hatte seine
Vorkehrungen so gut getroffen, daß sie den falschen Weg
einschlug und ihn nicht mehr einholte. Damals traf ich sie
in England in einem Gasthof, völlig verzweifelt und erschöpft, halb wahnsinnig und vom Unglück so verwüstet,
daß ich sie zunächst kaum wiedererkannte.

Ich setzte bei ihr durch, daß sie sich ausruhte und mich
handeln ließ. Meine Nachforschungen führten zu einem
mehr als traurigen Ergebnis. Der Graf war wieder nach
Amerika zurückgekehrt und das Kind dort bei der Ankunft vor Erschöpfung gestorben.

Als ich der Unglücklichen diese furchtbare Nachricht
überbringen mußte, war selbst ich entsetzt über die Ruhe,
die sie nach außen hin zeigte. Acht Tage lang lief sie
herum wie eine Tote. Als sie endlich weinen konnte,
wußte ich, sie war gerettet. Ich aber sah mich gezwungen,
sie zu verlassen; sie sagte mir, sie wolle dort bleiben, wo
sie war. Ihre Notlage beunruhigte mich; sie ließ mich in
dem Glauben, ihre Mutter würde für alles sorgen und es
ihr an nichts fehlen lassen. Später erst habe ich erfahren,
daß dies ihrer armen Mutter überhaupt nicht möglich war;
in ihrem Hause konnte sie nicht über einen einzigen
Pfennig verfügen, ohne darüber abrechnen zu müssen.
Außerdem ahnte sie nichts vom Unglück ihrer Tochter.
Thérèse, die heimlich an sie schrieb, hat ihr dieses Leid
verschwiegen, um die arme Mutter nicht in Verzweiflung
zu stürzen.

In England gab Thérèse Unterricht in Französisch,
Zeichnen und Musik, denn sie war begabt und hatte den
Mut, ihre Fähigkeiten zu nutzen, um nicht auf das Mitleid
anderer angewiesen zu sein.

Ein Jahr später kehrte sie nach Frankreich zurück und ließ sich in Paris nieder, wo sie noch nie gewesen war und keiner sie kannte. Damals war sie ganze zwanzig Jahre alt, mit sechzehn hatte man sie verheiratet. Sie war überhaupt nicht mehr hübsch und brauchte acht Jahre der Ruhe und Entsagung, bis sie endlich wieder gesund wurde und ihre frühere Heiterkeit sich wieder einstellte.

Während dieser ganzen Zeit habe ich sie nur sehr selten gesehen, da ich ständig auf Reisen bin; doch wenn ich sie getroffen habe, war sie stets voller Würde und Stolz; sie arbeitete mit unbeirrbarem Mut, verbarg ihre Armut unter einer bewundernswerten Ordnung und Sauberkeit, klagte nie weder über Gott noch über die Welt, wollte nicht über ihre Vergangenheit sprechen, streichelte hin und wieder heimlich kleine Kinder und wandte sich rasch ab, sobald jemand sie anschaute, vermutlich aus Angst, man könne ihr ansehen, wie ergriffen sie war.

Ich hatte sie drei Jahre nicht mehr gesehen. Als ich neulich zu Ihnen kam und Sie bat, mein Porträt zu malen, war ich gerade auf der Suche nach ihrer Anschrift. Ich wollte Sie schon danach fragen, als Sie ihren Namen erwähnten. Ich war tags zuvor angekommen und wußte noch nicht, daß sie nun endlich erfolgreich, einigermaßen wohlhabend und berühmt geworden war. Als ich sie so antraf, erkannte ich, daß dieses so lange Zeit zerbrochene Geschöpf noch leben, lieben . . . leiden oder glücklich sein konnte. Tun Sie das Ihre, mein lieber Laurent, daß sie es auch wird; sie hat es wahrlich verdient. Und wenn Sie nicht sicher sind, daß sie durch Sie nicht wieder leiden wird, jagen Sie sich lieber noch heute abend eine Kugel in den Kopf, aber gehen Sie nicht zu ihr zurück. Das ist alles, was ich Ihnen sagen wollte.«

»Warten Sie«, rief Laurent tief bewegt, »dieser Graf von ***, lebt er eigentlich noch?«

»Leider ja. Solchen Menschen, die andere in die Verzweiflung treiben, geht es immer gut, und sie entrinnen allen Gefahren. Sie ziehen sich auch nie zurück; denn dieser Graf war doch unlängst vermessen genug, mir einen Brief für Thérèse zu schicken, den ich ihr vor Ihren Augen übergeben habe und mit dem sie das gemacht hat, was er verdiente.«

Während Laurent Herrn Palmer zuhörte, dachte er daran, Thérèse zu heiraten. Diese Geschichte hatte ihn zutiefst erschüttert. Der monotone Klang der Stimme, die markante harte Aussprache und einige bizarre Redewendungen, auf deren Wiedergabe wir hier verzichtet haben, verliehen Palmer in der lebhaften Phantasie seines Zuhörers etwas Befremdendes und Schreckliches, und genauso war das Geschick von Thérèse. War dieses Mädchen ohne Eltern, diese Mutter ohne Kind, diese Frau ohne Ehemann nicht das Opfer eines ganz ungewöhnlichen Unglücks? Welch traurige Vorstellungen von der Liebe und vom Leben mochten in ihr zurückgeblieben sein? Vor den erstaunten Augen von Laurent erschien wieder die Sphinx. So entschleiert, wirkte Thérèse geheimnisvoller auf ihn denn je; hatte sie wirklich jemals Trost gefunden, ja, war ihr das überhaupt für einen einzigen Augenblick möglich?

Überschwenglich umarmte er Palmer und schwor ihm, er liebe Thérèse und er werde, sollte er jemals von ihr geliebt werden, sein ganzes Leben an jene Stunde denken, die gerade verflossen war, und an das, was er gehört hatte. Und als er Palmer dann versprochen hatte, sich nicht anmerken zu lassen, daß er die Geschichte von Fräulein Jacques kannte, ging er nach Hause und schrieb ihr:

»Thérèse, glauben Sie kein Wort von all dem, was ich seit zwei Monaten zu Ihnen sage. Glauben Sie noch weniger, was ich behauptet habe, als Sie befürchteten, ich könnte in Sie verliebt sein. Ich bin nicht verliebt, nein, das ist es nicht. Ich liebe Sie heiß und heftig. Ich weiß, das ist töricht, das ist sinnlos, das ist erbärmlich; doch ich, der ich glaubte, ich würde niemals diese Worte ›ich liebe Sie‹

sagen oder schreiben dürfen oder gar können, ich finde heute, daß diese Worte für mein Gefühl für Sie noch viel zu kühl und zu zurückhaltend sind. Ich kann mit diesem Geheimnis, an dem ich ersticke und das Sie nicht wahrhaben wollen, nicht mehr leben. Hundertmal schon habe ich Sie verlassen, ans Ende der Welt fahren und Sie vergessen wollen. Eine Stunde später stehe ich wieder vor Ihrer Türe; und sehr häufig in der Nacht, wenn Eifersucht mich verzehrt und ich mit mir selbst hadere, bitte ich Gott, mich von meinem Leiden zu erlösen und diesen unbekannten Geliebten endlich auftreten zu lassen, an den ich nicht glaube und den Sie nur erfunden haben, um es mir zu verleiden, an Sie zu denken. Zeigen Sie mir bitte diesen Mann in Ihren Armen, oder lieben Sie mich, Thérèse! Andernfalls sehe ich nur noch eine dritte Lösung, ich töte mich selbst, um dem Ganzen ein Ende zu bereiten. Sie ist feige und töricht, diese banale und von allen verzweifelten Liebenden immer wieder aufgetischte Drohung; doch ist es denn meine Schuld, daß es Anfälle von Verzweiflung gibt, bei denen alle jene, die sie erleiden, den gleichen Schrei ausstoßen, und bin ich deshalb ein Wahnsinniger, nur weil es mir endlich gelingt, ein Mensch zu sein wie alle anderen auch?

Was hat mir alles das genützt, was ich ersonnen habe, um mich dagegen zu wehren und mein armes Ich so harmlos erscheinen zu lassen, wie es frei sein wollte!

Haben Sie mir etwas vorzuwerfen, Thérèse, was Sie betrifft? Bin ich ein eingebildeter Mensch, ein Wüstling, ich, der ich meinen ganzen Stolz darein gesetzt habe, mich abzustumpfen, damit Sie Vertrauen in meine Freundschaft fassen könnten? Doch warum wollen Sie, daß ich sterbe, ohne geliebt zu haben, gerade Sie, die Sie die einzige sind, die mich die Liebe lehren könnte, was Sie sehr wohl wissen? In Ihrer Seele bewahren Sie einen Schatz auf, und Sie lächeln neben einem Unglücklichen, der verhungert und verdurstet. Von Zeit zu Zeit werfen

Sie ihm ein kleines Almosen hin; das nennen Sie dann Freundschaft; es ist nicht einmal Mitleid, denn Sie sollten wissen, daß ein Tropfen Wasser den Durst nur noch schlimmer macht.

Und warum lieben Sie mich nicht? Vielleicht haben Sie schon jemanden geliebt, der weniger wert war als ich; ich tauge nicht viel, das stimmt, aber ich liebe. Ist das nicht genug?

Sie werden mir das nicht glauben; genau wie neulich werden Sie wiederum sagen, ich täuschte mich. Nein, das werden Sie nicht sagen können, es sei denn, Sie lügen vor Gott und sich selbst. Sie sehen doch, daß meine Qual mich ganz und gar beherrscht und ich es fertigbringe, eine lächerliche Liebeserklärung zu machen, ausgerechnet ich, der ich nichts auf der Welt mehr fürchte, als von Ihnen verspottet zu werden.

Thérèse, halten Sie mich nicht für verderbt. Sie wissen sehr wohl, daß der Grund meiner Seele nicht beschmutzt wurde und daß ich aus der Tiefe, in die ich mich gestürzt hatte, immer wieder gegen meinen Willen zum Himmel emporgeschrien habe. Sie wissen sehr wohl, daß ich in Ihrer Nähe keusch bin wie ein kleines Kind; auch haben Sie sich so manches Mal nicht gescheut, meinen Kopf in Ihre Hände zu nehmen, so als wollten Sie mich auf die Stirn küssen. Und Sie sagten: ›Du elender Kopf! Du hättest es verdient, daß man Dich zerschmettert!‹ Doch statt ihn zu zertreten wie den Kopf einer Schlange, haben Sie versucht, ihm den reinen und brennenden Hauch Ihres Geistes einzuflößen. Wohlan, das ist Ihnen nur zu gut gelungen. Und nun, da Sie das Feuer auf dem Altar entzündet haben, wenden Sie sich ab und sagen zu mir: ›Geben Sie es in die Obhut einer anderen! Heiraten Sie, lieben Sie ein schönes junges Mädchen, das sanft ist und ergeben; Sie werden Kinder haben, Ehrgeiz für sie, Gehorsam, häusliches Glück, was weiß ich! Alles, nur nicht mich!‹

Thérèse, und was ist mit mir? Meine leidenschaftliche Liebe gilt Ihnen und nicht mir selbst. Seit ich Sie kenne, setzen Sie alles daran, daß ich an das Glück glauben und Geschmack daran finden soll. Es ist nicht Ihr Verdienst, wenn ich nicht egoistisch geworden bin wie ein verwöhntes Kind. Wohlan, ich bin besser, als Sie denken. Ich frage nicht danach, ob Ihre Liebe das Glück für mich bedeuten könnte. Ich weiß nur, daß sie das Leben für mich wäre und daß ich, ob es gut oder schlecht ist, dieses Leben will oder aber den Tod.«

4.

$\mathcal{D}$ieser Brief bekümmerte Thérèse tief. Sie war wie
vom Blitz getroffen. Ihre Liebe glich der von Laurent so
wenig, daß sie meinte, das, was sie für ihn empfinde, sei
keine Liebe, vor allem, wenn sie noch einmal die Ausdrücke las, die er benutzte. Im Herzen von Thérèse war
keine Trunkenheit, oder – wenn es doch so etwas gab –,
dann war sie tropfenweise eingesickert, so langsam, daß
sie es nicht gewahr wurde und fest glaubte, sie beherrsche
sich noch genau wie am ersten Tag. Gegen das Wort
Leidenschaft empörte sich alles in ihr.

›Leidenschaft, und das für mich?‹ dachte sie bei sich. ›Er
glaubt wohl, ich wisse nicht, was das ist, und ich wolle
aufs neue von diesem Gifttrank kosten! Was habe ich ihm
getan, die ich ihm so viel Liebe und Zärtlichkeit geschenkt habe, daß er mir als Dank Verzweiflung, Fieberwahn und Tod anbietet? . . . Schließlich‹, so dachte sie,
›kann er, dieser unglückliche Geist, nichts dafür! Er weiß
weder, was er will, noch was er verlangt. Er sucht die
Liebe wie den Stein der Weisen, an den man um so
verbissener glaubt, als man ihn nicht zu fassen vermag. Er
meint, ich besäße ihn und wolle ihn ihm nur zu meinem
eigenen Vergnügen vorenthalten! In allem, was er denkt,
ist stets auch ein Funken Wahnsinn enthalten. Wie ihn
beruhigen und ihn von einer Laune abbringen, die ihn nur
unglücklich machen kann?

Und ich bin also schuld, er hat in gewisser Weise schon
recht, das zu sagen. Ich wollte ihn von einem liederlichen
Leben abhalten und habe ihn nur allzusehr an eine ehrbare
Zuneigung gewöhnt; doch er ist ein Mann und hält unsere
Verbundenheit für unvollständig. Warum hat er mich
getäuscht? Warum hat er mich in dem Glauben gelassen,
in meiner Nähe fühle er sich ganz ruhig? Was kann ich nun
tun, um meine törichte Ahnungslosigkeit wieder gutzu-

machen? Ich habe nicht genug als Frau gedacht, um das vorauszuahnen. Ich wußte nicht, daß eine Frau, und mag sie dem Leben gegenüber noch so gleichgültig und müde sein, immer noch das Hirn eines Mannes zu verwirren vermag. Ich hätte mich für verführerisch und gefährlich halten sollen, wie er einmal sagte, und davon ausgehen, daß er diese Worte nur zurücknahm, um mich zu beruhigen. Also ist es von Übel, ja es kann sogar ein Unrecht sein, wenn einem der Sinn für Koketterie abgeht?‹

Und dann wühlte Thérèse in ihren Erinnerungen und mußte daran denken, daß sie instinktiv zurückhaltend und mißtrauisch gewesen war, wenn sie sich vor dem Begehren anderer Männer schützen wollte, die ihr nicht gefielen; bei Laurent hatte sie nicht so empfunden, weil sie ihn in seiner Freundschaft zu ihr achtete und nicht glauben wollte, daß er versuchen könnte, sie zu täuschen, und vielleicht auch – sie mußte es sich wohl eingestehen –, weil sie ihn einfach mehr liebte als alle anderen. Allein ging sie in ihrem Atelier auf und ab mit einem schmerzlichen Unbehagen; mal schaute sie dabei auf diesen unseligen Brief, den sie auf den Tisch gelegt hatte, so als wisse sie nicht recht, was damit anzufangen sei, und als könne sie sich weder entschließen, ihn noch einmal zu öffnen noch ihn zu vernichten; oder aber sie betrachtete ihre halbfertige Arbeit auf der Staffelei. Sie war gerade mit Schwung und Freude am Werk gewesen, als ihr dieser Brief hereingereicht wurde, das heißt, dieser Zweifel, diese Unruhe, dieses Befremden und diese Bestürzung. Wie ein Trugbild ließ er am stillen und friedlichen Horizont noch einmal alle Schrecken ihrer früheren Schicksalsschläge vorüberziehen. Jedes Wort, das auf diesem Papier stand, war für sie wie ein in der Vergangenheit schon einmal vernommener Totengesang, wie eine Prophezeiung neuen Unheils.

Sie versuchte sich zu beruhigen, indem sie ihre Arbeit wieder aufnahm. Für Thérèse war die Malerei das Allheilmittel gegen die kleinen Aufregungen des Alltags, doch diesmal wollte es nicht wirken; das Entsetzen, das diese Leidenschaft ihr einflößte, traf sie im reinsten und intimsten geheiligten Bezirk ihres gegenwärtigen Lebens.

›Ein zweifaches Glück ist gestört oder vernichtet‹, dachte sie bei sich, warf ihren Pinsel weg und schaute auf den Brief: ›Die Arbeit und die Freundschaft.‹

Den Rest des Tages verbrachte sie, ohne zu irgendeinem Entschluß zu kommen. Nur eines war Thérèse völlig klar: der feste Vorsatz, nein zu sagen; doch es sollte ein eindeutiges Nein sein, und deshalb war ihr nicht daran gelegen, es ihn so schnell wie möglich wissen zu lassen. Sie wollte nicht die argwöhnische Strenge jener Frauen an den Tag legen, die zu unterliegen fürchten, wenn sie nicht eilends ihre Türe verschließen. Auf welche Art und Weise dieses unwiderrufliche Nein auszusprechen sei, das keinerlei Hoffnung aufkommen lassen durfte und dennoch der süßen Erinnerung an die Freundschaft kein Brandmal aufdrücken sollte, war für sie ein schwieriges und schmerzliches Problem. Diese Erinnerung, das eben war ihre eigene Liebe; wenn man einen geliebten Verstorbenen zu beerdigen hat, entschließt man sich nur mit Schmerzen, ihm ein weißes Laken über das Gesicht zu ziehen und ihn ins Massengrab hinabzustoßen. Man möchte ihn einbalsamieren und in ein besonderes Grab legen, das man von Zeit zu Zeit besuchen kann, um für die Seele des Toten zu beten, der darin liegt.

Es wurde Abend, ohne daß sie einen Ausweg gefunden hatte, wie sie sich ihm verweigern konnte, ohne ihn zu sehr leiden zu lassen. Catherine sah, daß sie schlecht zu Abend aß, und fragte sie voller Unruhe, ob sie krank sei.

»Nein«, antwortete sie, »ich habe Sorgen.«

»Ach was! Sie arbeiten zu viel«, entgegnete die gute Alte, »Sie vergessen zu leben.«

Thérèse hob den Finger; das war eine Geste, die Catherine kannte und die bedeuten sollte: ›Sprich nicht davon‹.

Die Stunde, zu der Thérèse die kleine Zahl ihrer Freunde empfing, wurde in der letzten Zeit nur von Laurent wahrgenommen. Obwohl die Türe für jeden, der kommen wollte, offen blieb, kam er allein, sei es, daß die anderen verreist waren (zu dieser Jahreszeit fuhr man aufs Land oder war schon dort), sei es, daß sie bei Thérèse eine gewisse Beklemmung gespürt hatten, den unbewußten und kaum verhehlten Wunsch, sich ausschließlich mit Herrn de Fauvel zu unterhalten.

Um acht Uhr pflegte Laurent zu erscheinen; Thérèse schaute auf die Pendeluhr und dachte bei sich:

›Ich habe ihm nicht geantwortet; er wird heute nicht mehr kommen.‹

In ihrem Herzen breitete sich eine entsetzliche Leere aus, als sie fortfuhr: ›Und er darf niemals wiederkommen.‹

Was sollte sie mit diesem endlosen Abend anfangen, den sie für gewöhnlich im Gespräch mit ihrem jungen Freund zubrachte, wobei sie mit leichter Hand Skizzen machte oder irgendwelche weiblichen Arbeiten verrichtete, während er lässig auf den Kissen des Diwans ausgestreckt lag und rauchte? Um der Langeweile zu entgehen, erwog sie, eine Freundin zu besuchen, die am Faubourg St. Germain wohnte und mit der sie manchmal ins Theater ging; doch diese Freundin pflegte sich früh schlafen zu legen, und bis Thérèse dort sein konnte, wäre es zu spät gewesen. Die Fahrt dauerte sehr lang, denn zu jener Zeit waren die Droschken noch nicht so schnell. Außerdem hätte Thérèse sich umziehen müssen, denn sie lebte im Hauskleid wie alle Künstler, die mit Hingabe arbeiten und nichts an sich haben können, was sie stört; und es war ihr lästig, sich eigens für den Besuch umzukleiden, gar einen Schal und einen Schleier anzulegen, nach einem Wagen zu schicken und sich im Schritt durch die einsamen Alleen des Bois de Boulogne kutschieren zu lassen! Manchmal war Thérèse mit Laurent so spazierengefahren, wenn sie an einem stickigen Abend das Bedürfnis hatten, unter den

Bäumen etwas frische Luft zu schöpfen. Mit jedem anderen wären diese Spazierfahrten kompromittierend gewesen, doch Laurent hütete stets sorgsam das Geheimnis ihrer Vertrautheit; und sie fanden beide Gefallen an der etwas ungewöhnlichen geheimnisvollen Zweisamkeit, hinter der sich gar kein Geheimnis verbarg. Sie rief sich dás alles ins Gedächtnis zurück, als ob es schon weit weg wäre, und bei dem Gedanken, es würde nie wiederkommen, sagte sie seufzend vor sich hin: »Das war eine gute Zeit! Das alles darf nicht von vorne beginnen, nicht für ihn, der darunter leidet, und nicht für mich, die ich das nun weiß.«

Um neun Uhr schließlich versuchte sie, Laurent zu antworten, da fuhr sie beim Schellen der Türglocke heftig zusammen. Das war er! Sie stand auf, um Catherine zu bedeuten, sie solle sagen, sie sei ausgegangen. Catherine kam herein: es war nur ein Brief von ihm. Unwillkürlich bedauerte Thérèse, daß er es nicht selbst war.

In dem Brief standen nur einige wenige Worte:

»Adieu, Thérèse, Sie lieben mich nicht, und ich, ich liebe Sie wie ein Kind!«

Diese zwei Zeilen ließen Thérèse am ganzen Körper erzittern. Die einzige Leidenschaft, die sie in ihrem Herzen niemals wirklich bekämpft hatte, war die mütterliche Liebe. Diese Wunde, auch wenn sie sich scheinbar geschlossen hatte, blutete noch immer so wie die einer unerfüllten Liebe.

»Wie ein Kind!« wiederholte sie, während sie den Brief in ihren von irgendeinem Schauder bebenden Händen zerdrückte. »Er liebt mich wie ein Kind! Mein Gott, was sagt er da! Weiß er, wie weh er mir tut? *Adieu!* Mein Sohn konnte schon *Adieu!* sagen, doch er hat es mir nicht nachgerufen, als sie ihn mir entrissen. Ich hätte es gehört! Und ich werde es nie mehr hören!«

Thérèse war aufs äußerste erregt, und in ihrer Erschütterung griff sie nach diesem schmerzlichsten Vorwand, um in Tränen auszubrechen.

»Haben Sie mich gerufen?« fragte Catherine, als sie ins Zimmer zurückkam. »Ach, mein Gott, was haben Sie denn? Nun weinen Sie wieder wie früher!«

»Nichts, nichts, laß mich!« antwortete Thérèse. »Wenn jemand nach mir fragt, so sagst du, ich sei ins Theater gegangen. Ich will allein sein. Ich bin krank!«

Catherine verließ das Zimmer, aber durch den Garten. Sie hatte Laurent heimlich die Hecke entlangschleichen sehen.

»Grollen Sie ihr doch nicht so«, sagte sie zu ihm. »Ich weiß nicht, warum meine Herrin weint, doch mir scheint, schuld daran sind Sie, und Sie bereiten ihr Kummer. Sie will Sie nicht sehen. Kommen Sie doch; entschuldigen Sie sich bei Ihr!«

Trotz aller Hochachtung und Verehrung für Thérèse war Catherine fest davon überzeugt, daß Laurent ihr Geliebter sei.

»Sie weint?« rief er aus. »Ach, mein Gott! Warum weint sie denn?«

Und mit einem Satz durchquerte er den kleinen Garten, um Thérèse zu Füßen zu fallen, die schluchzend, den Kopf in die Hände gestützt, im Salon saß.

Laurent hätte außer sich sein müssen vor Freude, sie so anzutreffen, wäre er wirklich so durchtrieben gewesen, wie er sich manchmal zu geben suchte; doch im Grunde seines Herzens war er bewundernswert gut, und Thérèse vermochte ihn durch ihren unmerklichen Einfluß zu seiner wahren Natur zurückzuführen. Die Tränen, die ihr Gesicht überströmten, bereiteten ihm echten und tiefen Schmerz. Auf den Knien flehte er sie an, noch einmal diese seine Torheit zu vergessen und seine Not durch ihre Sanftmut und ihre Vernunft lindern zu helfen.

»Ich will nur das, was Sie wollen«, sagte er zu ihr, »und da Sie unsere erloschene Freundschaft beweinen, schwöre ich, daß ich sie zu neuem Leben erwecken will, ehe ich Ihnen neuen Kummer bereite. Aber sehen Sie, meine sanfte und gute Thérèse, meine geliebte Schwester, lassen Sie uns offen sein, denn ich habe einfach nicht mehr die Kraft, Sie zu täuschen! Bringen Sie den Mut auf, meine Liebe hinzunehmen wie eine traurige Entdeckung, die Sie gemacht haben, und wie ein Übel, von dem Sie mich durch Geduld und Mitleid erlösen wollen. Ich werde mir dabei alle Mühe geben, das schwöre ich Ihnen! Ich werde Sie nicht einmal um einen Kuß bitten, und ich glaube sogar, daß mir das gar nicht so schwer fällt, wie Sie befürchten könnten, denn ich weiß noch nicht, ob meine Sinne hier wirklich mit im Spiel sind. Nein, fürwahr, ich glaube nicht. Wie könnte das auch sein nach dem Leben, das ich geführt habe und das ich wohl auch noch frei und ungehindert weiterführen darf? Was ich empfinde, ist wie ein Durst der Seele, warum sollte Sie das erschrecken? Schenken Sie mir eine Faser Ihres Herzens und nehmen Sie dafür das meine ganz. Lassen Sie es sich gefallen, von mir geliebt zu werden, und sagen Sie mir nicht mehr, dies sei eine Beleidigung für Sie; denn ich bin untröstlich, weil ich sehe, daß Sie mich zu sehr verachten, als daß Sie mir erlauben würden, und sei es nur im Traum, um Sie zu werben . . . Das erniedrigt mich so in meinen Augen, daß ich diesen Unglücklichen töten möchte, den Sie moralisch verabscheuen. Erretten Sie mich lieber aus dem Sumpf, in den ich gefallen bin, indem Sie mir sagen, ich solle Buße tun für mein liederliches Leben, um Ihrer würdig zu werden. Ja, lassen Sie mir diese eine Hoffnung! Sie mag noch so schwach sein, sie wird aus mir einen anderen Menschen machen. Sie sollen sehen, Sie werden sehen, Thérèse! Allein schon der Gedanke, daß ich arbeite, um in Ihren Augen ein besserer Mensch zu sein, gibt mir Kraft, das fühle ich; entziehen Sie mir diese nicht. Was soll aus mir werden, wenn Sie mich zurückstoßen? Ich werde wieder alle Stufen hinunterfallen, die ich emporgestiegen bin, seit ich Sie kenne. Alle Früchte unserer geheiligten Freundschaft wären dann für mich verloren. Sie hätten versucht, einen Kranken zu heilen, und zuletzt einen Toten aus ihm gemacht! Und Sie selbst, die Sie so groß und so gut sind, würden Sie Ihres Werkes froh sein können? Müßten Sie sich nicht den Vorwurf machen, es nicht zu einem besseren Ende geführt zu haben? Seien Sie für mich eine barmherzige Schwester, die sich nicht damit begnügt, einen Verwundeten zu verbinden, sondern die sich auch bemüht, seine Seele mit dem Himmel auszusöhnen. Im Ernst, Thérèse, entziehen Sie mir nicht Ihre treuen Hände, wenden Sie Ihren Kopf nicht ab, der im Schmerz so schön ist. Ich werde so lange zu Ihren Füßen knien, bis Sie mir, wenn schon nicht erlaubt, so doch verziehen haben, daß ich Sie liebe!«

Thérèse mußte diesen Ausbruch ernst nehmen, denn Laurent war aufrichtig und ehrlich. Ihn jetzt aus Argwohn zurückzustoßen wäre ein Eingeständnis der allzu großen Zärtlichkeit gewesen, die sie für ihn empfand; eine Frau, die Angst zeigt, ist schon besiegt. So gab sie sich mutig, und vielleicht war sie es auch wirklich, denn sie hielt sich immer noch für stark genug. Und außerdem war sie doch recht beeindruckt von seiner Schwäche. Hätte sie in diesem Augenblick mit ihm gebrochen, wären schreckliche Erregungen heraufbeschworen worden, die es eher zu beschwichtigen, zu mildern galt, allerdings unter dem Vorbehalt, daß die Bindung langsam, sehr geschickt und behutsam gelockert werden mußte. Das konnte schon in einigen Tagen erledigt sein. Laurent war so schwankend und wechselte so unvermittelt von einem Extrem zum anderen!

Sie beruhigten sich also beide und halfen einander, das Gewitter zu vergessen, ja sie bemühten sich sogar, darüber zu lachen und sich wechselseitig für die Zukunft Mut zu machen; doch was sie auch versuchten, ihre Situation war eine ganz andere geworden, und ihre Vertrautheit hatte einen Riesenschritt getan. Die Angst, sich zu verlieren, hatte sie einander näher gebracht, und während sie sich schworen, daß sich zwischen ihnen in ihrer Freundschaft nichts geändert habe, klang aus allen ihren Worten und allen ihren Gedanken eine Wehmut der Seele, eine sanfte Müdigkeit, die schon liebende Hingabe war.

Catherine brachte den Tee und söhnte sie vollends wieder miteinander aus, wie sie das in ihrer treuherzigen und mütterlichen Fürsorge nannte.

»Es wäre besser für Sie«, sagte sie zu Thérèse, »Sie würden einen Hähnchenflügel essen, statt Ihren Magen mit diesem Tee auszuhöhlen! Sie müssen wissen«, sagte sie zu Laurent und zeigte dabei auf ihre Herrin, »Sie hat ihr Abendessen nicht angerührt.«

»Schnell, schnell, sie soll etwas essen!« rief Laurent aus. »Sagen Sie nicht nein, Thérèse, das muß sein! Was geschieht mit mir, wenn Sie krank werden?«

Und da Thérèse sich weigerte, etwas zu essen, weil sie wirklich keinen Hunger hatte, behauptete er auf ein Zeichen von Catherine, die ihn drängte, weiter hartnäckig zu sein, er selbst habe auch Hunger, was auch stimmte, denn er hatte ganz vergessen, zu Abend zu essen. Nun machte sich Thérèse ein Vergnügen daraus, ihm ein Abendessen vorzusetzen, und so aßen Sie zum ersten Mal gemeinsam, was in dem einsamen und bescheidenen Leben von Thérèse nicht ohne Bedeutung war. Allein zusammen essen ist schon eine große Quelle der Vertrautheit. Es ist die gemeinsame Befriedigung eines materiellen Bedürfnisses, und sucht man einen tieferen Sinn darin, so ist es ein Stück gelebte Gemeinschaft, wie schon das Wort »Kommunion« sagt.

Laurent, dessen Gedanken leicht eine poetische Wendung nahmen, selbst mitten im Scherz, verglich sich lachend mit dem verlorenen Sohn, für den Catherine eilends das gemästete Kalb schlachtete. Dieses gemästete Kalb, das sich in Gestalt eines mageren Hähnchens präsentierte, trug natürlich zur Heiterkeit der beiden Freunde bei. Es war so wenig für den Appetit des jungen Mannes, daß

Thérèse besorgt war. Im Viertel selbst konnte man kaum etwas bekommen, und Laurent wollte nicht, daß sich die alte Catherine deswegen Mühe machte. Ganz hinten in einem Schrank fand sich schließlich ein riesiger Topf mit Guavengelee, ein Geschenk von Palmer, das Thérèse nicht hatte anbrechen wollen; und darauf stürzte sich Laurent, während er in schwärmerischen Worten von diesem vortrefflichen Dick sprach, auf den er törichterweise eifersüchtig gewesen war und den er künftig von ganzem Herzen lieben wollte.

»Sie sehen, Thérèse«, sagte er, »Kummer macht ungerecht! Glauben Sie mir, man soll Kinder verwöhnen. Gut sind nur diejenigen, die mit Milde erzogen werden. Geben Sie mir darum viele Guaven, und zwar immer! Die Strenge ist nicht nur bitter wie Galle, sie ist auch ein tödliches Gift!«

Als der Tee kam, merkte Laurent, daß er wie ein Egoist in sich hineingeschlungen und Thérèse nur so getan hatte, als äße sie etwas; in Wahrheit aber hatte sie nichts zu sich genommen. Er machte sich Vorwürfe wegen seiner Unaufmerksamkeit und gestand ihr das ein; dann schickte er Catherine weg, wollte selbst den Tee zubereiten und Thérèse auftragen. Es war das erste Mal in seinem Leben, daß er jemandes Diener spielte, und er empfand ein ausgesprochenes Vergnügen dabei, wie er mit kindlichem Staunen feststellte.

Kniend reichte er ihr die Tasse und meinte: »Jetzt verstehe ich, daß man Diener sein und an seinem Stand hängen kann. Man braucht seine Herrin nur zu lieben.«

Von bestimmten Leuten erwiesen, haben schon die kleinsten Aufmerksamkeiten einen besonders hohen Wert. In seinem Benehmen und selbst in seiner Körperhaltung hatte Laurent stets eine gewisse Steifheit, die er auch im Umgang mit den Damen der Gesellschaft nicht ablegte. Er begegnete ihnen mit der förmlichen Kühle der Etikette. Bei Thérèse, die ihre Gäste in ihrem kleinen

Heim als gute Hausfrau und heitere Künstlerin empfing, fühlte er sich immer zuvorkommend und umsorgt behandelt, ohne daß er Gleiches mit Gleichem hätte vergelten müssen. Es wäre geschmacklos und unpassend gewesen, hätte er sich zum Herrn des Hauses aufgespielt. Nach diesen Tränen und wechselseitigen Ausbrüchen jedoch sah sich Laurent plötzlich, ohne sich klar darüber zu werden, mit einem Recht ausgestattet, das ihm nicht zustand, das er sich jedoch ganz instinktiv aneignete, ohne daß Thérèse, überrascht und gerührt, wie sie war, sich dem hätte widersetzen können. Nun schien er hier zuhause zu sein und das Vorrecht erobert zu haben, die Dame des Hauses zu umsorgen wie ein guter Bruder oder ein alter Freund. Und ohne an die Gefahr einer solchen Besitznahme zu denken, schaute ihm Thérèse mit großen und erstaunten Augen zu und fragte sich, ob sie sich bis dahin nicht vollkommen getäuscht habe, als sie dieses liebevolle und anhängliche Kind für einen hochmütigen und verdrießlichen Mann halten konnte.

In der Nacht jedoch überdachte Thérèse alles noch einmal; aber Laurent wollte, wenn auch ohne jede Absicht, sie nicht erst zu Atem kommen lassen, denn er rang selbst nach Atem, und so schickte er ihr gleich am nächsten Morgen die herrlichsten Blumen, exotisches Naschwerk mit einem so liebevollen, so sanften und ehrerbietigen Brief, daß sie sich der Rührung nicht erwehren konnte. Er bezeichnete sich als den glücklichsten Menschen, er wünschte sich nichts sehnlicher als ihre Vergebung, und hatte er sie erst erhalten, würde er der König der Welt sein. Er wollte sich allen Beschränkungen, jeder Strenge unterwerfen, wenn ihm nur nicht versagt sei, seine Freundin zu sehen und zu hören. Das allein ging über seine Kräfte; alles andere zählte nicht. Er wußte sehr wohl, daß Thérèse keine Liebe für ihn empfinden konnte, was ihn nicht hinderte, zehn Zeilen weiter zu schreiben: »Ist unsere geheiligte Liebe nicht unlösbar?«

Und hundertmal am Tag wiederholte Laurent das Für und Wider, das Wahre und das Unwahre mit einer unschuldigen Offenherzigkeit, an die er zweifellos selbst glaubte; er umsorgte Thérèse auf das köstlichste, setzte von ganzem Herzen alles daran, ihr Vertrauen in die Reinheit ihrer Beziehungen zurückzugewinnen, und sprach jeden Augenblick überschwenglich davon, wie sehr er sie verehre; dann wieder versuchte er sie zu zerstreuen, wenn er sie besorgt sah, sie aufzuheitern, wenn er sie betrübt fand, und sie sanft zu stimmen, wenn sie ihm mit Strenge begegnete. So brachte er sie unmerklich dahin, daß sie zuletzt keinen anderen Willen und kein anderes Leben mehr hatte als er selbst.

Nichts ist so gefährlich wie eine solche Vertrautheit, bei der man sich versprochen hat, sich wechselseitig nicht anzugreifen, sofern nicht einer der beiden dem anderen insgeheim einen physischen Widerwillen einflößt. Die Künstler, die durch ihr unabhängigeres Leben und ihre Arbeit häufig gezwungen sind, sich über gesellschaftliche Konventionen hinwegzusetzen, sind diesen Gefahren stärker ausgesetzt als diejenigen, die ein geregeltes und gesichertes Leben führen. Man muß ihnen deshalb allzu plötzliche Begeisterung und fieberhafte Überspanntheit nachsehen. Die öffentliche Meinung fühlt, daß dies so sein muß, denn sie ist im allgemeinen viel nachsichtiger mit denen, die notgedrungen im Sturm umherirren, als mit jenen, die vollkommene Windstille umgibt. Außerdem erwartet die Gesellschaft, daß die Künstler ihr das Feuer der Begeisterung bringen, und dieses Feuer, das zur Freude und zum Entzücken aller um sich greift, muß sie am Ende selbst verzehren. Dann beklagt man sie, und der brave Bürger, der von ihrem Unglück und ihren Katastrophen erfährt und am Abend in den Schoß seiner Familie zurückkehrt, wird zu seiner guten und sanften Gefährtin sagen:

»Weißt du, dieses arme Mädchen, das so gut gesungen hat, ist vor Kummer gestorben. Und dieser berühmte

Dichter, der so schöne Dinge schrieb, hat sich das Leben genommen. Das ist ewig schade, meine liebe Frau . . . Alle diese Leute nehmen ein schlechtes Ende. Wir einfachen Leute sind die wahrhaft Glücklichen . . .« Und der brave Bürger hat recht.

Gleichwohl hatte Thérèse lange Zeit wenn auch nicht gerade als brave Bürgerin gelebt, denn dazu bedarf es einer Familie und die hatte Gott ihr nicht gewährt, so doch wenigstens als fleißige Arbeiterin, die vom frühen Morgen an tätig war und sich am Ende ihres Tagewerkes weder Vergnügungen noch der Wehmut hingab. Sie strebte unablässig nach einem häuslichen und geregelten Leben; sie liebte die Ordnung, und so lag ihr die kindische Verachtung fern, mit der gewisse Künstler jene überschütteten, die sie Spießbürger schimpften; sie bedauerte im Gegenteil bitterlich, nicht in ein gesichertes Alltagsmilieu geheiratet zu haben, wo sie anstelle von Begabung und Ruhm Liebe und Geborgenheit gefunden hätte. Doch man kann sich sein Geschick nicht aussuchen, zumal die Wahnsinnigen und die Ehrgeizigen nicht die einzigen Unbesonnenen sind, die das Schicksal zerschmettert.

5.

Thérèse hatte keine Schwäche für Laurent in dem spöttischen und etwas anstößigen Sinn, den man in Liebesdingen diesem Wort gern beilegt. Nach vielen Nächten schmerzlichen Nachdenkens erklärte sie ihm aus freiem Entschluß folgendes:

»Ich will, was du willst, weil wir an einem Punkt angelangt sind, wo der neu zu begehende Fehler unvermeidlich nur eine Reihe bereits begangener Fehler korrigiert. Ich bin dir gegenüber schuldig geworden, weil ich nicht die egoistische Vorsicht habe walten lassen, dich zu meiden; es ist nun besser, ich werde mir selbst gegenüber schuldig und bleibe weiterhin deine Gefährtin und dein Trost, auch um den Preis meiner Ruhe und meines Stolzes . . . Hör mich an«, fügte sie hinzu und hielt seine Hand fest in ihren Händen mit der ganzen Kraft, deren sie fähig war, »entziehe mir niemals diese Hand, und was auch geschehen mag, bewahre so viel Anstand und Mut, nie zu vergessen, daß ich deine Freundin war, ehe ich deine Geliebte geworden bin. Vom ersten Tag deiner Leidenschaft an habe ich mir gesagt: ›Diese unsere Liebe war zu gut, die andere kann nur noch schlechter sein‹; doch für mich konnte dieses Glück nicht länger dauern, weil du es nicht mehr teilst und weil in unserer Beziehung, in der sich für dich Leid und Freud vermischten, das Leiden die Oberhand gewonnen hat. Nur um eines bitte ich dich, solltest du meine Liebe satt haben, so wie du jetzt meiner Freundschaft überdrüssig bist, so denke stets daran, daß es nicht ein Augenblick der Leidenschaft war, der mich in deine Arme getrieben hat, sondern eine Regung meines Herzens und ein Gefühl, das zärtlicher und dauerhafter ist als jeder Rausch der Wollust. Ich bin nicht besser als die anderen Frauen, und ich nehme mir nicht das Recht heraus, mich für gefeit zu halten; aber ich liebe dich so inbrünstig und so aufrichtig, daß ich dir niemals nachgegeben hätte, wenn du durch meine Kraft zu retten gewesen wärst. Nachdem ich zunächst geglaubt hatte, diese Kraft wäre heilsam für dich, sie könne dich lehren, deine eigene freizulegen und dich von einer schlechten Vergangenheit zu läutern, bist du nun vom Gegenteil überzeugt, und zwar so sehr, daß heute in der Tat das Gegenteil eintrifft: du wirst bitter, und sollte ich Widerstand leisten, bist du, wie mir scheint, bereit, mich zu hassen, ja unsere armselige Freundschaft zu verfluchen und zum lasterhaften Leben zurückzukehren. Gut, für dich will ich Gott mein Leben opfern. Wenn ich unter deinem Charakter oder deiner Vergangenheit leiden muß, so geschehe es. Für mich wird es Lohn genug sein, daß ich dich vor dem Selbstmord bewahrt habe, den du im Begriff warst zu begehen, als ich dich kennenlernte. Wenn mir das nicht gelingt, so habe ich es doch wenigstens versucht, und Gott wird mir mein vergebliches Opfer verzeihen, denn er weiß, wie aufrichtig es dargebracht worden ist!«

Vor lauter Freude, Dankbarkeit und Vertrauen war Laurent in den ersten Tagen dieser Verbindung einfach großartig. Er wuchs über sich selbst hinaus, hatte religiöse Anwandlungen, segnete seine teure Herrin über alles, weil sie ihn endlich die wahre, reine und edle Liebe lehrte, nach der er sich so gesehnt und von der er sich durch eigene Schuld für immer ausgeschlossen gewähnt hatte. Sie tauche ihn wieder ein in das Wasser seiner Taufe, erklärte er, ja sie lösche in ihm sogar die Erinnerung an seine schlechten Tage aus. Es war eine einzige Vergötterung, Wonne, Verehrung.

Thérèse glaubte ihm arglos. Sie überließ sich ganz der Freude, solche Glückseligkeit geschenkt und einer erlesenen Seele ihre ganze Größe zurückgegeben zu haben. Sie vergaß alle ihre düsteren Ahnungen und lächelte darüber wie über unsinnige Träume, die sie für Wirklichkeit gehalten hatte. Sie spotteten gemeinsam darüber, machten sich Vorwürfe, daß sie sich nicht richtig eingeschätzt hatten und sich nicht gleich am ersten Tag um den Hals gefallen waren, denn sie schienen wie dafür geschaffen, einander zu verstehen, zärtlich zu lieben und zu schätzen. Von Vorsicht und Strafpredigten war keine Rede mehr. Thérèse war zehn Jahre jünger geworden. Sie war wie ein Kind, noch mehr Kind als Laurent selbst; sie wußte nicht, was sie sich noch ausdenken sollte, um ihm das Leben so schön zu bereiten, daß er sich wie auf Rosen gebettet fühlte.

Arme Thérèse! Ihr Rausch dauerte nicht einmal eine Woche.

Wie kommt es denn, daß alle jene, die Mißbrauch mit den Kräften ihrer Jugend getrieben haben, von dieser furchtbaren Strafe getroffen werden, die bewirkt, daß sie unfähig sind, sich eines harmonischen und geregelten Lebens zu erfreuen? Ist es denn ein Verbrechen, wenn der junge Mann, der sich ungehemmt mit ungeheuren Hoffnungen in die Gesellschaft gestürzt hat, sich für berechtigt hält, nach allen Trugbildern, die an ihm vorüberziehen, nach allem Blendwerk, das ihn lockt, einfach zu greifen? Ist seine Sünde denn etwas anderes als Unwissenheit, und hat er in der Wiege überhaupt lernen können, daß man einen unaufhörlichen Kampf gegen sich selbst führen muß, will man sein Leben leben? Unter ihnen gibt es in der Tat viele, die zu beklagen sind und die man nur schwer verurteilen kann, die vielleicht nie einen väterlichen Ratgeber, eine umsichtige Mutter, einen wahren Freund, eine aufrichtige erste Geliebte gehabt haben. Schon bei ihren ersten Schritten hat sie ein Taumel gepackt; wie auf eine willkommene Beute hat sich die Verderbtheit auf sie gestürzt, um aus ihnen, die mehr Sinnlichkeit als Seele hatten, Unholde zu machen, um jene zum Wahnsinn zu treiben, die sich wie Laurent zwischen dem Sumpf der Wirklichkeit und den höchsten Zielen ihrer Träume herumschlugen.

Das eben sagte sich Thérèse, um diese leidende Seele weiter lieben zu können, und aus diesem Grunde ertrug sie auch die Verletzungen, von denen wir hier berichten wollen.

Der siebte Tag ihres Glücks war unwiderruflich der letzte. Diese unheilvolle Zahl blieb für immer fest in Thérèses Gedächtnis haften. Rein zufällige Umstände mußten zusammentreffen, damit dieser Freudentaumel überhaupt eine ganze Woche anhalten konnte; kein Freund kam Thérèse besuchen; sie hatte keinen allzu dringenden Auftrag; Laurent versprach, sich wieder an die Arbeit zu begeben, sobald er sein Atelier beziehen konnte, in dem es von Arbeitern wimmelte, die er mit der Instandsetzung betraut hatte. Die Hitze in Paris war unerträglich; so schlug er Thérèse vor, für zwei Tage aufs Land in die Wälder hinauszufahren. Das war am siebten Tag.

Sie nahmen das Schiff und kamen abends in ein Hotel, von dem aus sie nach dem Essen aufbrachen, um bei herrlichem hellen Mondschein durch den Wald zu streifen. Sie hatten Pferde und einen Führer gemietet, der ihnen mit seinem aufdringlichen Kauderwelsch bald auf die Nerven fiel. Zwei Meilen hatten sie zurückgelegt und befanden sich am Fuße eines Felsenmassivs, das Laurent schon kannte. Er regte an, die Pferde und den Führer wegzuschicken und zu Fuß ins Hotel zurückzulaufen, auch wenn es etwas spät werden würde.

»Ich weiß nicht«, sagte Thérèse zu ihm, »warum wir nicht die ganze Nacht im Wald verbringen; es gibt weder Wölfe noch Räuber. Wir bleiben hier, so lange du willst, und wenn es dir lieber ist, kehren wir gar nicht mehr zurück.«

Sie blieben allein, und nun ereignete sich etwas Seltsames, fast Sonderbares, das so wiedergegeben werden soll, wie es sich zugetragen hat. Sie waren auf den Gipfel des Felsens geklettert und hatten sich auf das dichte, vom

Sommer ausgetrocknete Moos gesetzt. Laurent schaute zum prächtigen Himmel empor, an dem die Sterne in der Helligkeit des Mondes verblaßten. Nur zwei oder drei der größten von ihnen leuchteten hell über dem Horizont. Laurent lag auf dem Rücken und betrachtete sie.

»Ich wüßte gern«, sagte er, »den Namen des Sterns, der etwa über meinem Kopf steht; er scheint mich anzuschauen.«

»Das ist die Wega«, antwortete Thérèse.

»Kennst du etwa die Namen sämtlicher Sterne, du, die Gelehrte?«

»So ungefähr. So schwer ist das gar nicht, in einer Viertelstunde kennst du ebenso viele wie ich, willst du?«

»Nein danke; ich möchte sie wahrhaftig lieber nicht wissen: ich gebe ihnen Namen nach meiner Phantasie.«

»Da hast du recht.«

»Ich ziehe es vor, aufs Geratewohl in den Linien herumzubummeln, die dort oben gezogen sind, und ordne die Sterne nach meinen Vorstellungen, statt den Einfällen der anderen zu folgen. Was soll's, Thérèse? Vielleicht habe ich unrecht. Doch was dich betrifft, du gehst ja lieber auf gebahnten Wegen, nicht wahr?«

»Die sind gesünder für die armen Füße. Ich habe keine Siebenmeilenstiefel wie du!«

»Spötterin! Du weißt genau, daß du viel kräftiger und besser zu Fuß bist als ich!«

»Ganz einfach! Ich habe eben keine Flügel, um auf und davon zu fliegen.«

»Laß dir bloß nicht einfallen, dir welche zuzulegen und mich hier zurückzulassen! Aber wir wollen gar nicht davon sprechen, uns zu verlassen: bei diesem Wort müßte es Regen geben.«

»Ach! Wer denkt denn daran? Wiederhole es nicht, dein schreckliches Wort!«

»Nein! Nein! Wir wollen nicht an so etwas denken, nur nicht!« rief er aus und stand ganz unvermittelt auf.

»Was hast du und wohin gehst du?« fragte sie ihn.

»Ich weiß nicht«, antwortete er. »Ach ja! Da fällt mir
ein . . . Hier gibt es irgendwo ein ganz außergewöhnliches
Echo, und als ich das letzte Mal hier war mit der kleinen . . . du legst doch keinen Wert auf ihren Namen, nicht
wahr? Ja, da hatte ich große Freude daran, es von hier aus
zu hören, während sie dort drüben auf dem kleinen Hügel
sang.«

Thérèse antwortete nichts. Er spürte, daß es nicht besonders taktvoll war, diese unangebrachte Erinnerung an
eine seiner leichten Bekanntschaften zu erwähnen, während eines verträumten romantischen Abends mit der
Königin seines Herzens. Warum war ihm das wieder
eingefallen? Wie konnte ihm der belanglose Name dieses
törichten Frauenzimmers überhaupt über die Lippen
kommen? Diese seine Ungeschicklichkeit quälte ihn sehr;
doch statt sie ganz einfach zuzugeben und untergehen zu
lassen in einer Flut zärtlicher Worte, wie er sie so gut
seiner Seele zu entlocken wußte, wenn Leidenschaft ihn
mitriß, wollte er nichts zurücknehmen und bat Thérèse,
doch für ihn zu singen.

»Das könnte ich jetzt gar nicht«, antwortete sie ihm
sanft. »Es ist schon lange her, daß ich auf einem Pferd
gesessen habe, und ich bin ein wenig außer Atem.«

»Wenn es nur ein wenig ist, dann strengen Sie sich doch
einfach an, Thérèse. Sie würden mir eine solche Freude
machen!«

Thérèse war zu stolz, um wirklich Ärger zu empfinden;
sie war nur traurig. Sie wandte den Kopf ab und tat so, als
ob sie husten müsse.

»Ach was!« sagte er lachend. »Sie sind eben nur ein
schwaches Weib! Und außerdem glauben Sie nicht an
mein Echo, das merke ich wohl. Sie sollen es zu hören
bekommen. Bleiben Sie hier! Ich werde selber dort hinaufklettern. Ich hoffe, Sie haben keine Angst, fünf Minuten
allein zu bleiben?«

»Nein«, antwortete Thérèse betrübt, »ich habe überhaupt keine Angst.«

Um auf den anderen Felsen zu klettern, mußte man die
kleine Schlucht hinabsteigen, die ihn von demjenigen
trennte, auf dem sie sich befanden. Doch diese kleine
Schlucht war viel tiefer, als es den Anschein hatte. Als
Laurent nach der Hälfte des Weges erkannte, wie weit er
noch laufen mußte, bekam er Angst, Thérèse so lange
allein zu lassen; er blieb stehen und fragte sie, ob sie ihn
nicht zurückgerufen habe.

»Nein, bestimmt nicht!« rief sie ihm nun ihrerseits zu,
da sie seinen Plan nicht durchkreuzen wollte.

Es ist schwer zu erklären, was sich in Laurents Kopf
abspielte; jedenfalls legte er dieses »bestimmt nicht« als
Schroffheit aus und stieg weiter hinunter, doch ging er
nicht mehr so rasch und träumte vor sich hin. ›Ich habe
sie verletzt‹, sagte er zu sich selbst, ›und nun grollt sie
mir wie zu der Zeit, als wir noch Bruder und Schwester
spielten. Wird sie sich immer noch solche Launen leisten, nun sie meine Geliebte ist? Aber womit habe ich
sie denn verletzt? Es war sicher nicht richtig von mir,
aber ich habe es ja nicht absichtlich getan. Es ist einfach
nicht anders möglich, als daß mir hin und wieder etwas
aus meiner Vergangenheit in Erinnerung kommt. Soll
das dann jedesmal eine Kränkung für sie und eine De-
mütigung für mich sein? Was kümmert sie meine Vergangenheit, da sie mich doch so akzeptiert hat? Gleichwohl war es falsch von mir! Ja, ich habe unrecht getan;
doch wird es ihr denn nie passieren, daß sie mir von diesem komischen Kauz erzählt, den sie geliebt hat und
dessen Frau sie zu sein glaubte? Gegen ihren Willen
wird Thérèse sich in meiner Gegenwart an die Tage erinnern, da sie ohne mich gelebt hat; soll ich ihr daraus
etwa einen Vorwurf machen?‹

Laurent gab sich gleich selbst die Antwort: ›Ach, ja
doch! Das wäre mir schon unerträglich. Also habe ich

einen großen Fehler gemacht, und ich hätte sie dafür gleich um Entschuldigung bitten sollen.‹

Doch er hatte schon jenen Punkt moralischer Ermüdung erreicht, an dem die Seele der Begeisterung überdrüssig geworden ist und das ungezähmte und schwache Wesen, das wir mehr oder weniger alle sind, aufs neue die Oberhand zu gewinnen droht.

›Und wieder sich selbst anklagen, wieder Versprechungen machen, wieder überzeugen, gerührt sein? Wieso denn?‹ sagte er zu sich selbst. ›Kann sie denn nicht einmal eine Woche lang glücklich sein und Vertrauen haben? Es ist meine Schuld, zugegeben; aber es ist noch viel mehr die ihre, wenn sie aus einer so kleinen Sache eine so große Geschichte macht und mir diese schöne Nacht voller Poesie vergällt, die ich mir mit ihr an einem der schönsten Orte der Welt bereiten wollte. Es stimmt, ich bin hier schon mit Lebemännern und leichten Mädchen gewesen; doch in welchen Winkel der Umgebung von Paris hätte ich sie führen sollen, wo mir keine solchen fatalen Erinnerungen gekommen wären? Sicher ist jedenfalls, sie rühren mich kaum noch, und es gehört schon fast ein Stück Grausamkeit dazu, sie mir vorzuhalten . . .‹

Während er so in seinem Herzen auf die Vorwürfe antwortete, die Thérèse wahrscheinlich in dem ihren an ihn richten mochte, gelangte er auf den Grund der Schlucht, wo er sich wie nach einem Streit verwirrt und müde fühlte und sich in einem Anfall von Erschöpfung und Unwillen ins Gras fallen ließ. Sieben Tage war er nicht mehr sein eigener Herr gewesen; er gab dem Bedürfnis nach, sich selbst wieder zu erobern und sich einen Augenblick lang allein und ungezähmt zu wähnen.

Thérèse ihrerseits war zutiefst betroffen und zugleich erschrocken. Warum hatte er das Wort ›sich verlassen‹ urplötzlich wie einen grellen Schrei in die Stille der Luft geschleudert, die sie beide atmeten? Was war der Anlaß, womit hatte sie ihn so aufgebracht? Vergeblich dachte sie darüber nach. Auch Laurent hätte es ihr nicht zu erklären vermocht. Doch danach war alles grob und grausam gewesen. Und wie verstört mußte er selbst sein, daß er das gesagt hatte, er, dieser feinsinnige Mann! Doch woher rührte bei ihm dieser Zorn? Hatte er in seinem Inneren eine Schlange, die sein Herz verwundete und ihn Worte der Verwirrung und der Verwünschung ausstoßen ließ?

Sie war ihm mit den Augen über den Abhang des Felsens gefolgt, bis er im tiefen Schatten der Schlucht verschwunden war. Nun konnte sie ihn nicht mehr sehen, und sie wunderte sich, wie lange er brauchte, bis er auf der gegenüberliegenden Anhöhe wieder auftauchte. Entsetzen packte sie, er könne in irgendeinen Abgrund gestürzt sein. Vergebens suchten ihre Blicke in der Tiefe das mit Gras bewachsene Gelände ab, das mit dunklen Felsbrocken übersät war. Sie stand auf und wollte versuchen, ihn zu rufen, als ein Schrei aus unsäglicher Not bis zu ihr hinaufdrang, ein heiserer, entsetzlicher, so verzweifelter Schrei, daß sich ihr die Haare sträubten.

Wie ein Pfeil schoß sie in die Richtung, aus der die Stimme gekommen war. Wäre dort ein Abgrund gewesen, sie hätte sich hinuntergestürzt, ohne überhaupt nachzudenken; doch es war nur ein steiler Hang, auf dem sie mehrere Male im Moos ausrutschte und sich an den Büschen ihr Kleid zerriß. Nichts vermochte sie aufzuhalten, und ohne zu wissen wie, landete sie neben Laurent, den sie hoch aufgerichtet, verstört und von einem krampfhaften Zittern geschüttelt antraf.

»Ach! Da bist du!« sagte er zu ihr und ergriff ihren Arm. »Wie gut, daß du gekommen bist! Ich wäre hier zugrunde gegangen!«

Und wie Don Juan nach der Antwort der Statue fuhr er mit rauher und schroffer Stimme fort:

»Nur weg von hier!«

Er riß sie mit sich auf den Weg, lief aufs Geratewohl los und konnte nicht erklären, was ihm widerfahren war.

Nach einer Viertelstunde beruhigte er sich endlich und setzte sich mit Thérèse auf eine Lichtung. Sie wußten nicht, wo sie sich befanden; der Boden war bedeckt mit flachen Felsstücken, die an Grabsteine erinnerten, und dazwischen wuchsen wild durcheinander Wacholderbeersträucher, die in der Nacht wie Zypressen aussahen.

»Mein Gott!« sagte Laurent pötzlich, »sind wir hier denn auf einem Friedhof? Warum hast du mich hierhergeführt?«

»Das ist nur ein Stück öder Wildnis«, antwortete Thérèse. »Wir haben heute abend schon viele solche durchquert. Wenn es dir hier nicht gefällt, so laß uns hier nicht bleiben; gehen wir unter die hohen Bäume zurück.«

»Nein, wir bleiben hier!« entgegnete er. »Da mich nun Zufall oder Schicksal in solche Todesgedanken hineintreiben, kann ich mich ihnen auch stellen und das Entsetzen bis zur Neige auskosten. Das hat seinen Reiz wie jede andere Sache auch, nicht wahr, Thérèse? Alles, was unsere Phantasie heftig erschüttert, ist ein mehr oder weniger herber Genuß. Wenn ein Kopf auf dem Schafott rollen soll, kommt die Menge herbeigelaufen, um zuzuschauen, und das ist nur natürlich. Wir leben nicht allein von sanften Gemütsregungen, wir brauchen auch schreckliche, damit wir die ganze Intensität des Lebens erfahren.«

Er redete noch einige Augenblicke lang so weiter, wie es gerade aus ihm heraussprudelte. Thérèse wagte nicht, ihm Fragen zu stellen, und sie bemühte sich, ihn abzulenken; sie erkannte sehr gut, daß er gerade einen Anfall von Wahnsinn durchgemacht hatte. Endlich erholte er sich so weit, daß er darüber sprechen wollte und konnte.

Es war eine Halluzination gewesen. Als er unten in der Schlucht auf dem Gras gelegen hatte, verwirrte sich alles in seinem Kopf. Er hörte das Echo ganz allein singen, und dieser Gesang war ein obszöner Refrain. Und als er sich dann aufstützte, um hinter diese Naturerscheinung zu kommen, sah er plötzlich vor sich einen Mann, der durch die Heide lief, blaß, mit zerfetzten Kleidern und im Wind wehenden Haaren.

»Ich habe ihn so deutlich gesehen«, erzählte er, »daß ich Zeit genug hatte zu überlegen und mir zu sagen, es sei vermutlich ein verspäteter, von Räubern überraschter und verfolgter Spaziergänger; ich habe sogar nach meinem Stock gesucht, um ihm zu Hilfe zu eilen; doch der Stock war im Gras verlorengegangen, und dieser Mann kam auf mich zu, näher und näher. Als er dicht vor mir stand, konnte ich sehen, daß er betrunken war und nicht verfolgt wurde. Er ging an mir vorüber, warf mir einen stumpfen, gräßlichen Blick zu und zog eine Grimasse voller Haß und Verachtung. Da packte mich die Angst, und ich warf mich mit dem Gesicht zu Boden, denn dieser Mann . . . das war ich selbst!

Ja, das war ich, mein Schreckensbild, Thérèse! Bitte ängstige dich nicht, halte mich nicht für verrückt, es war eine Vision. Das habe ich sehr wohl begriffen, als ich in der Dunkelheit allein wieder zu mir kam. Die Züge eines menschlichen Antlitzes hätte ich auch gar nicht unterscheiden können; dieses Gesicht habe ich nur in meiner Einbildung gesehen; doch so deutlich, so abscheulich, so erschreckend! Das war ich selbst, zwanzig Jahre älter, mit Zügen, die von Ausschweifung oder Krankheit völlig ausgehöhlt waren, mit wirren Augen, einem verstörten blöden Mund; und trotz aller Verwüstung meines Ichs war in diesem Trugbild noch ein letzter Rest von Kraft, um das Wesen, das ich heute bin, zu beleidigen und herauszufordern. Da habe ich zu mir gesagt: ›O mein Gott! Wird es im reiferen Alter mit mir so weit gekommen sein?‹ . . . Heute abend hatte ich schlechte Erinnerungen, die ich gegen meinen Willen ausgesprochen habe; das rührt daher, daß ich immer noch den alten Menschen in mir trage, von dem ich mich erlöst glaubte. Das Schreckensbild des Lasters will seine Beute nicht loslassen, und es wird mich auch in den Armen von Thérèse noch verhöhnen und mir nachrufen: ›Es ist zu spät!‹.

Dann bin ich aufgestanden, um zu dir zu eilen, meine arme Thérèse. Ich wollte dich um Nachsicht bitten für mein Elend und dich anflehen, mich zu beschützen; aber ich weiß nicht, wieviele Minuten oder Ewigkeiten ich mich im Kreise gedreht hätte, ohne vorwärts gehen zu können, wenn Du nicht endlich gekommen wärst. Ich habe dich gleich erkannt, Thérèse, ich hatte keine Angst vor dir und fühlte mich wie erlöst.«

Wenn Laurent so sprach, war schwer herauszufinden, ob er etwas erzählte, was er tatsächlich erlebt hatte, oder ob er in seinem Kopf eine aus seinen bitteren Überlegungen hervorgegangene Allegorie und ein im Halbschlaf wahrgenommenes Bild durcheinanderbrachte. Er beteuerte Thérèse gegenüber jedoch, er sei im Gras nicht eingeschlafen und sei sich immer im klaren gewesen über den Ort, an dem er sich befand, und über die Zeit, die verstrich; doch selbst das war schwer nachzuprüfen. Thérèse dagegen hatte ihn aus den Augen verloren, und ihr war die Zeit entsetzlich lang erschienen.

Sie fragte ihn, ob er zu Halluzinationen neige.

»Ja«, antwortete er, »in der Trunkenheit, aber ich war nicht betrunken, es sei denn trunken von Liebe in den zwei Wochen, die du mir gehörst.«

»Zwei Wochen?« sagte Thérèse erstaunt.

»Nein, nicht so lange«, antwortete er; »quäle mich nicht mit Daten; du siehst doch, daß ich meine Sinne noch nicht alle wieder beisammen habe. Laß uns etwas laufen, dabei werde ich mich wieder erholen.«

»Aber du brauchst Ruhe; wir wollen lieber ins Hotel zurückgehen.«

»Also was machen wir nun?«

»Wir laufen in der falschen Richtung; wir kehren unserm Ausgangspunkt den Rücken zu.«

»Du willst doch nicht etwa, daß ich noch einmal über diesen verfluchten Felsen gehe?«

»Nein, aber wir müssen uns mehr rechts halten.«

»Ganz im Gegenteil!«

Thérèse blieb bei ihrer Meinung, und sie täuschte sich nicht. Laurent aber wollte nicht nachgeben, er wurde sogar zornig und sprach in erregtem Ton, so als wäre das eine echte Streitfrage. Thérèse fügte sich schließlich und folgte ihm, wohin er gehen wollte. Von Aufregung und Traurigkeit fühlte sie sich ganz erschöpft. Laurent hatte mit ihr in einem Ton gesprochen, den sie selbst Catherine gegenüber niemals angeschlagen hätte, auch wenn ihr die gute Alte manchmal auf die Nerven ging. Sie verzieh ihm jedoch, denn sie spürte, daß er krank war; doch der Zustand qualvoller Erregung, in dem sie ihn sah, erschreckte sie um so mehr.

Dank des Starrsinns von Laurent verirrten sie sich im Wald, gingen vier Stunden lang im Kreis herum und kamen erst bei Tagesanbruch ins Hotel zurück. Das Gehen in dem feinen und schweren Sand des Waldbodens war sehr mühsam. Thérèse konnte sich nur noch schleppen, und Laurent, den diese Anstrengung neu belebte, dachte gar nicht daran, aus Rücksicht auf sie seine Schritte zu verlangsamen. Er lief vor ihr her und versicherte ständig, er werde schon den richtigen Weg finden. Von Zeit zu Zeit fragte er, ob sie müde sei, und ahnte überhaupt nicht, daß sie nur deshalb »nein« sagte, um ihm die Reue über seine Schuld an diesem ganzen Mißgeschick zu ersparen.

Am nächsten Tag dachte Laurent gar nicht mehr daran; trotzdem hatte ihn diese sonderbare Krise sehr mitgenommen. Doch ist es typisch für übermäßig nervöse Temperamente, daß sie sich wie durch einen Zauber sehr rasch erholen. Thérèse mußte sogar feststellen, daß sie selbst nach den entsetzlichen Erlebnissen des Vortages noch völlig zerschlagen war, während Laurent schon neue

Kraft geschöpft zu haben schien. Sie hatte nicht geschlafen, denn sie rechnete damit, daß ihn eine schwere Krankheit befallen würde; er aber nahm ein Bad und fühlte sich danach so wohl, daß er den Spaziergang hätte wiederholen können. Er schien vergessen zu haben, wie unerfreulich dieser Abend für ihre Flitterwochen gewesen war. Der traurige Eindruck verwischte sich rasch bei Thérèse, und als sie wieder in Paris waren, meinte sie, zwischen ihnen sei alles unverändert; doch am selben Abend noch kam Laurent auf die Idee, eine Karikatur von Thérèse und sich selbst zu zeichnen, beide bei Mondschein im Wald umherirrend, er mit verstörtem und zerstreutem Gesicht, sie völlig erschöpft, in zerrissenen Kleidern. Künstler finden nichts dabei, wenn einer vom anderen Karikaturen macht, und Thérèse lachte über die ihre. Obwohl auch sie sehr begabt und geistreich mit ihrem Stift umzugehen verstand, hätte sie doch um nichts auf der Welt eine Karikatur von Laurent zeichnen wollen, und als sie sah, wie er diese nächtliche Szene, die für sie eine Qual gewesen war, in übermütiger Weise darstellte, betrübte sie das sehr. Ihr schien, bestimmte Schmerzen der Seele könnten einfach niemals eine komische Seite haben.

Statt das zu verstehen, gab Laurent der Angelegenheit eine noch ironischere Wendung. Unter seine Gestalt schrieb er »Verloren im Wald und im Geist seiner Geliebten« und unter die von Thérèse »Das Herz so zerrissen wie das Kleid!« Das ganze Blatt nannte er »Flitterwochen auf einem Friedhof«. Thérèse gab sich Mühe zu lächeln; sie lobte die Zeichnung, die auch noch als Posse die Hand des Meisters erkennen ließ, und ging überhaupt nicht auf die traurige Wahl des Themas ein. Das war ein Fehler. Sie hätte lieber gleich von Anfang an verlangen sollen, daß Laurent nicht aufs Geratewohl seiner Heiterkeit zügellos freien Lauf ließ. Sie nahm es hin, daß er sie vor den Kopf stieß, weil sie Angst hatte, er könne noch krank sein und mitten in seinem grausigen Scherz von Wahnsinn befallen werden.

Nachdem sie durch zwei oder drei ähnliche Vorfälle gewarnt war, fragte sie sich, ob das sanfte und geregelte Leben, das sie ihrem Freund bereiten wollte, überhaupt die richtige und einer solchen außergewöhnlichen Verfassung zuträgliche Behandlung sei.

Sie hatte ihm einmal gesagt: »Du wirst dich vielleicht manchmal langweilen; aber in der Langeweile erholst du dich vom Rausch, und wenn erst einmal die moralische Gesundheit wieder richtig hergestellt ist, wirst du dich an Kleinigkeiten erfreuen können und die wahre Heiterkeit kennenlernen.«

Das Gegenteil traf ein. Laurent gab seine Langeweile nicht zu, doch war es ihm unmöglich, sie zu ertragen, und er machte sich in bitteren und sonderbaren Launen Luft. Er hatte sich ein Leben mit ständigen Höhen und Tiefen geschaffen. Die unvermittelten Übergänge von der Träumerei zur höchsten Überspanntheit, von vollkommener Gelassenheit zu lärmenden Ausschweifungen waren für ihn der Normalzustand geworden, den er nicht missen mochte. Das Glück, das er einige Tage lang ausgekostet hatte, fing an, ihn zu irritieren, genau wie der Anblick des Meeres bei völliger Windstille.

»Du hast es gut«, sagte er zu Thérèse; »du wachst jeden Morgen auf, und dein Herz ist noch an derselben Stelle. Ich verliere das meine im Schlaf, so wie die Nachtmütze, die mir das Kindermädchen aufsetzte, als ich noch klein war: sie lag entweder an meinen Füßen oder auf dem Boden.«

Thérèse sagte sich, die heitere Ruhe könne nicht mit einem Schlag in diese verwirrte Seele einkehren, vielmehr müsse man sie ganz allmählich daran gewöhnen. Aus diesem Grund dürfe man ihn auch nicht daran hindern, ab und an zum unternehmungslustigen Leben zurückzukehren; aber was konnte sie tun, damit solche Unterneh-

mungslust sich nicht zu einem Schandfleck, zu einem
tödlichen Schlag gegen ihr gemeinsames Ideal auswuchs?
Thérèse konnte nicht eifersüchtig auf die Mätressen sein,
die Laurent gehabt hatte; doch sie verstand nicht, wie sie
ihn am Morgen nach einer Orgie auf die Stirn küssen
sollte. Und da ihn die Arbeit, die er wieder aufgenommen
hatte, eher aufpeitschte als beruhigte, mußte in seinem
Fall ein anderes Ventil für diese Kraft gefunden werden.
Der natürliche Ausweg wären die Wonnen der Liebe
gewesen; aber auch sie bedeuteten Erregung für ihn, nach
der Laurent am liebsten den Himmel gestürmt hätte; da
ihm das nicht möglich war, hielt er Ausschau nach der
Hölle, und sein Hirn, ja selbst sein Gesicht gerieten gelegentlich in ihren teuflischen Widerschein.

Thérèse studierte seine Neigungen und seine Launen
und war überrascht, wie leicht sie zu befriedigen waren.
Laurent war erpicht auf Abwechslungen und unvorhergesehene Ereignisse; es war nicht nötig, ihm unerreich-
bare Freuden zu bieten; es genügte, ihn irgendwohin zu
führen und für ihn ein Vergnügen zu finden, auf das er
nicht gefaßt war. Wenn Thérèse, statt mit ihm zu Hause
zu essen, ihren Hut aufsetzte und ihm verkündete, sie
wollten zusammen in einem Restaurant speisen, oder
wenn sie, statt wie verabredet mit ihm in ein bestimmtes
Theater zu gehen, ihn plötzlich bat, sie in eine ganz andere
Vorstellung zu begleiten, so war er entzückt über diese
unerwartete Abwechslung und hatte um so größere
Freude daran. Mußte er sich aber nach einem vorher
schon festgelegten Plan richten, so verspürte er ein un-
überwindliches Unbehagen und das Bedürfnis, an allem
und jedem herumzunörgeln. Also behandelte Thérèse ihn
wie ein Kind, das sich auf dem Weg der Genesung befindet und dem man nichts abschlägt; und den Unannehmlichkeiten, die für sie daraus entstanden, wollte sie keinerlei Beachtung schenken. Die erste und zugleich schwer-
wiegendste bestand für sie darin, daß sie ihren Ruf aufs

Spiel setzte. Man rühmte und kannte sie allgemein als sittsam. Nicht alle waren davon überzeugt, daß es außer Laurent nicht noch andere Liebhaber gegeben hatte. Irgend jemand hatte einmal verbreitet, sie sei in Italien mit dem Grafen von *** gesehen worden, der doch schon in Amerika verheiratet war, und so hieß es, sie sei von dem Mann ausgehalten worden, den sie in Wirklichkeit geheiratet hatte; und es war klar, daß Thérèse lieber diesen Makel auf sich nehmen wollte, als einen ehrenrührigen Kampf gegen den Unglückseligen zu führen, den sie einmal geliebt hatte; doch im allgemeinen hielt man sie für umsichtig und vernünftig.

»Sie wahrt den Schein«, hieß es, »es hat nie Rivalitäten oder einen Skandal um ihre Person gegeben; alle ihre Freunde achten sie und sagen nur Gutes von ihr. Sie ist eine kluge Frau, die versucht, nicht aufzufallen; das erhöht nur ihren Wert!«

Als sie nun außerhalb ihres Hauses am Arm von Laurent gesehen wurde, wunderten sich die Leute bald, und die Mißbilligung fiel um so schärfer aus, als sie sich so lange davor bewahrt hatte. Laurent war unter Künstlern sehr geschätzt, doch konnte er nur sehr wenige von ihnen zu seinen Freunden zählen. Sie hielten es für geschmacklos, daß er vor den Dandys einer anderen Klasse den Edelmann herauskehrte, und die Freunde, die er in jener Gesellschaft hatte, verstanden ihrerseits sein Verhalten nicht und mißtrauten ihm. Die zärtliche und ergebene Liebe von Thérèse wurde ihr folglich als zügellose Liebschaft ausgelegt. Hätte denn eine wirklich ehrbare Frau sich unter den ernsthaften Männern ihrer Umgebung ausgerechnet denjenigen als Geliebten ausgesucht, der mit den schamlosesten Weibern von Paris ein sittenloses Leben geführt hatte? Und in den Augen derjenigen, die Thérèse nicht verdammen wollten, war Laurents heftige Leidenschaft nur ein gut gelungener Gaunertrick; wenn er ihrer erst einmal überdrüssig wäre, würde er es nur allzu gut verstehen, sich mit Geschick aus der Schlinge zu ziehen.

So geriet Fräulein Jacques von allen Seiten in Verruf wegen der Wahl, die sie getroffen hatte und die sie anscheinend an die große Glocke hängen wollte.

Das war mit Sicherheit nicht Thérèses Absicht; doch mit einem Mann wie Laurent, auch wenn er beschlossen hatte, ihr mit Hochachtung zu begegnen, war es so gut wie unmöglich, sein Leben geheimzuhalten. Er konnte auf die Außenwelt nicht verzichten, und sie mußte entweder zulassen, daß er wieder dorthin zurückkehrte und sich ins Verderben stürzte, oder aber ihm folgen, um ihn vor Unheil zu bewahren. Er war daran gewöhnt, viele Leute zu sehen und von ihnen gesehen zu werden. Wenn er einen Tag zurückgezogen gelebt hatte, meinte er, in einen tiefen Keller gefallen zu sein, und verlangte mit lautem Geschrei nach Luft und Sonne.

Zu dem schlechten Ruf kam für Thérèse bald ein zweites Opfer, das sie ihm bringen mußte: die häusliche Sicherheit. Bis dahin hatte sie durch ihre Arbeit genügend Geld verdient, um ein angenehmes Leben führen zu können; doch das war nur unter der Bedingung möglich, daß es ein geregeltes war und sie auf strenge Ordnung in ihren Ausgaben und folglich auch in ihren Tätigkeiten achtete. Das Unvorhergesehene, das Laurent entzückte, brachte sie bald in Geldverlegenheiten. Sie verbarg das vor ihm, weil sie ihm nicht das Opfer jener kostbaren Zeit versagen wollte, die ja gerade das Kapital des Künstlers ist.

Doch das alles war nur der Rahmen zu einem viel düstereren Bild, über das Thérèse einen so dichten Schleier warf, daß keiner ihr Unglück ahnte und ihre Freunde, entrüstet oder betrübt über ihre Lage, sich von ihr zurückzogen und sagten:

»Sie ist wie trunken. Warten wir ab, bis ihr die Augen aufgehen; das kann nicht lange dauern!«

Es war längst so weit. Mit jedem Tag verstärkte sich bei

Thérèse die traurige Einsicht, daß Laurent sie schon nicht mehr liebte oder sie doch so wenig liebte, daß ihre Verbindung weder für ihn noch für sie eine Hoffnung auf Glück bedeutete. In Italien wurde das für beide zur unabänderlichen Gewißheit, und von dieser Reise nach Italien soll nun berichtet werden.

6.

Schon lange wollte Laurent Italien kennenlernen; es war ein alter Kindheitstraum von ihm, und nachdem er einige seiner Arbeiten unverhofft gut hatte verkaufen können, war er in der Lage, sich diesen Wunsch zu erfüllen. Er bot Thérèse an, sie mitzunehmen; voller Stolz zeigte er ihr sein kleines Vermögen und schwor ihr, er werde diese Reise aufgeben, wenn sie ihn nicht begleiten wolle. Thérèse wußte sehr wohl, daß er nur mit großem Bedauern und unter heftigen Vorwürfen darauf verzichten könnte. Deshalb bemühte sie sich ihrerseits, etwas Geld aufzutreiben. Das gelang ihr schließlich, indem sie ihre künftige Arbeit in Zahlung gab; und gegen Ende des Herbstes fuhren sie zusammen los.

Laurent hatte sich große Illusionen über Italien gemacht und meinte, wenn sie erst einmal das Mittelmeer erreicht hätten, würden sie Frühling im Monat Dezember erleben. Er mußte einige Abstriche machen und auf der Überfahrt von Marseille nach Genua eine strenge Kälte über sich ergehen lassen. Genua gefiel ihm ausnehmend gut, und da es dort an Malerei viel zu sehen gab und dies für ihn das wichtigste Ziel der Reise darstellte, erklärte er sich damit einverstanden, ein oder zwei Monate dort zu bleiben, und mietete eine möblierte Wohnung.

Nach acht Tagen hatte Laurent schon alles gesehen, und Thérèse fing gerade erst an, sich die Dinge so einzurichten, daß sie mit dem Malen beginnen konnte; denn darauf durfte sie nun in der Tat nicht verzichten. Um ein paar Tausendfrancs-Scheine zu erhalten, hatte sie sich einem Kunsthändler gegenüber verpflichten müssen, ihm verschiedene Kopien von noch nicht veröffentlichten Porträts mitzubringen, nach denen er dann Stiche gravieren lassen wollte. Die Arbeit war keineswegs unangenehm. Als kunstverständiger Mann hatte er verschiedene

Porträts von van Dyck ausgewählt, eines davon hing in Genua, das andere in Florenz usw. Kopien dieses großen Meisters waren sozusagen die Spezialität von Thérèse, denn mit solchen Arbeiten hatte sie ihr eigenes Talent herangebildet und zunächst ihren Lebensunterhalt verdient, ehe sie später von sich aus Porträts malte; doch jetzt mußte sie erst einmal von den Besitzern dieser Meisterwerke die Genehmigung zum Kopieren einholen, und so eifrig sie sich auch darum bemühte, es verstrich eine ganze Woche, ehe sie mit der in Genua ausgewählten Arbeit beginnen konnte.

Laurent war keineswegs bereit, irgend etwas zu kopieren. Für solche Studien war seine Persönlichkeit viel zu ausgeprägt und zu temperamentvoll. Er zog in anderer Weise Nutzen aus dem Betrachten großer Werke. Das war sein gutes Recht. Gleichwohl hätte mancher begabte Maler sich an seiner Stelle eine solche günstige Gelegenheit zunutze gemacht. Laurent war keine fünfundzwanzig Jahre alt und konnte durchaus noch dazulernen. Das jedenfalls war die Ansicht von Thérèse, die hier für ihn auch eine Möglichkeit sah, seine finanziellen Mittel aufzubessern. Hätte er sich bequemt, wenigstens einen Tizian zu kopieren, der immerhin sein Lieblingsmaler war, so hätte der Kunsthändler, mit dem Thérèse in Verbindung stand, ohne jeden Zweifel die Arbeit für sich erworben oder sie einem Liebhaber zum Kauf angeboten. Laurent fand diese Idee absurd. Solange er noch etwas Geld in der Tasche hatte, war es für ihn undenkbar, von den Höhen der Kunst herabzusteigen oder gar ans Geldverdienen zu denken. Er ließ Thérèse allein, vor dem Modell versunken, zurück; er zog sie sogar auf mit ihrem van Dyck, den sie abmalen sollte, und versuchte, ihr die Lust an der schrecklichen Arbeit zu verderben, die sie auf sich zu nehmen wagte. Dann begann er durch die Stadt zu streifen und war sehr beunruhigt, was er mit seiner Zeit anfangen sollte in den sechs Wochen, die Thérèse von ihm erbeten hatte, um ihre Arbeit zu einem guten Abschluß zu bringen.

Und wahrlich, sie hatte keine Zeit zu verlieren angesichts der kurzen und dunklen Dezembertage, einer Materialausrüstung, die längst nicht so gut war wie die ihres Ateliers in Paris, aber auch wegen des schlechten Tageslichtes und eines großen Saals, der kaum oder gar nicht beheizt wurde, und nicht zuletzt wegen der vielen Gaffer, die in Scharen unterwegs waren und sich unter dem Vorwand, das Meisterwerk anschauen zu wollen, vor Thérèse aufstellten oder sie mit ihren mehr oder weniger törichten Bemerkungen belästigten. Erkältet, kränkelnd, traurig, vor allem aber erschrocken über die Langeweile, die sich schon als Schatten um die Augen von Laurent legte und sie aushöhlte, kam sie nach Hause und traf ihn entweder schlecht gelaunt an, oder sie mußte so lange auf ihn warten, bis der Hunger ihn heimtrieb. Es vergingen keine zwei Tage, ohne daß er ihr vorhielt, sie habe eine geisttötende Arbeit übernommen, und daß er von ihr verlangte, sie solle darauf verzichten. Hatte er nicht genug Geld für zwei, und wie kam es überhaupt, daß seine Geliebte sich weigerte, es mit ihm zu teilen?

Thérèse blieb fest. Sie wußte, daß das Geld in den Händen von Laurent nicht lange reichen konnte und womöglich keins mehr für die Rückkehr da sein würde an dem Tag, an dem er Italien satt hatte. Sie flehte ihn an, er möge sie weiterarbeiten lassen und selbst so arbeiten, wie er es für richtig halte, aber doch so, wie jeder Künstler arbeiten kann und muß, der sich seine Zukunft noch erobern will.

Er gab zu, daß sie recht hatte, und beschloß, sich ans Werk zu machen. Er packte seine Kästen aus, fand einen Arbeitsraum und fertigte mehrere Skizzen an; doch ob es an der Luftveränderung und an den neuen Gewohnheiten lag, oder ob es der noch viel zu frische Anblick der verschiedensten Meisterwerke war, die ihn sehr bewegt hatten und die er erst einmal verarbeiten mußte, jedenfalls fühlte er sich im Augenblick unfähig, etwas zu tun, und überließ sich einem seiner Anfälle von Weltschmerz, die er allein nicht zu überwinden vermochte. Er hätte Anreize von außen gebraucht, eine herrliche Musik, die von der Decke herabströmt, ein arabisches Vollblutpferd, das durchs Schlüsselloch hereinkommt, ein noch unbekanntes literarisches Meisterwerk, das er griffbereit zur Hand hatte, oder noch besser, eine Seeschlacht im Hafen von Genua, ein Erdbeben, irgendein schreckliches oder köstliches Ereignis, das ihn sich selbst entrissen und unter dessen überwältigendem Eindruck er sich wie berauscht und wie erneuert gefühlt hätte.

Plötzlich inmitten dieser unbestimmten und stürmischen Sehnsüchte bemächtigte sich seiner, ohne daß er es wollte, ein unguter Gedanke.

›Wenn ich bedenke‹, sagte er zu sich selbst, ›daß *früher* (so nannte er die Zeit, als er Thérèse noch nicht liebte) schon die kleinste Torheit genügte, mich neu zu beleben! Heute habe ich viele Dinge, die ich mir immer erträumte, Geld, das heißt sechs Monate Muße und Freiheit, Italien unter meinen Füßen, das Meer vor der Türe, um mich herum eine Geliebte, die zärtlich wie eine Mutter und zugleich ein aufrichtiger und kluger Freund ist; und das alles reicht nicht aus, meine Seele zu neuem Leben zu erwecken! Wessen Schuld ist das? Ganz bestimmt nicht die meine. Ich war nicht verwöhnt, und früher brauchte ich nicht so viel, um mich zu betäuben. Wenn ich bedenke, daß mir jeder Wein zu Kopf stieg, der einfachste Krätzer genauso wie der edelste Tropfen; daß ein beliebiges niedliches Puppengesicht mit herausforderndem Blick und einer aufreizenden Garderobe schon genügte, mich heiter zu stimmen und glauben zu lassen, eine solche Eroberung mache mich zum Helden des Tages! Brauchte ich überhaupt so ein Idealbild wie Thérèse? Wie konnte ich mir nur einreden, die moralische und physische Schönheit gehöre zur Liebe? Ich verstand es doch, mit weniger vorliebzunehmen: folglich mußte das Mehr mich erdrücken, da doch das Bessere der Feind des Guten ist. Und gibt es für die Sinne überhaupt so etwas wie eine wahre Schönheit? Die echte Schönheit ist diejenige, die gefällt. Und diejenige, deren man überdrüssig wird, ist so, als habe es sie nie gegeben. Und außerdem ist da auch noch der Reiz der Abwechslung, und womöglich liegt dort das ganze Geheimnis des Lebens. Sich ändern heißt sich erneuern. Wechseln können heißt frei sein. Ist der Künstler für die Sklaverei geboren? Und ist die beständige, unverbrüchliche Treue oder selbst das gegebene Wort etwa keine Sklaverei?‹

Laurent überließ sich diesen alten spitzfindigen Grübeleien, die doch für die schwankenden Seelen immer wieder neu sind. Bald verspürte er das Verlangen, sie irgend jemandem mitzuteilen, und dieser jemand war Thérèse. Das war nicht zu ändern, denn außer ihr sah Laurent keinen Menschen.

Das allabendliche Gespräch begann immer etwa so:

»Was ist das doch für eine sterbenslangweilige Stadt!«

Eines Abends fügte er noch hinzu:

»Sogar gemalt muß man sich hier langweilen. Ich möchte wahrlich nicht das Modell sein, das du kopierst! Diese arme schöne Gräfin in ihrem schwarzen und goldenen Gewand, die dort seit zweihundert Jahren hängt, dürfte sich, sofern ihre sanften Augen sie nicht schon verdammt haben, oben im Himmel selbst verfluchen, ihr Bildnis in diesem trostlosen Land eingesperrt zu sehen.«

»Und doch«, antwortete Thérèse, »genießt sie hier immerhin noch das Privileg der Schönheit, Erfolg über den Tod hinaus, von der Hand eines Meisters verewigt. Sie mag noch so vermodert in der Tiefe ihres Grabes ruhen, sie hat immer noch Liebhaber; jeden Tag sehe ich, wie junge Leute, die nichts von der Qualität der Malerei ahnen, völlig verzückt vor dieser Schönheit stehenbleiben, die mit strahlender Gelassenheit zu lächeln und zu leben scheint.«

»Sie gleicht dir, Thérèse, weißt du das? Sie hat etwas von der Sphinx, und deine Begeisterung für ihr geheimnisvolles Lächeln erstaunt mich nicht. Es heißt, die Künstler gestalteten stets aus ihrer eigenen Natur heraus; es ist nur allzu verständlich, daß du dir die Porträts von van Dyck ausgesucht hast, um an ihnen die Malerei zu erlernen. Er hat große, schlanke, elegante und stolze Gestalten geschaffen, wie du eine bist.«

»Das sind mir Komplimente! Hör auf damit; ich fühle dahinter schon deinen Spott.«

»Nein, mir ist nicht zum Lachen; du weißt ja, daß ich schon gar nicht mehr lachen kann. Bei dir muß man alles ernst nehmen: ich richte mich nach der Vorschrift. Nur eine traurige Feststellung möchte ich noch machen, daß es nämlich deine tote Gräfin mehr als satt haben muß, immer nur auf diese eine Art schön zu sein. Da kommt mir so eine Idee, Thérèse! Es ist ein phantastischer Traum, der mir einfällt, nach dem, was du vorhin gesagt hast. Hör mal zu! Ein junger Mann, der wahrscheinlich etwas von Bildhauerei verstand, verliebte sich in eine Marmorstatue, die auf einem Grab lag. Das trieb ihn beinahe in den Wahnsinn, und eines Tages hob der arme Irre den Stein auf, um zu sehen, was von dieser schönen Frau im Sarkophag noch übrig geblieben war. Er fand dort . . . was er finden mußte, der Dummkopf! Eine Mumie! Da kam er wieder zu sich, umarmte das Skelett und sagte zu ihm: ›So habe ich dich viel lieber; wenigstens bist du etwas, das einmal gelebt hat, während ich vorher einen Stein liebte, der sich seiner selbst niemals bewußt war.‹«

»Das verstehe ich nicht«, sagte Thérèse.

»Ich ebensowenig«, antwortete Laurent, »doch vielleicht ist in der Liebe die Statue das, was man in seinem Kopf errichtet, und die Mumie das, was man in sein Herz einbringt.«

Ein anderes Mal zeichnete er Thérèses Gestalt in ihrer verträumten und traurigen Haltung in ein Album, in dem sie wenig später blätterte und dabei auf ein Dutzend Skizzen von Frauen stieß, deren dreiste Posen und unverfrorene Mienen sie erröten ließen. Das waren Phantome aus der Vergangenheit, die Laurent flüchtig durch den Kopf gegangen und die, ohne daß er es vielleicht wollte, in diesen weißen Seiten haften geblieben waren. Wortlos zerriß Thérèse die Seite, auf der sie in diese schlechte Gesellschaft geraten war, warf sie ins Feuer, klappte das Album zu und legte es auf den Tisch zurück; dann setzte sie sich ans Feuer, streckte ihre Füße auf den Rand des Kamins, legte die Hände in den Schoß und wollte von etwas anderem reden.

Laurent ging nicht darauf ein, doch sagte er zu ihr:

»Sie sind hochmütig, meine Liebe! Hätten Sie alle Blätter verbrannt, die Ihnen mißfielen, und nur Ihr Bild in dem Album gelassen, so hätte ich das verstanden und zu Ihnen gesagt: ›Das ist gut so!‹; doch wenn Sie sich selbst herausnehmen und die anderen drin lassen, so bedeutet dies, daß Sie mir nie die Ehre erweisen würden, mit irgend jemandem um mich zu kämpfen.«

»Ich habe mit dem Laster um Sie gerungen, ich werde niemals mit irgendeiner seiner Vestalinnen um Sie kämpfen.«

»Schön und gut, genau das ist Hochmut, ich wiederhole es; das hat nichts mit Liebe zu tun. Ich habe mit der Keuschheit um Sie gerungen, und ich werde Sie jedem ihrer Prediger streitig machen.«

»Warum sollten Sie denn um mich kämpfen? Sind Sie es nicht müde, die Statue zu lieben? Ist die Mumie nicht in Ihrem Herzen?«

»Sieh mal an! Was für ein gutes Wortgedächtnis! Mein Gott! Was ist denn schon ein Wort? Man kann es deuten, wie man will. Mit einem Wort bringt man einen Unschuldigen an den Galgen! Ich sehe schon, bei Ihnen muß man auf der Hut sein, was man sagt; vielleicht wäre es am klügsten, wir würden nie mehr miteinander reden.«

»Mein Gott! Ist es so weit mit uns gekommen?« sagte Thérèse und brach in Tränen aus.

Es war in der Tat so weit mit ihnen gekommen, und es half nichts, daß Laurent über ihre Tränen betrübt war und um Verzeihung bat, sie ausgelöst zu haben; am nächsten morgen fing das Unheil von neuem an.

»Was meinst du, soll bloß noch aus mir werden in dieser abscheulichen Stadt?« fragte er sie. »Du willst, daß ich arbeite; ich wollte das auch, aber ich kann nicht! Ich bin nicht wie du mit einer kleinen stählernen Triebfeder im Gehirn geboren, bei der man nur auf einen Knopf zu drücken braucht, und schon setzt die Willenskraft ein. Ich bin eben ein wirklich schöpferischer Künstler. Ob groß oder klein, schwach oder stark, stets ist da eine Triebfeder in mir, die sich durch nichts steuern läßt und die, wenn es ihr beliebt, der Atem Gottes oder der vorbeistreichende Wind in Gang setzt. Ich bin zu allem und jedem unfähig, wenn ich mich langweile oder mich irgendwie nicht wohl fühle.«

»Wie ist das nur möglich, daß sich ein intelligenter Mensch langweilt«, entgegnete Thérèse, »wenn er nicht gerade in einem tiefen Verlies ohne Licht und ohne Luft sitzt? Gibt es denn in dieser Stadt, die dich doch am ersten Tag so begeistert hat, keine schönen Dinge mehr, die du dir anschauen, oder interessante Spaziergänge, die du in der Umgebung unternehmen solltest, keine guten Bücher, in denen du blättern, und keine klugen Leute, mit denen du dich unterhalten könntest?«

»Ich habe mehr als genug von den schönen Dingen hier; allein gehe ich nicht gern spazieren; die besten Bücher regen mich nur auf, wenn sie Dinge behaupten, die ich im Augenblick gerade nicht glauben will. Und was die Beziehungen zu anderen betrifft, die ich anknüpfen könnte . . . Ich habe wohl Empfehlungsschreiben bei mir, von denen ich aber, wie du weißt, keinen Gebrauch machen kann.«

»Nein, das weiß ich nicht, und warum das?«

»Weil meine Freunde aus der Gesellschaft mich natürlich an Leute der hiesigen Gesellschaft empfohlen haben; aber diese Leute aus der Gesellschaft leben nicht in ihren vier Wänden, ohne zu überlegen, wie sie sich amüsieren könnten; und da du nicht zu dieser Gesellschaft gehörst, Thérèse, da du mich also nicht begleiten kannst, werde ich dich wohl oder übel allein lassen müssen!«

»Tagsüber ja, da ich sowieso gezwungen bin, dort im Palast zu arbeiten.«

»Tagsüber stattet man sich Besuche ab und schmiedet Pläne für den Abend. In jedem Land vergnügt man sich besonders abends; wußtest du das nicht?«

»Also gut! Geh abends hin und wieder aus, wenn es denn sein muß, geh zum Ball, zu den *conversazioni!* Aber spiele nicht; das ist alles, worum ich dich bitte.«

»Und genau das kann ich dir nicht versprechen. In der Gesellschaft widmet man sich dem Spiel oder den Frauen.«

»Also richten sich in dieser Gesellschaft alle Männer zugrunde oder stürzen sich in Liebeshändel?«

»Wer weder das eine noch das andere tut, langweilt sich in dieser Gesellschaft, oder aber er langweilt die anderen. Ich jedenfalls bin kein Salonredner. So eitel und leer bin ich noch nicht, daß ich große Vorträge halte, wenn ich nichts zu sagen habe. Im Ernst, Thérèse, möchtest du, daß ich mich in das gesellschaftliche Leben hier stürze auf unsere Kosten und Gefahr?«

»Noch nicht«, antwortete Thérèse, »warte noch ein wenig. Ach! Ich war nicht darauf vorbereitet, dich so bald zu verlieren!«

Der schmerzliche Tonfall und der herzzerreißende Blick von Thérèse irritierten Laurent mehr als gewöhnlich.

»Du weißt«, sagte er, »daß du mich mit der leisesten

Klage immer wieder zu deinen Absichten und Zielen bekehrst, und du nützt deine Macht aus, meine arme Thérèse. Wirst du das nicht eines Tages bereuen, wenn du siehst, daß ich krank und völlig außer mir bin?«

»Ich bereue es schon, denn ich langweile dich«, entgegnete sie. »Mach doch einfach, was du willst!«

»Du überläßt mich also meinem Schicksal? Bist du des Kämpfens schon müde? Schau mal einer an, meine Liebe, du, du liebst mich also nicht mehr!«

»Nach dem Ton zu urteilen, in dem du das sagst, scheint mir, du möchtest wohl gern, daß dem so wäre.«

Er antwortete: »Nein!«; doch schon im nächsten Augenblick tönte es »Ja!« aus jedem seiner Worte. Thérèse war zu ernsthaft, zu stolz, zu anständig. Sie wollte mit ihm nicht von den Höhen des Feuerhimmels herabsteigen. Ein schlüpfriges Wort war für ihre Ohren schon eine Beleidigung, und eine belanglose Erinnerung erregte ihren Tadel. In allen Dingen war sie maßvoll und hatte überhaupt kein Verständnis für ausgefallene Gelüste, für zügellose Launen. Sie war mit Sicherheit die Bessere von ihnen beiden, und wenn sie Komplimente brauchte, so war er bereit, ihr welche zu machen; aber kam es denn zwischen ihnen auf so etwas an? Ging es nicht vielmehr darum, Mittel und Wege für ein gemeinsames Leben zu finden? Früher war sie fröhlicher, war sie »kokett« mit ihm gewesen, und jetzt wollte sie es nicht mehr sein; nun saß sie wie ein kranker Vogel auf seiner Stange, mit zerzausten Federn, eingezogenem Kopf und erloschenem Blick. Ihr blasses und düsteres Gesicht war manchmal furchterregend. In diesem großen und dunklen Zimmer, das die Reste eines vergangenen Luxus noch trübseliger machten, wirkte sie auf ihn wie ein Gespenst. Mitunter hatte er Angst vor ihr. Warum konnte sie diese düstere Behausung nicht mit wundersamen tollen Weisen und fröhlichem Lachen erfüllen? Was tun, um diesen Tod abzuschütteln, der die Schultern erstarren läßt?

»Setz dich ans Klavier und spiele einen Walzer für mich. Ich will ganz allein tanzen. Kannst du überhaupt Walzer tanzen? Ich wette nein! Du kannst immer nur traurige Dinge tun!«

»Wirklich?« sagte Thérèse und stand auf. »Morgen reisen wir ab, komme, was da wolle! Hier würdest du nur verrückt werden. Vielleicht wird es woanders noch schlimmer sein; aber ich will meine Aufgabe erfüllen.«

Dieses Wort versetzte Laurent in heftigen Zorn. Also hatte sie sich eine Aufgabe gestellt? Demnach erfüllte sie ganz kühl eine Pflicht? Womöglich hatte sie der Heiligen Jungfrau gelobt, ihr den Geliebten zu opfern. Es fehlte nur noch, daß sie anfing zu frömmeln!

Er griff nach seinem Hut mit der ihm eigenen Miene, die höchste Verachtung und Genugtuung über die beschlossene Trennung ausdrücken sollte. Er verließ das Haus, ohne zu sagen, wohin er ging. Es war zehn Uhr abends. Thérèse verbrachte die Nacht in entsetzlichen Ängsten. Bei Morgengrauen kam er zurück, schlug die Türen laut zu und schloß sich in sein Zimmer ein. Sie wagte nicht, sich zu zeigen, aus Furcht, ihn zu reizen, und zog sich leise in ihre Räume zurück. Es war das erste Mal, daß sie einschliefen, ohne sich ein Wort der Zuneigung oder der Entschuldigung zu sagen.

Am nächsten Tag kehrte sie nicht an ihre Arbeit zurück, sondern packte ihre Siebensachen zusammen und bereitete alles für die Abreise vor. Gegen drei Uhr nachmittags wachte Laurent auf und fragte sie lachend, was das zu bedeuten habe. Er hatte sich mit allem abgefunden und wieder gefaßt. In der Nacht war er am Meer spazierengegangen, hatte seine Betrachtungen angestellt und war wieder ruhig geworden.

»Dieses gewaltige tosende Meer, das unablässig dasselbe wiederkäut, hat mich unruhig und ungeduldig gemacht«, erzählte er munter. »Zuerst war mir ganz poetisch zumute. Ich habe mich mit ihm verglichen und hätte mich

am liebsten in seinen schönen grünen Schoß gestürzt! . . .
Und dann kam mir die Woge eintönig und lächerlich vor,
wie sie sich unablässig beklagte, daß Felsbrocken am
Strand herumlagen. Wenn sie nicht stark genug ist, sie zu
zerschmettern, dann soll sie schweigen und es so machen
wie ich, der ich mich nicht mehr beklagen will. Heute
morgen bin ich charmant; ich habe beschlossen zu arbeiten, ich bleibe. Ich bin sorgfältig rasiert; küß mich, Thérèse, und laß uns nicht mehr von dem törichten gestrigen
Abend sprechen. Vor allem aber packe diese Bündel wieder aus, räume die Koffer weg, schnell, ich will sie nicht
mehr sehen. Sie schauen mich an wie ein Vorwurf, und ich
verdiene keinen mehr.«

Es war ein langer Weg von jener Zeit, da ein besorgter
Blick von Thérèse schon genügte, damit er vor ihr auf die
Knie fiel, bis hin zu dieser raschen Art und Weise, sich
mit sich selbst auszusöhnen; und doch waren kaum drei
Monate vergangen.

Ein unerwartetes Ereignis lenkte sie ab. Herr Palmer
war am Morgen in Genua eingetroffen und kam, um mit
ihnen zu Abend zu essen. Laurent war entzückt über diese
Abwechslung. Während sein Verhalten anderen Männern
gegenüber für gewöhnlich recht kühl war, fiel er dem
Amerikaner um den Hals und sagte ihm, er komme wie
gerufen. Über diesen warmherzigen Empfang war Palmer
eher überrascht als entzückt. Ihm genügte ein Blick auf
Thérèse, um zu erkennen, daß sie nicht gerade überglücklich sein konnte. Doch Laurent sprach nicht von seinen
Schwierigkeiten, und Thérèse war erstaunt, ihn die Stadt
und das Land in den höchsten Tönen preisen zu hören. Er
bemerkte sogar, die Frauen seien reizend. Woher kannte
er sie?

Um acht Uhr bat er um seinen Überzieher und verließ
das Haus. Palmer wollte sich ebenfalls zurückziehen.

»Warum denn?« meinte Laurent. »Wollen Sie nicht
noch etwas länger bei Thérèse bleiben? Sie würde sich

bestimmt freuen. Wir leben hier vollkommen zurückgezogen. Ich gehe nur für eine Stunde aus. Erwartet mich
zum Tee zurück.«

Um elf Uhr war Laurent noch nicht zu Hause. Thérèse war völlig niedergeschlagen und bemühte sich vergeblich, ihre Verzweiflung zu verbergen. Sie war nicht
mehr beunruhigt, sie fühlte sich verloren. Palmer sah alles und tat so, als merke er nichts; er plauderte noch mit
ihr in der Hoffnung, sie etwas abzulenken; aber da Laurent nicht kam und es sich nicht schickte, bis nach Mitternacht auf ihn zu warten, zog er sich zurück und
drückte Thérèse fest die Hand. Ganz gegen seinen Willen spürte sie an diesem Händedruck, daß er ihre Tapferkeit durchschaut und das Ausmaß ihres Unglücks begriffen hatte.

In diesem Augenblick kehrte Laurent zurück und sah
die Erregung von Thérèse. Kaum war er allein mit ihr,
machte er sich darüber lustig in einem Ton, der so klingen
sollte, als sei er über jede Eifersucht erhaben.

»Ich bitte Sie«, sagte sie zu ihm, »lassen Sie mich nicht
unnützerweise leiden. Glauben Sie wirklich, daß Palmer
mir den Hof macht? Wir wollen abreisen, ich habe es
Ihnen angeboten.«

»Nein, meine Liebe, so töricht bin ich nun auch wieder
nicht. Sobald Sie Gesellschaft haben und mir erlauben,
auch einmal allein auszugehen, ist alles in Ordnung, und
ich fühle mich in der Stimmung zu arbeiten.«

»Gott gebe es«, sagte Thérèse. »Ich selbst werde tun,
was Sie wollen; doch wenn Sie sich über die Gesellschaft
freuen, die ich jetzt habe, dann seien Sie bitte geschmackvoll genug, mit mir nicht in dieser Form darüber zu
sprechen, wie Sie es eben getan haben; das könnte ich mir
nicht bieten lassen.«

»Worüber zum Teufel regen Sie sich eigentlich so auf?
Was habe ich denn gesagt, das Sie verletzt hat? Sie sind in
der letzten Zeit allzu leicht gereizt, gar zu mißtrauisch,

meine Liebe. Was wäre schon Schlimmes dabei, wenn der gute Palmer sich in Sie verliebt hätte?«

»Es wäre schlimm, Sie ließen mich mit ihm allein, wenn Sie wirklich dächten, was Sie sagen.«

»Ach so! Es wäre schlimm . . . Sie der Gefahr auszusetzen? Sehen Sie, Ihrer Meinung nach besteht also doch Gefahr, und ich habe mich nicht getäuscht.«

»Sei's drum! Verbringen wir also unsere Abende zusammen und bitten niemanden zu uns. Ich bin's zufrieden. Abgemacht?«

»Sie sind zu gut, meine liebe Thérèse. Verzeihen Sie mir! Ich werde bei Ihnen bleiben, und wir laden ein, wen immer Sie wollen; das ist die beste und angenehmste Lösung.«

Laurent schien wirklich zur Besinnung zu kommen. In seinem Atelier fing er eine schöne Studie an und forderte Thérèse auf, sie sich anzuschauen. Einige Tage vergingen ohne Zwischenfall. Palmer war nicht wieder aufgetaucht; doch schon bald hatte Laurent dieses geregelte Leben satt, suchte Palmer auf und warf ihm vor, er vernachlässige seine Freunde. Kaum war Palmer im Haus, um den Abend mit ihnen zu verbringen, da erfand Laurent irgendeinen Vorwand, um auszugehen, und blieb bis Mitternacht weg.

So verging eine Woche und noch eine zweite. Laurent schenkte Thérèse einen von drei oder vier Abenden, und was für einen Abend! Die Einsamkeit wäre ihr lieber gewesen.

Wohin ging er? Sie hat es nie erfahren. In der Gesellschaft tauchte er nicht auf. Bei dem feuchten und kalten Wetter war nicht anzunehmen, daß er zu seinem Vergnügen am Meer spazierenging. Indes nahm er häufig ein Boot, wie er sagte, und seine Kleider rochen tatsächlich nach Teer. Er lernte Rudern und nahm Unterricht bei einem Küstenfischer, den er am Ankerplatz traf. Er behauptete, das komme am nächsten Tag seiner Arbeit zugute, weil eine bestimmte Müdigkeit die Erregung seiner

Nerven dämpfe. Thérèse wagte nicht mehr, ihn in seinem Atelier zu besuchen. Er wurde unwillig, wenn sie ihn bat, seine Arbeit sehen zu dürfen. Er mochte ihre Anmerkungen nicht hören, wenn er im Begriff war, eine neue Idee zu verwirklichen, und er wollte auch von ihrem Schweigen nichts wissen, das auf ihn wie ein Tadel wirkte. Sie sollte sein Werk erst sehen, wenn er es für würdig befand, angeschaut zu werden. Früher hatte er mit der Arbeit nicht begonnen, ohne ihr vorher seine Idee eingehend dargelegt zu haben; jetzt behandelte er sie wie Publikum.

Zwei- oder dreimal blieb er die ganze Nacht weg. Thérèse konnte sich nicht an die Unruhe gewöhnen, die sein immer längeres Ausbleiben in ihr erregte. Er wäre außer sich gewesen, hätte sie gezeigt, daß sie es merkte; doch verständlicherweise beobachtete sie ihn und versuchte auch, die Wahrheit zu ergründen. Es war ihr unmöglich, ihm nachts zu folgen in einer Stadt, in der es von Matrosen und Abenteurern aus aller Herren Länder nur so wimmelte. Um keinen Preis hätte sie sich dazu herabgelassen, ihn von irgend jemandem beobachten zu lassen. Sie ging leise zu ihm hinein und fand ihn schlafend. Die Müdigkeit schien ihn überwältigt zu haben. Vielleicht führte er tatsächlich einen verzweifelten Kampf gegen sich selbst, um seine ausschweifenden Gedanken durch körperliche Anstrengungen zu bändigen.

Eines Nachts bemerkte sie, daß seine Kleider verschmutzt und zerrissen waren, als ob er mit irgend jemandem gekämpft hätte oder gestürzt wäre. Erschrocken trat sie näher und sah Blut auf seinem Kopfkissen; er hatte eine leichte Wunde an der Stirn. Er schlief so tief, daß sie hoffte, sie werde ihn nicht wecken, wenn sie seine Brust etwas entblößte, um zu sehen, ob er noch weitere Verletzungen hatte; er wachte jedoch auf und brach in einen Zorn aus, der für sie den Gnadenstoß bedeutete. Sie wollte die Flucht ergreifen, er hielt sie mit Gewalt zurück, zog seinen Hausrock an und schloß die Türe ab; ruhelos und erregt lief er in der Wohnung, die nur von einer kleinen Nachtlampe spärlich beleuchtet wurde, auf und ab und redete sich endlich all das Leid von der Seele, das sich dort angesammelt hatte.

»Nun reicht es«, sagte er zu ihr, »jetzt wollen wir aufrichtig zueinander sein. Wir lieben uns nicht mehr, wir haben uns nie geliebt! Wir haben uns wechselseitig getäuscht. Sie wollten einen Geliebten haben, vielleicht war ich weder der erste noch der zweite, gleichviel! Sie brauchten einen Diener, einen Sklaven, und Sie haben geglaubt, mein unglückseliger Charakter, meine Schulden, meine Langeweile, mein Überdruß am lasterhaften Leben, meine Illusionen über die wahre Liebe würden mich Ihrem Willen gefügig machen, und ich könnte nie wieder aus eigener Kraft zu mir selbst zurückfinden. Um ein so gefährliches Unterfangen zu einem guten Ende zu führen, hätten Sie selbst eine glücklichere Veranlagung, mehr Geduld, mehr Einfühlsamkeit und vor allem mehr Geist haben müssen. Sie haben überhaupt keinen Geist, Thérèse, ehrlich gesagt, ohne Sie beleidigen zu wollen, Sie sind steif, langweilig, eigensinnig und reichlich eingebildet auf Ihre angebliche Mäßigung, die nichts anderes ist als die Philosophie kurzsichtiger Leute mit geringen Gaben und Möglichkeiten. Ich dagegen, ich bin verrückt, unstet und undankbar, alles, was Sie wollen; aber ich bin aufrichtig, nicht berechnend, ich gebe mich ohne Hintergedanken preis; und deshalb schaffe ich es auch, immer wieder aus eigener Kraft zu mir selbst zu finden. Meine moralische Freiheit ist mir heilig, und ich erlaube niemandem, sie anzutasten. Ich hatte sie Ihnen anvertraut, nicht geschenkt; an Ihnen war es, sie richtig zu nutzen und mich glücklich zu machen. Ach! Versuchen Sie nicht zu behaupten, Sie hätten mich gar nicht gewollt. Ich kenne diese Schliche der Bescheidenheit und diese Wandlungen im Bewußtsein der Frauen. An dem Tag, an dem Sie sich mir ergeben haben, wußte ich, daß Sie meinten, Sie hätten mich erobert, und dieser ganze geheuchelte Widerstand, diese Tränen der Not und diese Nachsicht gegenüber meinen Ansprüchen waren nichts anderes als die ganz gewöhnliche Fertigkeit, eine Angel auszuwerfen, damit der arme Fisch, von der künstlichen Fliege geblendet, anbeißen sollte. Ich habe Sie getäuscht, Thérèse, als ich vorgab, auf diese Fliege hereingefallen zu sein; das war mein gutes Recht. Sie wollten, daß ich Sie verehre, ehe Sie sich mir hingaben; ich habe Sie mit Verehrung überhäuft, ohne Anstrengung und ohne Heuchelei: Sie sind schön, und ich begehrte Sie! Doch eine Frau ist eben nur eine Frau, und die letzte aller Frauen schenkt uns ebenso viel Sinneslust wie die größte Königin. Sie waren so einfältig, das nicht wahrhaben zu wollen, und jetzt müssen Sie in sich gehen. Sie hätten wissen müssen, daß die Eintönigkeit nicht zu mir paßt; man muß mich meinen Instinkten überlassen, die nicht immer sublim sind, die ich jedoch nicht zerstören kann, ohne mich selbst zu vernichten . . . Was ist schon dabei, und warum sollen wir uns die Haare raufen? Wir haben uns zusammengetan, und wir gehen auseinander; das ist alles. Es ist völlig unnötig, daß wir uns hassen und uns nun gegenseitig schlecht machen. Rächen Sie sich, indem Sie die Wünsche dieses armen Palmer, den Sie schmachten lassen, endlich erfüllen; ich wäre glücklich über seine Freude, und wir drei könnten die besten Freunde der Welt bleiben. Sie werden Ihre frühere Anmut wiedererlangen, die Sie verloren haben, und auch den Glanz Ihrer schönen Augen, die sich abnützen und trübe werden, wenn Sie wachen, um meine Schritte auszuspähen. Ich werde wieder der gute Gefährte sein, der ich vorher war, und wir wollen diesen Alptraum vergessen, den wir beide durchleben . . . Einverstanden? Sie antworten nicht? Wollen Sie etwa Haß haben? Hüten Sie sich! Ich habe noch nie gehaßt, aber ich kann auch das lernen, das wissen Sie, ich bin begabt! Sehen Sie, heute abend habe ich mich mit einem betrunkenen Matrosen angelegt, der doppelt so groß und stark war wie ich; ich habe ihn grün und blau geschlagen und selbst nur eine kleine Schramme abgekriegt. Hüten Sie sich, ich könnte bei Gelegenheit auf moralischem Gebiet ebenso hart zuschlagen wie auf physischem und in einem Kampf voller Abneigung und Rachsucht den Teufel persönlich zermalmen, ohne daß er mir auch nur ein Haar krümmt.«

Blaß, bitter, ironisch und dann wieder wütend, mit zerzausten Haaren, zerrissenem Hemd und blutverschmierter Stirn war Laurent so schrecklich anzusehen, daß Thérèse fühlte, wie sich ihre Liebe in Abscheu verwandelte. In diesem Augenblick verzweifelte sie so am Leben, daß sie nicht einmal Angst empfand. Stumm und regungslos saß sie in dem Sessel, in den sie sich hatte fallen lassen, und wehrte sich nicht gegen diese Flut von Beschimpfungen und Schmähungen. Und während sie sich sagte, daß dieser Wahnsinnige durchaus imstande wäre, sie umzubringen, wartete sie mit eisiger Verachtung und völliger Gleichgültigkeit den Höhepunkt seines Anfalls ab.

Als er nicht mehr die Kraft hatte weiterzusprechen, schwieg er endlich. Nun stand sie auf und ging hinaus, ohne ihm auch nur mit einer einzigen Silbe zu antworten und ohne ihn eines Blickes zu würdigen.

7.

Laurent war besser als seine Worte; er meinte nicht eine Silbe von den abscheulichen Dingen, die er im Laufe dieser entsetzlichen Nacht zu Thérèse gesagt hatte. Im Augenblick selbst allerdings dachte er so, oder vielmehr er sprach, ohne sich seiner Worte bewußt zu sein. Als er darüber geschlafen hatte, wußte er nichts mehr davon, und hätte man ihn daran erinnert, er hätte alles geleugnet.

Doch so viel war richtig, im Augenblick war er der edlen Liebe überdrüssig, und sein ganzes Wesen verlangte nach dem unheilvollen trunkenen Taumel der Vergangenheit. Das war die Strafe für den schlechten Weg, den er beim Eintritt ins Leben eingeschlagen hatte, zweifellos eine sehr grausame Strafe, über die er sich verständlicherweise heftig beklagte, hatte er doch nichts im voraus bedacht und sich lachend in einen Abgrund gestürzt, aus dem er glaubte, leicht wieder emporsteigen zu können, wann immer er wollte. Doch auch in der Liebe herrscht ein strenges Gesetz, das sich wie alle sozialen Gesetze auf jene furchtbare Formel zu stützen scheint: »Unkenntnis des Gesetzes schützt nicht vor Strafe.« Um so schlimmer für diejenigen, die es tatsächlich nicht kennen! Wenn sich ein Kind in die Pranken des Panthers stürzt, weil es glaubt, es könne ihn streicheln, so kümmert solche Unschuld den Panther nicht; er wird das Kind zerfleischen, weil ihm nicht angeboren ist, es zu verschonen. Dasselbe gilt für das Gift, für den Blitz, für das Laster, sie sind blindwütige Kräfte des unausweichlichen Gesetzes, das der Mensch kennen oder erleiden muß.

Am Tag nach dieser Krise war in Laurents Gedächtnis nur noch das Bewußtsein geblieben, daß er mit Thérèse eine entscheidende Aussprache gehabt hatte, und die undeutliche Erinnerung daran, daß sie sehr gefaßt gewesen war.

›Vielleicht steht alles zum besten‹, dachte er bei sich, als er sie ebenso ruhig antraf, wie er sie verlassen hatte. Ihre Blässe jedoch erschreckte ihn.

»Das ist nicht schlimm«, sagte sie gelassen zu ihm, »dieser Schnupfen nimmt mich doch sehr mit, aber es ist halt nur ein Schnupfen, und der braucht seine Zeit.«

»Na schön, Thérèse«, sagte er, »was soll jetzt aus unserer Beziehung werden? Haben Sie darüber nachgedacht? An Ihnen ist es zu entscheiden. Sollen wir voller Verdruß auseinandergehen, oder wollen wir auf freundschaftlichem Fuß zusammenbleiben wie früher?«

»Ich hege keinerlei Verdruß«, antwortete sie; »wir wollen Freunde bleiben. Sie können hier wohnen, wenn es Ihnen hier gefällt. Ich will meine Arbeit abschließen und kehre in vierzehn Tagen nach Frankreich zurück.«

»Aber soll ich in diesen vierzehn Tagen nicht lieber woanders wohnen? Fürchten Sie nicht, daß über uns geklatscht werden könnte?«

»Tun Sie, was Sie für angebracht halten. Hier hat jeder von uns seine eigenen Räume; nur der Salon gehört uns beiden; ich brauche ihn nicht; ich trete ihn an Sie ab.«

»Nein, ich meinerseits bitte Sie, ihn zu behalten. Sie werden dann durch mein Kommen und Gehen weniger gestört; ich werde keinen Fuß hineinsetzen, wenn Sie es mir verbieten.«

»Ich verbiete Ihnen gar nichts«, erwiderte Thérèse, »außer daß Sie auch nur einen Augenblick glauben, Ihre Geliebte könne Ihnen verzeihen. Ihre Freundin dagegen ist über ein gewisses Maß an Enttäuschungen erhaben. Sie hofft, Ihnen noch nützlich zu sein, und Sie können jederzeit zu ihr kommen, wenn Sie Zuneigung brauchen.«

Sie reichte ihm die Hand und ging an ihre Arbeit.

Laurent verstand sie nicht. Soviel Selbstbeherrschung war etwas, das er sich einfach nicht zu erklären vermochte, er, dem passive Tapferkeit und wortlose Entscheidungen fremd waren! Er glaubte, sie könnte noch hoffen, ihre Macht über ihn wiederzugewinnen, und wolle ihn womöglich über die Freundschaft zur Liebe zurückführen. Er schwor sich, gegen jede Schwäche gefeit zu sein, und um selbst ganz sicher zu gehen, beschloß er, jemanden zum Zeugen der endgültigen Trennung zu machen. Er suchte Palmer auf, vertraute ihm die unglückselige Geschichte seiner Liebe an und fügte hinzu:

»Wenn Sie Thérèse lieben, wie ich glaube, mein lieber Freund, so tun Sie alles, damit auch Thérèse Sie liebt. Ich darf deswegen nicht mehr eifersüchtig sein, ganz im Gegenteil. Da ich sie ziemlich unglücklich gemacht habe und Sie sehr gut zu ihr sein werden, dessen bin ich ganz gewiß, können Sie mich von meinen Gewissensbissen befreien, die ich wahrlich nicht behalten möchte.«

Das Schweigen Palmers überraschte Laurent.

»Verletzt es Sie, wenn ich mit Ihnen so spreche?« fragte er ihn. »Das ist nicht meine Absicht. Ich schätze Sie, ich empfinde Freundschaft für Sie, und wenn Sie so wollen auch Hochachtung. Wenn Sie mein Verhalten in der ganzen Sache mißbilligen, so sagen Sie es mir; das ist besser als diese gleichgültige oder verächtliche Miene.«

»Weder der Kummer von Thérèse noch der Ihre ist mir gleichgültig«, erwiderte Palmer. »Doch ich will Ihnen Ratschläge oder Vorwürfe ersparen, die zu spät kämen. Ich habe geglaubt, Sie seien beide füreinander geschaffen. Jetzt bin ich davon überzeugt, daß das größte und das einzige Glück, das Sie einander noch schenken können, die Trennung ist. Was aber meine persönlichen Gefühle für Thérèse betrifft, so haben Sie nicht das Recht, mir Fragen zu stellen, und was die Gefühle angeht, die ich Ihrer Meinung nach in ihr wecken könnte, so stellen Sie eine Vermutung an, zu der Sie nach allem, was Sie mir gesagt haben, nicht mehr berechtigt sind und die Sie weder mir noch ihr gegenüber äußern dürfen.«

»Das ist richtig«, entgegnete Laurent mit erleichterter

Miene, »und ich verstehe nur zu gut, was das zu bedeuten hat. Ich sehe ein, daß ich hier jetzt zu viel bin, und ich glaube, ich täte gut daran, ganz wegzugehen, um niemanden zu stören.«

In der Tat, er reiste ab nach einem frostigen Abschied von Thérèse und begab sich unverzüglich nach Florenz in der Absicht, sich dort entweder in die Gesellschaft oder in die Arbeit zu stürzen, je nach Lust und Laune. Es tat ihm gut, sich sagen zu dürfen: ›Ich kann tun und lassen, was mir gerade einfällt, ohne daß irgend jemand darunter leidet oder sich Sorgen macht. Wenn man nicht boshafter ist, als ich es bin, besteht die größte Qual doch darin, daß man zwangsläufig immer ein Opfer vor sich sieht. Ach was! Endlich bin ich frei, und das Unheil, das ich anrichte, fällt ganz allein auf mich zurück.‹

Gewiß hatte Thérèse unrecht, ihm zu verbergen, wie tief die Wunde war, die er ihr beigebracht hatte. Sie war zu tapfer und zu stolz. Aber nachdem sie einmal die Behandlung eines hoffnungslos verzweifelten Kranken auf sich genommen hatte, durfte sie vor Roßkuren und grausamen Operationen nicht zurückschrecken. Es wäre richtiger gewesen, dieses fiebernde und rasende Herz kräftig bluten zu lassen, es mit Vorwürfen zu überschütten, ihm Beleidigung mit Beleidigung und Schmerz mit Schmerz zu vergelten. Hätte Laurent erkannt, wie viel Leid er anrichtete, wäre er allenfalls in der Lage gewesen, sein Unrecht selbst einzusehen. Vielleicht hätten Scham und Reue seine Seele vor dem Verbrechen bewahrt, kaltblütig die Liebe darin abzutöten.

Doch nach drei Monaten ergebnisloser Bemühungen hatte Thérèse jeden Mut verloren. Schuldete sie denn so viel Selbstaufopferung einem Mann, den sie sich niemals hatte untertan machen wollen, der sich ihr aufgedrängt hatte ungeachtet ihres Schmerzes und ihrer traurigen Ahnungen, der ihr auf Schritt und Tritt gefolgt war wie ein verlassenes Kind, als wollte er ihr nachrufen: »Nimm mich mit, beschütze mich, oder ich muß hier am Wegesrand sterben«?

Und jetzt fluchte ihr dieses Kind, weil sie seinem Jammern und seinen Tränen nachgegeben hatte. Es klagte sie an, sie habe seine Schwäche ausgenutzt, um ihm die Vergnügungen der Freiheit zu entziehen. Es lief von ihr weg, holte einmal tief Luft und sagte: »Endlich, endlich!«

›Da er nicht zu heilen ist‹, dachte sie, ›wozu ihn leiden lassen? Habe ich nicht gesehen, daß ich nichts ausrichten kann? Hat er mir nicht selbst gesagt und beinahe bewiesen, weh mir! daß ich sein Genie ersticke, wenn ich versuche, sein Fieber zu löschen? Jedesmal wenn ich glaubte, ich hätte es geschafft, ihm die Ausschweifungen zu verleiden, mußte ich dann nicht erkennen, daß er nur um so gieriger danach lechzte? Wenn ich zu ihm sagte: ›Kehre zurück in die Welt der Gesellschaft‹, fürchtete er meine Eifersucht und stürzte sich in die namenlose und gemeine Lasterhaftigkeit; betrunken, mit zerrissenen Kleidern und blutverschmiertem Gesicht kam er wieder!‹

Am Tag von Laurents Abreise sagte Palmer zu Thérèse:

»Nun, meine Freundin, was haben Sie jetzt vor? Soll ich hinter ihm herlaufen?«

»Nein, bestimmt nicht!« erwiderte sie.

»Vielleicht könnte ich ihn doch noch zurückholen!«

»Ich wäre darüber sehr unglücklich.«

»Sie lieben ihn also nicht mehr?«

»Nein, gar nicht mehr.«

Nach einem längeren Schweigen fuhr Palmer nachdenklich fort: »Thérèse, ich habe Ihnen noch etwas sehr Ernstes und Schwerwiegendes mitzuteilen. Ich zögere, weil ich befürchten muß, Ihnen eine neue große Aufregung zu bereiten, und mir scheint, Sie sind kaum in der Lage . . .«

»Entschuldigen Sie, mein Freund, ich bin zwar entsetzlich traurig, aber ich bin völlig ruhig und auf alles gefaßt.«

»Nun gut, Thérèse, ich muß Ihnen sagen, Sie sind frei. Der Graf von *** lebt nicht mehr.«

»Das wußte ich schon«, antwortete sie. »Das habe ich schon vor acht Tagen erfahren.«

»Und Sie haben es Laurent nicht gesagt?«

»Nein.«

»Und warum nicht?«

»Weil das bei ihm noch im selben Augenblick irgendeine Reaktion ausgelöst hätte. Sie wissen doch, wie leicht das Unvorhergesehene ihn aus der Fassung bringt und ihn leidenschaftlich erregt. Eines von beiden wäre eingetreten: Entweder hätte er sich eingebildet, ich machte ihm Mitteilung von meiner neuen Situation, weil ich ihn heiraten wollte, und seine Angst vor einer Bindung mit mir hätte seine Abneigung aufs äußerste verschärft, oder aber, er wäre plötzlich von sich aus auf die Idee einer Heirat gekommen in einem seiner Anfälle von krankhaft übersteigerter Anhänglichkeit, die ihn zuweilen befallen und die ... genau eine Viertelstunde dauern, um dann einer tiefen Verzweiflung oder einem sinnlosen Zorn zu weichen. Der Unglückliche hat sich mir gegenüber schon schuldig genug gemacht; es war nicht nötig, seiner Phantasie einen neuen Köder hinzuwerfen und ihm ein weiteres Motiv für seinen Meineid zu liefern.«

»Sie haben also keine Achtung mehr vor ihm?«

»Das will ich nicht sagen, mein lieber Palmer. Ich beklage ihn und klage ihn nicht an. Vielleicht wird ihn eine andere Frau glücklich und gut machen. Ich habe weder das eine noch das andere geschafft. Wahrscheinlich trifft mich ebensoviel Schuld wie ihn. Aber wie dem auch sei, für mich steht fest, daß wir uns nicht lieben durften und nicht mehr lieben dürfen!«

»Und jetzt, Thérèse, wollen Sie nicht daran denken, die Freiheit, die Ihnen zurückgegeben ist, zu nützen?«

»Wie könnte ich sie nützen?«

»Sie können sich wieder verheiraten und endlich die Freuden der Familie erleben.«

»Mein lieber Dick, ich habe zweimal in meinem Leben geliebt, und Sie sehen doch, wohin ich gekommen bin. Mir ist es nicht beschieden, glücklich zu sein. Es ist zu spät, das zu suchen, was sich mir stets entzogen hat. Ich bin dreißig Jahre alt.«

»Eben weil Sie dreißig sind, können Sie die Liebe nicht missen. Sie haben gerade erst die Gewalt der Leidenschaft erfahren, und Sie sind genau in dem Alter, in dem die Frauen sich ihr nicht entziehen können. Weil Sie gelitten haben, weil Sie auf unschöne Weise geliebt worden sind, wird der unauslöschliche Durst nach Glück in Ihnen wieder erwachen und Sie womöglich von einer Enttäuschung zur anderen treiben und in Abgründe stürzen, die tiefer sind als derjenige, dem Sie gerade entronnen sind.«

»Ich hoffe nein!«

»Gewiß, Sie hoffen, aber Sie täuschen sich, Thérèse! In Ihrem Alter, bei Ihrer überreizten Empfindsamkeit und der trügerischen Ruhe, in die Sie ein Augenblick von Niedergeschlagenheit und Erschöpfung getaucht hat, muß man auf alles gefaßt sein. Die Liebe wird Sie aufsuchen, zweifeln Sie nicht daran; und kaum der Freiheit zurückgegeben, wird man Sie verfolgen und belästigen. Früher hielt Ihre Abgeschiedenheit die Hoffnungen derer in Schach, die Sie umgaben, doch jetzt, da Sie durch Laurent in der Achtung vieler womöglich gesunken sind, werden alle, die sich zu Ihren Freunden zählten, Ihre Liebhaber sein wollen. Sie erregen heftige Leidenschaften, und einige werden schon geschickt genug sein, Sie zu überreden. Kurzum . . .«

»Kurzum, Palmer, Sie halten mich für verloren, weil ich unglücklich bin! Das ist wirklich grausam, und Sie lassen mich schmerzlich fühlen, wie tief ich gefallen bin.«

Thérèse legte sich die Hände vor das Gesicht und weinte bitterlich.

Palmer ließ sie weinen; er hatte gesehen, daß sie diese Tränen brauchte, und hatte mit Vorbedacht eine solche Erschütterung heraufbeschworen. Als er merkte, daß sie sich beruhigt hatte, fiel er vor ihr auf die Knie:

»Thérèse«, sagte er zu ihr, »ich habe Ihnen sehr weh getan, doch Sie müssen mir meine Absicht verzeihen. Thérèse, ich liebe Sie, ich habe Sie immer geliebt, nicht mit blinder Leidenschaft, sondern mit dem großen Vertrauen und der ganzen Ergebenheit, deren ich fähig bin. Mehr denn je sind Sie für mich ein edles Geschöpf, das durch die Schuld der anderen verdorben und zerbrochen wurde. In den Augen der Gesellschaft sind Sie in der Tat eine gefallene Frau, doch nicht in den meinen. Im Gegenteil, Ihre zärtliche Hingabe für Laurent hat mir bewiesen, daß Sie ganz Frau sind, und ich mag Sie so lieber, als wenn Sie von Kopf zu Fuß gegen alle menschlichen Schwächen gefeit wären, wie ich mir früher immer eingebildet habe. Hören Sie mich an, Thérèse. Ich bin Philosoph, das heißt, ich lasse mich lieber von Vernunft und Toleranz leiten als von den Vorurteilen der Gesellschaft und den schwärmerischen Spitzfindigkeiten des Gefühls. Und sollten Sie den verhängnisvollsten Verirrungen zum Opfer fallen, ich würde nicht aufhören, Sie zu lieben und zu achten, weil Sie zu jenen Frauen gehören, die sich nur durch ihr Herz in die Irre leiten lassen. Aber warum sollten Sie solches Mißgeschick erleiden müssen? Für mich steht fest, daß wenn Sie noch heute ein ergebenes, stilles und treues Herz finden würden, frei von jenen Krankheiten der Seele, die manchmal große Künstler und häufig schlechte Ehemänner hervorbringen, also einen Vater, einen Bruder, einen Freund, ja einen Ehemann, dann wären Sie, ja Sie, für immer bewahrt vor künftigen Gefahren und Mißgeschicken. Nun, Thérèse, ich wage zu behaupten, daß ich dieser Mann bin. An mir ist nichts Strahlendes, das Sie betören könnte, aber ich habe ein starkes Herz, um Sie zu lieben. Mein Vertrauen in Sie ist unbegrenzt. Sobald Sie glücklich sind, werden Sie dankbar, werden Sie treu sein, und Ihre Ehre ist dann für immer wiederhergestellt. Sagen Sie ›ja‹, Thérèse, willigen Sie ein, mich zu heiraten, und zwar jetzt gleich, ohne Furcht, ohne Zaudern, ohne falsche Empfindsamkeit, ohne Argwohn gegen sich selbst. Ich schenke Ihnen mein Leben und bitte Sie nur um eins: Glauben Sie an mich. Ich fühle mich stark genug, nicht unter den Tränen zu leiden, die Sie eben noch über die Undankbarkeit eines anderen vergossen haben. Ich werde Ihnen aus der Vergangenheit nie einen Vorwurf machen, und ich übernehme es, für Sie die Zukunft so schön und so sicher zu gestalten, daß kein Unwetter und kein Sturm Sie mir je vom Herzen reißen könnte.«

Palmer sprach noch lange so aus einem übervollen Herzen, das Thérèse an ihm nicht kannte. Sie versuchte sich seines Vertrauens zu erwehren; doch dieser Widerstand war, wie Palmer meinte, noch ein Rest der seelischen Krankheit, die sie in sich selbst bekämpfen mußte. Sie fühlte, daß Palmer die Wahrheit sprach, doch spürte sie auch, daß er eine schwere Aufgabe auf sich nehmen wollte.

»Nein«, sagte sie zu ihm, »es ist nicht so, daß ich vor mir selbst Angst hätte. Ich kann Laurent nicht mehr lieben, und ich liebe ihn auch nicht mehr; aber die Gesellschaft, Ihre Mutter, Ihr Vaterland, Ihr Ansehen, die Ehre Ihres Namens, wie ist es damit? Ich bin tief gefallen, Sie haben es mir selbst gesagt, und ich fühle es. Ach, Palmer, bitte drängen Sie mich nicht! Ich bin entsetzt über all die Dinge, denen Sie für mich entgegentreten wollen!«

Am nächsten Morgen und an den folgenden Tagen drängte Palmer sie sehr energisch. Er ließ Thérèse nicht zu Atem kommen. Allein mit ihr von früh bis spät, vermehrte er seinen Eifer, um sie zu überzeugen. Dabei handelte Palmer uneigennützig und ganz spontan; wir werden noch sehen, ob Thérèse recht daran tat zu zögern. Was sie beunruhigte, das war die Eile, mit der Palmer handelte und auf sie einwirkte, damit sie sich durch ihr Versprechen an ihn band.

»Sie fürchten mein Nachdenken«, sagte sie zu ihm. »Also haben Sie nicht das große Vertrauen zu mir, dessen Sie sich rühmen.«

»Ich vertraue Ihrem Wort«, antwortete er. »Der Beweis dafür: Ich bitte Sie um dieses Wort; aber ich bin nicht gezwungen zu glauben, daß Sie mich lieben, wenn Sie mir in diesem Punkt keine Antwort geben. Und Sie haben recht, denn Sie wissen noch nicht, wie Sie diese ihre Freundschaft nennen wollen. Ich dagegen weiß, daß es Liebe ist, was ich empfinde, und ich gehöre nicht zu denen, die zaudern, Klarheit in sich selbst zu schaffen. Für mich ist die Liebe sehr überzeugend. Sie begehrt ungestüm. Sie wehrt sich also gegen die schlechten Chancen, die Sie ihr möglicherweise einräumen könnten, wenn Sie sich dem Nachdenken und den Träumereien überlassen, zumal Sie, krank wie Sie sind, Ihre wahren Interessen gar nicht zu erkennen vermögen.«

Thérèse fühlte sich fast verletzt, als Palmer von ihren eigenen Interessen sprach. Sie sah bei ihm zu viel Aufopferung und konnte es nicht ertragen, daß er sie für fähig hielt, diese Aufopferung einfach anzunehmen, ohne sie erwidern zu wollen. Plötzlich fühlte sie sich beschämt durch diesen edlen Wettstreit an Großherzigkeit, dem Palmer sich ganz und gar hingab, ohne etwas anderes von ihr zu fordern, als daß sie seinen Namen, sein Vermögen, seinen Schutz und seine Liebe für ein ganzes Leben annehmen sollte. Er gab alles, und als Gegenleistung bat er sie nur darum, sie solle einzig und allein an sich selbst denken.

Da kehrte Hoffnung in das Herz von Thérèse zurück. Dieser Mann, den sie stets für nüchtern und kühl gehalten hatte und der noch immer vorgab, es zu sein, zeigte sich ihr von einer so unerwarteten Seite, daß ihr Geist und ihre Seele sich stark betroffen fühlten und sie mitten in ihrer

Agonie neuen Mut faßte. Es war wie ein Sonnenstrahl in tiefster Nacht, von der sie geglaubt hatte, sie müsse ewig dauern. Ungerecht und verzweifelt, wie sie im Augenblick war, wollte sie gerade der Liebe fluchen, da zwang er sie, an die Liebe zu glauben und ihr großes Mißgeschick als einen Unglücksfall anzusehen, für den der Himmel sie jetzt entschädigte. Palmer, eine ebenmäßige und eher kühle Schönheit, verwandelte sich zusehends unter den erstaunten, unsicheren und gerührten Blicken der geliebten Frau. Seine ersten Erklärungen waren herb und scheu gewesen, doch jetzt schüttete er ihr sein ganzes Herz aus, und da er sich weniger poetisch ausdrückte als Laurent, gelang es ihm nur um so besser, sie zu überzeugen.

Unter dieser etwas rauhen Schale der Hartnäckigkeit fand Thérèse Begeisterung, ja Hingabe, und sie mußte voller Rührung lächeln, als sie sah, mit welcher Leidenschaft er angeblich kaltblütig seinen Plan verfolgte, sie zu retten. Sie war bewegt und ließ sich das Versprechen entlocken, das er von ihr verlangte.

Ganz unvermittelt erhielt sie einen Brief in einer unbekannten, völlig entstellten Schrift. Es fiel ihr sogar schwer, die Unterschrift zu entziffern. Mit Palmers Hilfe gelang es ihr schließlich, die folgenden Worte zu lesen:

»Ich habe gespielt, ich habe verloren; ich hatte eine Geliebte, sie hat mich betrogen, ich habe sie getötet. Ich habe Gift genommen. Ich sterbe. Adieu, Thérèse.

Laurent.«

»Lassen Sie uns sofort hinfahren«, sagte Palmer.

»O mein Freund, ich liebe Sie!« antwortete Thérèse und warf sich ihm in die Arme. »Jetzt fühle ich, wie sehr Sie es verdienen, geliebt zu werden.«

Sie reisten unverzüglich ab. In einer Nacht erreichten sie mit dem Schiff Livorno, und am Abend waren sie in Florenz. Sie fanden Laurent in einer Herberge; er lag nicht im Sterben, doch hatte er einen so schweren Anfall von

Gehirnentzündung, daß selbst vier Männer ihn nicht fest-halten konnten. Als er Thérèse erblickte, erkannte er sie, klammerte sich an sie und schrie, man wolle ihn bei lebendigem Leibe begraben. Er hielt sich so fest an ihr, daß sie halb erstickt zu Boden stürzte und Palmer sie ohnmächtig aus dem Zimmer tragen mußte; doch kurz darauf kam sie wieder herein. Mit einer Ausdauer, die ans Wunderbare grenzte, verbrachte sie nun zwanzig Tage und zwanzig Nächte am Bett dieses Mannes, den sie nicht mehr liebte. Fast jedesmal, wenn er sie erkannte, über-schüttete er sie mit gemeinen Schimpfworten, und sobald sie sich nur für einen Augenblick entfernen wollte, rief er sie zurück und sagte, ohne sie müsse er sterben.

Zum Glück hatte er keine Frau getötet, auch kein Gift genommen, vermutlich auch sein Geld nicht im Spiel verloren und nichts von alledem getan, was er Thérèse geschrieben hatte, als der Fieberwahn und die Krankheit ihn plötzlich überfielen. Er erinnerte sich überhaupt nicht mehr an diesen Brief, über den Thérèse nur sehr ungern und mit größter Sorge gesprochen hätte; er war schon erschrocken genug über die Verwirrung seines Verstan-des, wenn er sich dessen überhaupt einmal bewußt wurde. Er hatte noch so manchen anderen düsteren Traum, so-lange das Fieber anhielt. Einmal bildete er sich ein, Thé-rèse flöße ihm Gift ein, dann wieder, Palmer lege ihm Handschellen an. Die häufigste und grausamste seiner Halluzinationen war die, daß er deutlich sah, wie Thérèse eine große goldene Nadel aus ihrem Haar löste und sie ihm langsam in den Schädel drückte. Sie besaß tatsächlich eine solche Nadel, mit der sie, wie es in Italien Mode war, ihr Haar befestigte. Sie entfernte sie; doch er sah und fühlte sie immer noch.

Da es meist so schien, als rege ihre Gegenwart ihn im höchsten Grade auf, setzte sich Thérèse für gewöhnlich hinter sein Bett, und zwischen ihnen war der Vorhang; doch sobald es sich darum handelte, ihm etwas zu trinken zu geben, wurde er wütend und begehrte auf, er wolle nur aus der Hand von Thérèse etwas nehmen.

»Sie allein hat das Recht, mich zu töten«, sagte er, »ich habe ihr so viel Leid zugefügt! Sie haßt mich, nun soll sie sich rächen! Sehe ich sie nicht zu jeder Tages- und Nachtzeit am Fußende meines Bettes in den Armen ihres neuen Liebhabers? Los, Thérèse, kommen Sie schon, ich habe Durst: Schenken Sie mir das Gift ein!«

Thérèse aber schenkte ihm Ruhe und Schlaf. Nach mehreren Tagen höchster Erregung, die er, wie seine Ärzte meinten, nicht überstehen würde und die sie für ein nicht normales Krankheitssymptom hielten, beruhigte sich Laurent plötzlich und verharrte völlig regungslos, wie zerschlagen; er schlief unaufhörlich, doch er war gerettet.

Er war sehr schwach und mußte gefüttert werden, ohne daß er es merkte, und zwar in so winzigen Dosen, daß sein Magen auch nicht die geringste Verdauungsarbeit zu leisten hatte. Unter solchen Umständen hielt es Thérèse für angebracht, ihn auch nicht einen Augenblick allein zu lassen. Palmer versuchte sie zu bewegen, sich ein wenig auszuruhen, und gab ihr sein Ehrenwort, er werde sie bei dem Kranken vertreten; doch sie lehnte ab, denn sie fühlte wohl, daß die menschlichen Kräfte nicht sicher davor sind, vom Schlaf überrascht zu werden, und daß Gott sie und keinen anderen ausersehen hatte, dieses zerbrechliche Leben zu retten; denn in ihrem Inneren geschah so etwas wie ein Wunder, das ihr jedesmal auf die Minute genau anzeigte, wann sie den Löffel an die Lippen des Kranken führen mußte, ohne daß ihre Müdigkeit sie überwältigte.

Sie allein war es, in der Tat, die ihn rettete.

Wenn die Medizin, so fortgeschritten sie auch sein mag, in hoffnungslosen Fällen versagt, so häufig deshalb, weil die Pflege unmöglich bis ins Letzte genau durchzuführen ist. Wir wissen nicht genug darüber, welche Störungen ein Zuwenig oder ein Zuviel in einer Minute in einem hinfälligen Körper hervorrufen kann; und das Wunder, das zur Rettung des Sterbenskranken noch fehlt, ist sehr oft nichts anderes als Ruhe, Ausdauer und Pünktlichkeit seitens derer, die ihn pflegen.

Eines Morgens endlich erwachte Laurent wie von einer Schlafsucht; er schien erstaunt, Thérèse zu seiner Rechten und Palmer zu seiner Linken zu sehen, reichte jedem eine Hand und fragte sie, wo er sei und woher er komme.

Lange ließen sie ihn im Ungewissen über die Dauer und die Schwere seiner Erkrankung, denn er regte sich sehr auf, als er merkte, wie mager und schwach er war. Als er sich zum ersten Mal im Spiegel sah, bekam er einen großen Schrecken. In den ersten Tagen seiner Genesung verlangte er nach Thérèse, und als man ihm sagte, sie schlafe, war er darüber sehr erstaunt.

»Ist sie denn Italienerin geworden«, meinte er, »daß sie am Tag schläft?«

Thérèse schlief vierundzwanzig Stunden hintereinander. Die Natur forderte ihr Recht, nun die Angst und die Sorgen gewichen waren.

Nach und nach erfuhr Laurent, wie sehr sie sich für ihn aufgeopfert hatte, und er entdeckte in ihrem Gesicht die Spuren der großen Anstrengungen, die auf so viel Leid gefolgt waren. Da er noch zu schwach war, sich selbst zu beschäftigen, setzte sich Thérèse an sein Bett; bald las sie ihm etwas vor, bald spielte sie Karten mit ihm, um ihn zu zerstreuen, oder aber sie machten eine Spazierfahrt im Wagen. Palmer war immer bei ihnen.

Laurent kam wieder zu Kräften mit einer Schnelligkeit, die ebenso erstaunlich war wie seine körperliche Verfassung. Sein Verstand jedoch war nicht immer ganz klar. Eines Tages sagte er verdrießlich zu Thérèse, als er gerade einmal mit ihr allein war:

»Hören Sie, wann wird der gute Palmer uns endlich die Freude machen und abreisen?«

Thérèse erkannte, daß in seiner Erinnerung eine Lücke

klaffte, und antwortete nicht. Da überwand Laurent sich selbst und fügte noch hinzu:

»Sie finden mich sicher undankbar, meine Freundin, daß ich so über einen Mann spreche, der sich für mich fast ebenso aufgeopfert hat wie Sie selbst. Aber schließlich bin ich nicht so eitel oder so einfältig, um nicht zu begreifen, daß er sich nur deshalb einen ganzen Monat lang mit in das Zimmer eines höchst unangenehmen Kranken eingeschlossen hat, um Sie nicht zu verlassen. Oder, Thérèse, kannst du mir schwören, daß er das allein für mich getan hat?«

Thérèse war verletzt durch diese unvermittelte Frage und durch dieses Du, das sie für immer aus ihren Beziehungen gestrichen glaubte. Sie schüttelte den Kopf und versuchte, von etwas anderem zu sprechen. Traurig gab Laurent nach; doch schon am nächsten Tag kam er wieder darauf zurück. Und als Thérèse sah, daß er stark genug war, ohne sie auszukommen, und nun Anstalten machte abzureisen, da fragte Laurent sie aufrichtig überrascht:

»Wohin fahren wir denn, Thérèse? Geht es uns hier nicht gut?«

Sie mußten sich aussprechen, denn er drängte darauf.

»Mein Kind«, sagte Thérèse, »Sie bleiben hier: Die Ärzte sagen, daß Sie noch ein oder zwei Wochen brauchen, bis Sie irgendeine Reise unternehmen können ohne die Gefahr eines Rückfalls. Ich selbst fahre wieder nach Frankreich zurück, da ich meine Arbeit in Genua beendet habe und es nicht meine Absicht ist, wie die Dinge jetzt stehen, mir den Rest von Italien anzuschauen.«

»Sehr gut, Thérèse, du bist frei; doch wenn du nach Frankreich zurückkehren willst, habe ich doch die Freiheit, das auch zu wollen. Kannst du nicht noch acht Tage auf mich warten? Ich bin sicher, daß ich nicht länger brauche, um ganz reisefähig zu sein.«

Er zeigte so aufrichtig und offenherzig, daß er sein Unrecht wirklich vergessen hatte, und er war in diesem

Augenblick so sehr Kind, daß Thérèse eine Träne unterdrücken mußte, als sie an diese einstmals so liebevolle Adoption zurückdachte, der sie jetzt entsagen mußte.

Sie fing wieder an, ihn zu duzen, ohne es zu merken, und sagte ihm so sanft und so schonend wie möglich, sie müßten sich jetzt für einige Zeit trennen.

»Und warum müssen wir uns trennen?« rief Laurent aus. »Lieben wir uns denn nicht mehr?«

»Das wäre ganz unmöglich«, erwiderte sie. »Zwischen uns wird immer Freundschaft sein, aber wir haben uns gegenseitig sehr viel Leid angetan, und deine Gesundheit könnte im Augenblick nicht noch mehr aushalten. Wir wollen die nötige Zeit verstreichen lassen, bis alles vergessen ist.«

»Aber ich habe es doch schon vergessen!« entgegnete Laurent mit einer durch ihre Unschuld geradezu entwaffnenden Offenheit. »Ich entsinne mich keines einzigen Leids, das du mir angetan hättest! Du warst stets ein Engel für mich, und da du ein Engel bist, kannst du keinen Groll hegen. Du mußt mir alles verzeihen und mich mitnehmen, Thérèse! Wenn du mich hier läßt, werde ich vor Sehnsucht und Langeweile umkommen!«

Und da Thérèse eine Entschlossenheit zeigte, auf die er nicht gefaßt war, wurde er böse und sagte zu ihr, sie tue unrecht daran, eine Strenge vorzutäuschen, die durch ihr ganzes Verhalten widerlegt werde.

»Ich verstehe schon, was du willst«, sagte er zu ihr. »Du verlangst, daß ich bereue, meine Vergehen sühne. Siehst du denn gar nicht, daß ich sie hasse, und habe ich noch nicht genug dafür gebüßt, als ich acht oder zehn Tage wahnsinnig war? Willst du Tränen und Schwüre wie früher? Wozu? Du würdest doch nicht mehr daran glauben! Mein künftiges Verhalten muß entscheiden, und wie du siehst, habe ich keine Angst vor der Zukunft, denn ich binde mich ja an dich. Im Ernst, meine liebe Thérèse, auch du bist ein Kind, und du weißt doch noch genau, daß ich dich oft so genannt habe, wenn ich merkte, daß du dich nur schmollend stelltest. Meinst du, du könntest mich davon überzeugen, daß du mich nicht mehr liebst, nachdem du gerade erst einen ganzen Monat hier zugebracht hast, davon zwanzig Tage und zwanzig Nächte ohne zu schlafen, eingesperrt in mein Zimmer, das du so gut wie nicht verlassen hast? Sehe ich deinen schönen noch blau umränderten Augen nicht an, daß du dem Leid und der Mühsal erlegen wärst, wenn du sie noch länger hättest auf dich nehmen müssen? So etwas tut man nicht für einen Mann, den man nicht liebt!«

Thérèse wagte nicht, das verhängnisvolle Wort auszusprechen. Sie hoffte, Palmer würde hereinkommen und dieses Gespräch beenden und sie könne so eine für den Genesenden bedrohliche Szene vermeiden. Das war unmöglich; er versperrte ihr den Weg und hinderte sie daran, das Zimmer zu verlassen; dann fiel er ihr zu Füßen und wälzte sich voller Verzweiflung auf dem Boden.

»Mein Gott!« sagte sie. »Hältst du mich wirklich für so grausam, so eigensinnig, daß ich dir ein Wort verweigerte, wenn ich es zu dir sagen könnte? Aber ich kann nicht, das Wort entspräche nicht mehr der Wahrheit. Zwischen uns ist keine Liebe mehr.«

Voller Zorn stand Laurent wieder auf. Er verstand nicht, daß er diese Liebe getötet haben sollte, an die er angeblich nie hatte glauben wollen.

»Also Palmer«, rief er aus und zerschlug eine Teekanne, aus der er sich gerade ganz mechanisch Kräutertee eingeschenkt hatte; »dann ist er es? Sagen Sie es mir, ich will es, ich will die Wahrheit wissen! Ich werde es nicht überleben, das weiß ich, aber ich will nicht, daß man mich betrügt!«

»Betrügt!« sagte Thérèse und hielt seine Hände fest, um zu verhindern, daß er sie sich mit den Fingern blutig riß; »betrügt! Was für ein Wort benutzen Sie da eigentlich? Gehöre ich etwa Ihnen? Sind wir nicht seit der ersten

Nacht, die Sie in Genua draußen verbrachten, nachdem Sie mir vorher gesagt hatten, ich sei Ihr Peiniger, Ihr Henker, nur noch Fremde für einander gewesen? Ist das nicht vier Monate her oder länger? Und glauben Sie wirklich, diese Zeit, die ohne Reue und Umkehr Ihrerseits verstrichen ist, habe nicht ausgereicht, mich wieder unabhängig und selbständig zu machen?«

Und als sie sah, daß Laurent sich über ihre Offenheit nicht aufregte, sondern sich vielmehr beruhigte und ihr sogar neugierig zuhörte, fuhr sie fort:

»Wenn Sie das Gefühl nicht verstehen, das mich an ihr Krankenlager getrieben und bis heute bei Ihnen festgehalten hat, um Ihre Genesung durch mütterliche Pflege zu Ende zu führen, so haben Sie nie auch nur die leiseste Ahnung von meinem Herzen gehabt. Dieses Herz, Laurent«, sagte sie und schlug sich dabei auf die Brust, »ist weder so stolz noch vielleicht so feurig wie das Ihre; doch Sie haben es früher oft selbst gesagt, es ist stets am selben Fleck! Was es einmal geliebt hat, kann es nicht aufhören zu lieben; doch täuschen Sie sich nicht, das ist keine Liebe, wie Sie sie verstehen und auch in mir geweckt haben und törichterweise noch immer erwarten. Meine Sinne und mein Verstand gehören nicht mehr Ihnen. Ich habe mir mein Selbst und meinen Willen wieder zurückgenommen; auch mein Vertrauen und meine Leidenschaft werden Ihnen nie wieder gehören. Ich kann wieder darüber verfügen und sie jemandem schenken, der sie verdient, auch Palmer, wenn es mir beliebt, und Sie können nichts dagegen haben, denn schließlich sind Sie doch eines Morgens zu Palmer gegangen und haben ihn gebeten: ›Trösten Sie doch Thérèse, Sie würden mir einen Gefallen tun!‹«

»Das stimmt . . . das stimmt!« sagte Laurent und faltete seine zitternden Hände, »das habe ich gesagt! Ich hatte es ganz vergessen; jetzt erinnere ich mich!«

»Vergiß es nicht wieder«, sagte Thérèse, die jetzt mild und gütig mit ihm sprach, nun sie sah, daß er wieder ruhiger geworden war; »du mußt wissen, mein armes Kind, daß die Liebe eine viel zu zarte Blume ist, als daß sie sich wieder aufrichten könnte, wenn man sie erst mit Füßen getreten hat. Denke nicht mehr an Liebe bei mir, suche sie anderswo, wenn diese traurige Erfahrung, die du gemacht hast, dir die Augen öffnet und deinen Charakter verwandelt. Du wirst sie finden an dem Tag, da du ihrer würdig bist. Ich aber könnte deine Liebkosungen nicht mehr ertragen, ich würde mich gedemütigt fühlen; doch meine schwesterliche und mütterliche Zuneigung bleibt dir erhalten, auch gegen deinen Willen und trotz allem. Das ist etwas anderes, das ist Mitleid, ich verhehle es dir nicht, ich sage es dir sogar ausdrücklich, damit du nicht mehr auf den Gedanken kommst, eine Liebe zurücker- obern zu wollen, die dich ebenso erniedrigen würde wie mich. Wenn du möchtest, daß diese Freundschaft, die dich jetzt noch kränkt, dir wieder etwas bedeutet, so sieh zu, daß du dich ihrer würdig erweist. Bis jetzt hast du keine Gelegenheit dazu gehabt. Nun bietet sie sich dir; nutze sie, verlasse mich ohne Schwäche und Bitterkeit. Zeige mir das ruhige und gefaßte Gesicht eines beherzten Mannes, und nicht dieses Kindergesicht, das weint, ohne zu wis- sen, warum.«

»Laß mich weinen, Thérèse«, sagte Laurent und fiel ihr zu Füßen; »laß mich meine Fehler mit meinen Tränen abwaschen; laß mich dieses heilige Mitleid anbeten, das die zerbrochene Liebe in dir überdauert hat. Es kränkt mich nicht, wie du meinst; ich fühle, daß ich seiner würdig werde. Verlange nicht von mir, ich solle ruhig sein, du weißt nur zu gut, daß mir das nie gelingen wird; aber glaube mir, daß ich gut werden kann. Ach, Thérèse, ich habe dich zu spät gekannt! Warum hast du nicht schon früher so zu mir gsprochen wie eben? Warum überhäufst du mich mit deiner Güte und deiner Selbstlosigkeit, du arme barmherzige Schwester, die du mir das Glück nicht mehr zurückgeben kannst? Doch du hast recht, Thérèse, ich habe verdient, was mir jetzt zustößt, und du hast es mir endlich begreiflich gemacht. Das wird mir eine Lehre sein, ich schwöre es dir; und wenn ich jemals eine andere Frau lieben sollte, so werde ich wissen, wie man lieben muß. Ich verdanke dir also alles, meine Schwester, die Vergangenheit und die Zukunft!«

Laurent sprach noch immer überschwenglich und bewegt, als Palmer hereinkam. Er fiel ihm um den Hals und nannte ihn seinen Bruder und seinen Retter, und auf Thérèse zeigend rief er aus:

»Ach mein Freund! Wissen Sie noch, was Sie mir im Hotel Meurice gesagt haben, als wir uns das letzte Mal in Paris trafen? ›Wenn Sie glauben, Sie könnten sie nicht glücklich machen, dann schießen Sie sich lieber heute abend noch eine Kugel in den Kopf, als wieder zu ihr zu gehen!‹ Das hätte ich tun sollen, und ich habe es nicht getan! Und nun schauen Sie sich Thérèse an! Sie hat sich viel stärker verändert als ich, die Arme! Ich habe sie zerstört, und doch ist sie herbeigeeilt, mich dem Tod zu entreißen, obschon sie mich hätte verfluchen und verlassen müssen!«

Die Reue von Laurent war echt und rührte Palmer sehr. Je mehr er sich hineinsteigerte, um so überzeugender wußte der Künstler ihr Ausdruck zu verleihen, und als Palmer wieder mit Thérèse allein war, sagte er zu ihr:

»Meine liebe Freundin, glauben Sie bitte nicht, daß ich unter Ihrer Fürsorge für ihn gelitten hätte. Ich habe Sie richtig verstanden! Sie wollten die Seele und den Körper retten, und Sie haben den Sieg davongetragen. Ihr armes Kind ist gerettet. Was haben Sie jetzt vor?«

»Ihn für immer zu verlassen«, antwortete Thérèse, »oder wenigstens ihn erst nach Jahren wiederzusehen. Wenn er nach Frankreich zurückkehrt, bleibe ich in Italien; bleibt er in Italien, gehe ich wieder nach Frankreich. Habe ich Ihnen noch nicht gesagt, daß ich zu diesem Entschluß gekommen bin? Gerade weil er ganz feststeht, habe ich den Augenblick des Abschieds noch hinausgezögert. Ich wußte wohl, daß es zu einer unvermeidbaren Krise kommen mußte, und ich wollte ihn nicht mit dieser Krise allein lassen für den Fall, daß sie schlimm würde.«

»Haben Sie es sich wohl überlegt, Thérèse?« fragte Palmer nachdenklich. »Sind Sie ganz sicher, daß Sie im letzten Augenblick nicht doch noch schwach werden?«

»Ich bin ganz sicher.«

»Dieser Mann in seinem Schmerz scheint mir unwiderstehlich. Er könnte Steine erweichen; und doch, Thérèse, wenn Sie ihm nachgeben, sind Sie verloren und er mit Ihnen. Wenn Sie ihn noch lieben, so bedenken Sie, daß Sie ihn nur dadurch retten können, daß Sie ihn verlassen!«

»Ich weiß«, antwortete Thérèse, »doch warum sagen Sie mir das, mein Freund? Sind Sie etwa auch krank? Wissen Sie nicht mehr, daß Sie mein Wort haben?«

Palmer küßte ihr die Hand und lächelte. In seiner Seele zog wieder Frieden ein.

Am nächsten Tag teilte Laurent ihnen mit, er wolle in die Schweiz gehen, um sich dort auszukurieren. Das Klima in Italien bekomme ihm nicht, und das stimmte auch. Die Ärzte rieten ihm sogar, nicht bis zur großen Hitze dazubleiben.

Jedenfalls wurde beschlossen, sich in Florenz zu trennen. Für Thérèse selbst stand nur eins fest, daß sie sich dorthin begeben wollte, wo Laurent nicht war; doch als sie sah, wie sehr ihn die Auseinandersetzung vom Vortag angegriffen hatte, mußte sie ihm versprechen, noch eine Woche in Florenz zu bleiben, um zu verhüten, daß er abreiste, ohne die notwendigen Kräfte wiedererlangt zu haben.

Diese Woche war vielleicht die beste im Leben von Laurent. Er war großzügig, herzlich, zuversichtlich, aufrichtig und hatte einen seelischen Zustand erreicht, den er nie zuvor, auch nicht in den ersten acht Tagen seiner Verbindung mit Thérèse, erfahren hatte. Die Zärtlichkeit

hatte ihn besiegt, durchdrungen, ja geradezu über-
schwemmt. Er verließ seine beiden Freunde nicht, fuhr
mit ihnen im Wagen zu den *Cascine* heraus zu einer Tages-
zeit, wenn es dort noch nicht so überfüllt war, nahm alle
Mahlzeiten mit ihnen ein, freute sich wie ein Kind, draußen auf dem Land zu essen, reichte Thérèse den Arm
abwechselnd mit Palmer, übte seine Kräfte, indem er mit
ihm etwas Gymnastik trieb, begleitete Thérèse mit ihm
zusammen ins Theater und ließ sich von »Dick, dem
großen Touristen« seine Reiseroute in die Schweiz zu-
sammenstellen. Es war ein großes Problem, ob er über
Mailand oder über Genua fahren sollte. Schließlich ent-
schied er sich für Genua, wollte den Weg dorthin über
Pisa und Lucca einschlagen und dann der Küste entlang
fahren, zu Land oder zu Wasser, je nachdem ob er sich
nach den ersten Reisetagen gestärkt oder geschwächt
fühlte.

Der Tag der Abreise kam näher. Mit melancholischer
Heiterkeit hatte Laurent alle Vorbereitungen erledigt. Er
sprühte förmlich von Scherzen über seinen Anzug, sein
Gepäck, seine bunt zusammengewürfelte Aufmachung in
einem bestimmten Regenmantel, den Palmer ihm aufgedrängt hatte – damals eine modische Neuheit auf dem
Markt –, über das französische Kauderwelsch eines italienischen Dieners, den Palmer ihm besorgt hatte und der
wohl der beste Kerl der Welt war; dankbar und ergeben
nahm er alles an, was Thérèse ihm an Vorsorge und
Verwöhnung zudachte; die Tränen standen ihm in den
Augen, während er laut auflachte.

In der letzten Nacht bekam er leichtes Fieber. Er
scherzte darüber. Der Mietwagen, der ihn in kleinen Ta-
gesreisen befördern sollte, stand vor der Türe des Hotels.
Es war ein kühler Morgen, Thérèse war besorgt.

»Begleiten Sie ihn bis La Spezia«, sagte Palmer. »Dort
soll er sich einschiffen, wenn er die Fahrt im Wagen nicht
so gut verträgt. Ich komme Ihnen dorthin nach, wir

treffen uns einen Tag nach seiner Abreise. Mir ist eine
dringende, unaufschiebbare Angelegenheit dazwischen-
gekommen, die mich noch für vierundzwanzig Stunden
hier festhält.«

Thérèse war überrascht von diesem Entschluß und
diesem Vorschlag, und sie lehnte ab, mit Laurent zu
fahren.

»Ich flehe Sie an«, sagte Palmer etwas heftig; »es ist mir
ganz unmöglich, mit Ihnen zu reisen!«

»Gut und schön, mein Freund, aber es ist auch nicht
nötig, daß ich mit Laurent fahre.«

»Doch«, erwiderte er, »es muß sein.«

Thérèse glaubte zu verstehen, Palmer halte eine solche
Prüfung für notwendig. Das erstaunte und beunruhigte
sie.

»Können Sie mir Ihr Ehrenwort geben«, sagte sie, »daß
Sie wirklich hier noch etwas Wichtiges zu erledigen haben?«

»Ja«, antwortete er, »ich gebe Ihnen mein Ehrenwort.«

»Gut, dann bleibe ich.«

»Nein, Sie müssen abreisen.«

»Das verstehe ich nicht.«

»Ich werde es Ihnen später erklären, verehrte Freundin.
Ich glaube an Sie wie an Gott, das sehen Sie doch; haben
Sie auch Vertrauen zu mir. Fahren Sie mit!«

Thérèse packte in aller Eile ein kleines Bündel, das sie
in die Kutsche warf, stieg zu Laurent in den Wagen und
rief Palmer zu: »Ich habe Ihr Ehrenwort, daß Sie in
vierundzwanzig Stunden nachkommen!«

8.

Palmer war tatsächlich gezwungen, in Florenz zu bleiben und Thérèse wegzuschicken, doch als er sie abfahren sah, versetzte ihm das einen schweren Schlag. Aber die Gefahr, die er fürchtete, bestand nicht. Die Bande konnten nicht neu geknüpft werden. Laurent dachte überhaupt nicht daran, Thérèse zu betören; doch da er sicher war, daß er ihr Herz nicht ganz verloren hatte, beschloß er, ihre Achtung zurückzugewinnen. Wir sagen, er beschloß es? Nein, er hatte kein Ziel; er verspürte nur einfach das Bedürfnis, von dieser Frau, die in seinen Augen gewachsen war, wieder anerkannt zu werden. Hätte er sie in diesem Augenblick inständig angefleht, sie hätte ihn mühelos abgewiesen, ihn vielleicht verachtet. Er hütete sich wohl, das zu tun, oder vielmehr er dachte gar nicht daran. Er war viel zu freudig gestimmt, um einen solchen Fehler zu begehen. Aufrichtig und begeistert spielte er die Rolle des gebrochenen Herzens, des folgsamen und gezüchtigten Kindes, und zwar so gut, daß Thérèse sich am Ende der Reise fragte, ob nicht gar er das Opfer dieser unseligen Liebe sei.

Thérèse fühlte sich glücklich in diesen drei Tagen, die sie zusammen mit Laurent verbrachte. Sie glaubte, es beginne eine neue Zeit köstlicher Empfindungen, es tue sich ein noch unbekannter Pfad vor ihr auf, ein Weg, den sie bis jetzt allein beschritten hatte. Sie genoß es, unbeschwert, ohne Gewissensbisse, ohne Unruhe und ohne Kampf ein blasses und schwaches Geschöpf zu lieben, das sozusagen nur noch Seele war und das sie schon in diesem Leben im Paradies der reinen Wesen anzutreffen wähnte, so wie man sich im Traum nach dem Tod wiederzufinden hofft.

Zudem hatte er sie tief verletzt und gedemütigt, bis sie schließlich mit sich selbst uneins und unzufrieden gewesen war; nach dieser Liebe, die sie mit so viel Tapferkeit und Großmut angenommen hatte, fühlte sie sich gekränkt und entehrt wie nach einem nur erotischen Liebesabenteuer. Es war der Augenblick gekommen, in dem sie sich selbst verachtete, weil sie sich auf so plumpe Weise hatte täuschen lassen. Sie kam sich deshalb wie neugeboren vor und söhnte sich mit der Vergangenheit aus, als sie nun auf dem Grab der verschütteten Leidenschaft die Blume der schwärmerischen Freundschaft sprießen sah, die schöner war als die Leidenschaft, selbst auch in deren besten Tagen.

Am 10. Mai erreichten sie La Spezia, eine kleine malerische Stadt, halb genuesisch, halb florentinisch, an einer spiegelglatten Bucht gelegen, die so blau war wie der schönste Himmel. Die Badesaison hatte noch nicht begonnen. Das Land war zauberhaft einsam, das Wetter frisch und köstlich. Beim Anblick dieses schönen ruhigen Wassers entschloß sich Laurent, den die Reise im Wagen etwas angestrengt hatte, zur Seefahrt. Sie erkundigten sich nach den Verbindungen; zweimal in der Woche fuhr ein kleines Dampfschiff nach Genua. Thérèse war froh, daß die Abreise nicht auf den selben Abend fiel. Das bedeutete vierundzwanzig Stunden Ruhe für ihren Patienten. Sie ließ ihm auf dem Schiff eine Kabine für den nächsten Abend belegen.

So schwach sich Laurent auch fühlte, es war ihm noch nie so gut gegangen. Er hatte den Schlaf und den Appetit eines Jünglings. Diese sanfte Mattheit in den ersten Tagen seiner völligen Genesung stürzte seine Seele in köstliche Verwirrung. Die Erinnerung an sein vergangenes Leben verblaßte wie ein schlechter Traum. So wie er sich fühlte, meinte er, sich von Grund auf und für immer gewandelt zu haben. In dieser Zeit der Neuwerdung seines Lebens war ihm die Fähigkeit zu leiden abhanden gekommen. Er nahm Abschied von Thérèse mit einer Art triumphierender Freude inmitten seiner Tränen. Sich in die Beschlüsse des Schicksals zu fügen, war in seinen Augen eine freiwillige Sühne, die sie ihm hoch anrechnen mußte. Er hatte das alles nicht heraufbeschworen, doch er schickte sich darein, gerade als er den Wert dessen empfand, was er verkannt hatte. Er trieb das Bedürfnis, sich selbst zu opfern, so weit, daß er zu ihr sagte, sie solle Palmer lieben, er sei der beste aller Freunde und der größte Philosoph. Dann aber rief er plötzlich aus:

»Sage nichts zu mir, liebe Thérèse! Sprich nicht von ihm. Noch fühle ich mich nicht stark genug, aus deinem Mund zu hören, daß du ihn liebst. Nein, bitte sei still! Es würde mich töten! . . . Doch immerhin, ich liebe ihn auch. Kann ich dir etwas Schöneres sagen?«

Thérèse nannte Palmers Namen nicht ein einziges Mal; und als Laurent doch einmal einen Augenblick nicht ganz so tapfer war und versteckte Fragen stellte, antwortete sie ihm:

»Sei ruhig. Ich habe ein Geheimnis, das ich dir später einmal erzählen will; und es ist nicht das, was du glaubst. Du errätst es doch nicht, gib dir keine Mühe.«

Am letzten Tag fuhren sie mit einer Barke kreuz und quer über die Bucht von La Spezia. Von Zeit zu Zeit ließen sie sich an Land setzen, um am Strand schöne würzige Kräuter zu pflücken, die dort im Sand wuchsen bis hinunter zu den ersten lässig dahinplätschernden klaren Wellen. Es gibt kaum Schatten an diesen schönen Ufern, von denen aus steile Berge senkrecht emporsteigen, über und über mit blühenden Büschen bedeckt. Die Hitze machte sich bemerkbar, und als sie einige dicht beieinanderstehende Pinien entdeckten, ließen sie sich dorthin bringen. Sie hatten ihr Mittagessen bei sich und nahmen es im Gras ein, umgeben von Lavendelsträuchern und Rosmarinbüschen. Der Tag verging wie im Traum, das heißt er war kurz wie ein Augenblick und ließ noch einmal gerafft die schönsten Regungen zweier Seelen an ihnen vorüberziehen.

Doch bald schon stand die Sonne tief am Himmel, und Laurent wurde traurig. Von weitem sah er die Rauchfahne der »Ferruccio«, des Dampfschiffs von La Spezia, das für die Abfahrt angeheizt wurde, und diese dunkle Wolke legte sich schwer auf seine Seele. Thérèse merkte, daß sie ihn bis zum letzten Augenblick zerstreuen mußte, und sie fragte den Schiffer, was es in der Bucht noch zu sehen gäbe.

»Da wäre noch die Insel Palmaria«, sagte er, »mit dem Marmorbruch ›portor‹. Wenn Sie hinüberfahren möchten, so könnten Sie auch dort an Bord der ›Ferruccio‹ gehen. Das Dampfschiff kommt vorbei, ehe es von dort aus auf das offene Meer hinausfährt; es legt draußen vor Portovenere an und nimmt Passagiere und Güter auf. Sie haben Zeit genug, an Bord zu gehen. Ich übernehme die Verantwortung.«

Die beiden Freunde ließen sich auf die Insel Palmaria übersetzen.

Sie besteht aus einem Marmorblock, der steil aus dem Meer emporragt und zur Bucht hin in einem sanften und fruchtbaren Hang langsam abfällt. Auf dieser Seite stehen auf halber Höhe einige Behausungen und am Strand zwei Villen. Diese Insel liegt wie eine natürliche Festung am Eingang der Bucht, und die Fahrrinne zwischen der Insel und dem kleinen Hafen ist sehr schmal. Einst war er der Venus geweiht; daher der Name Portovenere.

Nichts in dem häßlichen kleinen Ort rechtfertigt diesen poetischen Namen; doch seine Lage auf dem nackten, von einer stürmischen See umbrandeten Felsen, wo sich die ersten Fluten des großen weiten Meeres in das Fahrwasser ergießen, ist überaus malerisch. Eine passendere Umgebung für ein Piratennest könnte man sich kaum vorstellen. Die schwarzen ärmlichen, von der salzhaltigen Luft angefressenen Häuser steigen treppenförmig weit den unebenen Felsen hinauf. Nicht eine unbeschädigte Scheibe an diesen kleinen Fenstern, die wie wache Augen am

Horizont nach Beute spähen. Keine Mauer, von der nicht der Putz abblättert, in großen Placken wie Segel, die vom Sturm zerfetzt herunterhängen. Nicht eine senkrechte Linie an diesen Gebäuden, die sich eng aneinander lehnen und alle miteinander einzustürzen drohen. Sie ziehen sich hoch hinauf bis an die oberste Spitze des Felsens, wo dann plötzlich alles endet; den Abschluß bilden ein altes verfallenes Kastell und ein kleiner Kirchturm, der mit seiner Nadelspitze gleichsam als Wachtposten auf die unermeßliche Weite des Meeres hinausschaut. Hinter diesem Bild, das sich im Vordergrund vom Meereswasser abhebt, ragen riesige bleifarbene Felsen empor, die am Fuß durch den Widerschein des Wassers in allen Farben schillern und in etwas Unbestimmtes und Ungreifbares einzutauchen scheinen, wie in die Farbe der Leere.

Vom Marmorbruch der Insel Palmaria, von der anderen Seite der Meerenge aus betrachteten Laurent und Thérèse dieses malerische Bild. Die untergehende Sonne goß rötliches Licht über den Vordergrund aus, so daß die Landschaft zu einer weiten gleichförmigen Masse verschmolz, und der Felsen, die alten Mauern und die Ruinen mitsamt der Kirche wie aus einem einzigen Block gemeißelt zu sein schienen, während die großen Felsen im Hintergrund in meergrünes Licht getaucht waren.

Laurent verharrte staunend vor diesem Schauspiel, er vergaß alles um sich herum, nahm es in sich auf mit den Augen des Künstlers, in denen Thérèse wie in einem Spiegel alle Feuer des Himmels lodern sah. »Gott sei Dank!« dachte sie, »endlich erwacht in ihm wieder der Maler!« Seit seiner Krankheit hatte Laurent wahrlich noch nicht einen Gedanken auf seine Kunst verwandt.

Da im Marmorbruch eigentlich nur die großen Blöcke aus schönem schwarzen, gelbgeaderten Marmor sehenswert waren, wollte Laurent lieber den steilen Hang der Insel hinaufklettern, um von oben auf die offene See hinauszuschauen; er durchquerte einen recht unwegsamen Pinienwald, bis er zu einem mit Flechten bewachsenen Felsenvorsprung gelangte, wo er sich plötzlich wie verloren fühlte inmitten der Unermeßlichkeit des Raumes. Der Felsen ragte weit ins Meer hinaus, das ihn am Fuß unterspült hatte und sich dort mit fürchterlichem Getöse brach. Laurent, der nicht erwartet hatte, daß diese Küste so steil und so schroff sein könnte, wurde von einem heftigen Schwindel gepackt. Ohne Thérèse, die ihm gefolgt war und ihn zwang, sich der Länge nach hinzulegen und zurückzurutschen, hätte er sich in den Abgrund fallen lassen.

In diesem Augenblick stand er vor ihr, von Entsetzen gepackt, mit verstörtem Blick, so wie sie ihn im Wald von . . . erlebt hatte.

»Was ist denn?« fragte sie. »Hast du wieder einen bösen Traum?«

»Nein! Nein!« rief er aus, stand auf und klammerte sich so eng an sie, als habe er einen unerschütterlichen festen Halt gefunden. »Das ist nicht der Traum! Das ist die Wirklichkeit. Es ist das Meer, das entsetzliche Meer, das mich gleich mit sich fortnehmen wird! Es ist das Bild jenes Lebens, in das ich wieder zurückfallen werde! Es ist der Abgrund, der sich zwischen uns auftun wird! Es ist das monotone, rastlose, verhaßte Rauschen, dem ich nachts in der Bucht von Genua lauschte und das mir nichts als Schmähungen in die Ohren brüllte! Es ist diese rohe aufgewühlte See, die ich mit einem Boot meistern lernen wollte und die mich unentrinnbar einem Abgrund zugetrieben hat, der noch tiefer und unversöhnlicher ist als der des Meeres. Thérèse, Thérèse, weißt du, was du tust, wenn du mich diesem Ungeheuer dort vorwirfst, das schon seinen gräßlichen Rachen aufreißt, um dein armes Kind zu verschlingen?«

»Laurent!« sagte sie und schüttelte ihn am Arm. »Laurent, hörst du mich?«

Er schien in einer anderen Welt aufzuwachen, als er die

146

Stimme von Thérèse erkannte, denn als er zu ihr sprach, hatte er geglaubt, er sei allein; und er drehte sich überrascht um, als er sah, daß der Baum, den er umklammert hielt, nichts anderes war als der zitternde und erschöpfte Arm seiner Freundin.

»Verzeih mir! Verzeih mir!« sagte er, »das war der letzte Anfall, es ist nicht schlimm. Gehen wir!«

Und er lief hastig wieder den Hang hinunter, den er mit ihr erklommen hatte.

Die »Ferruccio« kam mit Volldampf von La Spezia.

»Mein Gott, da ist sie schon!« sagte er. »Und wie schnell sie fährt! Wenn sie doch kentern würde, ehe sie hier ist!«

»Laurent!« sagte Thérèse in strengem Ton.

»Ja, ja, keine Angst, meine Freundin, ich bin ja schon wieder ganz ruhig. Weißt du nicht, daß jetzt schon ein Blick von dir genügt, und ich gehorche freudig? Da ist die Barke. Los, schon geschehen! Ich bin ruhig, ich bin zufrieden! Gib mir deine Hand, Thérèse. Siehst du, in den drei Tagen unseres Zusammenseins habe ich dich nicht um einen einzigen Kuß gebeten. Ich bitte dich nur um diese treue Hand. Entsinne dich des Tages, an dem du zu mir sagtest: ›Vergiß nie, daß ich dein Freund war, ehe ich deine Geliebte wurde.‹ Nun hast du, was du dir wünschtest; ich bedeute dir nichts mehr, doch ich gehöre dir fürs Leben!«

Er schwang sich in die Barke in der Vorstellung, daß Thérèse am Ufer der Insel zurückbleiben und das Boot sie dann abholen würde, sobald er an Bord gegangen war; doch sie sprang neben ihn ins Boot. Sie wolle sich davon überzeugen, sagte sie, daß der Diener, der Laurent begleiten sollte und der mit dem Gepäck schon in La Spezia eingestiegen war, auch nichts von all dem vergessen hatte, was sein Herr auf der Reise benötigte.

Sie nutzte die Zeit, die der kleine Dampfer vor Portovenere lag, um mit Laurent an Bord zu gehen. Vicentino, der bewußte Diener, erwartete sie dort. Das war der von

Palmer ausgewählte vertrauenswürdige Mann, wie wir wissen. Thérèse nahm ihn beiseite.

»Haben Sie den Geldbeutel Ihres Herrn?« fragte sie ihn. »Ich weiß, er hat Sie beauftragt, alle Kosten der Reise zu begleichen. Wieviel hat er Ihnen anvertraut?«

»Zweihundert florentinische Lire, Signora, doch ich nehme an, er hat noch seine Brieftasche bei sich.«

Thérèse hatte die Taschen von Laurents Anzug durchsucht, während er schlief. Sie hatte seine Brieftasche gefunden und wußte, daß sie so gut wie leer war. Laurent hatte in Florenz viel Geld ausgegeben; die Kosten für seine Krankheit waren erheblich gewesen. Er hatte Palmer den Rest seiner kleinen Barschaft anvertraut und ihn gebeten, die Abrechnungen für ihn zu machen; doch er hatte sie sich nicht angesehen. Was Geldausgaben anging, so war Laurent ein richtiges Kind, das im Ausland keine Ahnung von Preisen hatte, ja nicht einmal den Wert der einzelnen Währungen in den verschiedenen Provinzen Italiens kannte. Was er Vicentino anvertraut hatte, reichte seiner Meinung nach sehr lang, doch damit konnte ein Mann, der nicht den geringsten Sinn für Planung hatte, kaum bis zur Grenze kommen.

Thérèse gab Vicentino alles, was sie in diesem Augenblick in Italien noch besaß, ohne für sich auch nur so viel zurückzubehalten, wie sie für ein paar Tage selbst brauchte; denn da sie Laurent kommen sah, hatte sie nicht die Zeit, einige Goldstücke aus der Rolle herauszunehmen, die sie hastig dem Diener mit den Worten zusteckte:

»Das hatte er in seinen Taschen; er ist sehr zerstreut, er möchte lieber, daß Sie es an sich nehmen.«

Und sie wandte sich dem Künstler zu, um ihm ein letztes Mal die Hand zu drücken. Diesmal täuschte sie ihn ohne Gewissensbisse. Wenn sie früher seine Schulden begleichen wollte, so hatte ihn das stets aufgeregt und zur Verzweiflung gebracht. Jetzt war sie ihm nur noch eine Mutter, und sie hatte das Recht, so zu handeln, wie sie es tat.

Laurent hatte nichts bemerkt.

»Bleib noch einen Augenblick, Thérèse!« sagte er mit tränenerstickter Stimme. »Eine Glocke läutet, wenn diejenigen, die nicht mitfahren, von Bord gehen müssen.«

Sie nahm seinen Arm und wollte sich seine Kabine ansehen, die für die Nacht recht behaglich eingerichtet war, aber in unzumutbarer Weise nach Fisch stank. Thérèse suchte nach ihrem Parfümfläschchen, um es ihm dazulassen, aber sie hatte es auf dem Felsen von Palmaria verloren.

»Machen Sie sich doch keine Mühe«, sagte er. »Schenken Sie mir einen Zweig von dem wilden Lavendel, den wir zusammen dort im Sand gepflückt haben.«

Thérèse hatte diese Blumen in das Mieder ihres Kleides gesteckt; wenn sie sie ihm gab, so war das beinah so etwas wie ein Liebespfand. Irgend etwas war daran unfein und zumindest zweideutig, und ihr Gefühl als Frau wehrte sich dagegen; doch als sie sich über die Brüstung des Schiffes beugte, entdeckte sie in einer der wartenden Barken am Anleger ein Kind, das den Passagieren große Veilchensträuße feilbot. Sie suchte in ihrer Tasche nach einer letzten Münze, die sie zu ihrer Freude auch fand und dem kleinen Verkäufer zuwarf, während dieser ihr den schönsten der Sträuße über die Reling schleuderte; geschickt fing Thérèse ihn auf und verteilte die Blumen in der ganzen Kabine von Laurent, der das unübertreffliche Feingefühl seiner Freundin verstand, doch niemals erfuhr, daß sie diese Veilchen mit ihrem letzten Heller bezahlt hatte.

Ein junger Mann, dessen Reisekleidung und aristokratisches Auftreten ihn deutlich von den anderen Passagieren unterschied, die fast ausnahmslos Olivenhändler oder kleine Kaufleute aus den Küstenorten waren, kam an Laurent vorbei, sah ihn an und sagte:

»Ach, Sie sind es?«

Sie reichten sich die Hände mit jener vollendet kühlen

Gleichgültigkeit in Geste und Ausdruck, die Leute von Welt nun mal auszeichnet. Er war jedoch einer der Gefährten aus der Zeit leichtfertiger Vergnügungen, von denen Laurent im Gespräch mit Thérèse in den Tagen der Langeweile als von seinen besten, seinen einzigen Freunden gesprochen hatte. In solchen Augenblicken pflegte er meist noch hinzuzufügen: »Leute meines Standes!«; denn jedesmal, wenn er Thérèse grollte, fiel ihm wieder ein, daß er ein Edelmann war.

Doch Laurent hatte sich sehr zum Guten verändert, und anstatt sich über die Begegnung zu freuen, verfluchte er insgeheim diesen unerwünschten Zeugen seines letzten Abschieds von Thérèse. Herr von Vérac, so hieß der frühere Freund, kannte Thérèse schon, denn er war ihr von Laurent in Paris vorgestellt worden, und nachdem er sie ehrerbietig begrüßt hatte, meinte er, auf der armen kleinen »Ferruccio« zwei Reisegefährten wie sie und Laurent zu treffen, sei wirklich Glück.

»Aber ich fahre nicht mit«, antwortete sie, »ich bleibe hier.«

»Wieso hier? Wo? In Portovenere?«

»In Italien.«

»Ach so! Dann macht Fauvel in Genua für Sie Besorgungen und kommt morgen zurück?«

»Nein!« sagte Laurent, verärgert über diese Neugier, die er als aufdringlich empfand. »Ich fahre in die Schweiz und Fräulein Jacques nicht. Erstaunt Sie das? Kurz und gut, damit Sie es nur wissen, Fräulein Jacques verläßt mich, und ich bin darüber zutiefst betrübt. Haben Sie das verstanden?«

»Nein«, sagte Vérac lächelnd; »aber ich muß ja schließlich nicht . . .«

»Doch: Sie müssen begreifen, wie die Dinge stehen«, fuhr Laurent fort, aufbrausend und etwas hochmütig; »ich habe verdient, was mir jetzt zustößt, und ich muß mich fügen, weil Fräulein Jacques, ungeachtet meiner Vergehen, so gütig war, mich während einer tödlichen Krankheit, von der ich gerade genesen bin, wie eine Schwester und Mutter zu pflegen; also gebühren ihr meine Dankbarkeit, meine Hochachtung und meine Freundschaft.«

Was er da zu hören bekam, überraschte Vérac sehr. Das war für ihn eine einzigartige Geschichte. Taktvoll entfernte er sich, nachdem er zu Thérèse noch gesagt hatte, von ihr so viel Gutes und Schönes zu hören, könne ihn kaum noch verwundern; doch verstohlen beobachtete er den Abschied der beiden Freunde. Thérèse stand auf dem Landungssteg, hin- und hergestoßen und eingeklemmt zwischen den Einheimischen, die sich beim Ertönen der Schiffsglocke stürmisch und lärmend umarmten; sie gab Laurent einen mütterlichen Kuß auf die Stirn; beide weinten; dann bestieg sie die Barke und ließ sich an der schlecht ausgehauenen dunklen Felsentreppe absetzen, die zu dem kleinen Ort Portovenere hinaufführte.

Laurent wunderte sich, daß sie diese Richtung einschlug und nicht nach La Spezia fuhr.

›Ach so!‹ dachte er und brach in Tränen aus, ›bestimmt erwartet Palmer sie dort!‹

Doch als die »Ferruccio« zehn Minuten später, nachdem sie mit einiger Mühe die offene See erreicht hatte, genau dem hochaufragenden Felsen gegenüber abdrehte, ließ Laurent ein letztes Mal seine Blicke zu diesem traurigen Felsen hinaufwandern und entdeckte auf der alten Kastellruine eine Silhouette, deren Kopf mit dem wehenden Haar von den letzten Sonnenstrahlen vergoldet wurde; er erkannte das blonde Haar von Thérèse und ihre geliebte Gestalt. Sie war allein. Voller Entzücken streckte Laurent ihr die Arme entgegen, faltete die Hände zum Zeichen der Reue, und seine Lippen murmelten zwei Worte, die der Wind davontrug: »Verzeih! Verzeih!«

Herr von Vérac beobachtete Laurent bestürzt, aber Laurent, für gewöhnlich besonders empfindlich gegenüber allem, was lächerlich wirken konnte, kümmerte sich nicht um die Blicke seines alten Gefährten aus der Zeit ihres ausschweifenden Lebens. Es bereitete ihm sogar eine gewisse Genugtuung, ihnen in diesem Augenblick standzuhalten.

Als die Küste im Abenddunkel versunken war, fand sich Laurent neben Vérac auf einer Bank sitzend wieder.

»Nein, so was!« sagte dieser zu ihm, »erzählen Sie mir doch diese seltsame Begebenheit! Sie haben mir schon zu viel gesagt, als daß Sie mich auf halbem Wege stehen lassen dürften; alle Ihre Freunde in Paris, ja doch wohl ganz Paris, denn Sie sind ein berühmter Mann, werden mich fragen, wie Ihr Verhältnis mit Fräulein Jacques gelöst wurde, da auch sie inzwischen zu viel Aufmerksamkeit auf sich gezogen hat, um nicht Neugier zu wecken. Was soll ich dann antworten?«

»Daß Sie mich sehr traurig und sehr töricht gesehen haben. Was ich Ihnen gesagt habe, läßt sich in wenigen Worten zusammenfassen. Muß ich sie wiederholen?«

»Also Sie haben Fräulein Jacques doch als erster verlassen? Das wäre mir lieber für Sie!«

»Ja, ich verstehe; es ist höchst lächerlich, wenn man selbst betrogen wird; es ist ruhmreich, dem anderen zuvorzukommen. Solche Überlegungen habe ich früher mit Ihnen gemeinsam auch angestellt; das war sozusagen unser Kodex; doch meine Vorstellungen von allen diesen Dingen haben sich völlig gewandelt, seit ich wirklich geliebt habe. Ich habe sie verraten, sie hat mich verlassen, ich bin verzweifelt: unsere alten Theorien hatten eben weder Sinn noch Verstand. Oder finden Sie in der Lebensweisheit, nach der wir alle zusammen lebten, auch nur ein Argument, das mich von meiner Reue und meinem Leiden befreien könnte und zu dem ich sagen müßte, ja, Sie haben recht?«

»Ich werde keine Argumente suchen, mein Lieber, das Leiden kennt keine Vernunftgründe! Ich bedaure Sie, denn Sie sind jetzt unglücklich; nur frage ich mich, ob es wirklich eine Frau gibt, die es verdient, so beweint zu werden, oder ob es nicht besser gewesen wäre, Fräulein Jacques hätte Ihnen Ihre Untreue verziehen, statt Sie in einem so verzweifelten Zustand wegzuschicken. Für eine Mutter ist sie, finde ich, hart und rachsüchtig.«

»Sie wissen eben nicht, wie schuldig ich mich gemacht habe und wie töricht ich war. Untreue! Die hätte sie mir verziehen, ganz sicher; aber Schmähungen, Vorwürfe . . . viel schlimmer noch, Vérac! Ich habe ihr das gesagt, was eine Frau, die etwas auf sich hält, nie vergessen kann: ›Sie langweilen mich!‹«

»Zugegeben, das ist hart, vor allem wenn es stimmt. Doch wenn es nicht stimmte, wenn es ganz einfach aus einer Laune heraus gesagt worden wäre?«

»Nein! Das war tiefster Überdruß. Ich liebte nicht mehr! Oder sehen Sie, es war ernster als das: Ich habe sie nie wirklich lieben können, solange sie die Meine war. Merken Sie sich das, Vérac, lachen Sie darüber, wenn Ihnen danach zumute ist, doch merken Sie es sich und beherzigen Sie es. Ist es doch durchaus möglich, daß Sie an einem schönen Morgen aufwachen, erschöpft von falschen Freuden und Genüssen und heftig verliebt in eine anständige Frau. Es kann Ihnen genauso ergehen wie mir, denn ich halte Sie nicht für verderbter, als ich es war. Und wenn Sie dann den Widerstand dieser Frau besiegt haben, ergeht es Ihnen vermutlich so, wie es mir auch ergangen ist. Da wir die verhängnisvolle Angewohnheit haben, mit Frauen der Liebe zu pflegen, die wir verachten, sind wir verdammt, wieder und wieder diesem Verlangen nach ungezügelter Freiheit zu verfallen, die wirkliche Liebe verachtet. Dann werden Sie sich wie ein wildes Tier fühlen, das von einem Kind gezähmt und immer auf dem Sprung ist, eben dieses Kind zu verschlingen, um seine Ketten zu zerreißen. Und eines Tages werden Sie den schwachen Wächter getötet haben. Sie entfliehen ganz allein, vor Freude laut brüllend und die Mähne schüttelnd; aber dann . . . dann werden

Ihnen die Tiere der Wildnis Angst einflößen und, nun Sie den Käfig gekannt haben, wird Ihnen die Freiheit nicht mehr schmecken. Und wenn Ihr Herz diese Bindung noch so ungern und noch so widerwillig ertragen hat, es wird sich danach sehnen, kaum daß sie zerrissen ist; und es wird von Grausen vor der Einsamkeit gepackt und kann doch zwischen der Liebe und der Ausschweifung nicht mehr wählen. Das sind Qualen, die Sie noch nicht kennen. Möge Gott sie Ihnen ersparen! Und bis dahin spotten Sie ruhig, wie ich es auch getan habe! Das ändert nichts daran, daß auch Ihr Tag kommen wird, sofern das Laster aus Ihnen nicht schon einen Kadaver gemacht hat!«

Lächelnd ließ Vérac diese edelmütige Rede über sich ergehen, die er sich anhörte wie eine schöne gesungene Kavatine auf dem Italienischen Theater. Laurent war bestimmt aufrichtig; aber vielleicht hatte sein Zuhörer doch recht, wenn er dieser Verzweiflung keine allzu große Bedeutung beimessen wollte.

9.

Es war schon dunkel, als Thérèse die »Ferruccio« aus den Augen verlor. Die Barke, die am Morgen in La Spezia gemietet und schon im voraus bezahlt worden war, hatte sie weggeschickt. Als der Bootsmann sie vom Dampfer nach Portovenere zurückbrachte, bemerkte sie, daß er betrunken war, und sie fürchtete sich, mit diesem Mann allein zurückzufahren; da sie sicher war, am Strand ein anderes Boot auftreiben zu können, entließ sie ihn.

Doch als sie an die Rückkehr dachte, fiel ihr ein, daß sie überhaupt kein Geld mehr besaß. Nichts wäre einfacher gewesen, als in das Hotel »La Croix de Malte« zurückzukehren, wo sie am Vorabend mit Laurent abgestiegen war, das Boot, das sie hinüberbringen würde, von dort bezahlen zu lassen und auf Palmers Ankunft zu warten; doch der Gedanke, keinen einzigen Heller mehr zu haben und am nächsten Tag alles, selbst die Mahlzeiten, von Palmer annehmen zu müssen, erregte in ihr einen Unwillen, der kindisch sein mochte, aber doch unüberwindbar war, so wie die Dinge zwischen ihnen standen. Hinzu kam noch, daß sie ziemlich beunruhigt war über die möglichen Gründe für sein Verhalten ihr gegenüber. Sie hatte die verzweifelte Traurigkeit in seinem Blick gesehen, als sie von Florenz abfuhr. Sie konnte nicht umhin zu glauben, daß ein unvorhergesehenes Hindernis die geplante Heirat in Frage stelle, und da diese Heirat in ihren Augen so viele ernst zu nehmende Nachteile für Palmer mit sich brachte, hielt sie es für richtiger, nichts gegen dieses Hindernis zu unternehmen, von welcher Seite es auch kommen mochte. Ihrem Instinkt folgend beschloß Thérèse, bis auf weiteres in Portovenere zu bleiben. Das kleine Bündel, das sie aufs Geratewohl mitgenommen hatte, enthielt genug, um vier oder fünf Tage irgendwo zuzubringen. An Juwelen besaß sie eine Uhr und eine goldene Kette, die sie als Pfand hinterlegen konnte, bis sie das Geld für ihre Arbeit erhalten würde, das schon auf eine Bank in Genua angewiesen sein mußte. Sie hatte Vicentino beauftragt, ihre postlagernden Briefe in Genua abzuholen und ihr nach La Spezia nachzuschicken.

Es galt also nur, irgendwo zu übernachten, und der Anblick von Portovenere war nicht gerade einladend. Die hohen Häuser, die zur Meerenge hin bis ans Wasser hinabreichen, passen sich im Innern der Stadt der Höhe des Felsens an, so daß man sich an vielen Stellen bücken mußte, um unter den bis zur Mitte der Straße überragenden Vordächern der einzelnen Häuser hindurchzugehen. Die enge und steile, mit unbehauenen Felssteinen gepflasterte Straße, in der es von Kindern und Hühnern wimmelte, war vollgestellt mit großen Kupfergefäßen, die unter den unregelmäßig vorspringenden Kanten und Winkeln der Vordächer standen, um während der Nacht das Regenwasser aufzufangen. Diese Gefäße sind gleichsam die Thermometer des Ortes: Süßwasser ist hier etwas so Seltenes, daß die Hausfrauen, sobald in Windrichtung eine Wolke auftaucht, eiligst alle verfügbaren Behältnisse vor ihre Türen stellen, um nichts von dem nassen Segen zu verlieren, den der Himmel ihnen schickt.

Thérèse ging an den weit offenen Türen vorüber und entdeckte ein Haus, das etwas sauberer aussah als die anderen und aus dem es nicht so stark nach Öl roch. Auf der Schwelle stand eine arme alte Frau, deren sanftes und ehrliches Gesicht ihr Vertrauen einflößte, und eben diese Frau kam ihr zuvor und sprach sie auf Italienisch oder in einer ähnlich klingenden Sprache an. Thérèse konnte sich also mit der guten Frau verständigen, die sie freundlich fragte, ob sie jemanden suche. Sie trat ein, schaute sich um und fragte, ob sie für die Nacht nicht ein Zimmer haben könne.

»Ja, sicher, ein Zimmer, das besser ist als dieses hier und in dem Sie mehr Ruhe finden als im Gasthof, wo man die

ganze Nacht die Seeleute singen hört! Aber ich bin keine
Wirtin, und wenn Sie vermeiden wollen, daß ich Schwierigkeiten bekomme, dann erzählen Sie morgen auf der
Straße ganz laut, Sie hätten mich schon gekannt, ehe Sie
hierher kamen.«

»Na schön«, sagte Thérèse, »zeigen Sie mir bitte das
Zimmer.«

Sie mußte einige Stufen hinaufsteigen und befand sich
in einem großen, ärmlich eingerichteten Raum mit einem
unendlich weiten Ausblick auf das Meer und die Bucht;
sie nahm dieses Zimmer, da sie es gleich auf den ersten
Blick mochte, ohne so recht zu wissen warum, es sei denn,
daß es sie wie eine Zuflucht anmutete vor den Bindungen,
die sie nicht aus einer Zwangslage heraus eingehen wollte.
Am nächsten Tag schrieb sie von hier aus an ihre Mutter:

»Meine Liebe, seit zwölf Stunden bin ich ungestört und
völlig ungebunden für . . . für ich weiß nicht wie viele
Tage oder Jahre! Alles in mir ist wieder in Frage gestellt,
und Sie sollen über diese meine Lage richten.

Diese unselige Liebe, die Sie so ängstigte, ist nicht mehr
und wird auch nicht wieder aufleben. In diesem Punkt
können Sie also ganz beruhigt sein. Ich habe meinen
Patienten bis hierher begleitet und ihn gestern abend aufs
Schiff gebracht. Wenn ich seine arme Seele nicht gerettet
habe, und dessen darf ich mich kaum rühmen, so habe ich
sie doch wenigstens gebessert, und sie hat für einige
Augenblicke sogar die Süße der Freundschaft gekannt.
Wenn ich ihm hätte glauben können, so war er für immer
von seinen Verwirrungen genesen; doch an seinen Wider-
sprüchen und an seinen Rückfällen habe ich wohl erkannt,
daß in ihm immer noch das lebendig ist, was den Grund
seines Wesens ausmacht und das ich nicht anders definie-
ren kann als Liebe zu dem, was nicht ist.

Ja, leider! Dieses Kind wollte zur Geliebten so etwas
haben wie die Venus von Milo, beseelt vom Atem meiner
Schutzpatronin, der Heiligen Thérèse, oder vielmehr ein-

und dieselbe Frau hätte heute Sappho und morgen Jeanne d'Arc sein müssen. Wehe mir, daß ich glauben konnte, nachdem er mich in seiner Einbildung mit allen Attributen der Göttlichkeit geschmückt hatte, ihm würden am nächsten Tag nicht die Augen aufgehen! Ich muß, ohne zu ahnen, doch sehr eitel gewesen sein, daß ich die Aufgabe übernehmen konnte, so etwas wie kultische Verehrung erwecken zu wollen. Nein, eitel war ich nicht, das schwöre ich. Ich habe nicht an mich selbst gedacht; an dem Tag, an dem ich mich auf diesen Altar stellen ließ, habe ich zu ihm gesagt: ›Da du mich denn unbedingt anbeten willst, statt mich zu lieben, was viel besser wäre, so bete mich also an, außer du zerbrichst mich morgen!‹

Und er hat mich doch zerbrochen! Aber worüber darf ich mich beklagen? Ich habe es vorhergesehen und hatte mich im voraus damit abgefunden.

Und gleichwohl war ich schwach, empört und unglücklich, als dieser furchtbare Augenblick kam; aber zuletzt obsiegte der Mut, und Gott hat es gewollt, daß ich schneller genas, als ich gehofft hatte.

Und nun zu Palmer. Sie möchten, daß ich ihn heirate; er will es auch; und ich auch . . . Ich habe es gewollt! Will ich es noch? Was soll ich Ihnen antworten, liebste Freundin? Ich habe immer wieder Skrupel und Befürchtungen. Vielleicht ist gerade er daran schuld. Er konnte oder wollte die letzten Augenblicke, die ich mit Laurent verbrachte, nicht bei mir bleiben: Er hat mich drei Tage mit ihm allein gelassen, drei Tage, die – wie ich wußte – ungefährlich für mich sein würden und auch waren; aber wußte Palmer das auch und konnte er dafür einstehen? Oder, und das wäre schlimmer, hat er sich gesagt, er müsse wissen, woran er ist? Auf seiner Seite war da so etwas wie schwärmerische Selbstverleugnung oder übertriebene Rücksicht, die bei einem solchen Mann nur einem guten Gefühl entspringen kann; und doch hat es mich nachdenklich gestimmt.

Ich habe Ihnen geschrieben, was sich zwischen uns zugetragen hat; es schien für ihn eine geradezu heilige Pflicht zu sein, mich durch diese Heirat zu rehabilitieren nach all den Kränkungen, die ich erlitten hatte. Und ich selbst, ich habe eine bewegte Dankbarkeit und rührende Bewunderung empfunden. Ich habe ›ja‹ gesagt und versprochen, seine Frau zu werden, und immer noch fühle ich, daß ich ihn liebe, so liebe, wie ich fortan werde lieben können.

Heute jedoch zögere ich, weil mir scheint, daß er es bereut. Träume ich etwa? Ich weiß es nicht; doch warum ist er nicht hierhergekommen? Als ich von der entsetzlichen Krankheit meines armen Laurent erfuhr, hat er nicht gewartet, bis ich von mir aus zu ihm sagte: »Ich fahre nach Florenz.« Nein, er hat zu mir gesagt: »Wir fahren!« Die zwanzig Nächte, die ich am Bett von Laurent verbracht habe, ist er im Nebenzimmer geblieben, und er hat nie zu mir gesagt: ›Sie richten sich zugrunde‹, sondern immer nur: ›Ruhen Sie sich ein wenig aus, damit Sie durchhalten können.‹ Zu keiner Zeit habe ich bei ihm auch nur den Schatten von Eifersucht gesehen. In seinen Augen, so schien es mir, konnte ich niemals genug tun, um diesen undankbaren Sohn zu retten, den wir sozusagen gemeinsam angenommen hatten. Dieses edelmütige Herz fühlte sehr wohl, daß sein Vertrauen und seine Großzügigkeit meine Liebe zu ihm nur noch steigerten, und ich war ihm unendlich dankbar, daß er das verstand. Damit richtete er mich in meinen eigenen Augen wieder auf, und ich war stolz, ihm anzugehören.

Warum dann diese Laune oder dieses Unabkömmlichsein im letzten Augenblick? Ein unvorhergesehenes Hindernis? Bei dem Willen, den ich an ihm kenne, vermag ich nicht so recht an Hindernisse zu glauben; mir kommt es eher so vor, als habe er mich auf die Probe stellen wollen. Das kränkt mich, ich gestehe es. Ach! Ich bin entsetzlich empfindlich geworden, seit ich gestrauchelt bin. Ist das nicht ganz normal? Er, der sonst alles versteht, warum hat er ausgerechnet das nicht verstanden?

Oder ist er vielleicht in sich gegangen und hat sich schließlich doch alles das überlegt, was ich ihm von Anfang an gesagt habe, um zu verhindern, daß er nur an mich denkt; was wäre daran so erstaunlich? Ich habe Palmer stets für einen umsichtigen und vernünftigen Mann gehalten. Als ich bei ihm wahre Schätze an Begeisterung und Vertrauen entdeckte, war ich sehr überrascht. Könnte er nicht zu den Menschen gehören, die sich hinreißen lassen, wenn sie jemanden leiden sehen, und die anfangen, die Opfer leidenschaftlich zu lieben? Bei starken Menschen ist das ein ganz natürlicher Instinkt; es ist das sublime Mitleid der glücklichen und reinen Herzen. Manchmal habe ich mir das auch gesagt, um mich mit mir selbst auszusöhnen, als ich Laurent liebte, denn es ist vor allem und mehr als alles andere sein Leiden gewesen, das mich ihm verbunden hat.

Alles was ich Ihnen jetzt schreibe, meine liebste Freundin, dürfte ich Richard Palmer nicht sagen, wenn er hier wäre! Ich müßte befürchten, daß meine Zweifel ihm entsetzlichen Kummer bereiten; und so bin ich ziemlich ratlos, denn diese Zweifel hege ich nun einmal, ohne es zu wollen, und ich mache mir Sorgen, wenn nicht um das Heute, so doch um das Morgen. Wird er sich nicht lächerlich machen, wenn er eine Frau heiratet, die er, wie er behauptet, schon seit zehn Jahren liebt, zu der er darüber nie ein einziges Wort gesagt hat und der er sich schließlich erst zu nähern wagt an dem Tag, an dem er sie verwundet findet und von den Füßen eines anderen Mannes zertreten?

Ich sitze hier in einem scheußlichen und herrlichen kleinen Hafennest am Meer, wo ich recht untätig auf das Wort warte, das mein Schicksal entscheidet. Vielleicht ist Palmer in La Spezia, drei Meilen von hier. Dort hatten wir uns verabredet. Und wie ein Trotzkopf oder besser wie ein Feigling kann ich mich nicht entschließen, zu ihm zu fahren und zu sagen: ›Hier bin ich!‹ Nein, nein! Wenn er an mir zweifelt, ist zwischen uns nichts mehr möglich! Dem anderen habe ich täglich fünf oder sechs Beleidigungen verziehen. Diesem aber könnte ich nicht den Schatten eines Verdachts nachsehen. Ist das ungerecht? Nein! Ich brauche künftig eine große echte Liebe oder gar keine! Habe ich seine Liebe gesucht? Er hat sie mir aufgedrängt mit den Worten: ›Das wird der Himmel auf Erden sein!‹ Der andere hatte mir wohlweislich gesagt, er werde mir womöglich die Hölle bereiten! Er hat mir nichts vorgemacht. Schön und gut, Palmer soll mich nicht täuschen, nur weil er sich selbst täuscht; denn nach diesem abermaligen Irrtum bliebe mir nur noch übrig, alles zu verneinen, mir wie Laurent zu sagen, ich hätte durch meine Schuld für immer das Recht verwirkt zu glauben, und ich weiß nicht, ob ich mit einer solchen Gewißheit das Leben ertragen könnte!

Verzeihen Sie mir, meine geliebte Freundin, meine Aufregungen und meine Unruhe tun Ihnen weh, auch wenn Sie sagen, Sie wollten das so! Machen Sie sich wenigstens um meine Gesundheit keine Sorgen; es geht mir ausgezeichnet, vor meinen Augen liegt das schönste Meer, über meinem Kopf wölbt sich der schönste Himmel, wie man sich das alles nicht großartiger vorstellen kann. Es fehlt mir an nichts, ich bin bei ordentlichen Leuten untergebracht, und vielleicht schreibe ich Ihnen schon morgen, daß alle meine Zweifel zerronnen sind. Lieben Sie immer Ihre Thérèse, die Sie anbetet.«

Palmer befand sich tatsächlich seit dem Vorabend in La Spezia. Er war absichtlich eine Stunde nach der Abfahrt der ›Ferruccio‹ eingetroffen. Als er Thérèse im Hotel ›La Croix de Malte‹ nicht antraf und erfuhr, sie habe Laurent vermutlich an der Einfahrt zur Bucht aufs Schiff gebracht, wartete er auf ihre Rückkehr. Um neun Uhr sah er den Schiffer, den sie am Morgen angeheuert hatte und der zum Hotel gehörte, allein ankommen. Eigentlich betrank sich der gute Mann nie. Es hatte ihn sozusagen »erwischt«; eine Flasche Zypernwein, die Laurent ihm nach dem Essen im Gras mit Thérèse geschenkt hatte, trank er während des Aufenthalts der beiden Freunde auf der Insel Palmaria leer, so daß er sich zwar noch ganz gut daran erinnerte, den Signore und die Signora an Bord der ›Ferruccio‹ gebracht zu haben, aber überhaupt nichts mehr davon wußte, daß er dann die Signora nach Portovenere gefahren hatte.

Hätte Palmer ihn ruhig und gelassen ausgefragt, so wäre ihm aufgefallen, daß die Vorstellungen des Bootsmannes über diesen letzten Punkt nicht sehr klar waren; doch Palmer war trotz seiner ernsten und gefaßten Miene sehr reizbar und ziemlich erregt. Er glaubte, Thérèse sei mit Laurent abgereist, und vor Scham errötend habe sie ihm die Wahrheit nicht gestehen wollen oder es nicht gewagt. Das sollte ihm eine Warnung sein! Er ging ins Hotel zurück, wo er eine entsetzliche Nacht verbrachte.

Es ist nicht unsere Aufgabe, hier die Geschichte von Richard Palmer aufzuschreiben. Der Titel unserer Erzählung lautet: »Sie und Er«, also Thérèse und Laurent. Von Palmer sei darum hier nur so viel gesagt, wie zum Verständnis der Ereignisse, in die er verwickelt war, notwendig ist, und wir meinen, daß sein Verhalten seinen Charakter zur Genüge erklärt. Wir wollen nur noch schnell und in wenigen Worten festhalten, daß Richard ebenso feurig wie schwärmerisch war, daß sein ganzer Ehrgeiz dem Guten und dem Schönen galt, die Stärke seines Charakters jedoch nicht immer Schritt halten konnte mit den Vorstellungen, die er sich davon machte; er versuchte unaufhörlich, über die menschliche Natur erhaben zu sein, und hegte dabei einen edelmütigen, aber in der Liebe vielleicht unerfüllbaren Traum.

Er stand früh auf und ging an der Bucht spazieren, von Selbstmordgedanken gequält, die er jedoch aus einer gewissen Verachtung für Thérèse wieder verwarf; dann machte sich bei ihm die Müdigkeit nach einer unruhigen, durchwachten Nacht bemerkbar und brachte ihn wieder zur Vernunft. Thérèse war eine Frau, und er hätte ihr nicht eine so gefährliche Probe zumuten dürfen. Da dem nun aber so war, da Thérèse, die er so hoch verehrte, nach heiligen Versprechungen einer beklagenswerten Leidenschaft erlegen war, konnte er keiner Frau mehr glauben, und keine Frau war es wert, daß ein ritterlicher Mann ihr sein Leben weihte. Das waren Palmers Gedanken, als er ganz in seiner Nähe ein elegantes schwarzes Boot anlegen sah, in dem ein Marineoffizier saß. Die acht Ruderer, die das lange und leichte Schiff schnell über das ruhige Wasser hatten gleiten lassen, präsentierten als Ehrenbezeugung mit militärischer Präzision ihre Ruder; der Offizier stieg an Land und ging auf Richard zu, den er schon von weitem erkannt hatte.

Es war Kapitän Lawson, Kommandant der amerikanischen Fregatte »The Union«, die seit einem Jahr in der Bucht von La Spezia lag. Bekanntermaßen stationieren die Seemächte für mehrere Monate oder Jahre Kriegsschiffe in verschiedenen Gewässern des Erdballs, um dort ihre Handelsbeziehungen zu sichern.

Lawson war ein Jugendfreund von Palmer, der Thérèse ein Empfehlungschreiben an ihn mitgegeben hatte, falls sie auf ihrer Fahrt über die Bucht das Schiff besichtigen wollte.

Palmer hoffte, Lawson werde etwas von Thérèse sagen, aber dem war nicht so. Weder hatte er einen Brief erhalten noch jemanden getroffen, der von Palmer geschickt war. Lawson nahm ihn mit an Bord zum Mittagessen, und Richard ließ es sich gefallen. Die »Union« sollte La Spezia am Ende des Frühjahrs wieder verlassen; Palmer liebäugelte mit dem Gedanken, diese Gelegenheit wahrzunehmen und nach Amerika zurückzukehren. Zwischen Thérèse und ihm schienen alle Beziehungen abgebrochen zu sein; gleichwohl beschloß er, in La Spezia zu bleiben, denn in den schwierigen Augenblicken seines Lebens übte der Anblick des Meeres eine wohltuende Wirkung auf ihn aus.

Er war schon drei Tage da und hielt sich mehr an Bord des amerikanischen Schiffes auf als im Hotel »La Croix de Malte«. Er bemühte sich, wieder Freude an Navigations-studien zu finden, denen er sich den größten Teil seines Lebens gewidmet hatte. Eines Morgens erzählte ein jun-ger Fähnrich beim Frühstück, halb lachend, halb seuf-zend, er habe sich am Vortag verliebt, und das Objekt seiner Leidenschaft sei für ihn ein Problem, über das er gern die Meinung eines Weltmannes wie Palmer hören würde.

Es handelte sich um eine Frau zwischen fünfundzwan-zig und dreißig Jahren, die er nur klöppelnd am Fenster hatte sitzen sehen. Überall an der genuesischen Küste stellen die Frauen aus dem Volk grobe Baumwollspitzen her. Früher war das ein richtiger Erwerbszweig gewesen, den die neuen Maschinen dann ruiniert hatten; doch für die Frauen und Mädchen an der Küste ist das Klöppeln nach wie vor eine schöne Beschäftigung und eine beschei-dene Verdienstquelle. Die Frau, in die sich der junge Fähnrich verliebt hatte, schien also zum Handwerker-stand zu gehören, nicht nur wegen dieser Art von Tätig-keit, sondern auch in Anbetracht der armseligen Behau-sung, in der er sie entdeckt hatte. Der Schnitt ihres schwarzen Kleides und ihr vornehmes Aussehen jedoch ließen Zweifel in ihm aufkommen. Sie hatte gewelltes Haar, das weder braun noch blond war, verträumte Au-gen und einen blassen Teint. Sie mußte sehr wohl bemerkt haben, daß der junge Offizier sie vom Gasthof aus, wohin er sich vor dem Regen geflüchtet hatte, voller Neugier anschaute. Sie machte keinerlei Anstalten, ihn zu ermuti-gen oder sich seinen Blicken zu entziehen. Sie hatte ihm das trostlose Bild völliger Teilnahmslosigkeit geboten.

Der junge Seemann berichtete weiter, er habe die Wir-tin von Portovenere ausgefragt, und diese habe ihm er-

zählt, die Fremde wohne seit drei Tagen bei einer alten
Frau aus dem Dorf, die sie als ihre Nichte ausgab und
bestimmt log, denn sie sei ein altes zänkisches Weib, das
ein schlechtes Zimmer vermiete, sehr zum Schaden des
amtlich zugelassenen und anerkannten Gasthauses; die
alte Frau versuchte, die Reisenden zu sich zu locken und
auch zu verpflegen, allerdings wohl sehr schlecht, denn sie
besaß nichts, und es geschehe ihr nur recht, wenn die
anständigen Leute und die Reisenden, die etwas auf sich
hielten, sie verachteten.

Auf Grund dieses Geredes hatte der Fähnrich nichts
Eiligeres zu tun, als die Alte aufzusuchen und sie für einen
seiner Freunde, den er angeblich erwartete, um Unter-
kunft zu bitten in der Hoffnung, sie mit Hilfe dieser
Geschichte zum Sprechen zu bringen und etwas über
diese Unbekannte zu erfahren; doch die Alte blieb verschlossen, ja sie war sogar unbestechlich.

Die Schilderung, die der Fähnrich von dieser jungen
Unbekannten gab, erregte die Aufmerksamkeit Palmers.
Das konnte Thérèse sein; doch was trieb sie und warum
versteckte sie sich in Portovenere? Bestimmt war sie nicht
allein dort; Laurent hielt sich wohl irgendwo in der Nähe
verborgen. Palmer überlegte hin und her, ob er nach
China fahren sollte, um nicht Zeuge seines Unglücks zu
werden. Er gelangte jedoch zu dem vernünftigen Entschluß, selber festzustellen, woran er war.

Er ließ sich sogleich nach Portovenere übersetzen und
fand dort ohne Mühe Thérèse so untergebracht und beschäftigt, wie man es ihm berichtet hatte. Die Aussprache
war lebhaft und offen. Beide waren zu aufrichtig, um
einander zu grollen, und so gestanden sie sich, daß jeder
auf den anderen böse gewesen war: Palmer, weil Thérèse
ihm nicht ihren Zufluchtsort mitgeteilt hatte; und Thérèse, weil Palmer sie nicht besser gesucht und früher
gefunden hatte.

»Liebe Freundin«, sagte er, »Sie scheinen mir vor allem

den Vorwurf zu machen, daß ich Sie in einer großen Gefahr im Stich gelassen habe. Aber an Gefahr habe ich überhaupt nicht gedacht!«

»Da hatten Sie recht, und ich danke Ihnen dafür. Aber warum waren Sie dann so traurig und verzweifelt, als Sie mich wegfahren sahen? Und wie kommt es, daß Sie nach Ihrer Ankunft hier nicht gleich am ersten Tag ausfindig machen konnten, wo ich steckte? Sie haben also angenommen, ich sei abgereist und Sie würden vergeblich suchen?«

»Hören Sie mich an«, sagte Palmer, der Frage ausweichend, »und Sie werden sehen, daß ich in den letzten Tagen so manche bittere Enttäuschung erlebt habe und nicht mehr wußte, wo mir der Kopf stand. Sie werden auch verstehen, warum ich, obwohl ich Sie schon in sehr jungen Jahren gekannt habe und Sie hätte heiraten können, an einem Glück vorübergegangen bin, dem ich immer nachgetrauert und von dem ich zeitlebens geträumt habe. Ich war lange Zeit der Geliebte einer Frau, die in vieler Hinsicht ein böses Spiel mit mir getrieben hat. Zehn Jahre lang hielt ich es für meine Pflicht, sie immer wieder aufzunehmen und zu beschützen. Schließlich hat sie das Maß ihrer Undankbarkeit und Treulosigkeit vollgemacht, und ich konnte sie verlassen, sie vergessen und frei über mich verfügen. Und diese Frau, die ich in England wähnte, habe ich in Florenz wieder getroffen, genau in dem Augenblick, als Laurent abreisen mußte. Ihr neuer Liebhaber, mein Nachfolger, hatte sie verlassen; nun gedachte sie, mich zurückzugewinnen, nachdem sie mich schon so viele Male großherzig oder schwach erlebt hatte! Sie schrieb mir einen Drohbrief, täuschte eine törichte Eifersucht vor und behauptete, sie werde Sie in meiner Gegenwart beleidigen. Ich kannte sie als eine Frau, die vor einem Skandal nicht zurückschreckt, und ich wollte um keinen Preis, daß Sie Zeuge ihrer Haßausbrüche würden. Ich konnte sie nur dadurch überreden, nicht öffentlich in Erscheinung zu treten, daß ich ihr zusagte, noch am selben Tag eine Aussprache mit ihr zu haben. Sie hielt sich in eben demselben Hotel auf, in dem wir mit unserem Patienten wohnten, und als der Kutscher vorfuhr, mit dem Laurent reisen sollte, stand sie auch dort, fest entschlossen, einen Skandal heraufzubeschwören. Sie hatte den gehässigen und lächerlichen Plan, allen Leuten aus dem Hotel und auf der Straße laut zuzuschreien, ich teilte meine neue Geliebte mit Laurent de Fauvel. Und aus diesem Grund habe ich Sie veranlaßt, mit ihm abzureisen, und ich blieb zurück, um mit dieser Wahnsinnigen endgültig abzurechnen, ohne Ihnen irgendwelche Unannehmlichkeiten zu bereiten und auch ohne Sie der Gefahr auszusetzen, daß Sie dieser Frau begegnen oder sie gar anhören müßten. Jetzt sagen Sie bitte nicht mehr, ich hätte Sie auf die Probe stellen wollen, als ich Sie mit Laurent allein abfahren ließ. Ich habe genug darunter gelitten, mein Gott, beschuldigen Sie mich nicht! Und als ich glaubte, Sie seien mit ihm abgereist, sind sämtliche Furien der Hölle über mich hergefallen.«

»Und genau das mache ich Ihnen zum Vorwurf«, sagte Thérèse.

»Ach! Was wollen Sie!« rief Palmer aus, »ich bin in meinem Leben auf so widerwärtige Weise betrogen worden! Diese unselige Frau hat in mir eine ganze Welt von Bitterkeit und Verachtung wieder aufgewühlt!«

»Und diese Verachtung ist auf mich zurückgefallen?«

»Oh, sagen Sie so etwas nicht, Thérèse!«

Und sie erwiderte: »Schließlich bin auch ich betrogen worden, und trotzdem habe ich an Sie geglaubt.«

»Lassen Sie uns nicht mehr davon reden, liebe Freundin; es tut mir leid, daß ich mich gezwungen sah, Ihnen meine Vergangenheit anzuvertrauen. Sie meinen vielleicht, sie könnte auf meine Zukunft abfärben, und ich würde Sie, wie Laurent, die Treulosigkeiten entgelten lassen, mit denen ich überhäuft worden bin. Aber, aber, meine liebe Thérèse, lassen Sie uns diese traurigen Gedanken vertreiben! Sie befinden sich hier an einem Ort, wo man schwermütig werden könnte. Die Barke wartet auf uns, kommen Sie mit nach La Spezia.«

»Nein«, sagte Thérèse, »ich bleibe hier.«

»Wieso denn? Was soll das bedeuten? Verdruß zwischen uns?«

»Nein, nein, mein lieber Dick«, entgegnete sie und reichte ihm die Hand; »mit Ihnen möchte ich nie Verdruß haben. Ach! Ich flehe Sie an, sorgen Sie dafür, daß unsere Zuneigung füreinander ein Vorbild an Wahrhaftigkeit ist, denn ich meinerseits will alles dazu beitragen, was in den Kräften einer gläubigen Seele steht; doch ich wußte nicht, daß Sie eifersüchtig sein können, Sie waren es, und das geben Sie auch zu! Sie müssen wissen, daß es nicht in meiner Macht steht, ob ich unter dieser Eifersucht nicht doch sehr leide. Sie widerspricht allem, was Sie mir gelobt hatten, so sehr, daß ich mich frage, was jetzt wohl kommt, und ob ich die Hölle etwa nur verlassen habe, um in ein Fegefeuer zu geraten, ich, die ich doch nur Ruhe und Einsamkeit suchte.

Diesen neuen Kummer, der sich anzubahnen scheint, fürchte ich nicht nur um meiner selbst willen; wenn es möglich sein könnte, daß in der Liebe einer von beiden glücklich ist, während der andere leidet, wäre der Weg der Hingabe schon vorgezeichnet und leicht einzuschlagen; doch dem ist nicht so, Sie sehen es ja: Ich brauche nur einen Augenblick lang zu leiden, und schon empfinden Sie es auch. So bin ich also auf dem besten Wege, Ihr Leben zu verderben; ich, die ich das meine so unschuldig und harmlos gestalten wollte, beginne schon damit, einen anderen Menschen unglücklich zu machen. Nein, Palmer, glauben Sie mir; wir meinten uns zu kennen, und wir kannten uns nicht. Was mich an Ihnen begeistert hat, das ist eine bestimmte Geisteshaltung, die Sie schon nicht mehr haben, Ihr Vertrauen. Begreifen Sie nicht, daß ich nach aller Erniedrigung genau das brauchte, um Sie lieben

168

zu können, das und nichts anderes? Würde ich jetzt Ihrer Zuneigung nachgeben mit Makel und Schwächen, mit Zweifeln und Wirren, könnten Sie sich dann nicht mit Recht fragen, ob es womöglich Berechnung von mir ist, Sie zu heiraten? Oh, sagen Sie nicht, dieser Gedanke werde Ihnen niemals kommen; er wird Ihnen kommen, ohne daß Sie es wollen. Ich weiß nur zu gut, wie aus dem einen Verdacht der nächste erwächst, und wie steil der Abhang ist, der uns von der ersten Ernüchterung hinabstürzt in beleidigende Abscheu! Und ich, ich habe wahrlich genug Gift und Galle herunterschlucken müssen; ich will das nicht mehr, und ich lasse mir nichts vormachen, ich bin einfach unfähig, noch einmal das zu erleiden, was ich durchlitten habe; das habe ich Ihnen vom ersten Tag an gesagt, und sollten Sie es vergessen haben, so entsinne ich mich dessen nur um so besser. Verschieben wir einstweilen diese Heirat«, fügte sie noch hinzu, »und bleiben wir Freunde. Ich nehme vorläufig mein Wort zurück, bis ich Ihrer Achtung wieder sicher sein kann, so wie ich sie schon zu besitzen meinte. Wenn Sie sich nicht einer Probe stellen wollen, lassen Sie uns gleich auseinandergehen. Was mich betrifft, so schwöre ich Ihnen, daß ich in der Lage, in der ich mich befinde, Ihnen nichts verdanken möchte, auch nicht die kleinste Hilfe. Diese meine Lage möchte ich Ihnen schildern, damit Sie verstehen, was ich will und meine. Hier erhalte ich Wohnung und Kost auf Ehrenwort, denn ich besitze gar nichts mehr; ich habe alles, was ich besaß, Vicentino für Laurents Reisekosten anvertraut; doch es fügt sich gut, daß ich besser und schneller klöppeln kann als die einheimischen Frauen, und bis ich mein Geld aus Genua erhalte, kann ich von einem Tag zum anderen immerhin so viel verdienen, daß ich meine gute Wirtin für die sehr einfache Kost, die sie mir gibt, wenn schon nicht zu belohnen, so doch zu bezahlen vermag. Ich fühle mich durch diese Verhältnisse in keiner Weise erniedrigt, ich leide auch nicht darunter, und das muß so lange dauern, bis mein Geld kommt. Dann werde ich sehen, wie ich mich entscheide. Bis dahin kehren Sie nach La Spezia zurück und besuchen Sie mich, wann immer Sie wollen; während wir miteinander plaudern, werde ich klöppeln.«

Palmer mußte sich fügen, und er tat es bereitwillig. Er hoffte, das Vertrauen von Thérèse zurückzugewinnen, und er spürte sehr gut, daß er es durch seine eigene Schuld erschüttert hatte.

10.

Einige Tage später erhielt Thérèse einen Brief aus Genf. Darin bezichtigte sich Laurent schriftlich all der Dinge, deren er sich schon mit Worten angeklagt hatte, so als wollte er auf diese Weise seine Reue noch einmal bestätigen.

»Nein«, schrieb er, »ich habe es nicht verstanden, Deiner würdig zu sein. Eine so großherzige, so reine und so uneigennützige Liebe gebührte mir nicht. Ich habe Deine Geduld erschöpft, o meine Schwester, o meine Mutter! Auch Engel wären meiner überdrüssig geworden! Ach, Thérèse, in dem Maße, in dem mir Gesundheit und Leben wieder zurückkehren, erhellen sich auch meine Erinnerungen, und ich schaue in meine Vergangenheit wie in einen Spiegel, der mir das Gespenst eines Mannes zeigt, den ich gekannt habe, den ich aber nicht mehr verstehe. Auf jeden Fall war dieser Unglückliche wahnsinnig! Thérèse, hältst Du es nicht für möglich, daß auf dem Weg in diese entsetzliche physische Krankheit, von der Du mich wie durch ein Wunder errettet hast, auch schon drei oder vier Monate vorher eine seelische Erkrankung in mir gesteckt haben könnte, die bewirkt hat, daß ich mir meiner Worte und meines Tuns nicht immer ganz bewußt war? Ach! Wenn dem so wäre, hättest Du mir dann nicht doch vergeben müssen? . . . Ach, was ich hier sage, ist leider Unsinn. Was ist überhaupt das Böse, wenn nicht eine seelische Krankheit? Könnte derjenige, der seinen Vater tötet, nicht die gleiche Entschuldigung für sich geltend machen wie ich? Das Gute, das Böse, es ist das erste Mal, daß mich diese Vorstellung quält. Ehe ich Dich kannte und Dir Leid zufügte, mein armer Liebling, hatte ich noch nie darüber nachgedacht. Das Böse war für mich ein gemeines Ungeheuer, das apokalyptische Untier, das mit seinen gräßlichen Umarmungen den Abschaum der

Menschheit in den stinkenden Niederungen der Gesellschaft besudelt. Das Böse! Konnte es mir überhaupt nahe kommen, mir, dem eleganten Dandy, dem Beau von Paris, dem edlen Sohn der Musen! Ach! Einfältig wie ich war, bildete ich mir ein, nur weil ich meinen Bart parfümierte und schöne Handschuhe trug, würden meine Liebkosungen die große Dirne aller Völker, das Laster, meine Braut, läutern, die mich doch an sich gefesselt hielt mit einer Kette, die so edel ist wie die eines Galeerensträflings. Und ich habe Dich, meine arme sanfte Geliebte, meinem brutalen Egoismus geopfert, und danach habe ich den Kopf wieder erhoben mit den Worten: ›Das war mein gutes Recht, sie gehörte mir; nichts kann schlecht sein, wenn ich das Recht habe, es zu tun!‹ Ach, ich Unglücklicher! Ich Elender! Ich habe gefrevelt, und ich habe es nicht geahnt! Um zu begreifen, mußte ich Dich verlieren, Dich, mein einziges Glück, das einzige Wesen, das mich je geliebt hat und auch fähig war, dieses undankbare und törichte Kind, das ich war, zu lieben! Erst als ich sah, daß mein Schutzengel sein Gesicht verhüllte und sich anschickte, in die himmlischen Gefilde zurückzufliegen, habe ich verstanden, daß ich auf Erden für immer allein und verlassen bin.«

Eine lange Passage dieses Briefes war in einem überschwenglichen Stil geschrieben, der wohl aufrichtig war, wie die näheren einzelnen Angaben und der plötzliche, für Laurent so charakteristische Umschwung im Ton bezeugten.

»Stell Dir vor, bei meiner Ankunft in Genf bin ich doch zuallererst, noch ehe ich überhaupt daran dachte, Dir zu schreiben, eine Weste kaufen gegangen. Ja, eine Sommerweste, wirklich sehr hübsch und sehr gut geschnitten, die ich bei einem französischen Schneider gefunden habe, eine angenehme Begegnung für einen Reisenden, der es eilig hat, diese Stadt von Uhrmachern und Naturalisten wieder zu verlassen. Und wie ich so durch die Straßen von

Genf schlendere, entzückt von meiner neuen Weste, bleibe ich vor einem Buchladen stehen, wo eine bestimmte, sehr geschmackvoll gebundene Ausgabe von Byron mich unwiderstehlich und verlockend anschaut. Was soll man unterwegs lesen? Mit Reisebüchern kann ich nichts anfangen, es sei denn, sie berichten von Ländern, in die ich nie fahren werde. Ich mag lieber die Dichter, die uns in der Welt ihrer Träume herumführen, und so habe ich mir die Ausgabe geleistet. Dann bin ich aufs Geratewohl einem sehr hübschen kurzgeschürzten Mädchen gefolgt, das an mir vorüberging und dessen Fußgelenk mir meisterhaft geformt schien. Ich bin hinter ihm hergegangen und habe dabei viel mehr an meine Weste als an das Mädchen gedacht. Plötzlich bog es nach rechts ab und ich nach links, ohne es zu merken, und schon war ich zurück in meinem Hotel, wo ich mein Buch noch in den Koffer stecken wollte. Dabei sind mir die gefüllten Veilchen wieder in die Hand gefallen, die Du im Augenblick unseres Abschieds überall in meiner Kabine auf der ›Ferruccio‹ verteilt hattest. Sorgfältig hatte ich sie alle einzeln aufgelesen und hütete sie wie meinen Augapfel; doch nun fing ich an zu heulen wie ein Schloßhund, und als ich mir meine neue Weste anschaute, die ja das wichtigste Ereignis meines Vormittags war, habe ich bei mir gedacht: ›Und das ist nun das Kind, das diese arme Frau geliebt hat.‹«

An anderer Stelle schrieb er:

»Du hast mir das Versprechen abgenommen, gut auf meine Gesundheit zu achten, als Du mir sagtest:

›Da schließlich ich sie dir zurückgegeben habe, gehört sie mir ein wenig, und ich habe das Recht, dir zu verbieten, sie zu verlieren.‹

Ach! Meine liebe Thérèse, was soll ich denn bloß mit dieser verfluchten Gesundheit anfangen, die mich zu berauschen beginnt wie junger Wein? Der Frühling ist in voller Pracht, und es ist die Zeit zu lieben, ich habe ja

nichts dagegen; doch liegt es denn an mir, ob ich jemanden liebe? Auch Du hast mich die wahre Liebe nicht zu
lehren vermocht, und Du glaubst, ich könnte eine Frau
treffen, die dieses Wunder vollbringt, das Du nicht geschafft hast? Wo soll ich diese Zauberin denn finden? In
der Gesellschaft? Bestimmt nicht; dort gibt es nur Frauen,
die nichts wagen oder nichts opfern wollen. Sie haben
sicher recht, und Du, meine arme Freundin, könntest
ihnen sagen, daß diejenigen, für die man sich opfert, das
kaum verdienen; doch was mich angeht, so ist es nicht
meine Schuld, wenn ich mich nicht dazu entschließen
kann, sei es mit einem Ehemann, sei es mit einem Liebhaber zu teilen. Eine Jungfer lieben? Sie dann heiraten? Das
kannst auch Du Dir bestimmt nicht vorstellen, ohne zu
lachen . . . oder zu zittern: Ich, durch das Gesetz an die
Kette gelegt, der ich nicht einmal durch meinen eigenen
Willen gefesselt sein kann!

Ich hatte einmal einen Freund, der liebte eine Grisette,
und er wähnte sich glücklich. Ich habe dieser treuen
Geliebten den Hof gemacht, und sie war mein für ein
grünes Papageienweibchen, das ihr Liebhaber ihr nicht
schenken wollte. Ganz treuherzig sagte sie:

›Ja doch! Er ist halt selbst schuld; warum hat er mir das
Papageienweibchen nicht geschenkt?‹

Und von diesem Tage an habe ich mir fest vorgenommen, niemals eine Frau zu lieben, die von einem anderen
ausgehalten wird, also ein Geschöpf, das alles das begehrt,
was ihr Liebhaber ihr nicht gibt.

Als Geliebte bleibt für mich nur noch eine Abenteure-
rin, wie man ihnen auf den Straßen begegnet und die alle
als Prinzessinnen geboren sind, aber *Pech gehabt* haben. Zu
viele Mißgeschicke, danke! Ich bin nicht reich genug, um
die Abgründe im Vorleben solcher Existenzen zuzuschüt-
ten. Eine berühmte Schauspielerin? Das hat mich oft
gereizt; doch meine Geliebte müßte dann auf das Publikum verzichten, und ich fühle mich wiederum nicht stark

genug, einen solchen Liebhaber zu ersetzen. Nein, nein, Thérèse, ich kann nicht lieben! Ich begehre zu viel, und ich begehre, was ich nicht zu erwidern vermag; also muß ich doch zu meinem früheren Leben zurückkehren; das ist mir auch lieber, weil dann Dein Bild in mir nie durch einen möglichen Vergleich beschmutzt wird. Warum sollte sich mein Leben nicht so einrichten lassen: Frauen für die Sinne und eine Geliebte für die Seele? Es hängt weder von Dir noch von mir ab, Thérèse, ob Du nicht diese Geliebte bist, dieses erträumte, verlorene, beweinte, ja mehr denn je erträumte Wunschbild. Das kannst Du nicht übelnehmen, ich werde Dir nie mehr etwas davon sagen. Ich werde Dich heimlich in meinen Gedanken lieben, ohne daß es jemand erfährt und ohne daß irgendeine andere Frau sagen könnte: ›Ich habe den Platz von dieser Thérèse eingenommen.‹

Meine Freundin, einen Gefallen mußt Du mir noch tun, den Du mir versagt hast in den letzten süßen und kostbaren Tagen, die wir miteinander verbracht haben; Du sollst mir von Palmer erzählen. Du hast geglaubt, es könnte mir noch weh tun, aber da hast Du Dich getäuscht. Als ich Dich zum ersten mal sehr aufgebracht über ihn ausfragte, da hätte mich das sicher getötet: ich war noch krank und wohl auch noch ein bißchen wahnsinnig; doch als ich wieder zu Verstand kam, als Du mich das Geheimnis raten ließest, das Du mir gar nicht anzuvertrauen brauchtest, da habe ich mitten in meinem Schmerz gefühlt, daß ich alle meine Fehler wiedergutmache, wenn ich mich in Dein Glück füge. Ich habe aufmerksam beobachtet, wie Ihr miteinander umgeht: ich habe gesehen, daß er Dich leidenschaftlich liebt, und zu mir doch so gütig gewesen ist wie ein Vater. Siehst Du, Thérèse, das hat mich umgeworfen. Ich hatte keine Ahnung von solchem Edelmut und solcher Größe in der Liebe. Der glückliche Palmer, er kann sich auf Dich verlassen, er versteht Dich ganz, also ist er Deiner würdig! Das erinnert mich an die Zeit, als ich

175

zu Dir sagte: ›Lieben Sie Palmer, Sie würden mir eine
große Freude machen.‹ Doch ach! Was für ein widerwär-
tiges Haßgefühl erfüllte meine Seele. Ich wollte mich
Deiner Liebe entledigen, weil ich an meinen Schuldgefüh-
len erstickte, doch hättest Du mir damals geantwortet:
›Nun gut, ich liebe ihn . . .‹, ich hätte Dich umgebracht!

Und er, dieser gute und edle Mensch, er liebte Dich
schon, und er hat nicht davor zurückgeschreckt, sich Dir
in einem Augenblick zu erklären, als Du mich vielleicht
noch liebtest! In einer solchen Situation hätte ich es nie
gewagt, mich dem auszusetzen. Ich hatte eine zu große
Dosis jenes Hochmuts, den wir Männer der Gesellschaft
so stolz mit uns herumtragen, und den diese Narren sich
nur allzu fein ausgedacht haben, um zu verhindern, daß
wir uns das Glück auf eigene Gefahr erobern oder auch
nur wieder danach zu greifen wagen, wenn es uns entglei-
tet.

Ja, ich will Dir alles beichten, meine arme Freundin.
Als ich zu Dir sagte: ›Lieben Sie Palmer‹, glaubte ich
manchmal, Du liebtest ihn bereits, und das hat mich Dir
dann endgültig entfremdet. In der letzten Zeit hat es viele
Stunden gegeben, in denen ich kurz davor war, mich Dir
zu Füßen zu werfen; doch folgender Gedanke hat mich
zurückgehalten: ›Es ist zu spät, sie liebt einen anderen. Ich
habe es gewollt, doch sie hätte es nicht wollen dürfen.
Also ist sie meiner unwürdig!‹

Solche Überlegungen habe ich in meinem Wahn angestellt, und doch bin ich heute ganz sicher, wäre ich ehrli-
chen Herzens wieder zu Dir zurückgekommen, auch
wenn Du womöglich schon in Dick verliebt warst, Du
hättest ihn für mich geopfert. Du hättest dieses Martyrium, das ich Dir auferlegte, wieder von neuem begonnen.
Wohlan, ich habe doch gut daran getan, die Flucht zu
ergreifen, nicht wahr? Ich fühlte es, als ich Dich verließ!
Ja, Thérèse, das hat mir die Kraft gegeben, nach Florenz
zu flüchten, ohne Dir auch nur ein einziges Wort zu sagen.

Ich fühlte, daß ich Dich Tag für Tag mordete und daß ich keine andere Möglichkeit mehr hatte, mein Unrecht wiedergutzumachen, als Dich allein zu lassen mit einem Mann, der Dich wahrhaftig liebte.

Das war es auch, was in La Spezia meinen Mut gestärkt hat während des Tages, an dem ich noch hätte versuchen können, wieder Gnade zu finden; doch dieser abscheuliche Gedanke ist mir gar nicht gekommen, das schwöre ich Dir, meine Freundin. Ich weiß nicht, ob Du diesen Bootsmann gebeten hattest, uns nicht aus den Augen zu verlieren; aber das war ganz überflüssig, nicht wahr? Eher hätte ich mich ins Meer gestürzt, als das Vertrauen zu mißbrauchen, das Palmer mir bewies, als er uns zusammen reisen ließ.

Sag ihm das doch bitte und auch, daß ich ihn wirklich liebe, soweit ich lieben kann. Sag ihm auch, ihm genau wie Dir habe ich es zu verdanken, daß ich mich selbst verurteilt und gerichtet habe, wie ich es tat. Mein Gott, ich habe sehr gelitten, um diesen Selbstmord des alten Mannes zu begehen! Aber nun bin ich stolz auf mich. Alle meine früheren Freunde würden mich für einen Dummkopf oder einen Feigling halten, daß ich nicht versucht habe, meinen Nebenbuhler im Duell zu töten, mit dem festen Vorsatz, danach der Frau, die mich betrogen hat, ins Gesicht zu spucken und sie zu verlassen. Ja, Thérèse, genau so hätte ich selbst vermutlich die Haltung eines anderen verdammt, die ich ebenso entschlossen wie freudig Dir und Palmer gegenüber eingenommen habe. Gott sei Dank, ich bin kein Unhold! Ich tauge nichts; aber ich habe begriffen, wie wenig ich tauge, und gehe mit mir selbst ins Gericht.

Also erzähle mir von Palmer und fürchte nicht, daß ich darunter leide; weit gefehlt, das wird für mich ein Trost sein in den Stunden, in denen ich Weltschmerz habe. Das wird mir auch Kraft geben: denn Dein armes Kind ist noch recht schwach, und wenn es anfängt, darüber nachzudenken, was es für Dich hätte sein können und was es Dir jetzt bedeutet, verwirrt sich sein Kopf immer noch. Doch sage mir, daß Du glücklich bist, und ich werde mir voller Stolz sagen: ›Ich hätte dieses Glück stören, streitig machen, ja vielleicht vernichten können; ich habe es nicht getan. Es ist also auch ein wenig mein Werk, und ich habe jetzt ein Anrecht auf die Freundschaft von Thérèse.‹«

Thérèse antwortete ihrem armen Kind mit großer Zärtlichkeit. Unter diesem Namen war er künftig im Heiligtum der Vergangenheit begraben, ja beinahe einbalsamiert . . . Thérèse liebte Palmer, zumindest wünschte und glaubte sie ihn zu lieben. Sie meinte nicht, daß sie sich jemals nach der Zeit zurücksehnen würde, in der sie jeden Morgen aufwachte, wie sie sagte, und schaute, ob das Haus nicht über ihrem Kopf zusammenstürzte.

Und doch fehlte ihr etwas, und seit sie auf diesem bleifarbenen Felsen von Portovenere wohnte, hatte sie eine unbestimmte Traurigkeit befallen. Es war, als sage sie sich los von dem Leben, das mitunter für sie nicht ohne Charme war; doch blieb sie irgendwie trübselig und mutlos, was sonst nicht ihre Art war und was sie sich selbst auch nicht zu erklären vermochte.

Es war ihr unmöglich, das zu tun, worum Laurent sie wegen Palmer gebeten hatte: mit wenigen Worten sagte sie viel Gutes über ihn und richtete die herzlichsten Grüße aus; aber sie konnte sich nicht entschließen, ihn zum Vertrauten ihrer Zweisamkeit zu machen. Es widerstrebte ihr, ihm ihre wahre Situation darzulegen, das heißt von Verpflichtungen zu schreiben, über die sie selbst noch nicht das letzte Wort gesprochen hatte. Und auch wenn sie sich schon festgelegt hätte, schien es ihr doch noch zu früh, Laurent zu sagen: »Sie leiden zwar noch, das ist bedauerlich für Sie. Aber ich, ich heirate!«

Das Geld, das sie erwartete, kam erst nach vierzehn Tagen. Zwei Wochen lang klöppelte sie Spitzen mit einer Ausdauer, die Palmer zur Verzweiflung brachte. Als sie endlich über ein paar Banknoten verfügte, belohnte sie ihre brave Wirtin reichlich und unternahm mit Palmer eine Spazierfahrt um die Bucht von La Spezia; doch sie äußerte den Wunsch, noch einige Zeit in Portovenere zu bleiben, ohne daß sie hätte erklären können, warum sie so an dieser düsteren und armseligen Behausung hing.

Es gibt seelische Zustände, die man deutlich fühlt, aber kaum näher beschreiben kann. In den Briefen an ihre Mutter gelang es Thérèse schließlich, ihr Herz auszuschütten.

»Ich bin immer noch hier«, schrieb sie im Monat Juli, »trotz glühender Hitze. Wie eine Muschel bin ich an diesem Felsen haften geblieben, wo noch nie ein Baum hat wachsen können, wo aber ein kräftiger und erfrischender Wind weht. Das Klima hier ist rauh, doch gesund, und der ständige Anblick des Meeres, den ich früher nicht ertragen konnte, ist mir irgendwie unentbehrlich geworden. Das Festland, das ich mit einem Boot in knapp zwei Stunden erreichen kann, war im Frühling bezaubernd schön. Dringt man tiefer in die Landstriche am Ende der Bucht ein, so kommt man, zwei oder drei Meilen von der Küste entfernt, in die seltsamsten Gegenden. Es gibt ein ganz bestimmtes Gebiet, das von irgendwelchen früheren Erdbeben zerklüftet wurde und in dem man heute höchst bizarre Bergformen antrifft. Es ist eine Kette von Hügeln aus rotem Sand, die treppenförmig ansteigen, über und über bedeckt mit Pinien und Heidekraut, und auf den Höhen gelangt man an sehr breite natürliche Wege, die unversehens senkrecht in tiefe Abgründe hinabstürzen, so daß man ratlos stehen bleibt. Geht man zurück und verläuft sich bald im Irrgarten zahlloser kleiner Pfade, die von den Viehherden festgetrampelt wurden, so gelangt man zu anderen Abgründen. Palmer und ich haben manchmal viele Stunden auf diesen waldigen Höhen zugebracht, ohne den Weg wiederzufinden, den wir hinaufgegangen waren. Von dort aus schweift der Blick über eine unermeßlich weite kultivierte Landschaft, die hier und da, mit einer gewissen Regelmäßigkeit, von diesen seltsamen Unebenheiten zerschnitten ist, und jenseits dieser weiten Fläche erstreckt sich endlos das blaue Meer. Dort scheint der Horizont unbegrenzt. Im Norden und Osten treten die Bergkämme der Seealpen kühn und klar hervor, die noch ganz schneebedeckt waren, als ich hier ankam.

Doch von diesen Savannen mit blühenden Ziströschen und weißen Heidesträuchern, die in den ersten Maitagen einen herrlich würzigen und frischen Duft verbreiteten, ist nichts mehr übrig. Das war wirklich ein Paradies auf Erden: Wälder mit falschen Ebenholzbäumen, Judasbäumen, mit duftenden Ginsterbüschen und Goldregen, der mitten aus dunklen Myrtensträuchern hell hervorleuchtete. Jetzt ist alles verbrannt, den Pinien entströmt ein herber Geruch; auf den Lupinenfeldern, die unlängst noch so herrlich blühten und dufteten, stehen nur noch abgeschnittene Stengel, so schwarz, als ob Feuer darüber hinweggezogen wäre; nun alles abgeerntet ist, dampft die Erde in der Mittagssonne, und man muß sehr früh aufstehen, um erholsame Spaziergänge machen zu können. Und da man von hier bis in die bewaldete Region des Landes ganze vier Stunden braucht, teils zu Schiff, teils zu Fuß, ist der Rückweg nicht angenehm, und alle Höhen, die unmittelbar die Bucht säumen, herrlich geformt und wunderbar anzuschauen, sind so nackt, daß man in Portovenere und auf der Insel Palmaria immer noch am besten atmen kann.

Und in La Spezia herrscht eine wahre Plage, das sind die Mücken aus den stehenden Gewässern eines nahegelegenen kleinen Sees und riesiger Sümpfe, die der Ackerbau dem Meerwasser abtrotzt. Hier stört uns kein Süßwasser, hier gibt es nur das Meer und den Felsen, also auch keine Insekten, nicht ein einziger Grashalm, dafür aber die herrlichsten goldenen und purpurnen Wolken, die großartigsten Stürme und feierlichsten Windstillen! Das Meer

ist wie ein Gemälde, das zu jeder Minute des Tages und der Nacht seine Farbe und sein Aussehen verändert. Hier findet man Schluchten und Klüfte, die ein heftiges Tosen erfüllt von so erschreckender Mannigfaltigkeit, daß man es sich kaum vorstellen kann; alle Seufzer der Verzweiflung, alle Flüche der Hölle treffen dort zusammen, und von meinem kleinen Fenster aus höre ich nachts diese Stimmen des Abgrunds grölend ein Bacchanal ohne Worte brüllen, und dann wieder wilde Hymnen singen, die selbst in der größten Besänftigung noch furchterregend klingen.

Nun, das alles liebe ich jetzt, ausgerechnet ich, die ich so viel Sinn für das Ländliche hatte und die kleinen grünen und stillen Winkel liebte. Kommt es daher, daß ich mich in dieser unseligen Liebe an Gewitter gewöhnt habe, ja den Lärm brauche? Vielleicht! Wir sind so sonderbare Wesen, wir Frauen! Ich muß Ihnen gestehen, meine sehr

Geliebte, ich habe viele Tage gebraucht, bis ich mich daran gewöhnt hatte, ohne meine Marterqualen auszukommen. Ich wußte nichts mit mir anzufangen, denn ich hatte niemanden mehr, den ich bedienen und pflegen konnte. Eigentlich hätte Palmer ein bißchen unleidlich sein müssen; aber stellen Sie sich vor, wie ungerecht, er brauchte so etwas nur anzudeuten, schon habe ich mich empört und, nun er wieder so gütig ist wie ein Engel, weiß ich nicht mehr, wem ich die Schuld an der entsetzlichen Langeweile geben soll, die mich mitunter befällt. Ach, ja! So ist das! . . . Soll ich es Ihnen sagen? Nein, es wäre besser, ich wüßte es selbst nicht, oder wenn ich es doch weiß, ich würde Sie nicht mit meinen Torheiten belasten. Ich wollte Ihnen nur von dem Land erzählen, von meinen Spaziergängen, von meinen Beschäftigungen, von meinem trübseligen Zimmer unter den Dächern oder vielmehr über den Dächern, wo ich so gern allein bleibe, unbekannt, von der Welt vergessen, ohne Pflichten, ohne Kunden, ohne Aufträge, und wo ich nur noch das tue, was mir gefällt. Ich lasse kleine Kinder Modell sitzen, und es macht mir Freude, sie zu Gruppen zusammenzustellen; doch das alles genügt Ihnen nicht, und wenn ich Ihnen nicht schreibe, wie es mit meinem Herzen und mit meinen Plänen steht, dann sind Sie nur um so besorgter. Nun denn, Sie sollen es wissen; ich bin fest entschlossen, Palmer zu heiraten, und ich liebe ihn, aber ich habe mich noch nicht dazu durchringen können, den Zeitpunkt für die Hochzeit festzulegen. Für ihn und für mich selbst habe ich Angst vor dem, was nach dieser unlösbaren Verbindung kommt. Ich bin nicht mehr in einem Alter, in dem man Illusionen hat, und nach einem Leben wie dem meinen trägt man hundert Jahre alte Erfahrungen mit sich herum und folglich auch Angst und Entsetzen! Ich glaubte, ich sei völlig frei von Laurent, und ich war es auch wirklich in Genua an dem Tag, an dem er mir sagte, ich sei sein Folterknecht, der Mörder seines Genies und seines

Ruhms. Heute fühle ich mich nicht mehr so ungebunden ihm gegenüber; seit er krank war, seit er bereut und nach seinen entzückenden Briefen voller Zartheit und Selbstverleugnung, die er mir in den letzten zwei Monaten geschrieben hat, spüre ich, daß mich noch eine große Verpflichtung mit diesem unglücklichen Kind verbindet, und ich möchte Laurent nicht durch eine endgültige Trennung verletzen. Das jedoch würde vielleicht noch am Tag meiner Hochzeit geschehen. Palmer war einen Augenblick lang eifersüchtig, und dieser Augenblick könnte sich wiederholen an dem Tag, an dem er das Recht hat zu sagen: ›Ich will!‹ Ich liebe Laurent nicht mehr, meine liebste Freundin, das schwöre ich Ihnen; ich möchte eher sterben als Liebe für ihn empfinden; doch an dem Tag, an dem Palmer versuchen sollte, die Freundschaft zu zerstören, die diese unglückselige Leidenschaft in mir überdauert hat, würde ich Palmer vielleicht nicht mehr lieben.

Das alles habe ich ihm gesagt; er versteht es, denn er bildet sich ein, er sei ein großer Philosoph, und er beharrt darauf, alles, was er einmal für gerecht und gut befunden habe, könne sich ihm niemals anders darstellen. Ich glaube das auch, und doch bitte ich ihn, er möge die Tage hier verrinnen lassen, ohne sie zu zählen, unter den stillen und sanften Verhältnissen, in denen wir hier leben. Ich habe Anfälle von Weltschmerz, das stimmt; doch Palmer ist von Natur aus nicht besonders scharfsichtig, und ich kann sie vor ihm verbergen. Auch wenn ich aussehe wie ein kranker Vogel, wie Laurent das zu nennen pflegte, so beunruhigt ihn das nicht sonderlich. Wenn künftiges Leid darauf beschränkt bleibt, daß meine Nerven gereizt sind und sich mein Gemüt verdüstert, ohne daß er es merkt und sich darüber aufregt, so können wir so glücklich wie nur irgend möglich zusammen leben. Sollte er aber anfangen, meine zerstreuten Blicke erforschen, den Schleier meiner Träumereien durchdringen zu wollen, kurz und gut, alle diese grausamen Kindereien zu treiben, mit denen

183

mich Laurent überhäufte in der Zeit, als ich seelisch geschwächt war, dann freilich hätte ich, wie ich spüre, keine Kraft mehr, dagegen anzukämpfen, und es wäre dann besser, man tötete mich gleich, um so eher wäre alles vorbei.«

Zur selben Zeit erhielt Thérèse einen sehr feurigen Brief von Laurent, der sie zutiefst beunruhigte. Das war nicht Zuneigung aus Freundschaft, sondern aus Liebe. Das Stillschweigen Thérèses über ihre Beziehungen zu Palmer hatte in dem Künstler die Hoffnung neu geweckt, die Verbindung mit ihr wieder anknüpfen zu können. Er vermochte nicht mehr ohne sie zu leben; er hatte sich vergeblich bemüht, zum lasterhaften Leben zurückzukehren. Doch es ekelte ihn.

»Ach, Thérèse«, schrieb er ihr, »früher habe ich Dir vorgeworfen, Du liebtest zu keusch und Du seist eher für das Kloster geschaffen als für die Liebe. Wie konnte ich nur so lästern? Seit ich versuche, mich wieder dem Laster hinzugeben, fühle ich, daß ich keusch werde wie in der Kindheit, und die Frauen, die ich aufsuche, sagen mir, ich taugte besser zum Mönch. Nein, nein, ich werde nie vergessen, was zwischen uns über die Liebe hinaus gewesen ist, diese mütterliche Sanftmut, die mich stundenlang mit gerührtem, gelassenem Lächeln zärtlich anblickte, diese Herzensergüsse, dieses Bemühen zu verstehen, dieses Gedicht zu zweien, dessen Verfasser und handelnde Personen wir waren, ohne darüber nachzudenken. Thérèse, wenn Du schon nicht Palmer gehörst, dann kannst Du nur mir gehören! Mit wem sonst würdest Du diese feurigen Erschütterungen, diese tiefe Ergriffenheit wiederfinden? Waren denn alle unsere Tage schlecht? Gab es darunter nicht auch schöne? Und noch etwas, ist es denn das Glück, das Du, die treu ergebene Frau, suchst? Kannst Du leben, ohne für jemanden zu leiden, und hast Du mich nicht manchmal, wenn Du mir meine Torheiten vergabst, Deine liebe Qual, Deine unentbehrliche Folter genannt?

Erinnere Dich, erinnere Dich, Thérèse! Du hast gelitten, doch Du lebst. Ich war es, durch den Du gelitten hast, und ich sterbe! Habe ich nicht genug gesühnt? Drei Monate dauert der Todeskampf meiner armen Seele nun schon! . . .«

Dann kamen Vorwürfe. Thérèse hatte ihm zu viel oder zu wenig gesagt. Die Bekundungen ihrer Zuneigung waren zu lebhaft, wenn es nur Freundschaft sein sollte, und zu kühl und zu behutsam, wenn es Liebe war. Sie mußte den Mut haben, ihn leben oder sterben zu lassen.

Thérèse beschloß, ihm zu schreiben, daß sie Palmer liebe und gedenke, ihn für immer zu lieben, ohne jedoch die Heiratspläne zu erwähnen, die sie noch nicht für spruchreif halten mochte. So gut es ging, linderte sie den Schlag, den dieses Geständnis seinem Stolz versetzen mußte.

»Und noch eines«, schrieb sie ihm, »nicht etwa um Dich zu strafen, wie Du meintest, habe ich mein Herz und mein Leben einem anderen geschenkt. Nein, alles war Dir vergeben an dem Tag, an dem ich die Zuneigung Palmers erwidert habe, und der Beweis dafür ist, daß ich mit ihm zusammen nach Florenz geeilt bin. Glaubst Du denn wirklich, mein armes Kind, als ich Dich während Deiner Krankheit gepflegt habe, wie ich es tat, sei ich nur eine barmherzige Schwester gewesen? Nein, nein, nicht die Pflicht fesselte mich an Dein Krankenlager; es war die Liebe einer Mutter. Vergibt denn eine Mutter nicht immer wieder aufs neue? Ja, das wird immer so sein, verstehst Du? Jedesmal wenn ich, ohne meine Pflichten Palmer gegenüber zu verletzen, Dir nützlich sein, Dich pflegen und Dich trösten kann, wirst Du mich bereit finden. Nur weil Palmer dagegen nichts einzuwenden hatte, konnte ich ihn lieben und liebe ich ihn. Wäre ich aus Deinen Armen in die Deines Widersachers übergewechselt, ich hätte mich selbst verabscheut; aber es war genau das Gegenteil. Während wir uns gegenseitig geschworen haben, immer auf Dich achtzugeben und Dich niemals zu verlassen, haben sich unsere Hände vereinigt!«

Thérèse zeigte Palmer diesen Brief, der davon so tief bewegt war, daß er ebenfalls an Laurent schreiben wollte, um ihm seinerseits ständige Fürsorge und echte Zuneigung zu versprechen.

Laurents nächster Brief ließ auf sich warten. Er war im Begriff gewesen, wieder einen alten Traum zu träumen, den er nun unwiderbringlich zerrinnen sah. Zunächst ging ihm das sehr nahe, doch dann beschloß er, diesen Kummer abzuschütteln, weil er nicht die Kraft in sich fühlte, ihn zu ertragen. In ihm vollzog sich eine jener plötzlichen und vollkommenen Umwälzungen, die bald die Geißel und bald die Rettung seines Lebens waren, und er schrieb an Thérèse:

»Sei bedankt, meine angebetete Schwester, ich bin stolz auf Deine treue Freundschaft, und die von Palmer hat mich zu Tränen gerührt. Warum hast Du mir das nicht früher gesagt, Du Böse? Ich hätte nicht so gelitten. Was brauchte ich denn wirklich? Ich wollte Dich glücklich wissen und mehr nicht. Ich glaubte, Du seist einsam und traurig, und deshalb habe ich mich Dir wieder zu Füßen geworfen, um Dir zu sagen: ›Wohlan, da Du leidest, so laß uns zusammen leiden. Ich will Deine Traurigkeit, Deinen Kummer und Deine Einsamkeit teilen.‹ War das nicht meine Pflicht und mein gutes Recht? Doch Du bist glücklich, Thérèse, und ich somit auch! Ich preise Dich, daß Du mir das gesagt hast. Endlich bin ich von allen Gewissensbissen erlöst, die auf meiner Seele lasteten! Erhobenen Hauptes kann ich einhergehen, in vollen Zügen die Luft einatmen und mir sagen, daß ich das Leben der besten aller Freundinnen nicht verdorben und beschmutzt habe. Ach! Ich bin jetzt sehr stolz auf diese großherzige Freude in mir − ohne diese entsetzliche Eifersucht, die mich früher so gequält hat!

Meine liebe Thérèse, mein lieber Palmer, Ihr seid meine

beiden Schutzengel. Ihr habt mir Glück gebracht. Euch habe ich es zu verdanken, wenn ich spüre, ich bin für etwas anderes geschaffen als für das Leben, das ich geführt habe. Ich fühle mich wie neugeboren, himmlische Luft strömt in meine Lungen, die es nach Reinheit dürstet. Mein Wesen wandelt sich. Ich werde lieben!

Ja, ich werde lieben, ich liebe bereits! ... Ich liebe ein schönes und keusches Kind, das noch nichts davon weiß; und es bereitet mir großes Vergnügen, vor ihm das Geheimnis meines Herzens zu hüten und so naiv, so heiter, so kindlich zu erscheinen und so unbeschwert zu sein wie das Mädchen selbst. Ach! Wie schön sind doch die ersten Tage einer aufkeimenden Gemütsregung! Hat der Gedanke nicht etwas Erhabenes und Erschütterndes zugleich: Ich werde mich selbst verraten, das heißt, ich werde mich hingeben. Morgen, vielleicht heute abend, werde ich mir selbst nicht mehr gehören!

Freue Dich, meine liebe Thérèse, über diesen Ausgang der traurigen und törichten Jugend Deines armen Kindes. Sage Dir stets, daß die Neubelebung eines Wesens, das verloren schien und das, statt sich im Schmutz zu wälzen, jetzt einem Vogel gleich seine Schwingen ausbreitet, das Werk Deiner Liebe, Deiner Sanftmut, Deiner Geduld, Deines Zorns, Deiner Strenge, Deiner Nachsicht und Deiner Freundschaft ist! Ja, es bedurfte aller Wechselfälle eines tragischen Verhängnisses, in dem ich unterlegen war, um mir langsam die Augen zu öffnen. Ich bin Dein Werk, Dein Sohn, Deine Arbeit und Deine Belohnung, Dein Martyrium und Deine Krone. So segnet mich denn beide, meine Freunde, und betet für mich, ich werde lieben!«

So war der ganze Brief. Als Thérèse diese Freuden- und Dankeshymne erhielt, war auch für sie zum ersten Mal ihr eigenes Glück vollkommen und besiegelt. Sie reichte Palmer beide Hände und sagte zu ihm: »Ach wie schön! Wo und wann wollen wir heiraten?«

11.

Sie beschlossen, die Hochzeit in Amerika zu feiern, und Palmer freute sich besonders darauf, Thérèse seiner Mutter vorzustellen und in deren Anwesenheit getraut zu werden. Das Glück, auch dabei sein zu können, wäre der Mutter von Thérèse nicht vergönnt gewesen, selbst wenn die Zeremonie in Frankreich stattgefunden hätte. Doch die Freude darüber, daß ihre Tochter sich mit einem zuverlässigen und treuen Mann verband, entschädigte sie für vieles. Sie mochte Laurent nicht leiden, und sie hatte immer Angst gehabt, er könne sich Thérèse doch wieder gefügig machen.

Die »Union« traf alle Vorkehrungen zum Auslaufen. Kapitän Lawson erbot sich, Palmer und seine Braut mitzunehmen. An Bord herrschte eitel Freude bei dem Gedanken, daß dieses bei allen sehr beliebte Paar mitfahren würde. Der junge Fähnrich machte seine Unverfrorenheit dadurch wieder gut, daß er Thérèse mit größtem Respekt und aufrichtiger Verehrung begegnete.

Als Thérèse schon alles vorbereitet hatte, um sich am 18. August mit Palmer einzuschiffen, erhielt sie einen Brief von ihrer Mutter, die sie inständig bat, vorher noch einmal nach Paris zu kommen, und wäre es nur für vierundzwanzig Stunden. Sie selbst hatte in Familienangelegenheiten dort zu tun. Wer wußte, wann Thérèse aus Amerika zurückkommen würde? Diese arme Mutter war nicht glücklich mit ihren anderen Kindern, die sich durch das Beispiel des argwöhnischen und leicht reizbaren Vaters ihr gegenüber widerspenstig und ablehnend verhielten. Zudem vergötterte sie Thérèse, für sie die einzige wirklich zärtliche Tochter und treue Freundin. Sie wollte ihr gern ihren Segen geben und sie in die Arme schließen, vielleicht zum letzten Mal, denn sie fühlte sich vorzeitig alt, krank und erschöpft nach einem Leben ohne Geborgenheit und ohne Herzensgüte.

Palmer war über diesen Brief verärgerter, als er sich selbst eingestehen wollte. Wenn er auch stets mit offensichtlicher Genugtuung in eine dauerhafte Freundschaft mit Laurent eingewilligt hatte, so war er doch ganz gegen seinen Willen immer noch beunruhigt darüber, welche Gefühle im Herzen von Thérèse wieder aufleben könnten, sollte sie ihn je wiedersehen. Ganz bestimmt ahnte er davon nichts, als er das Gegenteil behauptete; doch als am 18. August die Salutschüsse aus der Kanone des amerikanischen Kriegsschiffes den ganzen Tag über ein vielfaches Echo in der Bucht von La Spezia auslösten, da wurde er sich dessen wohl bewußt. Bei jeder Detonation fing er an zu zittern, und beim letzten Schuß rang er die Hände, daß seine Finger knackten.

Thérèse war sehr verwundert. Seit ihrer letzten Aussprache zu Beginn ihres Aufenthalts in diesem Land hatte sie überhaupt nichts von Palmers Ängsten geahnt.

»Mein Gott, was ist denn los?« rief sie aus und beobachtete ihn aufmerksam. »Was für Ahnungen quälen Sie?«

»Ja! Das ist es!« antwortete Palmer hastig. »Es ist eine Vorahnung ... wegen Lawson, meinem Jugendfreund. Ich weiß nicht warum ... Ja, ja, es ist eine Vorahnung.«

»Glauben Sie, auf See könnte ihm ein Unglück zustoßen?«

»Vielleicht! Wer weiß? Dem Himmel sei Dank, daß es Sie dann jedenfalls nicht trifft, denn wir gehen ja nach Paris.«

»Die ›Union‹ fährt aber doch über Brest und bleibt zwei Wochen im Hafen liegen! Und dort werden wir an Bord gehen, nicht wahr?«

»Ja, ja, gewiß doch, wenn sich bis dahin nicht eine Katastrophe ereignet!«

Und Palmer blieb auch weiterhin traurig und niedergeschlagen, ohne daß Thérèse erriet, was in ihm vorging. Wie hätte sie auch darauf kommen sollen? Laurent machte eine Kur in Baden; das wußte Palmer. Und auch Laurent trug sich mit Heiratsplänen, wie er selbst geschrieben hatte.

Am anderen Tag reisten sie per Extrapost ab und fuhren, ohne unterwegs irgendwo einen Zwischenaufenthalt zu machen, über Turin und den Mont Cenis nach Frankreich zurück.

Diese Reise verlief ungewöhnlich traurig. Überall sah Palmer böse Vorzeichen; er gab zu, abergläubisch und leicht verwirrt zu sein, was so gar nicht zu seinem Charakter paßte. Er, der sonst sehr ruhig und ganz leicht zufriedenzustellen war, ließ sich zu unbeschreiblichen Zornesausbrüchen hinreißen und wetterte gegen die Postillione, die Straßen, die Zöllner, die Mitreisenden. So hatte Thérèse ihn noch nie erlebt. Sie konnte nicht umhin, sie mußte es ihm sagen. Er antwortete ihr irgend etwas Belangloses, doch mit einer so finsteren Miene und in einem so erschreckend unwilligen Ton, daß sie Angst bekam vor ihm und folglich auch vor der Zukunft.

Bestimmte Menschen entgehen ihrem unerbittlichen Schicksal nicht. Während Thérèse und Palmer über den Mont Cenis nach Frankreich zurückkehrten, fuhr Laurent über Genf nach Hause. Einige Stunden vor den beiden traf er in Paris ein, sehr beunruhigt und bedrückt. Er hatte endlich doch herausgefunden, daß Thérèse in Italien alles hergegeben hatte, was sie damals noch besaß, um es Laurent zu ermöglichen, einige Monate lang zu reisen, und er hatte erfahren (denn früher oder später kommt alles ans Licht) von jemandem, der zu dieser Zeit zufällig in La Spezia gewesen war, daß Fräulein Jacques in Portovenere in äußerst bedrängten Verhältnissen lebte und sich mit Spitzenklöppeln das Geld für eine Behausung von sechs Pfund im Monat verdiente.

Beschämt, reumütig, erregt und betrübt, wollte er herausfinden, in welcher Lage sich Thérèse augenblicklich befand. Er kannte sie gut genug, um zu wissen, daß sie zu stolz war, irgend etwas von Palmer anzunehmen, und er sagte sich, nicht ganz unberechtigt, sollte sie für ihre Arbeit in Genua nicht bezahlt worden sein, so habe sie wohl ihre Möbel in Paris verkaufen müssen.

Er eilte in die Champs-Elysées, zitternd vor Angst, es könnten Fremde dieses liebe kleine Haus bewohnen, dem er sich nur mit heftigem Herzklopfen näherte. Da es keinen Pförtner gab, mußte er am Gartentor klingeln, ohne zu wissen, wer ihm öffnen würde. Von der bevorstehenden Hochzeit Thérèses hatte er keine Ahnung, ja er wußte noch nicht einmal, daß sie jetzt die Freiheit hatte, sich zu verheiraten. Der letzte Brief, den sie ihm darüber geschrieben hatte, war in Baden einen Tag nach seiner Abreise eingetroffen.

Als die alte Catherine die Türe öffnete, war seine Freude grenzenlos. Er fiel ihr um den Hals; doch als er das bestürzte Gesicht dieser guten Frau sah, war er gleich wieder betrübt.

»Und was haben Sie hier zu suchen?« fragte sie ihn verdrießlich. »Sie wissen wohl schon, daß Fräulein Jacques heute kommt? Können Sie sie nicht in Ruhe lassen? Wollen Sie Fräulein Jacques nochmals unglücklich machen? Ich habe gehört, Sie hätten sich getrennt, und ich war froh darüber; denn nachdem ich Sie zuerst sehr gern gemocht hatte, habe ich Sie zuletzt gehaßt. Ich habe sehr wohl gesehen, daß Sie der Urheber all ihrer Schwierigkeiten und ihres Leides waren. Los, los, kommen Sie bloß nicht auf den Gedanken, hier auf sie zu warten, oder sollten Sie sich gar geschworen haben, sie zu Tode zu quälen!«

»Sie kommt heute, sagen Sie!« wiederholte Laurent immer wieder. Das war alles, was er von der Strafpredigt der alten Dienerin verstanden hatte. Er ging in das Atelier von Thérèse, in den kleinen fliederfarbenen Salon, ja sogar ins Schlafzimmer und hob die grauen Tücher auf, die Catherine überall ausgebreitet hatte, um die Möbel zu schützen. Er schaute sich jedes Stück einzeln an, alle diese

schönen und bezaubernden kleinen Möbel, geschmack-
volle Kunstwerke, die sich Thérèse mit dem Verdienst
ihrer Arbeit gekauft hatte, nicht eines fehlte. An der
Situation, die sich Thérèse in Paris geschaffen hatte,
schien sich nichts geändert zu haben; leicht verstört und
ohne Catherine anzuschauen, die ihm auf Schritt und Tritt
mit sorgenvoller Miene folgte, wiederholte Laurent nur
immer wieder:

»Sie kommt heute!«

Als er behauptet hatte, er liebe ein schönes Kind, das so
rein und so blond sei wie sie, hatte Laurent nur geprahlt.
Er meinte die Wahrheit zu sagen, als er Thérèse mit jener
Überschwenglichkeit schrieb, in die er sich hineinsteigerte, um ihr etwas über sich selbst sagen zu können, und
die in einem so sonderbar krassen Widerspruch stand zu
dem spöttischen und kühlen Ton, den er in der Gesellschaft meinte anschlagen zu müssen. Das Geständnis, das
er dem jungen Mädchen, dem Ziel seiner Träume, hätte
machen sollen, hatte er nicht abgelegt. Schon ein Vogel
oder eine ziehende Wolke am Abendhimmel hatte genügt,
das zerbrechliche Gebäude seines Glücks und seiner aufkeimenden Herzensneigung zu zerstören, das sich die
kindliche und poetische Phantasie am Morgen selbst errichtet hatte. Die Angst, sich lächerlich zu machen, hatte
sich seiner bemächtigt oder aber die Furcht, von seiner
unüberwindbaren und unseligen Leidenschaft für Thérèse geheilt zu werden.

Er stand da und sagte gar nichts zu Catherine, die es
eilig hatte, für die Ankunft ihrer lieben Herrin alles vor-
zubereiten, und daher beschloß, ihn sich selbst zu überlassen. Laurent befiel eine ungeheure Erregung. Er fragte
sich, warum Thérèse nach Paris zurückkehrte, ohne ihn
vorher zu benachrichtigen. Kam sie heimlich mit Palmer,
oder hatte sie es ebenso gemacht wie Laurent selbst? Hatte
sie ihm ein Glück angekündigt, das es noch gar nicht gab
und das schon als Idee zerronnen war? Verbarg sich hinter

dieser unvermittelten und geheimnisvollen Rückkehr nicht etwa die Trennung von Dick?

Laurent war erfreut und erschrocken zugleich. Tausend widersprüchliche Ideen, tausend verschiedene Gemütsregungen bekämpften sich in seinem Kopf und in seiner Seele. Einen Augenblick vergaß er, ohne es zu merken, die Wirklichkeit und redete sich ein, diese mit grauen Tüchern zugedeckten Möbel seien Gräber auf einem Friedhof. Er hatte immer Abscheu vor dem Tod empfunden, doch, ob er wollte oder nicht, er dachte ständig daran und meinte, ihn in allen Formen überall um sich herum zu sehen. Er fühlte sich von Leichentüchern umgeben und stand mit einem Entsetzensschrei auf.

»Wer ist gestorben? Thérèse? Palmer? Ich sehe es, ich fühle es; hier in diesem Umkreis, den ich gerade betreten habe, ist jemand gestorben . . . Nein, du bist es«, antwortete er im Gespräch mit sich selbst; »du bist es, der du in diesem Haus die einzigen wirklichen Tage deines Lebens verbracht hast und nun hierher zurückkehrst, leblos, verlassen, vergessen wie ein Leichnam!«

Catherine kam wieder herein, ohne daß er sie beachtete; sie nahm die Tücher weg, staubte die Möbel ab, öffnete weit die Fenster und die Läden, die noch geschlossen waren, und steckte Blumen in die großen chinesischen Vasen, die auf den vergoldeten Spiegeltischchen standen. Dann trat sie an ihn heran und sagte zu ihm:

»Nun, also im Ernst, was haben Sie hier zu suchen?«

Laurent tauchte aus seinem Traum wieder auf und schaute sich verwirrt um; er sah die Blumen aus den Spiegeln leuchten, die Stilmöbel in der Sonne schimmern und nahm diesen ganzen festlichen Glanz wahr, der wie durch einen Zauber die beklemmende Atmosphäre seiner todesdüsteren Absence abgelöst hatte.

Seine Halluzination schlug um: »Was ich hier zu suchen habe?« sagte er und lächelte finster. »Ja, was habe ich hier zu suchen? Heute ist ein Feiertag bei Thérèse, ein Tag der

Freude und des Vergessens. Die Herrin des Hauses feiert ein Fest der Liebe, und mich, einen Toten, hat sie sicher nicht erwartet! Was hat ein Leichnam in diesem Hochzeitszimmer zu suchen? Und was wird sie sagen, wenn sie mich hier findet? Genau wie du, arme Alte, wird sie zu mir sagen: ›Geh weg von hier! Du gehörst in deinen Sarg!‹«

Laurent sprach wie im Fieber. Er dauerte Catherine. ›Er ist verrückt‹, dachte sie, ›das war er schon immer.‹ Und während sie noch überlegte, was sie ihm sagen könnte, um ihn im Guten wegzuschicken, hörte sie auf der Straße einen Wagen halten. In ihrer Freude, Thérèse wiederzusehen, vergaß sie Laurent und eilte hinaus, die Türe zu öffnen.

Vor dem Haus stand Palmer mit Thérèse, doch da er es eilig hatte, den Staub der Reise abzuschütteln, und Thérèse die Mühe ersparen wollte, die Postkutsche bei sich zu Hause abladen zu lassen, stieg er sofort wieder ein und befahl, ihn ins Hotel Meurice zu fahren. Thérèse rief er noch zu, er werde ihr in zwei Stunden ihre Koffer bringen und wolle dann mit ihr essen.

Thérèse schloß ihre gute Catherine in die Arme, und noch während sie sich erkundigte, wie es Catherine in ihrer Abwesenheit ergangen war, trat sie in das Haus ein mit jener erwartungsvollen, leicht beunruhigten oder freudigen Neugier, die wir unbewußt empfinden, wenn wir an einen Ort zurückkehren, an dem wir lange gelebt haben; und so fand Catherine keine Zeit, ihr zu sagen, daß Laurent da war. Thérèse war sehr überrascht, als sie ihn auf dem Sofa im Salon sitzen sah, blaß, völlig versunken, wie versteinert. Er hatte weder den Wagen gehört noch das ungestüme Öffnen der Türen. Er war noch ganz in seine finsteren Grübeleien vertieft, als er sie plötzlich vor sich stehen sah. Da stieß er einen fürchterlichen Schrei aus, stürzte auf sie zu, um sie zu umarmen, und fiel, halb erstickt und wie ohnmächtig, vor ihre Füße.

Sie mußten seine Krawatte losbinden und ihm Äther zu

riechen geben. Er bekam keine Luft mehr, und sein Herz schlug so wild, daß sein ganzer Körper bebte, wie von elektrischen Schlägen geschüttelt. Thérèse war erschrocken, ihn so zu sehen, und glaubte, er habe einen Rückfall erlitten. Doch die jugendliche Frische Laurents kehrte bald zurück, und sie stellte fest, daß er zugenommen hatte. Er schwor ihr tausendmal, es sei ihm noch nie so gut gegangen, und er freue sich zu sehen, daß sie schöner geworden sei und wieder den klaren reinen Blick habe wie am ersten Tag ihrer Liebe. Er kniete vor ihr nieder und küßte ihre Füße zum Zeichen seiner Verehrung und seiner Anbetung. Seine Ausbrüche waren so heftig, daß Thérèse beunruhigt war und meinte, ihn schleunigst an ihre bevorstehende Abreise und ihre baldige Heirat mit Palmer erinnern zu müssen.

»Was? Was ist los? Was sagst du da?« rief Laurent aus, bleich, als ob der Blitz vor ihm eingeschlagen hätte. »Abreise! Heirat!... Wie? Warum? Träume ich etwa noch? Hast du diese Worte ausgesprochen?«

»Ja«, antwortete sie, »das habe ich zu dir gesagt, ich habe es dir auch geschrieben. Hast du denn meinen Brief nicht erhalten?«

»Abreise! Heirat!« wiederholte Laurent. »Früher hast du doch immer gesagt, das sei unmöglich! Erinnere dich! Es gab Tage, an denen ich bedauerte, die Leute nicht zum Schweigen bringen zu können, die dich in den Schmutz zogen, indem ich dir einfach meinen Namen und mein ganzes Leben schenkte. Und du sagtest nur immer: ›Niemals, niemals, solange dieser Mann lebt!‹ Ist er also tot? Oder aber du liebst Palmer, wie du mich nie geliebt hast, daß du dich für ihn über alle diese Skrupel hinwegsetzest, die ich für wohlbegründet hielt, und einen fürchterlichen Skandal in Kauf nimmst, der wohl unvermeidlich ist?«

»Der Graf von *** lebt nicht mehr, und ich bin frei.«

Über diese Enthüllung war Laurent so betroffen und bestürzt, daß er alle seine guten Vorsätze von brüderlicher und selbstloser Freundschaft vergaß. Was Thérèse schon in Genua vorausgesehen hatte, wurde nun bittere Wirklichkeit unter auf seltsame Weise besonders herzzerreißenden Umständen. Laurent machte sich eine völlig überspannte und überschwengliche Vorstellung von dem Glück, das er hätte auskosten können, wenn er Thérèses Mann geworden wäre, und zerfloß in Tränen, ohne daß auch nur ein einziger vernünftiger und einsichtiger Gedanke seine verwirrte und verzweifelte Seele zu beruhigen vermochte. Sein Schmerzensausbruch war so heftig und seine Tränen wirkten so echt, daß sich Thérèse der Rührung über eine so tragische und schmerzerfüllte Szene nicht erwehren konnte. Sie hatte Laurent nie leiden sehen können, ohne sich stets, wenn auch mit Grollen, zu mütterlichem Erbarmen bewegen zu lassen. Vergebens versuchte sie, ihre eigenen Tränen zurückzuhalten. Das waren keine Tränen des Bedauerns, sie täuschte sich auch nicht über diesen Taumel, den Laurent durchlebte und der nichts anderes war als eben nur ein Taumel. Aber er griff ihre Nerven an, und die Nerven einer Frau wie Thérèse, das waren die lebendigen Fasern ihres eigenen Herzens, die von einem Leid angerührt wurden, das sie sich nicht zu erklären vermochte.

Endlich gelang es ihr, ihn zu beruhigen und, indem sie voller Güte und Nachsicht auf ihn einredete, ihn dazu zu bewegen, sich mit ihrer Heirat abzufinden als der vernünftigsten und besten Lösung für sie und ihn selbst. Laurent stimmte ihr mit traurigem Lächeln zu.

»Ja sicher«, sagte er, »ich hätte einen ekelhaften Ehemann abgegeben, aber *er* wird dich glücklich machen! Der Himmel schuldete dir diese Belohnung und diese Entschädigung. Du hast recht, ihm dafür dankbar zu sein und zu beteuern, das bewahre uns beide vor Leid, dich vor einem Jammerleben, mich vor Gewissensbissen, schlimmer als alle vorangegangenen. Und eben weil das alles so richtig ist, so vernünftig, so logisch und so gut geplant, bin ich so unglücklich!« Und er fing von neuem an zu schluchzen.

Palmer kehrte zurück, ohne daß ihn jemand kommen hörte. Ihn bedrückte in der Tat eine schreckliche Ahnung, und ohne etwas im voraus zu bedenken, trat er ein wie ein eifersüchtiger Liebhaber, voller Argwohn, klingelte kaum vernehmbar und achtete peinlich darauf, daß der getäfelte Fußboden unter seinen Schritten nicht knarrte.

An der Türe zum Salon blieb er stehen und erkannte die Stimme von Laurent.

›Ach! Ich habe es gewußt!‹ sagte er zu sich selbst und zerriß den Handschuh, den er gegebenenfalls vor dieser Türe hatte anziehen wollen, um Zeit zum Nachdenken zu gewinnen. Er meinte, klopfen zu sollen.

»Herein!« rief Thérèse laut, verwundert, daß jemand sie zu kränken suchte, indem er an die Türe ihres Salons klopfte. Als sie sah, daß es Palmer war, erblaßte sie. Was er gerade getan hatte, sprach Bände und besagte mehr als tausend Worte: Er verdächtigte sie.

Palmer sah ihre Blässe und war nicht imstande, sich den wahren Grund zu erklären. Er sah auch, daß Thérèse geweint hatte, und der völlig verzerrte Gesichtsausdruck von Laurent verwirrte ihn vollends. Der erste Blick, den die beiden Männer wechselten, war haßerfüllt und herausfordernd; dann gingen sie aufeinander zu, unschlüssig, ob sie sich die Hand reichen oder sich erwürgen sollten.

In diesem Augenblick reagierte Laurent besser und offener als Palmer, denn er hatte spontane Regungen, die seine Fehler wiedergutmachten. Er breitete die Arme aus und umarmte Palmer auf das herzlichste, ohne seine Tränen zu verbergen, die ihm wieder den Hals zuschnürten.

»Was hat das alles zu bedeuten?« fragte ihn Palmer und schaute Thérèse dabei an.

»Ich weiß es nicht«, antwortete sie sehr bestimmt; »ich habe ihm gerade mitgeteilt, daß wir abreisen und heiraten. Das bereitet ihm Kummer. Anscheinend glaubt er, wir

würden ihn vergessen. Palmer, sagen Sie ihm doch, daß
wir ihn immer gern haben werden, von fern und von
nah.«

»Er ist ein ganz verwöhntes Kind«, erwiderte Palmer.
»Er müßte wissen, daß ich zu meinem Wort stehe und daß
ich vor allem Ihr Glück will. Sollen wir ihn etwa mit nach
Amerika nehmen, damit er endlich aufhört, sich zu grä-
men und Sie zum Weinen zu bringen, Thérèse?«

Diese Worte hatte er in einem rätselhaften, unbestimm-
baren Ton gesprochen; es war eine Mischung von väterlicher Freundschaft und tiefer, unüberwindlicher Bitterkeit.

Thérèse verstand. Sie verlangte nach ihrem Umschlag-
tuch und ihrem Hut und sagte zu Palmer:

»Wir wollen zum Essen ausgehen. Catherine hat nur
mit mir gerechnet, und es würde nicht für zwei reichen.«

»Sie meinen für uns drei«, entgegnete Palmer, immer
noch halb bitter, halb zärtlich.

»Aber ich esse nicht mit Ihnen«, antwortete Laurent,
der endlich begriff, was in Palmer vorging. »Ich verlasse
Sie, ich werde Ihnen nur noch Adieu sagen kommen.
Wann reisen Sie ab?«

»In vier Tagen«, sagte Thérèse.

»Spätestens«, fügte Palmer hinzu und schaute sie dabei
sonderbar an; »doch das ist kein Grund, weshalb wir
heute abend nicht alle drei zusammen essen sollten. Laurent, machen Sie mir doch bitte diese Freude. Wir gehen
ins ›Frères-Provencaux‹, und von dort aus machen wir
eine Spazierfahrt durch den Bois de Boulogne. Das wird
uns an Florenz und an die ›Cascine‹ erinnern. Also im
Ernst, ich bitte Sie darum.«

»Ich habe schon eine Verabredung«, antwortete Laurent.

»Dann sagen Sie eben ab. Hier sind Papier und Feder!
Schreiben Sie, schreiben Sie! Ich bitte Sie darum!«

Palmer sprach in einem sehr entschiedenen Ton, der

keinen Widerspruch mehr duldete. Laurent meinte sich zu erinnern, daß dies seine gewohnte, sehr freimütige Art zu sprechen sei. Thérèse hätte lieber gesehen, daß Laurent ablehnte, und ihm das auch gern mit einem Blick zu verstehen gegeben; doch Palmer ließ sie nicht aus den Augen, und er schien im Begriff, alles und jedes in verhängnisvoller Weise zu deuten.

Laurent war sehr aufrichtig. Wenn er log, war stets er sein erstes Opfer. Er hielt sich für stark genug, mit dieser heiklen Situation fertig zu werden, und er hatte die redliche und großmütige Absicht, Palmer sein früheres Vertrauen zurückzugeben. Doch leider, wenn der Geist des Menschen in seinem hehren Streben erst einmal einen bestimmten Höhepunkt erreicht hat, wenn ihn Schwindel packt, dann steigt er nicht mehr hinunter, er stürzt sich hinab. Und das eben geschah mit Palmer. Der in jeder Hinsicht rechtschaffene und aufgeschlossene Mann wollte mit allen Mitteln die seelischen Erschütterungen einer mehr als schwierigen Situation in den Griff bekommen. Seine Kräfte ließen ihn im Stich; wer könnte ihn dafür tadeln? Er stürzte sich in den Abgrund und riß Thérèse und Laurent mit sich hinab. Wer wollte sie nicht alle drei beklagen? Hatten sie nicht alle drei davon geträumt, den Himmel zu erobern und in jene glücklichen Gefilde zu gelangen, wo den Leidenschaften nichts Irdisches mehr anhaftet? Doch das ist dem Menschen nicht beschieden: es ist schon viel für ihn, wenn es ihm vergönnt ist, einen Augenblick lang zu glauben, er dürfe ohne Verwirrung und ohne Argwohn lieben.

Die Stimmung beim Essen war von einer tödlichen Traurigkeit beschattet; obwohl Palmer die Rolle des Gastgebers übernommen hatte und es sich angelegen sein ließ, seinen Gästen die erlesensten Gerichte und die besten Weine vorzusetzen, hatte für sie wohl alles einen bitteren Beigeschmack, und nach vergeblichem Bemühen, sich wieder in die seelische Haltung zurückzuversetzen, die er in Florenz nach seiner Erkrankung zwischen diesen beiden Menschen so wohlig ausgekostet hatte, lehnte Laurent es ab, sie in den Bois de Boulogne zu begleiten. Palmer, der etwas mehr als sonst getrunken hatte, um sich zu betäuben, beharrte darauf in einer, wie Thérèse fand, unwilligen und ungeduldigen Art und Weise.

»Nun versteifen Sie sich doch nicht so darauf«, sagte sie, »Laurent hat recht, wenn er ablehnt. Im Bois de Boulogne, in Ihrer offenen Kalesche, sieht uns ein jeder, und wir könnten Leute treffen, die uns kennen. Sie brauchen ja nicht zu wissen, in welcher ungewöhnlichen Situation wir drei uns befinden, und sie könnten leicht über einen jeden von uns recht peinliche Überlegungen anstellen.«

»Na schön, dann fahren wir eben zu Ihnen nach Hause«, sagte Palmer; »ich gehe dann allein spazieren, ich brauche frische Luft.«

Laurent machte sich eiligst davon, als er merkte, daß Palmer fest entschlossen war, ihn mit Thérèse allein zu lassen, offenbar entweder um sie zu belauschen oder um sie zu überraschen. Tief traurig ging er nach Hause und dachte bei sich, daß Thérèse vielleicht doch nicht so glücklich sei; und ganz gegen seinen Willen war er auch ein bißchen froh, sich sagen zu können, daß Palmer nicht über alle menschliche Natur so erhaben war, wie er sich das immer vorgestellt und Thérèse es ihm in ihren Briefen geschildert hatte.

Wir übergehen nun rasch die darauffolgende Woche, eine Woche, in der von Stunde zu Stunde der heroische Roman, den diese drei unglücklichen Freunde sich mehr oder weniger intensiv erträumt hatten, immer weiter zerrann. Die größten Illusionen hatte sich Thérèse gemacht, da sie nach anfänglichen Befürchtungen und recht klugen Mutmaßungen nun doch beschlossen hatte, sich für ihr Leben zu binden; und, wie auch immer künftig die Ungerechtigkeiten Palmers sein mochten, sie mußte und wollte ihr Wort halten.

Nach einer ganzen Reihe von Verdächtigungen, die durch sein Stillschweigen viel kränkender waren als vorher alle Schmähungen von Laurent, machte Palmer diesen Entschluß mit einem Schlag zunichte.

Eines Morgens wollte sich Palmer, nachdem er sich die ganze Nacht im Garten von Thérèse versteckt hatte, gerade zurückziehen, als sie am Gittertor erschien und ihn stellte.

»Schön und gut«, sagte sie zu ihm, »Sie haben dort sechs Stunden lang aufgepaßt, und ich habe Sie von meinem Zimmer aus gesehen. Sind Sie nun fest davon überzeugt, daß heute nacht niemand zu mir gekommen ist?«

Thérèse war gereizt, und trotzdem hoffte sie immer noch, indem sie jetzt die Aussprache vom Zaun brach, die Palmer ihr verweigerte, sein Vertrauen wieder zurückzugewinnen; doch er dachte anders darüber.

»Ich sehe, Thérèse«, sagte er, »Sie sind meiner überdrüssig, da Sie ein Geständnis von mir verlangen, das mich in Ihren Augen verächtlich machen würde. Es hätte Ihnen jedoch nicht schwer fallen sollen, über eine Schwäche hinwegzusehen, mit der ich Sie nicht sonderlich behelligt habe. Warum konnten Sie mich nicht stillschweigend leiden lassen? Habe ich Sie etwa mit bitterem, beißendem Spott beleidigt und belästigt? Ich? Habe ich Ihnen denn seitenlange Schmähbriefe geschrieben, um am nächsten Tag zu Ihren Füßen zu weinen und wahnwitzige Beteuerungen von mir zu geben, allerdings unter dem Vorbehalt, Sie am nächsten Tag aufs neue zu quälen? Habe ich Ihnen auch nur eine aufdringliche Frage gestellt? Warum haben Sie heute nacht nicht ruhig schlafen können, während ich draußen auf der Bank saß, ohne Ihre Ruhe durch Schreien und Schluchzen zu stören? Können Sie mir nicht etwas verzeihen, worunter ich selbst leide, das mich womöglich erröten läßt, wenn ich doch zumindest den Willen und die Kraft habe, es zu verbergen? Einem anderen, der nicht so viel Mut bewiesen hat, haben Sie schließlich viel mehr verziehen!«

»Ich habe ihm gar nichts verziehen, Palmer, denn ich habe ihn unwiderruflich verlassen. Und was das angeht, worunter Sie leiden, wie Sie zugeben, und das Sie so gut zu verbergen meinen, so müssen Sie wissen, es liegt für mich sonnenklar auf der Hand, und ich leide darunter mehr als Sie selbst. Ja, es kränkt mich zutiefst; und da es von einem starken und besonnenen Mann wie Ihnen kommt, verletzt es mich hundertmal mehr als die Beleidigungen eines Kindes im Wahn und im Taumel.«

»Ja, ja, das stimmt«, entgegnete Palmer. »Nun sind Sie durch meine Schuld gekränkt und für immer gegen mich aufgebracht! Nun gut, Thérèse, zwischen uns ist alles aus! Tun Sie für mich das, was Sie für Laurent getan haben: Bewahren Sie mir Ihre Freundschaft.«

»Also verlassen Sie mich?«

»Ja, Thérèse; aber ich vergesse nicht, daß ich Ihnen meinen Namen, mein Vermögen und meine Hochachtung zu Füßen gelegt habe, als Sie einwilligten, sich mit mir zu verbinden. Ich stehe zu meinem Wort, und ich will halten, was ich versprochen habe; wir werden hier heiraten, ohne Aufsehen und in aller Stille. Sie nehmen meinen Namen an und damit die Hälfte meiner Einkünfte, und dann . . .«

»Dann?«

»Dann werde ich abreisen und meine Mutter in die Arme schließen . . . und Sie sind frei!«

»Soll das heißen, Sie drohen mir mit Selbstmord?«

»Nein, bei meiner Ehre! Selbstmord ist eine feige Tat, vor allem wenn man eine Mutter hat wie ich. Ich werde reisen, noch einmal um die Welt fahren, und Sie sollen nie mehr etwas von mir hören.«

Thérèse war außer sich über einen derartigen Vorschlag.

»Aber, Palmer«, sagte sie zu ihm, »das alles würde mir vorkommen wie ein schlechter Scherz, hielte ich Sie nicht für einen ernsthaften Menschen. Ich möchte gern glauben, daß Sie mich für unfähig halten, diesen Namen und dieses Geld anzunehmen, das Sie mir anbieten als Lösung einer Gewissensfrage. Kommen Sie mir nie wieder mit einem solchen Vorschlag, ich wäre zutiefst gekränkt.«

»Thérèse!« rief Palmer ungestüm aus und preßte ihren Arm so heftig, daß er ihr wehtat. »Schwören Sie mir beim Andenken an Ihr Kind, das Sie verloren haben, daß Sie ihn, Laurent, nicht mehr lieben, und ich falle Ihnen zu Füßen und flehe Sie an, mir meine Ungerechtigkeit zu verzeihen.«

Thérèse entwand ihm ihren Arm, der schon grün und blau war, und schaute ihn lange schweigend an. Sie war bis in den Grund ihrer Seele verletzt über den Schwur, den er von ihr verlangte, und diese Worte schienen ihr grausamer zu sein als der körperliche Schmerz, den sie erlitten hatte.

Mit tränenerstickter Stimme rief sie endlich aus: »Mein Sohn, der du im Himmel bist, ich schwöre dir, kein Mann soll jemals mehr deine arme Mutter erniedrigen!«

Sie stand auf, ging in ihr Zimmer und schloß sich ein. Sie fühlte sich Palmer gegenüber so schuldlos, daß sie es nicht übers Herz brachte, sich zu einer Rechtfertigung herabzulassen wie eine Frau, die gefehlt hat. Und außerdem sah sie voller Entsetzen einer Zukunft entgegen mit einem Mann, der eine tiefgehende Eifersucht in aller Stille heranreifen ließ und der, nachdem er zweimal eine Situation heraufbeschworen hatte, die er für gefährlich hielt, jetzt Thérèse seine eigene Unvorsichtigkeit als Vergehen anlasten wollte. Sie dachte an das furchtbare Leben ihrer Mutter mit einem Mann, der auf die Vergangenheit eifersüchtig war, und sagte sich mit Recht, daß sie wahnsinnig gewesen war, an das Glück mit einem anderen Mann zu glauben nach dem Mißgeschick mit einer Leidenschaft wie der von Laurent.

Palmer verfügte über zu viel Einsicht und zu großen Stolz, als daß er nach einer solchen Szene noch zu hoffen wagte, er vermöchte Thérèse glücklich zu machen. Er

203

fühlte, daß er von seiner Eifersucht nicht geheilt werden würde, und blieb dabei, daß sie begründet war. Er schrieb an Thérèse:

»Meine Freundin, verzeihen Sie mir, wenn ich Ihnen wehgetan habe, aber es ist mir nicht anders möglich, als klar zu erkennen, daß ich im Begriff war, Sie mit mir in einen Abgrund der Verzweiflung zu reißen. Sie lieben Laurent, Sie haben ihn auch gegen Ihren Willen immer geliebt, und Sie werden ihn vielleicht auch immer lieben. Das ist Ihr Schicksal. Ich wollte Sie davor bewahren, und Sie wollten das auch. Ich erkenne an, daß Sie aufrichtig waren, als Sie meine Liebe annahmen, und daß Sie Ihr Möglichstes getan haben, um sie zu erwidern. Ich selbst habe mir viele Illusionen gemacht, doch seit Florenz fühlte ich, wie sie Tag für Tag mehr und mehr zerrannen. Hätte Laurent an seiner Undankbarkeit festgehalten, ich wäre gerettet gewesen; doch seine Reue und seine Dankbarkeit haben Sie gerührt. Ich selbst war auch bewegt, obschon ich mich bemühte, besonnen zu bleiben. Vergebens. Von da an ist es zwischen Ihnen beiden um meinetwillen zu schmerzlichen Spannungen gekommen, von denen Sie mir nie etwas erzählt haben und die ich doch ahnte. Er kehrte zurück zu seiner früheren Liebe zu Ihnen, und wenn Sie sich auch dagegen wehrten, so bedauerten Sie doch, mir anzugehören. Ach! Thérèse, und dennoch hätten Sie damals Ihr Wort wieder zurücknehmen sollen. Ich war bereit, es Ihnen zu geben. Ich habe Ihnen die Freiheit gelassen, mit ihm von La Spezia abzureisen: Warum haben Sie es nicht getan?

Verzeihen Sie mir, ich mache Ihnen Vorwürfe, daß Sie viel gelitten haben, um mich glücklich zu machen und sich fest an mich zu binden. Auch ich habe hart mit mir gerungen, das schwöre ich Ihnen! Und auch jetzt bin ich noch willens zu kämpfen und selbst zu leiden, wenn Sie meine Ergebenheit annehmen wollen. Überlegen Sie sich, ob auch Sie bereit sind zu leiden und ob Sie, falls Sie mit mir nach Amerika kommen würden, von dieser unseligen Leidenschaft genesen könnten, die Ihnen eine beklagenswerte Zukunft zu bereiten droht. Ich biete Ihnen an, Sie mitzunehmen; doch wollen wir nicht mehr von Laurent sprechen, ich bitte Sie inständig darum; und rechnen Sie es mir nicht als Verbrechen an, daß ich die Wahrheit durchschaut habe. Lassen Sie uns Freunde bleiben, Sie könnten bei meiner Mutter wohnen, und wenn Sie mich in einigen Jahren nicht für Ihrer unwürdig halten, nehmen Sie meinen Namen und meinen Wohnsitz in Amerika an, ohne jemals daran zu denken, wieder nach Frankreich zurückzukehren.

Ich warte eine Woche in Paris auf Ihre Antwort.
Richard.«

Thérèse lehnte ein Angebot ab, das ihren Stolz verletzte. Sie liebte Palmer noch, und doch fühlte sie sich so tief gekränkt darüber, daß er sie in Gnaden aufnehmen wollte, obwohl sie sich nicht das Geringste vorzuwerfen hatte, daß sie ihm den Zwist und den Schmerz in ihrer Seele verbarg. Sie fühlte auch, sie werde keinerlei wie auch immer geartete Verbindung mit ihm wieder eingehen können, ohne ihm eine Qual zu verlängern, die er nicht mehr zu verhehlen vermochte. In jeder Hinsicht also würde ihrer beider Leben künftig Kampf oder Bitternis sein. Sie verließ Paris mit Catherine, ohne irgend jemandem zu sagen, wohin sie sich begab, und zog sich in ein kleines Haus auf dem Land zurück, das sie für drei Monate mietete.

12.

Palmer fuhr nach Amerika zurück, tief verwundet, was er aber mit großer Würde trug; doch wollte er nicht eingestehen, daß er sich getäuscht hatte. In seinem Denken war ein gewisser Starrsinn, der sich auch manchmal auf seinen Charakter auswirkte, und zwar stets so, daß er wohl diese oder jene Tat vollbringen, nicht aber einen schmerzhaften und wahrhaft schwierigen Weg fortsetzen konnte. Er hatte geglaubt, er werde imstande sein, Thérèse von ihrer unheilvollen Liebe zu heilen; und durch sein überschwengliches und, wenn man so will, etwas leichtfertiges Vertrauen hatte er das Wunder auch vollbracht; doch in dem Augenblick, da er die Frucht pflücken wollte, mußte er sie wieder preisgeben, weil ihm bei der letzten Prüfung das nötige Vertrauen fehlte.

Andererseits sind die Voraussetzungen für eine ernsthafte Bindung auch denkbar ungünstig, wenn man allzu schnell eine Seele für sich gewinnen möchte, die gerade erst zerbrochen ist. Der Beginn einer solchen Verbindung steht meist unter den Vorzeichen großzügiger Illusionen; doch die rückwärtsgerichtete Eifersucht ist ein unheilbares Übel und beschwört Unwetter herauf, die sich auch im Alter nicht immer verziehen.

Wäre Palmer wirklich ein starker Mann gewesen, oder hätte er seine Kraft ruhiger und umsichtiger eingesetzt, er hätte Thérèse vor den Mißgeschicken bewahren können, die er auf sie zukommen sah. Vielleicht hätte er es auch vollbringen müssen, denn sie hatte sich ihm mit einer Offenheit und Selbstlosigkeit anvertraut, die Fürsorge und Achtung verdienten; doch viele Menschen, die nach Kraft streben, und meinen, sie zu besitzen, haben in Wahrheit nur Energie, und Palmer gehörte zu denen, über die man sich lange Zeit täuschen konnte. So wie er war, verdiente er es bestimmt, daß Thérèse ihm nachtrauerte.

Wir werden bald sehen, daß er der edelsten Regungen und der tapfersten Taten fähig war. Sein ganzes Unrecht bestand darin, daß er für unerschütterlich und beständig gehalten hatte, was bei ihm eben nur eine spontane Regung seines Willens gewesen war.

Laurent wußte zunächst nichts von der Abreise Palmers nach Amerika; auch war er bestürzt darüber, daß Thérèse weggefahren war, ohne ihm Gelegenheit zu geben, sich von ihr zu verabschieden. Von ihr hatte er nur die folgenden Zeilen erhalten:

»Sie waren der einzige in Frankreich, dem ich meine geplante Heirat mit Palmer anvertraut habe. Aus der Hochzeit wird nichts. Bewahren Sie uns das Geheimnis. Ich reise ab.«

Als Thérèse diese wenigen frostigen Worte an Laurent schrieb, empfand sie eine gewisse Verbitterung gegen ihn. War dieses unselige Kind nicht die Ursache aller Mißgeschicke und allen Leids in ihrem Leben?

Bald fühlte sie jedoch, daß ihr Verdruß diesmal ungerecht war. Laurent hatte sich ihr und Palmer gegenüber bewundernswert betragen in diesen unglücklichen acht Tagen, die alles verdorben hatten. Nach der ersten Erregung hatte er sich mit größter Unbefangenheit in die Situation hineingefunden und sein Möglichstes getan, um bei Palmer keine Eifersucht aufkommen zu lassen. Nicht ein einziges Mal hatte er versucht, sich bei Thérèse aus der Ungerechtigkeit ihres Verlobten einen Vorteil zu verschaffen. Er hatte nie anders als mit Achtung und Freundschaft von ihm gesprochen. Durch ein seltsames Zusammentreffen seelischer Umstände fiel diesmal Laurent die schönere Rolle zu. Auch konnte Thérèse nicht umhin anzuerkennen, daß Laurent zwar manchmal töricht, ja auch abscheulich sein konnte, sich aber nie etwas Kleinliches und Niedriges in sein Denken einzuschleichen vermochte.

Auch während der drei Monate nach der Abreise Palmers erwies sich Laurent weiterhin der Freundschaft von Thérèse würdig. Er hatte ihren Zufluchtsort ausfindig zu machen gewußt, doch er unternahm nichts, was sie dort hätte stören können. Er schrieb ihr und beklagte sich vorsichtig über die Kühle ihres Abschieds, auch warf er ihr vor, sie habe in ihrem Kummer kein Vertrauen zu ihm gehabt und ihn nicht wie ihren Bruder behandelt; war er denn nicht erschaffen und dazu geboren, ihr zu dienen, sie zu trösten und notfalls zu rächen? Dann kamen Fragen, die Thérèse notgedrungen beantworten mußte. Hatte Palmer ihr Unrecht getan? Sollte er von ihm Rechenschaft fordern?

»Habe ich irgendeine Fahrlässigkeit begangen, die Dich verletzt hat? Hast Du mir etwas vorzuwerfen? Mein Gott! Ich glaubte immer, nein. Wenn ich die Ursache Deines Schmerzes bin, dann schilt mich aus, und wenn ich nicht darin verstrickt bin, so sage mir, daß Du mir erlaubst, mit Dir zu weinen.«

Thérèse nahm Richard in Schutz, ohne irgend etwas näher erklären zu wollen. Sie verbot Laurent, mit ihr von Palmer zu sprechen. Ihr großherziger Vorsatz, die Erinnerung an ihren Verlobten makellos zu erhalten, bewog sie dazu, durchblicken zu lassen, der Bruch sei allein von ihr ausgegangen. Vielleicht weckte sie damit in Laurent neue Hoffnungen, die sie ihm niemals hatte machen wollen; doch es gibt Situationen, in denen wir, was immer wir auch tun, Ungeschicklichkeiten begehen und zwangsläufig in unser Verderben laufen.

Laurents Briefe waren sehr sanft und unendlich zärtlich. Er schrieb ungekünstelt, anspruchslos, oft fehlerhaft und ohne Stil. Bald war er aufrichtig emphatisch, bald rückhaltlos trivial. Trotz aller Mängel kamen diese Briefe aus einer tiefen Überzeugung, die sie entwaffnend eindringlich machte, und aus jedem Wort spürte man das Feuer der Jugend und die überschäumende Kraft eines genialen Künstlers.

Außerdem fing Laurent wieder an, mit großem Fleiß zu arbeiten, fest entschlossen, nie mehr in ein ungeordnetes, liederliches Leben zu verfallen. Ihm blutete das Herz, wenn er an die Entbehrungen dachte, die Thérèse auf sich genommen hatte, um ihm die Abwechslung, die gute Luft und die Genesung auf der Schweizer Reise zu ermöglichen. Er war fest entschlossen, die Schuld so schnell wie möglich abzutragen.

Thérèse fühlte bald, daß die Zuneigung ihres »armen Kindes«, wie er sich selbst immer bezeichnete, ihr doch sehr behagte und dies das reinste und beste Gefühl in ihrem Leben war, wenn es so bleiben könnte!

Mit ihren sehr mütterlichen Antworten ermutigte sie ihn, den Weg der Arbeit beharrlich fortzusetzen, den er nach seinen Worten für immer wieder eingeschlagen hatte. Ihre Briefe waren sanft, gefaßt und von einer keuschen Zärtlichkeit; doch Laurent spürte etwas Todtrauriges heraus. Thérèse gestand ihm, etwas kränklich zu sein, auch hatte sie Todesgedanken, über die sie sich mit herzzerreißender Melancholie lustig machte. Sie war wirklich krank. Ohne Liebe und ohne Arbeit verzehrte sie sich in Langeweile. Sie hatte eine kleine Barschaft mitgenommen, den Rest des Geldes, das sie in Genua verdient hatte, und sie lebte äußerst sparsam, damit sie so lange wie möglich auf dem Land bleiben konnte. Sie haßte Paris. Und vielleicht verspürte sie auch allmählich den Wunsch und hatte gleichzeitig doch etwas Angst davor, Laurent wiederzusehen, verwandelt, einfühlsam und in jeder Hinsicht ein anderer, so wie er sich in seinen Briefen darstellte.

Sie hoffte, er werde sich verheiraten, und da er schon einmal eine solche Anwandlung gehabt hatte, konnte ihm diese gute Idee ja wiederkommen. Sie ermutigte ihn dazu. Er sagte bald ja, bald nein. Thérèse achtete immer darauf, daß keine Spur früherer Liebe in den Briefen von Laurent auftauchte; ein bißchen davon war zwar immer dabei, doch stets unter einem köstlichen Feingefühl verborgen;

was dieses Wiederaufleben eines nur schlecht unterdrückten Gefühls dämpfte, das waren sanfte Zärtlichkeit, höchste Empfindsamkeit und so etwas wie leidenschaftliche kindliche Liebe.

Als es Winter wurde, waren die Mittel von Thérèse aufgebraucht, und sie sah sich gezwungen, nach Paris zurückzukehren, wo ihre Auftraggeber und ihre eigenen Pflichten auf sie warteten. Sie hielt ihre Rückkehr vor Laurent geheim, da sie ihn nicht zu rasch wiedersehen wollte; doch mit unerklärlichem Gespür ging er durch die verlassene Straße, in der ihr kleines Haus stand. Er sah die geöffneten Fensterläden und trat ein, trunken vor Freude. Das war eine naive, fast kindliche Freude, der gegenüber sich jedes Mißtrauen oder jede Zurückhaltung nur lächerlich und prüde ausgenommen hätte. Er verließ Thérèse vor dem Essen und bat sie inständig, am Abend zu ihm zu kommen und sich ein Bild anzuschauen, das gerade fertig geworden war und über das er unbedingt ihr Urteil hören wollte, ehe er es ablieferte. Es war verkauft und bezahlt; doch sollte sie etwas auszusetzen haben, würde er noch einige Tage daran arbeiten. Die beklagenswerte Zeit war vorüber, da Thérèse »nichts davon verstand oder sie nur nach den engen realistischen Maßstäben der Porträtmaler urteilte und unfähig war, ein aus der Phantasie entstandenes Werk zu begreifen« usw. Jetzt war sie »seine Muse und seine Inspiration. Ohne die Hilfe ihres göttlichen Atems gelang ihm nichts. Mit ihrem Rat und ihren Ermutigungen würde sein eigenes Talent das zu halten vermögen, was es versprach.«

Thérèse vergaß die Vergangenheit, und ohne sich von der Gegenwart allzusehr berauschen zu lassen, glaubte sie ihm nicht abschlagen zu dürfen, was ein Künstler einem anderen Kollegen nie verweigern würde. Nach dem Essen nahm sie einen Wagen und fuhr zu Laurent.

Sie fand das Atelier hell erleuchtet und das Bild herrlich angestrahlt. Das Gemälde war wirklich eine schöne und gute Arbeit. Dieses sonderbare Genie hatte die Fähigkeit, während einer Ruhepause große Fortschritte zu machen, wie sie denen nicht immer vergönnt sind, die beharrlich weiterarbeiten. Durch seine Reisen und seine Krankheit war eine Lücke von einem Jahr in seinen Arbeiten entstanden, und allein durch Besinnen und Nachdenken schien er die Fehler seiner ersten überschwenglichen Periode abgelegt zu haben. Gleichzeitig hatte er neue Fähigkeiten entwickelt, die man bei ihm kaum vermutet hätte, wie die Genauigkeit der Zeichnung, den Liebreiz in der bildlichen Darstellung, den Charme in der Ausführung, alles, was künftig dem Publikum so gefallen sollte, ohne sein Ansehen unter den Künstlern zu schmälern.

Thérèse war ergriffen und begeistert und drückte ihm lebhaft ihre Bewunderung aus. Sie sagte ihm alles, was ihr geeignet schien, dem noblen Ehrgeiz seines Talents über alle schlechten Einflüsse der Vergangenheit zum Sieg zu verhelfen. Sie fand überhaupt nichts zu beanstanden und verbot ihm sogar, auch nur das Geringste daran zu verändern.

Laurent, zurückhaltend in seinem Auftreten und in seiner Redeweise, hatte größeren Ehrgeiz, als Thérèse ihm zugestehen wollte. In der Tiefe seines Herzens war er wie trunken von ihren Lobreden. Er spürte wohl, daß von allen Menschen, die ihn wirklich beurteilen konnten, sie die geistvollste und aufmerksamste Betrachterin war. Immer zwingender fühlte er in sich auch das Verlangen wieder aufsteigen, seine Ängste und seine Freuden als Künstler mit ihr zu teilen, und auch jene Hoffnung, ein Meister zu werden oder, mit anderen Worten, ein Mensch, wozu in seiner Schwäche allein sie ihn noch machen konnte.

Nachdem Thérèse das Bild lange betrachtet hatte, drehte sie sich um und wollte auf Bitten von Laurent noch eine andere Gestalt anschauen, von der sie, wie er meinte, noch viel begeisterter sein würde; doch anstelle eines

Gemäldes sah Thérèse ihre Mutter lächelnd auf der Tür-
schwelle zu Laurents Zimmer stehen.

Frau C *** war nach Paris gekommen, ohne genau zu
wissen, an welchem Tag Thérèse zurückkehren würde.
Diesmal führten wichtige Angelegenheiten sie hierher: ihr
Sohn wollte sich verheiraten, und auch Herr C *** war
seit einiger Zeit in Paris. Thérèses Mutter, die von ihr
selbst erfahren hatte, daß sie wieder im Briefwechsel mit
Laurent stand, und sich deshalb um Thérèses Zukunft
Sorgen machte, war unangemeldet zu ihm gekommen,
um ihm alles das zu sagen, was eine Mutter einem Mann
nur sagen kann, um zu verhindern, daß er ihr Kind unglücklich macht.

Mit großer eindringlicher Überzeugungskraft verstand
es Laurent, die arme Mutter zu beruhigen; er bewog sie
noch dazubleiben und sagte zu ihr:

»Thérèse kommt gleich hierher; zu Ihren Füßen will ich
ihr schwören, für sie immer das zu sein, was sie von mir
erwartet, ihr Bruder oder ihr Ehemann, in jedem Fall aber
ihr Sklave.«

Für Thérèse war es eine wunderschöne Überraschung,
ihrer Mutter hier zu begegnen; denn sie rechnete nicht
damit, sie schon so bald zu sehen. Sie umarmten sich und
weinten vor Freude. Laurent führte sie in einen kleinen
Salon voller Blumen, wo Tee angerichtet und alles fürst-
lich gedeckt war. Laurent war reich, er hatte gerade zehn-
tausend Francs verdient.

Er fühlte sich glücklich und stolz, Thérèse alles zurück-
zuerstatten, was sie für ihn ausgegeben hatte. An diesem
Abend war er besonders liebenswürdig, er gewann das
Herz der Tochter und das Vertrauen der Mutter, und er
war gleichwohl so feinfühlend, Thérèse gegenüber mit
keinem Wort von Liebe zu sprechen. Mitnichten, er küßte
die vereinten Hände der beiden Frauen und rief aus, ganz
aufrichtig und überzeugt, dies sei der schönste Tag seines
Lebens, und im Zusammensein mit Thérèse habe er sich

noch nie so glücklich und so zufrieden mit sich selbst gefühlt.

Nach einigen Tagen sprach Frau C *** als erste mit Thérèse von Heirat. Diese arme Frau, die alles dem äußeren Anschein geopfert hatte und trotz ihrer häuslichen Schwierigkeiten glaubte, richtig gehandelt zu haben, konnte den Gedanken nicht ertragen, daß Palmer ihre Tochter verlassen hatte, und sie meinte, Thérèse müsse jetzt aus gesellschaftlichen Rücksichten eine andere Wahl treffen. Laurent war schon recht berühmt und sehr in Mode. Noch nie schien eine Heirat so angezeigt wie jetzt. Der junge und große Künstler war von seinen Fehlern und Verirrungen geheilt. Thérèse hatte auf ihn einen sehr großen Einfluß, der auch die schwersten Krisen seiner schmerzlichen Wandlungen überdauert hatte. Seine Anhänglichkeit an Thérèse war unerschütterlich. Für beide war es geradezu eine Pflicht, die persönlichen Bande für immer neu zu knüpfen, die ja niemals ganz zerrissen gewesen waren und künftig nie mehr zerreißen konnten, was Thérèse und Laurent auch tun mochten.

Laurent entschuldigte sein Versagen in der Vergangenheit mit einer sehr trügerischen Überlegung. Thérèse, so meinte er, habe ihn am Anfang durch zu große Milde und Nachsicht verwöhnt. Hätte sie ihn gleich bei seiner ersten Undankbarkeit fühlen lassen, daß er sie kränkte, so hätte sie ihm die schlechten Angewohnheiten ausgetrieben, die er im Umgang mit verderbten Frauen angenommen hatte, nämlich jeder heftigen Regung und allen seinen Launen sofort nachzugeben. Sie hätte ihn dann die Ehrfurcht gelehrt, die man der Frau schuldet, die sich aus Liebe hingegeben hat.

Laurent machte noch eine zweite Überlegung geltend, um sich zu rechtfertigen, die noch schwerwiegender zu sein schien und die er schon in seinen Briefen an Thérèse hatte durchblicken lassen.

»Wahrscheinlich«, so führte er aus, »war ich schon

krank, ohne es zu wissen, als ich mich dir gegenüber zum ersten Mal schuldig gemacht habe. Eine Gehirnentzündung scheint einen zwar wie ein Blitz zu treffen, und gleichwohl ist nicht auszuschließen, daß sich in einem jungen und kräftigen Mann vielleicht schon lange vorher eine furchtbare Krise ereignet hat, durch die sein Verstand bereits verwirrt war und gegen die sein Wille nichts auszurichten vermochte. Hat sich nicht genau das in mir abgespielt, meine arme Thérèse, vor dem Ausbruch jener Krankheit, der ich fast erlegen wäre? Weder du noch ich konnten das damals ahnen, und was mich betrifft, so bin ich häufig morgens aufgewacht und habe über deinen Kummer vom Vorabend nachgedacht, ohne daß ich die Wirklichkeit von meinen Träumen in der Nacht hätte unterscheiden können. Du weißt doch, daß es mir unmöglich war zu arbeiten, daß der Ort, an dem wir lebten, mir einen krankhaften Widerwillen einflößte, daß ich schon damals im Wald von *** eine außergewöhnliche Halluzination hatte; und schließlich daß ich, wenn du mir sehr behutsam bestimmte grausame Worte und gewisse ungerechte Beschuldigungen vorhieltest, dir ungläubig und verständnislos zuhörte und meinte, du selbst hättest das wohl alles nur geträumt. Arme Frau! Ich beschuldigte dich, du seist verrückt! Du siehst, ich selbst war wahnsinnig! Aber kannst du mir nicht Fehler verzeihen, die unbewußt begangen wurden? Vergleiche mein Verhalten nach meiner Krankheit mit dem davor! War es denn nicht, als sei meine Seele wieder erwacht? Fandest du mich nicht plötzlich ebenso vertrauensvoll, fügsam, treu ergeben, wie ich vor dieser Krise, die mich wieder zu mir selbst geführt hat, mißtrauisch, jähzornig, egoistisch gewesen war? Und hast du mir seither etwas vorzuwerfen? Hatte ich mich nicht in deine Heirat mit Palmer gefügt und sie als Strafe hingenommen, die ich wohl verdiente? Du hast gesehen, wie ich mich vor Schmerz verzehrte bei der Vorstellung, dich für immer zu verlieren; habe ich auch nur ein Wort zu dir gegen deinen Verlobten gesagt? Hättest du mir befohlen, ihm nachzulaufen oder gar mir eine Kugel in den Kopf zu jagen, um ihn dir zurückzubringen, ich hätte es getan, so sehr gehören dir mein Leben und meine Seele! Was willst du noch mehr? Sage mir ein Wort, und wenn meine Existenz dich bedrückt, dich zerstört, so bin ich bereit, sie auszulöschen. Ein einziges Wort, Thérèse, und du hörst nie mehr etwas von diesem Unglücklichen, der auf dieser Welt keine andere Aufgabe hat, als für dich zu leben oder zu sterben.«

Diese zweimalige Liebe, im Grunde nur zwei Akte ein- und desselben Dramas, hatte die Willensstärke von Thérèse doch geschwächt. Ohne diese gekränkte und zerbrochene Liebe hätte Palmer nie daran gedacht, Thérèse zu heiraten, und ihr Bemühen, sich ihm ganz zu verbinden, war womöglich nur eine Folge ihrer Verzweiflung. Laurent war aus ihrem Leben nie ganz verschwunden, denn das immer wiederkehrende Thema, auf das Palmer in allen seinen Überredungsversuchen stets zurückgriff, war eben diese unselige Verbindung, die sie gerade durch ihn vergessen sollte und an die er sie gezwungenermaßen und unweigerlich doch immer wieder erinnern mußte.

Außerdem war nach der Trennung die Rückkehr zur Freundschaft für Laurent in Wahrheit nur ein Wiederaufleben der alten Leidenschaft gewesen, während es für Thérèse eine neue Phase der Zuneigung war, feinfühlender und zärtlicher als die Liebe selbst. Sie litt unter der Trennung von Palmer, doch ohne deswegen zu verzagen. Sie verfügte noch über die Kraft, gegen die Ungerechtigkeit zu kämpfen, und man könnte sogar behaupten, sie habe dafür ihre ganze Kraft eingesetzt. Sie war nicht die Frau, die ewig litt und über vergebliche Wehmut und aussichtslose Sehnsüchte klagte. Ihre Reaktionen waren äußerst heftig, und ihre Intelligenz, die hoch entwickelt war, kam ihr dabei natürlicherweise sehr zustatten. Moralische Freiheit bedeutete ihr alles, und wenn die Liebe und die Treue der anderen sie entwürdigten, so war sie mit Recht viel zu stolz, über den zerrissenen Vertrag Fetzen für Fetzen zu streiten. Sie gefiel sich sogar darin, großzügig und ohne jeden Vorwurf die Unabhängigkeit und Ruhe demjenigen wiederzugeben, der sie von ihr zurückforderte.

Sie war jedoch nicht mehr so stark wie in ihrer frühen Jugend, insofern sie wieder das Bedürfnis verspürte, zu lieben und zu vertrauen, das durch ein ungewöhnliches Mißgeschick für geraume Zeit in ihr verschüttet gewesen war. Lange hatte sie sich eingebildet, sie könne so weiterleben und ihre einzige Leidenschaft werde die Kunst sein. Doch sie hatte sich getäuscht und konnte sich keine Illusionen mehr über die Zukunft machen. Sie mußte lieben, und es war ihr größtes Unglück dabei, daß sie mit Sanftmut, mit Selbstaufopferung lieben und um jeden Preis dieses starke mütterliche Gefühl befriedigen mußte, das wie eine verhängnisvolle Fügung ihr Wesen und ihr Leben bestimmte. Sie hatte es sich angewöhnt, um einen anderen zu leiden, und dieses Leiden brauchte sie immer noch; und wenn dieses eigenartige Verlangen, das in der Tat bei bestimmten Frauen und auch bei gewissen Männern sehr ausgeprägt ist, sie gegen Palmer nicht so nachsichtig machte wie gegen Laurent, so nur deshalb, weil Palmer ihr zu stark erschien, als daß er ihrer Aufopferung bedurft hätte. Palmer hatte sich also getäuscht, als er ihr Halt und Trost anbot. Was Thérèse fehlte, war das Gefühl, unentbehrlich zu sein für diesen Mann, der wiederum von ihr verlangte, sie solle nur an sich selbst denken.

Laurent, viel naiver, hatte diesen besonderen Charme, in den sie unentrinnbar verliebt war, nämlich die Schwäche! Er machte keinen Hehl daraus, vielmehr posaunte er diese bewegende Gebrechlichkeit seines Genies mit ehrlicher Begeisterung und unerschöpflicher Rührung aus. Ach! Auch er täuschte sich. Er war nicht wirklich schwach, ebensowenig wie Palmer wirklich stark war. Es gab bei ihm wohl solche Augenblicke, und dann sprach er stets wie ein Kind vom Himmel, aber sobald seine Schwäche ihren Höhepunkt erreicht hatte, erholte er sich rasch, um nun die anderen leiden zu lassen, so wie das alle Kinder tun, die vergöttert werden!

Über Laurent waltete ein unerbittliches Verhängnis. Das sagte er sich selbst in den Augenblicken, in denen er ganz klar sah. Es schien, als sei er aus dem Verhältnis zweier Engel hervorgegangen und habe die Muttermilch einer Furie getrunken, so daß noch heute in seinem Blut ein letzter Rest von Wut und Verzweiflung gärte. Er gehörte zu den Naturen, die in der Gattung Mensch, und zwar in beiden Geschlechtern, viel verbreiteter sind, als man denkt, und die bei aller Erhabenheit ihrer Gedanken und trotz aller Herzensausbrüche nicht zur höchsten Vollendung ihrer Fähigkeiten gelangen können, ohne sogleich in eine Art intellektueller Epilepsie zu verfallen.

Zudem wollte er, ebenso wie Palmer, das Menschenunmögliche vollbringen, nämlich der Verzweiflung das Glück aufpfropfen und auf den Ruinen einer unlängst verwüsteten Vergangenheit die himmlischen Freuden ehelicher Treue und einer heiligen Freundschaft auskosten. Diese beiden aus ihren frisch geschlagenen Wunden noch blutenden Wesen hätten der Ruhe bedurft: Thérèse verlangte danach, beklommen und wie unwillig, von einer entsetzlichen Vorahnung gequält; doch Laurent meinte, in den zehn Monaten ihrer Trennung ganze zehn Jahrhunderte durchlebt zu haben, und war krank vom Übermaß des Verlangens in seiner Seele, das Thérèse mehr hätte erschrecken müssen als das Begehren seiner Sinne.

Durch die Art dieses Verlangens ließ Thérèse sich unglücklicherweise beruhigen. Laurent schien ihr so weit wiederhergestellt zu sein, daß er der seelischen Liebe den Platz eingeräumt hatte, der ihr in erster Linie gebührte, und er konnte nun auch allein mit Thérèse zusammen sein, ohne sie wie früher durch seinen Gefühlsüberschwang zu ängstigen. Er verstand es, stundenlang mit höchster Zuneigung zu ihr zu sprechen, er, der sich – wie er sagte – lange für stumm gehalten hatte und nun endlich fühlte, wie sich sein Genie ausbreitete und zum Flug in höhere Regionen anhob! Er drängte sich der Zukunft von Thérèse förmlich auf, indem er ihr immer wieder vorhielt, daß sie ihm gegenüber eine hohe Aufgabe zu erfüllen habe, und zwar ihn zu bewahren vor den Verführungen der Jugend, dem schlechten Ehrgeiz des reifen Alters und dem verderblichen Egoismus des Lebensabends. Er sprach zu ihr von sich selbst und immer nur von sich selbst; und warum auch nicht? Er sprach so gut darüber! Durch sie würde er ein großer Künstler, eine große Seele und ein großer Mensch werden; und das war sie ihm schuldig, denn sie hatte ihm das Leben gerettet! Und mit der fast verhängnisvollen Schlichtheit einer liebenden Seele gelangte Thérèse schließlich dahin, diese seine Überlegungen unwiderlegbar zu finden und zuletzt das für ihre Pflicht zu halten, was er zunächst als Gnade von ihr erfleht hatte.

Schließlich knüpfte Thérèse die verhängnisvollen Bande mit Laurent doch wieder neu; sie hatte aber die glückliche Eingebung, die Hochzeit noch hinauszuschieben, weil sie Laurents Entschluß in diesem Punkt auf die Probe stellen wollte und insbesondere für ihn selbst dieses unwiderrufliche Versprechen fürchtete. Hätte es sich um sie allein gehandelt, sie wäre unvorsichtig genug gewesen, sich für immer zu binden.

Das erste Glück von Thérèse hatte »nicht einmal eine ganze Woche« gedauert, wie ein heiteres Lied traurig sagt; das zweite hielt keine vierundzwanzig Stunden. Laurents Reaktionen waren plötzlich und heftig, ausgelöst durch seine übergroße Freude. Wir nennen es seine ›Reaktion‹; Thérèse sprach von seiner ›Retraktation‹, von seinem Widerruf; und das war das richtigere Wort. Er gab diesem unerbittlichen Drang nach, den gewisse Jugendliche verspüren, gerade das zu töten oder zu zerstören, was ihnen gefällt, ja was sie leidenschaftlich lieben. Solche grausamen Instinkte hat man bei Männern mit sehr unterschiedlichen Charakteren festgestellt und erklärt sie allgemein für pervers; es wäre richtiger, sie pervertiert zu nennen, entweder infolge einer Erkrankung des Gehirns, die sie sich in dem Milieu ihrer Herkunft zugezogen haben, oder durch eine für die Vernunft tödliche Straflosigkeit, die ihnen in bestimmten Situationen schon bei ihren ersten Schritten im Leben zugesichert worden ist. Man weiß von jungen Königen, die Rehe abstachen, obwohl sie sehr an ihnen zu hängen schienen, aus reiner Freude, ihre Eingeweide zittern zu sehen. Geniale Männer sind auch Könige in den Kreisen, in denen sie sich entfalten; sie sind sogar sehr absolute Herrscher, von ihrer Macht geradezu berauscht. Es gibt unter ihnen solche, denen die eigene Machtgier zur Qual wird und die von ihrer Lust an der unbestrittenen Herrschaft bis zur Raserei getrieben werden.

So erging es Laurent, in dem sich sicher zwei sehr unterschiedliche Wesen bekämpften. Man hätte meinen können, zwei Seelen machten sich die Aufgabe streitig, seinen Körper mit Leben zu erfüllen, und führten eine verbissene Fehde, um einander zu vertreiben. Inmitten dieser widersprüchlichen Einflüsse verlor der Unglückliche seinen freien Willen und stürzte erschöpft zu Boden, jeden Tag neu vom Sieg des Engels oder des Dämons getroffen, die sich um ihn rissen.

Und wenn er sich selbst aufmerksam beobachtete, schien er manchmal wie in einem Zauberbuch zu lesen und fand mit beängstigender und großartiger Hellsichtigkeit den Schlüssel zu diesen rätselhaften Beschwörungen, denen er ausgeliefert war:

»Ja«, sagte er zu Thérèse, »ich leide unter einem Phänomen, das die Wundertäter ›Besessensein‹ nannten. Zwei

Geister haben sich meiner bemächtigt. Gibt es wirklich einen guten und einen bösen Geist? Nein, das glaube ich nicht; derjenige von beiden, der dich in Angst versetzt, der skeptische, der ungestüme, der schreckliche tut das Böse nur, weil er nicht frei ist, das Gute zu vollbringen, wie er es begreift. Er möchte gern ruhig, philosophisch, heiter, tolerant sein; der andere aber will nicht, daß er so ist. Er will selbst die Herrschaft des guten Engels aus- üben; er will feurig, schwärmerisch, alleinherrschend, ergeben sein, und da sein Gegenspieler ihn verspottet, ihn verleugnet und ihn kränkt, wird er nun seinerseits finster und grausam, bis zuletzt die beiden Engel in mir einen Dämon gebären.«

Und Laurent sagte und schrieb Thérèse über dieses absonderliche Thema ebenso schöne wie erschreckende Dinge, die zu stimmen schienen und seinen Anspruch auf Straflosigkeit noch erhärteten, den er sich ihr gegenüber vorbehielt.

Alles, was Thérèse wegen Laurent als Palmers Frau zu erleiden befürchtete, mußte sie nun wegen Palmer erdul- den, als sie wieder die Gefährtin von Laurent war. Die entsetzliche rückwärtsblickende Eifersucht, die schlimm- ste überhaupt, weil sie sich an alles klammert und nichts nachprüfen kann, nagte am Herzen des unglücklichen Künstlers und zerstörte seinen Verstand. In seiner Erin- nerung wurde Palmer zum Gespenst, zum Vampir. Sein ganzes Denken versteifte sich hartnäckig darauf, Thérèse müsse ihm Rechenschaft ablegen über alle Einzelheiten ihres Lebens in Genua und Portovenere, und da sie sich weigerte, das zu tun, klagte er sie an, sie habe seitdem versucht, ihn zu betrügen. Er vergaß, daß Thérèse ihm damals geschrieben hatte: »Ich liebe Palmer«, und einige Zeit danach: »Ich heirate ihn«, und warf ihr vor, stets fest und voller Arglist die Kette der Hoffnung und der Sehn- sucht in der Hand behalten zu haben, die ihn an sie fesselte. Thérèse legte ihm ihren gesamten Briefwechsel vor, und er mußte einsehen, daß sie ihm zu gegebener Zeit und in angemessener Form alles mitgeteilt hatte, was die Redlichkeit von ihr verlangte, damit er sich von ihr lösen konnte. Er beruhigte sich und gab zu, sie habe seine kaum erloschene Leidenschaft mit großem Feingefühl geschont, indem sie ihm nur nach und nach die ganze Wahrheit gesagt habe, so wie er sie ertragen konnte, ohne darunter zu leiden, und so wie sie selbst Vertrauen in die Zukunft faßte, der Palmer sie entgegenführte. Er erkannte an, daß sie ihm gegenüber niemals auch nur die leiseste Lüge geäußert hatte, auch nicht, als sie es ablehnte, sich auszusprechen; und nach seiner Krankheit, als er sich noch Illusionen über eine unmöglich gewordene Aussöhnung machte, hatte sie zu ihm gesagt: »Zwischen uns ist alles aus. Was ich für mich selbst beschlossen und gutgeheißen habe, ist mein Geheimnis, und du hast nicht das Recht, mir irgendwelche Fragen zu stellen.«

»Ja, ja, du hast recht«, rief Laurent aus. »Ich war undankbar, meine unglückselige Neugier ist eine Qual, und es ist ein Verbrechen von mir, wenn ich von dir verlange, daß du sie mit mir teilst. Ja, arme Thérèse, du mußt dir beschämende Verhöre von mir gefallen lassen, gerade du, die du mich einfach vergessen solltest und mir statt dessen großmütig verzeihst. Ich vertausche die Rollen: ich führe gegen dich Prozeß und bedenke nicht, daß ich selbst der Angeklagte und der Verurteilte bin! Mit Frevlerhand versuche ich, die Schleier der Schamhaftigkeit herunterzureißen, in die sich deine Seele einhüllt, wie es ihr Recht und zweifellos auch ihre Pflicht ist gegenüber allem, was mit deinen Beziehungen zu Palmer zusammenhängt. Gut, ich danke dir für dein stolzes Stillschweigen. Ich verehre dich dafür nur um so mehr. Es beweist mir, daß du dich von Palmer nie hast ausfragen lassen über die Geheimnisse unserer Leiden und unserer Freuden. Und ich verstehe ihn jetzt: es ist so, daß eine Frau ihrem Geliebten gegenüber zu solchen intimen Geständnissen nicht nur nicht verpflichtet ist, sondern daß sie es sich selbst schuldig ist, sie ihm zu verweigern. Der Mann, der so etwas von ihr verlangt, entwürdigt diejenige, die er liebt. Er fordert von ihr eine Gemeinheit, während er sie gleichzeitig in seiner Vorstellung besudelt, indem er ihr Bildnis mit dem Schatten aller Phantome vermengt, die ihn heimsuchen. Ja, Thérèse, du hast recht: man muß selbst etwas dazutun, um die Reinheit seines Ideals zu erhalten; ich dagegen bemühe mich unaufhörlich, es zu schänden und aus dem Tempel zu zerren, den ich ihm erbaut habe!«

Es hatte den Anschein, als ob nach solchen Aussprachen, wenn Laurent sich bereit erklärte, dies alles auch mit seinem Blut und seinen Tränen zu unterschreiben, die Ruhe sich wieder einstellen würde und das Glück neu beginnen könnte. Dem war nicht so. Laurent, an dem ein geheimer Zorn zehrte, fing am nächsten Tag mit seinen Fragereien, seinen Beschimpfungen, seinem beißenden Spott von neuem an. Ganze Nächte brachten sie mit erbärmlichen Aussprachen zu, und es schien, als müsse er unbedingt seinen eigenen Geist mit Peitschenhieben bearbeiten, ihn verwunden, ihn quälen, damit er immer neue Flüche von entsetzlicher Beredsamkeit erfand und hervorbrachte, um damit Thérèse und sich selbst bis an den Rand der Verzweiflung zu treiben. Nach solchem Aufruhr schien es, als könnten sie nur noch zusammen in den Tod gehen. Thérèse wartete darauf und war auch dazu bereit, denn das Leben war ihr ein Greuel geworden. Laurent kamen solche Gedanken noch nicht. Erschöpft vor Müdigkeit schlief er ein, und sein guter Engel schien zu ihm zurückzukehren, ihn in den Schlaf zu wiegen und das göttliche Lächeln himmlischer Visionen auf seine Züge zu zaubern.

Eine unabänderliche, beispiellose, aber unabdingbare Regel dieses äußerst sonderbaren Verhaltens war die, daß der Schlaf alle seine Entschlüsse ins Gegenteil verkehrte. Wenn er einschlief, das Herz voller Zärtlichkeit, war sein

Geist beim Aufwachen kampflustig und mordgierig; und umgekehrt, war er am Abend fluchend weggegangen, kam er am nächsten Morgen angelaufen, um sie zu loben und zu preisen.

Dreimal verließ ihn Thérèse und floh an einen Ort fern von Paris; dreimal lief er ihr nach und zwang sie, ihm seine Verzweiflung zu verzeihen; denn kaum hatte er sie verloren, betete er sie an und begann von neuem, sie anzuflehen unter Strömen von Tränen aus übertriebener Reue.

Thérèse war erbärmlich und erhaben zugleich in dieser Hölle, in die sie sich mit geschlossenen Augen und unter Preisgabe ihres Lebens gestürzt hatte. Sie trieb ihre Ergebenheit so weit, daß sie Opfer brachte, die ihre Freunde erschaudern ließen, und die ihr manchmal den Tadel, ja beinahe die Verachtung der stolzen und klugen Leute eintrugen, die nicht wissen, was Lieben heißt.

Zudem war Thérèse ihre Liebe zu Laurent selbst unverständlich. Sie wurde nicht durch die Sinne verleitet, denn Laurent, besudelt von Wollust und Ausschweifung, in die er sich immer wieder stürzte, um seine Liebe abzutöten, da er sie aus eigener Kraft nicht auslöschen konnte, flößte ihr mehr Ekel ein als eine Leiche; sie hatte keine Liebkosungen mehr für ihn übrig, und er wagte nicht, sie darum zu bitten. Sie erlag nicht mehr dem Charme seiner Beredsamkeit und der kindlichen Anmut seiner Buße und Reue. Sie vermochte einfach nicht mehr an den folgenden Tag zu glauben, und die großartigen und bewegenden Erschütterungen, die sie so oft miteinander ausgesöhnt hatten, waren für sie nur noch schreckliche Anzeichen von Sturm und Untergang.

Was sie an ihn fesselte, war das grenzenlose Mitleid, das zur zwingenden Gewohnheit wird im Umgang mit Menschen, denen man viel und immer wieder verziehen hat. Vergebung scheint Vergebung hervorzubringen bis zum Überdruß, bis zum Schwachsinn. Muß eine Mutter sich sagen, daß ihr Kind nicht mehr zu ändern ist und es sterben oder töten wird, bleibt ihr nur noch übrig, es zu verlassen oder alles auf sich zu nehmen. Wenn Thérèse glaubte, Laurent dadurch heilen zu können, daß sie ihn verließ, so täuschte sie sich jedesmal. Zwar besserte er sich dann wieder, doch nur um den Preis, daß er auf ihre Vergebung hoffen konnte. Wenn er nicht mehr darauf zählen durfte, stürzte er sich blindlings kopfüber in Nichtstun und Laster. Dann kehrte sie zurück, um ihn wieder herauszuholen, und es gelang ihr, ihn für einige Tage zum Arbeiten zu bringen. Doch wie teuer mußte sie das wenige Gute bezahlen, das sie für ihn zuwege brachte! Wenn ihn erneut der Widerwille vor einem geregelten Leben packte, konnte er gar nicht genug Beschimpfungen erfinden, um ihr vorzuwerfen, sie wolle aus ihm das machen, »was ihre Schutzpatronin Thérèse Levasseur aus Jean-Jacques gemacht hatte«, und das hieß, seiner Meinung nach, »einen Idioten und Narren«.

Dieses Mitleid von Thérèse, das er so inbrünstig erflehte, um es sogleich wieder zu verschmähen, kaum daß es ihm wieder gewährt wurde, kam gleichwohl auch aus einer begeisterten, ja vielleicht fanatischen Ehrfurcht vor dem Genie des Künstlers. Diese Frau, die er beschuldigte, sie sei bürgerlich und nicht intelligent, wenn er sie selbstlos und ausdauernd für sein Wohlergehen arbeiten sah, war wahrhaft Künstlerin, zumindest in ihrer Liebe, denn sie fand sich mit der Tyrannei von Laurent ab, als leite diese sich von einem göttlichen Recht her, und opferte ihm ihren Stolz, ihre eigene Arbeit und das, was jemand, der weniger ergeben und treu ist, vielleicht ihren eigenen Ruhm hätte nennen können.

Und er, der Unglückliche, sah und verstand diese Ergebenheit, und wenn er sich seines Undanks bewußt wurde, verzehrte er sich in Gewissensbissen, an denen er zuletzt zerbrach. Er hätte eine unbekümmerte und robuste Geliebte haben müssen, die sich über seine Zornesausbrüche wie über seine Reue lustig machte und unter nichts litt,

sofern sie ihn nur beherrschte. Doch so war Thérèse nicht veranlagt. Sie siechte dahin, zermürbt und gramgebeugt, und als Laurent sie so verkümmern sah, suchte er im Selbstmord seines Verstandes, im Gift der Trunkenheit, vorübergehend seine eigenen Tränen zu vergessen.

13.

Eines Abends machte Laurent ihr eine so lange und so unfaßbare Szene, daß sie ihn nicht mehr verstand und in ihrem Sessel einschlummerte. Kurz darauf öffnete sie die Augen, als sie ein leichtes Klirren vernahm. Laurent warf hastig irgend etwas Blitzendes auf den Boden; es war ein Dolch. Thérèse lächelte und schloß die Augen wieder. Sie begriff undeutlich und wie durch den Schleier eines Traums, daß er daran gedacht hatte, sie umzubringen. In dieser Sekunde war Thérèse alles gleichgültig. Sich ausruhen dürfen vom Leben und Denken, sei es im Schlaf oder im Tod, diese Wahl überließ sie dem Schicksal.

Der Tod war es, den sie so geringschätzte. Doch Laurent glaubte, das habe ihm gegolten, und da er sich selbst verachtete, verließ er sie endlich.

Drei Tage später – Thérèse hatte beschlossen, ein Darlehen aufzunehmen, das ihr eine längere Reise, ein wirkliches Fernbleiben ermöglichen sollte, denn dieses Leben voller Streitereien und wütender Raserei vernichtete ihre Arbeit und zerstörte ihre Existenz – ging sie auf den Blumenmarkt und kaufte einen weißen Rosenstock, den sie Laurent schickte, ohne dem Überbringer ihren Namen zu nennen. Das war ihr Lebewohl für ihn. Als sie nach Hause kam, fand sie dort einen weißen Rosenstock ebenfalls ohne Namen: das Lebewohl von Laurent für sie. Beide wollten abreisen, beide blieben. Diese beiden weißen Rosenstöcke rührten Laurent zu Tränen. Er eilte zu Thérèse und kam zu ihr, als sie gerade ihre Sachen für die Reise packte. Sie hatte für sich einen Platz in der Postkutsche um sechs Uhr abends reserviert und Laurent den seinen im selben Wagen. Beide wollten noch einmal Italien sehen, der eine ohne den anderen.

»Schön, fahren wir doch zusammen!« rief er aus.

»Nein, ich fahre nicht mehr«, antwortete sie.

»Thérèse«, sagte er zu ihr, »und wenn wir es noch so sehr wollten, diese grausamen Fesseln, die uns aneinander binden, werden wir niemals zerbrechen. Es ist sinnlos, noch darüber nachzudenken. Meine Liebe hat alles überdauert, was ein Gefühl zerstören, was eine Seele töten kann. Du mußt mich lieben, wie ich bin, oder wir müssen zusammen sterben. Willst du mich lieben?«

»Ich würde es vergeblich wollen, ich kann nicht mehr!« sagte Thérèse. »Ich fühle, mein Herz ist erschöpft; ich glaube, es ist tot.«

»Schön, willst du sterben?«

»Es macht mir nichts aus zu sterben, das weißt du. Aber mit dir will ich weder leben noch sterben.«

»Ach so! Du glaubst an die Ewigkeit des Ichs! Du willst mich in dem anderen Leben nicht wiedersehen! Du arme Dulderin, das verstehe ich!«

»Wir werden uns nie mehr wiedersehen, Laurent, ich bin dessen ganz sicher. Jede Seele zieht es zu ihrer eigenen Mitte hin. Mich ruft die Ruhe, dich aber wird immer und überall der Sturm locken.«

»Das soll heißen, du hast die Hölle nicht verdient!«

»Du auch nicht. Du wirst nur einen anderen Himmel haben, das ist alles!«

»Und was erwartet mich auf dieser Welt, wenn du mich verläßt?«

»Ruhm, sofern du nicht mehr die Liebe suchst.«

Laurent wurde nachdenklich. Ganz mechanisch wiederholte er mehrere Male »Der Ruhm!«. Dann kniete er vor dem Kamin nieder, stocherte im Feuer herum, wie er es zu tun pflegte, wenn er mit sich allein sein wollte. Thérèse ging hinaus, um ihre Abreise rückgängig zu machen. Sie wußte nur zu gut, daß Laurent ihr nachfahren würde.

Als sie wieder hereinkam, traf sie ihn sehr ruhig und sehr heiter an.

»Diese Welt«, sagte er zu ihr, »ist doch nur eine seichte

Komödie; doch warum wollen wir uns darüber erheben, da wir doch nicht wissen, was da oben los ist und ob da überhaupt etwas ist? Der Ruhm, über den du innerlich lachst, das weiß ich nur zu gut . . .«

»Ich lache nicht über den der anderen.«

»Wer ist das, die anderen?«

»Diejenigen, die daran glauben und daran hängen.«

»Weiß der Himmel, ob ich daran glaube und hänge, Thérèse, oder ob ich nicht über ihn lache wie über eine schlechte Posse. Doch man kann auch an etwas hängen, um dessen geringen Wert man sehr wohl weiß. Man hängt an einem Pferd, das launisch ist und seinen Reiter abwirft, am Tabak, der einen vergiftet, an einem schlechten Theaterstück, über das man lacht, und am Ruhm, der doch nur ein Mummenschanz ist! Der Ruhm! Was bedeutet das schon für einen lebenden Künstler? Zeitungsartikel, die uns verreißen und über die jeder redet, Lobsprüche, die keiner liest, denn das Publikum interessiert sich nur für böse und scharfe Kritiken, und wenn sein Idol über den grünen Klee gelobt wird, kümmert es sich überhaupt nicht mehr darum. Und dann drängt sich bald eine Gruppe von Betrachtern nach der anderen vor dem Gemälde, und dann kommen gewaltige Aufträge, die uns mit Freude und Stolz erfüllen und völlig kaputt machen und erschöpfen, ohne daß wir unsere Vorstellungen verwirklicht hätten . . . und dann die Akademie, ein ganzer Klub von Leuten, die uns hassen und die selbst . . .«

Hier erging sich Laurent in bittersten Sarkasmen und beschloß seine Dithyrambe mit den Worten:

»Einerlei! Das ist der Ruhm dieser Welt! Wir pfeifen darauf, und doch ist er uns unentbehrlich, denn es gibt nichts Besseres!«

Ihre Unterhaltung zog sich so dahin bis zum Abend, spöttisch, tiefsinnig und allmählich ganz unbefangen. Wenn man sie so sah und hörte, hätte man meinen können, sie seien zwei friedfertige Freunde, die sich noch nie verkracht haben. Eine solche merkwürdige Situation war schon wiederholt mitten in der schönsten Krise eingetreten; wenn ihre Herzen schwiegen, dann kamen sie kraft ihrer beiderseitigen Intelligenz zu einer Übereinkunft und verstanden sich.

Laurent hatte Hunger und bat, Thérèse solle mit ihm essen gehen.

»Und Ihre Abreise?« sagte sie zu ihm. »Es wird höchste Zeit!«

»Sie selbst reisen doch auch nicht!«

»Ich fahre, wenn Sie hier bleiben.«

»Schön, dann reise ich, Thérèse. Adieu!«

Unvermittelt lief er hinaus und kam nach einer Stunde wieder zurück.

»Ich habe die Postkutsche verpaßt«, sagte er, »ich fahre dann morgen. Sie haben noch nicht gegessen?«

Thérèse, in Gedanken versunken, hatte ihr Mahl unberührt auf dem Tisch stehen lassen.

»Meine liebe Thérèse«, sagte er zu ihr, »gewähren Sie mir eine letzte Gunst; kommen Sie mit mir irgendwohin essen und lassen Sie uns anschließend in irgendein Theater gehen. Ich möchte wieder Ihr Freund werden, nichts anderes als Ihr Freund. Das soll mich heilen und uns beiden zum Wohl gereichen. Stellen Sie mich auf die Probe. Weder werde ich eifersüchtig sein noch anspruchsvoll, nicht einmal verliebt. Sehen Sie, damit Sie es auch wissen, ich habe eine andere Mätresse, eine hübsche kleine Dame von Welt, winzig und leicht wie eine Grasmücke, weiß und zart wie ein Stengel Maiglöckchen. Sie ist eine verheiratete Frau. Ich bin der Freund ihres Liebhabers, den ich betrüge. Ich habe zwei Rivalen, muß zwei tödlichen Gefahren trotzen, jedesmal wenn ich von ihr ein Rendez-vous bekomme. Das ist äußerst pikant, und das ist auch schon das ganze Geheimnis meiner Liebe. In dieser Hinsicht sind meine Sinne und meine Phantasie also befriedigt; ich kann Ihnen nur noch mein Herz und den Austausch unserer Gedanken anbieten.«

»Ich schlage beides aus«, antwortete Thérèse.

»Wieso denn das? Sollten Sie so eingebildet sein, daß Sie eifersüchtig sind auf einen Menschen, den Sie nicht mehr lieben?«

»Bestimmt nicht! Ich kann mein Leben nicht mehr hingeben, und ich vermag eine Freundschaft, wie Sie sie von mir verlangen, eine Freundschaft ohne unbedingte Ergebenheit, einfach nicht zu begreifen. Besuchen Sie mich wie meine anderen Freunde auch, mir soll es recht sein; doch erwarten Sie keine besonderen Vertrautheiten mehr, auch keine sichtbaren.«

»Ich verstehe, Thérèse, Sie haben einen anderen Liebhaber!«

Thérèse zuckte die Schultern und antwortete nichts. Er brannte darauf, daß sie mit einer Liebschaft prahlen würde, wie er es ihr gegenüber gerade getan hatte. Seine angeschlagene Kraft belebte sich wieder, und er brauchte eine Auseinandersetzung. Angstvoll und gleichzeitig gespannt wartete er darauf, daß sie seine Herausforderung annehmen würde, um sie mit Vorwürfen und Schmähungen überschütten zu können und ihr womöglich zu erklären, die Mätresse von eben habe er nur erfunden, um sie zu zwingen, sich selbst zu verraten. Die Kraft von Thérèse, so ruhig und gleichgültig zu bleiben, war Laurent einfach unverständlich. Ihm war es lieber, er wußte sich gehaßt und betrogen, als unerwünscht oder gar unbeachtet zu sein.

Zuletzt langweilte sie ihn mit ihrer Schweigsamkeit.

»Guten Abend«, sagte er, »ich gehe zum Essen und von dort aus zum Opernball, wenn ich nicht schon zu blau bin.«

Als Thérèse allein war, versuchte sie zum tausendsten Mal dieses unergründliche, rätselhafte Geschick zu erforschen. Was fehlte ihm nur, um eines der schönsten menschlichen Schicksale zu haben? Die Vernunft.

›Aber was ist Vernunft?‹ fragte sich Thérèse. ›Und wie kann das Genie ohne sie leben? Ist es womöglich so stark, daß es sie töten und sie überleben kann? Oder ist die Vernunft nur eine von vielen Fähigkeiten, deren Vereinigung mit den übrigen nicht immer notwendig ist?‹

Sie verfiel in eine Art metaphysischer Träumerei. Sie hatte immer angenommen, die Vernunft sei eine Ganzheit von Ideen und nicht ein Teil; alle Fähigkeiten eines gut organisierten menschlichen Wesens würden ihr abwechselnd Zug um Zug etwas geben und von ihr nehmen, und sie sei das Mittel und zugleich das Ziel; kein Meisterwerk könne sich von ihrem Gesetz lossprechen, und kein Mensch könne noch wirklich etwas gelten, wenn er sie kühn und entschlossen mit Füßen getreten hat.

Im Geist ging sie noch einmal die Lebensläufe großer Künstler durch und betrachtete auch die der zeitgenössischen. Überall sah sie das Gesetz des Wahren sich mit dem Traum vom Schönen verbinden, und gleichwohl überall auch wieder Ausnahmen, schreckliche Anomalien, strahlende und zerschmetterte Gestalten wie die von Laurent. Das Streben nach dem Erhabenen war sicher eine Krankheit ihrer Zeit und des Milieus, in dem Thérèse lebte. Da war so etwas wie eine fiebernde Unruhe, die sich der Jugend bemächtigte und sie die Bedingungen des normalen Glücks ebenso wie die Pflichten des Alltags verachten ließ. Durch die Macht der Verhältnisse sah sich Thérèse selbst, ohne es gewollt oder gar vorausgesehen zu haben, in diesen unausweichlichen Teufelskreis der menschlichen Hölle mit hineingezogen. Sie war die Gefährtin, sozusagen die intellektuelle Hälfte von einem dieser sublimen Besessenen, von einem dieser überspannten Genies geworden; sie wohnte dem ewig andauernden Todeskampf des Prometheus, der wieder auflebenden Raserei des Orest bei; sie mußte die Rückschläge dieser unaussprechlichen Schmerzen erdulden, ohne ihre Ursache zu begreifen, ohne das Heilmittel dagegen zu finden.

Gleichwohl lebte Gott noch in diesen aufbegehrenden und gemarterten Seelen. Laurent konnte zuweilen wieder schwärmerisch und gut werden, weil die reine Quelle geheiligter Inspiration in ihm noch nicht versiegt war; er war auch kein verbrauchtes und erschöpftes Talent; vielleicht war er ein Mann mit einer großen Zukunft. Sollte sie ihn dem Taumel der Raserei, dem Stumpfsinn der Ermattung ausliefern?

Thérèse war, so meinen wir, zu lange an diesem Abgrund entlanggewandert, um nicht auch hin und wieder von diesem Taumel ergriffen gewesen zu sein. Ihr eigenes Talent wie ihr eigenes Wesen hätten beinahe, ohne daß es ihr bewußt war, diesen verzweiflungsvollen Weg ebenfalls eingeschlagen. Sie hatte diese krankhafte Überspanntheit des Leidens an sich selbst erfahren, die im Großen die Drangsal des Lebens sichtbar macht und zwischen den Grenzen der Wirklichkeit und des Scheins hin und her schwankt; doch dank einer natürlichen Reaktion suchte ihr Geist fortan das ›Wahre‹, das keines von beiden ist, weder das Ideal ohne Grenze noch die Wirklichkeit ohne Poesie. Sie fühlte, daß dort das Schöne liegen mußte und daß es galt, das einfache, schlichte und angemessene Leben zu suchen, um wieder zurückzufinden zur klaren Einsicht der Seele. Sie machte sich schwere Vorwürfe, daß sie sich so lange an sich selbst versündigt hatte; und schon einen Augenblick später warf sie sich genauso heftig vor, sie kümmere sich zu sehr um ihr eigenes Schicksal angesichts der höchsten Gefahr, in der das Geschick von Laurent nach wie vor schwebte.

Alle Stimmen um sie herum, die der Freundschaft wie die der öffentlichen Meinung, riefen ihr zu, sie solle sich wieder aufrichten und zur Besinnung kommen. Das war in der Tat ihre Pflicht nach Ansicht der Öffentlichkeit, was in einem solchen Fall so viel bedeutet wie Recht, Ordnung, Interesse der Gesellschaft. »Schlagen Sie den Weg des Guten ein, und lassen Sie jene in ihr Verderben laufen, die von ihm abweichen.« Und die herrschende Religion fügte noch hinzu: »Den Frommen und den Guten das himmlische Glück, den Verblendeten und den Aufrührern die Hölle!« Also kümmert es den Frommen wenig, wenn der Wahnsinnige umkommt?

Gegen diese Schlußfolgerung lehnte sich alles in Thérèse auf. ›An dem Tag, an dem ich mich für das vollkommenste, das kostbarste und vortrefflichste Wesen auf Erden halten werde‹, sagte sie sich, ›fälle ich also das Todesurteil über alle anderen; doch sollte ich diesen Tag erleben, wäre ich dann nicht wahnsinniger als alle übrigen Wahnsinnigen? Der Wahnsinn der Eitelkeit ist die Mutter des Egoismus! Ich will weiter für einen anderen leiden!‹

Es war kurz vor Mitternacht, als sie von dem Sessel aufstand, in den sie sich vor vier Stunden hatte fallen lassen, wie leblos und zerbrochen. Es hatte geklingelt. Ein Bote brachte einen Karton und einen Brief. Der Karton enthielt einen Dominomantel und eine Maske aus schwarzem Satin. In dem Brief standen nur wenige Worte, von Laurents Hand geschrieben:

»Senza veder, senza parlar . . .«

Ohne sich zu sehen und ohne sich zu sprechen . . . Was hatte dieses Rätsel zu bedeuten? Wollte er, daß sie auf den Maskenball kam, um ihn durch ein banales Abenteuer zu reizen? Hatte er vor, sie zu lieben, ohne sie zu erkennen? War das die Phantasie des Poeten oder die Beleidigung eines Wüstlings?

Thérèse schickte den Karton zurück und ließ sich wieder in ihren Sessel fallen; doch vor lauter Unruhe konnte sie nicht mehr klar denken. Mußte sie nicht alles versuchen, dieses Opfer seinen teuflischen Verirrungen zu entreißen?

»Ich werde hingehen«, sagte sie, »ich werde ihm auf Schritt und Tritt folgen. Ich werde sehen, ich werde hören, was für ein Leben er fern von mir führt; ich werde wissen, was es mit den Verderbtheiten auf sich hat, die er mir erzählt, ob er das Böse ganz naiv oder mit Vorbedacht aufsucht, ob er wirklich lasterhafte Neigungen hat oder sich nur betäuben will. Wenn ich alles über ihn und die schlechte Gesellschaft weiß, was ich nie wahrhaben wollte, alles, was ich mit Abscheu von seinen Erinnerungen und meiner Phantasie fernhielt, dann entdecke ich vielleicht ein Schlupfloch, einen Ausweg, um ihn doch noch von diesem Taumel zu erlösen.«

Da fiel ihr das Dominokostüm wieder ein, das ihr Laurent gerade geschickt und das sie keines Blicks gewürdigt hatte. Es war aus Satin. Sie ließ sich ein anderes aus schwerer Seide besorgen, setzte sich eine Maske auf, verbarg sorgfältig ihr Haar, schmückte sich mit verschiedenfarbigen Schleifen und Bändern, um ihr Aussehen zu verändern, falls Laurent sie unter diesem Kostüm vermuten sollte; sie bestellte sich einen Wagen und begab sich ganz allein und entschlossen zum Opernball.

Noch nie war sie dort gewesen. Sie konnte die Maske kaum ertragen und meinte zu ersticken. Niemals hatte sie versucht, ihre Stimme zu verstellen und wollte doch vor allem von keinem erkannt werden. Stumm schlich sie durch die Gänge und suchte einsame Winkel auf, wenn sie vom vielen Laufen müde war, und sobald sich ihr jemand näherte, ging sie gleich weiter; so gab sie sich immer den Anschein, als gehe sie nur vorüber, und es glückte ihr besser, als sie gehofft hatte, in dieser aufgewühlten Menschenmenge allein zu bleiben und völlig frei zu sein.

Es war gerade die Zeit, in der auf dem Opernball nicht getanzt wurde und der schwarze Dominomantel die einzige erlaubte Verkleidung war. Die wogende Menschenmenge nahm sich deshalb dunkel und ernst aus, und war doch womöglich mit Intrigen beschäftigt, die kaum moralischer sein mochten als die Bacchanalien der anderen Vereinigungen dieser Art; doch von oben als Ganzes gesehen war es ein großartiger Anblick. Dann spielte plötzlich wieder für Stunden ein lautes Orchester ausgelassene Quadrillen, so als hätten die Veranstalter, die gegen die Polizei ankämpften, die Menschenmenge dazu verleiten wollen, deren Tanzverbot zu durchbrechen; doch keiner schien daran zu denken. Der schwarze Ameisenhaufen bewegte sich langsam und flüsternd weiter inmitten dieses Heidenlärms, den ein Pistolenschuß jäh beendete, ein seltsames, phantastisches Finale, das nicht geeignet zu sein schien, die trübe Vision dieses traurigen Festes zu zerstreuen.

Einige Augenblicke lang war Thérèse so gefesselt von diesem Schauspiel, daß sie vergaß, wo sie war, und sich in einer Welt von traurigen Träumen wähnte. Sie suchte Laurent und fand ihn nicht.

Sie wagte sich bis ins Foyer, wo sich die in ganz Paris bekannten Männer ohne Maske und ohne Verkleidung aufhielten; nachdem sie einmal die Runde gemacht hatte, wollte sie sich zurückziehen, als sie in einer Ecke ihren Namen hörte. Sie drehte sich um und sah den Mann, den sie so geliebt hatte, zwischen zwei maskierten Mädchen sitzen, deren Stimmen und Sprachen irgendwie verweichlicht und zugleich schrill klangen, was auf übersättigte Sinne und verbitterte Gemüter schließen ließ.

»Nun«, sagte die eine von ihnen, »hast du sie nun endlich verlassen, deine treffliche Thérèse? Es heißt, sie habe dich dort in Italien betrogen und du wolltest es nicht wahrhaben?«

»Er hat erst an dem Tag Verdacht geschöpft«, fuhr die andere fort, »an dem es ihm gelungen ist, den glücklichen Nebenbuhler zu verjagen.«

Thérèse war tödlich verletzt, als sie begriff, daß der leidvolle Roman ihres Lebens für solche Deutungen freigegeben war, aber erst recht, als Laurent darüber lächelte, während er diesen Mädchen antwortete, sie wüßten nicht, wovon sie redeten, um dann rasch von anderen Dingen zu sprechen, ohne im geringsten empört zu sein, so als habe er das eben Gehörte schon wieder vergessen oder als gehe es ihn nichts an. Thérèse hätte es nie für möglich gehalten, daß er noch nicht einmal ihr Freund war. Jetzt war sie dessen ganz sicher! Sie blieb stehen, sie lauschte, sie fühlte, wie kalter Schweiß die Maske fest an ihr Gesicht klebte.

Indessen sagte Laurent zu diesen Mädchen nichts, was nicht jeder hätte hören können. Er schwatzte, amüsierte sich über ihr Geplapper und antwortete darauf wie ein geübter Weltmann. Sie waren ganz und gar nicht geistreich, und er mußte ein- oder zweimal ein Gähnen unterdrücken. Dennoch blieb er sitzen, und es kümmerte ihn wenig, daß er von aller Welt in solcher Gesellschaft gesehen wurde; er ließ sich den Hof machen, gähnte vor Müdigkeit, doch nicht aus echter Langeweile, war mild, zerstreut, aber liebenswürdig und sprach mit seinen Begleiterinnen, als wären sie Damen der besten Gesellschaft, fast gute und ernsthafte Freundinnen, mit denen ihn nur angenehme Erinnerungen an solche Freuden verbanden, die man ruhig zugeben kann!

Das dauerte eine gute Viertelstunde. Thérèse blieb immer noch stehen. Laurent drehte ihr den Rücken zu. Er saß auf einer Polsterbank, die in der Umrandung einer geschlossenen Türe aus unverspiegeltem Glas stand, auf die Laurent blickte. Wenn Gruppen von Ballbesuchern, die in den äußeren Gängen herumliefen, hinter dieser Türe stehen blieben, gaben die Anzüge und die Dominokostüme einen dunklen, undurchsichtigen Hintergrund ab, und die Glasscheibe wurde zum schwarzen Spiegel, in dem das Bild von Thérèse mehrfach auftauchte, ohne daß sie es gewahr wurde. Laurent sah sie hin und wieder, ohne dabei an sie zu denken; doch allmählich beunruhigte ihn diese unbewegliche maskierte Gestalt, und er sagte zu seinen Begleiterinnen, indem er auf den dunklen Spiegel zeigte:

»Findet ihr das nicht schrecklich, diese Maske dort?«

»Machen wir dir etwa Angst?«

»Nein, ihr nicht, ich weiß, wie eure Nase unter dem Stück Satin aussieht, aber ein Gesicht, das ich nicht erraten kann, das ich nicht kenne und das mich mit stechendem Blick unverwandt anschaut; nein, ich gehe hier weg; ich habe es satt!«

»Heißt das«, erwiderten sie, »daß du uns auch satt hast?«

»Nein«, sagte er, »den Ball habe ich satt. Ich ersticke hier. Wollt ihr sehen, wie es schneit? Ich fahre in den Bois de Boulogne.«

»Aber das ist doch zum Sterben langweilig?«

»Ja sicher! Aber stirbt man denn daran? Kommt ihr mit?«

»Bestimmt nicht!«

»Wer will mit mir als Domino in den Bois de Boulogne fahren?« fragte er mit lauter Stimme.

Eine Gruppe von schwarzen Gestalten umringte ihn wie ein Schwarm Fledermäuse.

»Wieviel ist dir das wert?« sagte die eine.

»Malst du ein Porträt von mir?« sagte die andere.

»Zu Fuß oder zu Pferd?« fragte die dritte.

»Hundert Francs pro Kopf«, antwortete er, »nur um sich bei Mondschein die Füße im Schnee zu vertreten. Ich folge euch von weitem. Ich möchte wissen, wie das aussieht . . . Wie viele seid ihr?« fügte er nach einigen Augenblicken noch hinzu. »Zehn! Nicht gerade viel! Macht nichts, gehen wir!«

Drei blieben gleich zurück und meinten:

»Der hat doch keinen roten Heller. Zum Schluß holen wir uns nur noch eine Lungenentzündung. Das haben wir dann davon.«

»Ihr bleibt hier?« fragte er. »Dann sind es nur noch sieben. Bravo! Eine kabbalistische Zahl; die sieben Todsünden! Gott sei gelobt! Ich hatte schon Angst, ich würde mich langweilen. Doch das rettet mich.«

›Wohlan‹, sagte sich Thérèse, ›eine Künstlerlaune! . . . Er erinnert sich, daß er Maler ist. Es ist noch nicht alles verloren.‹

Sie folgte dieser seltsamen Gesellschaft bis zum Säulengang, um sich zu vergewissern, ob dieser wunderliche Plan auch wirklich ausgeführt wurde, doch bei der Kälte, die draußen herrschte, wichen auch die Entschlossensten zurück, und Laurent ließ sich dazu überreden, darauf zu verzichten. Er sollte statt dessen lieber alle zum Abendessen einladen.

»Meiner Treu, nein!« sagte er. »Ihr seid alle miteinander Angsthasen und Egoisten, genau wie die ehrbaren Frauen. Ich gehe zur vornehmen Gesellschaft, sei's drum.«

Doch sie schleppten ihn ins Foyer zurück, und zwischen ihm, anderen jungen Freunden und einer Schar dreister Frauen entspann sich eine lebhafte Unterhaltung voll der frivolsten Andeutungen, so daß Thérèse sich angewidert zurückzog und sich sagte, es sei doch zu spät; Laurent suche das Laster; sie konnte nichts mehr für ihn tun.

Suchte Laurent wirklich das Laster? Nein, auch der Sklave will das Joch und die Peitsche nicht; doch wenn er durch sein eigenes Verschulden Sklave geworden ist, wenn er sich seine Freiheit hat rauben lassen, weil es ihm an einem bestimmten Tag an Mut und Umsicht fehlte, dann findet er sich mit der Knechtschaft und allen ihren Schmerzen ab; er gibt damit dem tiefsinnigen Wort der Antike recht, daß Jupiter, wenn er einen Menschen zum Sklaven herabwürdigt, ihm auch die halbe Seele wegnimmt.

Als die leibliche Sklaverei die entsetzliche Folge eines jeden Sieges war, ließ der Himmel das noch zu aus Mitleid mit den Besiegten; doch wenn die Seele dem verderblichen Zwang des Lasters erliegt, ist die Strafe ungeteilt und ohne Erbarmen. Fortan verdiente Laurent solche Strafe. Er hätte sie sühnen können. Auch Thérèse hatte die Hälfte ihrer Seele aufs Spiel gesetzt; aber er hatte keinen Nutzen daraus gezogen.

Als sie wieder in den Wagen stieg, um nach Hause zu fahren, stürzte ein Mann, völlig außer sich, neben ihr auf die Bank. Es war Laurent. Als Thérèse gerade das Foyer verließ, hatte er sie erkannt an einer unwillkürlichen Geste des Entsetzens, die ihr nicht bewußt gewesen war.

»Thérèse«, sagte er, »laß uns auf den Ball zurückgehen. Ich will zu allen diesen Männern sagen: ›Ihr seid Bestien!‹, und zu allen diesen Frauen: ›Ihr seid Ehrlose!‹ Ich will deinen Namen herausschreien, deinen geheiligten Namen vor dieser törichten blöden Menschenmenge, will mich zu deinen Füßen wälzen und alles mit dem Leben bezahlen und dabei alle Verachtung, alle Beschimpfungen, alle Schmach auf mich nehmen! Mit lauter Stimme will ich meine Beichte ablegen in diesem maßlosen Mummenschanz, so wie die ersten Christen das in den heidnischen Tempeln taten und plötzlich geläutert waren durch die Tränen der Reue und Buße und reingewaschen vom Blut der Märtyrer . . .«

Dieser Ausbruch hielt an, bis Thérèse ihn vor seinem Haus absetzte. Sie verstand überhaupt nicht mehr, warum und wieso dieser Mann, der so gut wie nicht betrunken, so sehr Herr seiner selbst und ein so guter, vergnügter Plauderer unter den Mädchen auf dem Maskenball gewesen war, wieder leidenschaftlich, ja völlig überspannt und außer sich sein konnte, sobald sie vor ihm erschien.

»Ich bin es, die Sie verrückt macht«, sagte sie. »Vorhin noch hat man mich in Ihrer Gegenwart eine Elende genannt, und das hat Sie nicht weiter aufgeregt. Ich bin für Sie so etwas wie ein Rachegeist geworden. Das aber habe ich nicht gewollt. Wir müssen uns trennen, da ich Ihnen nur noch schaden kann.«

14.

Gleichwohl sahen sie sich am nächsten Tag wieder. Er flehte sie an, ihm noch einen letzten Tag für ein geschwisterliches Gespräch und einen sittsam bürgerlichen, freundschaftlichen, ruhigen Spaziergang zu schenken. Sie gingen in den ›Jardin des Plantes‹, setzten sich unter die große Zeder und stiegen hinauf zum Labyrinth. Es war mild, keine Spur von Schnee mehr. Eine bleiche Sonne drang durch fliederfarbene Wolken. Die Knospen der Pflanzen quollen von Saft. An diesem Tag war Laurent Dichter, nichts als ein Dichter und beschaulicher Künstler, ausgeglichen, vorbildlich, ohne Gewissensbisse, ohne Verlangen und ohne Hoffnungen; dann und wann sogar unschuldig heiter. Thérèse, die ihn erstaunt beobachtete, konnte es nicht fassen, daß zwischen ihnen alle Bande zerrissen sein sollten.

Das Unwetter brach schon am nächsten Tag grausam wieder los, ohne Grund, ohne Vorwand, genauso wie sich ein Gewitter am Sommerhimmel bildet aus dem einfachen Grund, weil es am Vortag so schön war.

Dann wurde es von Tag zu Tag trüber und düsterer, und die Welt schien unterzugehen, begleitet von unaufhörlichen Donnerschlägen im Schoße der Hölle.

Eines Nachts kam er in einem Zustand völliger Verwirrung sehr spät zu ihr herein, ohne zu wissen, wo er war, ließ sich im Salon wortlos auf das Sofa fallen und schlief ein.

Thérèse ging in ihr Atelier hinüber und betete zu Gott mit Inbrunst und Verzweiflung, er möge diese Qualen von ihr nehmen. Sie war entmutigt; das Maß war voll. Sie weinte und betete die ganze Nacht.

Es wurde schon hell, als es an der Tür klingelte. Catherine schlief noch und Thérèse glaubte, irgendein verspäteter Passant habe sich in der Haustüre geirrt. Es schellte wieder, es schellte ein drittes Mal. Thérèse wollte nachsehen durch die Luke im Treppenhaus, die zum Gartentor hinausging. Sie erblickte einen Jungen von zehn oder zwölf Jahren, dessen Kleidung auf Wohlhabenheit schließen ließ und der, wie ihr schien, mit einem Engelsgesicht zu ihr hinaufschaute.

»Was ist los, mein kleiner Freund?« sagte sie zu ihm. »Haben Sie sich hier im Viertel verlaufen?«

»Nein«, antwortete er, »ich bin hierher gebracht worden; ich suche eine Dame, die Fräulein Jacques heißt.«

Thérèse ging hinunter und machte dem Kind auf; während sie es betrachtete, war sie aufs Äußerste bewegt. Ihr kam es vor, als habe sie den Jungen schon einmal gesehen oder als gleiche er jemandem, den sie kannte und dessen Name ihr nicht wieder einfiel. Auch der Junge schien verwirrt und unentschlossen.

Sie führte ihn in den Garten, um ihn zu befragen; doch statt zu antworten, sagte er heftig zitternd zu ihr:

»Dann sind Sie also Fräulein Thérèse?«

»Das bin ich, mein Kind; was wollen Sie von mir? Was kann ich für Sie tun?«

»Sie müssen mich aufnehmen und mich bei sich behalten, wenn Sie mich mögen!«

»Wer sind Sie denn?«

»Ich bin der Sohn des Grafen von ***.«

Thérèse unterdrückte einen Schrei, und in ihrer ersten Erregung wollte sie das Kind zurückstoßen; doch plötzlich fiel ihr seine Ähnlichkeit mit einem Gesicht auf, das sie unlängst gemalt, während sie in den Spiegel geschaut hatte, um es ihrer Mutter zu schicken, und das war genau ihr eigenes Gesicht.

»Warte!« rief sie aus und riß den Jungen mit einer jähen Bewegung an sich. »Wie heißt du?«

»Manuel.«

»Oh! Mein Gott, wer ist denn deine Mutter?«

»Sie ist . . . man hat mir sehr ans Herz gelegt, Ihnen das nicht gleich alles zu sagen! Meine Mutter war zuerst die

Gräfin von ***, die dort drüben ist, in Havanna; sie hatte mich nicht lieb und sagte sehr oft zu mir: ›Du bist nicht mein Sohn, ich brauche dich überhaupt nicht lieb zu haben‹, doch mein Vater hatte mich lieb, und er hat oft zu mir gesagt: ›Du gehörst mir allein, du hast keine Mutter!‹ Und dann ist er vor achtzehn Monaten gestorben, und die Gräfin hat gesagt: ›Jetzt gehörst du mir, und du wirst bei mir bleiben.‹ Und das nur deshalb, weil mein Vater ihr Geld hinterlassen hat unter der Bedingung, daß ich als Sohn von beiden gelte. Trotzdem hat sie mich auch dann nicht lieb gehabt, und ich habe mich bei ihr sehr gelangweilt; da ist plötzlich ein Herr aus den Vereinigten Staaten angekommen, der Herr Richard Palmer heißt, und wollte mich mitnehmen. ›Nein, das will ich nicht‹, hat die Gräfin gesagt. Da hat Herr Palmer mich gefragt: ›Möchtest du, daß ich dich zu deiner richtigen Mutter zurückbringe, die glaubt, du seist tot, und die sehr glücklich wäre, dich wiederzusehen?‹ Ich habe geantwortet: ›Klar, natürlich!‹ Dann ist Herr Palmer in der Nacht gekommen in einem kleinen Boot, denn wir wohnten am Meer; und ich bin ganz, ganz leise aufgestanden, und wir sind beide bis zu einem riesigen Schiff gerudert, und dann sind wir über das große Meer gefahren, und nun sind wir da.«

»Nun seid ihr da!« sagte Thérèse und drückte das Kind an ihre Brust; zitternd und wie berauscht blickte sie den Jungen zärtlich an und umarmte ihn, und gab ihm einen langen und heißen Kuß, während er noch sprach. »Wo ist Palmer?« fragte sie.

»Ich weiß nicht«, sagte das Kind; »er hat mich bis an die Türe gebracht und zu mir gesagt: ›Klingle‹, und dann habe ich ihn nicht mehr gesehen!«

»Wir wollen ihn suchen«, sagte Thérèse und stand auf, »er kann noch nicht weit weg sein!«

Sie rannte mit dem Kind los und holte Palmer ein, der in einiger Entfernung wartete, um sicher zu sein, daß die Mutter ihr Kind wiedererkannt hatte.

»Richard! Richard!« rief Thérèse aus und warf sich ihm zu Füßen mitten auf der noch menschenleeren Straße, so wie sie es auch vor aller Welt getan hätte. »Sie sind wie der liebe Gott für mich! . . .«

Mehr vermochte sie nicht zu sagen; Freudentränen erstickten ihre Stimme, und sie wurde fast wahnsinnig vor Erregung.

Palmer führte sie unter die Bäume der Champs-Elysées und ließ sie sich hinsetzen. Es dauerte mehr als eine Stunde, bis sie sich beruhigte, wieder zurechtfand und es ihr möglich war, ihren Sohn zu liebkosen, ohne ihn dabei fast zu ersticken.

»Nun habe ich meine Schuld bezahlt!« sagte Palmer. »Sie haben mir Tage der Hoffnung und des Glücks geschenkt, ich wollte nicht in Ihrer Schuld stehen. Als Dank schenke ich Ihnen ein ganzes Leben voller Zärtlichkeit und Trost, denn dieses Kind ist ein Engel, und es fällt mir schwer, mich von ihm zu trennen. Ich habe es um eine Erbschaft gebracht und schulde ihm als Ausgleich dafür eine andere. Sie haben nicht das Recht, sich dem zu widersetzen. Meine Maßnahmen sind getroffen, und für den Jungen habe ich alles geregelt. In seiner Tasche hat er eine Akte mit Papieren, die ihn jetzt und in Zukunft sicherstellen. Adieu, Thérèse, seien Sie überzeugt, ich bin Ihr Freund im Leben und im Tod!«

Glücklich entfernte sich Palmer; er hatte eine gute Tat vollbracht. Thérèse wollte nicht in das Haus zurückkehren, wo Laurent schlief. Sie nahm eine Droschke, nachdem sie noch einen Boten zu Catherine geschickt hatte mit den notwendigen Anweisungen, die sie in einem kleinen Café aufschrieb, wo sie auch mit ihrem Sohn frühstückte. Sie brachten den Tag damit zu, gemeinsam durch die Stadt zu laufen, um sich für eine lange Reise auszurüsten. Am Abend stieß Catherine zu ihnen mit dem Gepäck, das sie im Laufe des Tages vorbereitet hatte, und Thérèse verbarg ihr Kind, ihr Glück, ihre Ruhe, ihre Arbeit, ihre Freude, ihr

Leben irgendwo in Deutschland. Ganz egoistisch genoß
sie ihr Glück, sie dachte nicht mehr daran, was ohne sie aus
Laurent werden könnte. Sie war Mutter, und die Mutter in
ihr hatte unwiderbringlich die Geliebte getötet.

Laurent schlief den ganzen Tag und erwachte in dem
verlassenen Haus. Er stand auf und verfluchte Thérèse,
daß sie spazierengegangen war und nicht daran gedacht
hatte, ihm ein Abendessen bereiten zu lassen. Er wunderte
sich, auch Catherine nirgends zu finden, verwünschte das
Haus und ging weg.

Erst einige Tage später begriff er, was ihm geschehen war.
Als er sah, daß das Haus von Thérèse vermietet war, die
Möbel verpackt oder verkauft wurden, und als er Wochen
und Monate kein Wort von ihr hörte, gab er alle Hoffnung
auf und hatte nur noch einen Gedanken, sich zu betäuben.

Ein ganzes Jahr später erst fand er Mittel und Wege,
Thérèse einen Brief zukommen zu lassen. Er bekannte,
daß er die Schuld an ihrem Unglück trage, und bat sie,
wieder zur alten Freundschaft zurückzukehren; dann kam
er noch auf seine Leidenschaft zu sprechen und schloß
folgendermaßen:

»Ich weiß wohl, daß ich nicht einmal das von Dir verdiene, denn ich habe Dich verflucht; und da ich von
meinem Schmerz, Dich verloren zu haben, genesen
wollte, habe ich mich wie ein Verzweifelter aufgeführt. Ja,
ich habe alles getan, um Deinen Charakter und Dein
Verhalten in meinen Augen zu entstellen; ich habe
schlecht von Dir gesprochen mit denen, die Dich hassen,
und es bereitete mir Vergnügen, Böses über Dich zu
hören von solchen, die Dich nicht kennen. Als Abwe-
sende habe ich Dich so behandelt, als wärst Du hier: Und
warum bist Du nicht mehr hier? Es ist Deine Schuld,
wenn ich wahnsinnig werde; Du hättest mich nicht verlassen dürfen . . . Weh mir Unglücklichem, ich fühle, daß ich
Dich hasse und zugleich anbete. Ich fühle es, mein ganzes

Leben lang werde ich Dich lieben und verfluchen . . . Und
ich sehe wohl, Du haßt mich! Und ich möchte mich am
liebsten töten. Und doch, wenn Du hier wärest, würde ich
Dir zu Füßen fallen! Thérèse! Thérèse! Bist Du denn ein
Unmensch geworden, daß Du das Mitleid nicht mehr
kennst? Ach! Welch entsetzliche Strafe: diese unheilbare
Liebe und gleichzeitig dieser nie gestillte Haß! Mein Gott,
was habe ich getan, daß ich verdammt bin, alles zu verlieren, selbst die Freiheit, zu lieben oder zu hassen?«

Thérèse antwortete ihm:
»Adieu für immer! Aber Du sollst wissen, daß Du mir
nichts angetan hast, was ich Dir nicht verziehen hätte, und
Du könntest mir nichts antun, was ich Dir nicht wiederum verzeihen würde. Gott verdammt bestimmte geniale Menschen dazu, im Sturm umherzuirren und unter
Schmerzen zu schaffen. Ich habe Dich lange genug beobachtet mit allen Deinen Schatten- und Deinen Lichtseiten,
in Deiner Größe und Deiner Schwäche, um heute zu
wissen, daß Du das Opfer eines verhängnisvollen Schicksals bist und nicht mit den gleichen Maßstäben gemessen
werden kannst wie die Mehrzahl der anderen Menschen.
Dein Leiden und Deine Zweifel, die Du Deine Strafe
nennst, sind vielleicht die Bedingungen Deines Ruhmes.
Lerne also, sie zu erdulden. Mit Deiner ganzen Kraft hast
Du das reine Glück gesucht, doch nur in Deinen Träumen
hast Du es erreicht. Wohlan, Deine Traumwelt, mein
Kind, das ist Deine Wirklichkeit, das ist Deine Begabung,
das ist Dein Leben. Bist Du nicht Künstler?
Sei ganz ruhig, wahrlich, Gott wird Dir vergeben, daß
Du nicht lieben konntest! Er hat Dich verdammt zu dieser
Sehnsucht, die nicht zu stillen ist, damit Deine Jugend
nicht aufgezehrt wurde von einer Frau. Die Frauen, die in
der Zukunft Dein Werk betrachten werden, von Jahrhun-
dert zu Jahrhundert, sie sind Deine Schwestern und Deine
Geliebten!«

ANHANG

Zeittafel

1804   1. Juli: Amantine-*Aurore*-Lucile Dupin (George
       Sand) wird in Paris geboren. Ihr Vater Maurice
       Dupin, ein Enkel des Maréchal Maurice de Saxe,
       ist Offizier in einem Jägerregiment. Die Mutter,
       Antoinette-Sophie-Victoire Delaborde, Tochter
       eines Pariser Vogelhändlers, war vor ihrer Ehe
       Lebensgefährtin und Mätresse anderer Offiziere
       gewesen. Die Ehe, die erst am 5. Juni 1804 ge-
       schlossen wurde, galt in den Augen der Mutter des
       Maurice Dupin als nicht standesgemäß.
       2. Dezember: Napoleon wird zum »Kaiser der
       Franzosen« gekrönt.
1808   16. September: Der Vater George Sands kommt
       bei einem Unfall ums Leben.
1809   Die Mutter George Sands verzichtet auf die Vor-
       mundschaft der Tochter zugunsten der Großmut-
       ter Marie-Aurore Dupin de Francueil, die sich bis
       zu ihrem Tod um die Erziehung George Sands
       kümmern wird. George Sand wächst auf dem Gut
       der Großmutter in Nohant (in der Nähe von La
       Châtre im Berry) auf.
1810   11. Dezember: Geburt Alfred de Mussets.
1815   Die Hundert Tage. Napoleon unterliegt bei Wa-
       terloo. Wiener Kongress, Restauration.
1818   George Sand wird Schülerin des Klosters der Eng-
       lischen Augustinerinnen in Paris (sie bleibt dort bis
       zum 12. April 1820).
1821   26. Dezember: Tod der Großmutter George Sands
       in Nohant.
1822   18. Januar: Die Mutter holt George Sand zu sich
       nach Paris.

17. September: George Sand heiratet den Landjunker Casimir Dudevant. Das Ehepaar wird auf dem Gut in Nohant leben.

1823 30. Juni: Geburt des Maurice Dudevant in Paris.

1825 Anläßlich eines Aufenthaltes in Cauterets lernt George Sand Aurélien de Sèze kennen. Es kommt zu einer romantischen, platonischen Liebesbeziehung, die sich über mehrere Jahre erstreckt.

1827 Liebesbeziehung zu Stéphane Ajasson de Grandsagne, der vielleicht die Tochter Solange, die am 13. September 1828 geboren wird, entstammt.

1829 Alfred de Musset veröffentlicht die »Contes d'Espagne et d'Italie« (»Erzählungen aus Spanien und Italien«).

1830 Julirevolution. Louis-Philippe von Orléans wird König der Franzosen (1830–1848).
30. Juli: Aurore lernt Jules Sandeau kennen, dessen Geliebte sie bald wird. George Sand erreicht nach dramatischen Auseinandersetzungen mit ihrem Ehemann, daß sie die Hälfte des Jahres über in Paris leben kann.

1831 4. Januar: George Sand reist ab nach Paris. Sie schreibt Artikel für Zeitschriften und verfaßt zusammen mit Jules Sandeau Novellen und Romane (signiert »J. Sand«).

1832 Februar – März: In Nohant entsteht der Roman »Indiana«, den die Verfasserin »G. Sand« signiert. Der Roman erscheint am 18. Mai und ist ein großer Erfolg. George Sand wird bekannt. Im selben Jahr erscheinen mehrere Novellen sowie der Roman »Valentine«.
11. Dezember: George Sand wird Mitarbeiterin der Revue des Deux Mondes.
Dezember: Alfred de Musset veröffentlicht die erste Folge von »Un spectacle dans un fauteuil« (»Ein Schauspiel im Lehnsessel«, datiert 1833).

1833   Beginn einer langjährigen Freundschaft mit der Schauspielerin Marie Dorval; von den Zeitgenossen als lesbische Liaison verstanden.

6. März: Wahrscheinliches Datum des endgültigen Bruchs mit Jules Sandeau.

April: Kurze Liaison mit Prosper Mérimée.

Juni: Erstes Zusammentreffen mit Alfred de Musset, dessen Geliebte sie am 29. Juli wird.

31. Juli: Sand veröffentlicht »Lélia«.

5. bis 13. August: Aufenthalt des Liebespaares in Fontainebleau.

12. Dezember: George Sand und Musset brechen nach Italien auf. Von Lyon bis Avignon reisen sie in Begleitung von Stendhal. Von Marseille reisen sie am 20. nach Genua weiter, von dort über Livorno, Pisa, Florenz, Bologna, Ferrara, Rovigo nach Venedig, wo sie am 31. Dezember eintreffen.

1834   1. Januar: Musset zieht seinerseits in das Hotel Danieli, wo Sand bereits am Vorabend abgestiegen war.

Am 4. oder 5. Januar wird Sand krank. Musset vernachlässigt sie und geht seinen mondänen Vergnügungen nach.

Am 30. Januar wird Musset seinerseits schwer krank, er schwebt zeitweilig in Lebensgefahr. George Sand pflegt ihn aufopferungsvoll. Sie ruft den Arzt Pietro Pagello zur Hilfe, der sich in sie verliebt. George Sand gibt seinem Drängen Ende Februar nach. Es kommt zu dramatischen Szenen zwischen George Sand und Musset, der von seiner Geliebten im unklaren über ihre wahren Beziehungen zu Pagello gelassen wird.

29. März: Musset reist nach Paris ab. George Sand begleitet ihn bis Mestre. In den folgenden Monaten kommt es zu einem intensiven Briefwechsel zwischen den beiden.

6. April: George Sand zieht in den Palazzo, in dem auch Pagello wohnt. Sie arbeitet intensiv.

1. Juli: Musset publiziert »On ne badine pas avec l'amour« (»Scherzt nicht mit der Liebe«); er zitiert hier wörtlich aus dem Brief George Sands vom 12. Mai 1834.

24. Juli: George Sand verläßt Venedig mit Pagello. Sie treffen in Paris am 14. August ein. Am 17. August sieht George Sand Musset wieder.

Am 24. August reisen Musset und George Sand gleichzeitig nach Baden-Baden bzw. nach Nohant ab.

August: Alfred de Musset veröffentlicht die zweite Folge von »Un spectacle dans un fauteuil« (»Ein Schauspiel im Lehnsessel«).

23. oder 25. Oktober: Pagello kehrt nach Venedig zurück. George Sand und Musset nehmen ihre stürmischen Liebesbeziehungen wieder auf. Erneuter Bruch um den 10. November.

Buchpublikationen George Sands 1834: »Le Secrétaire intime« (»Der Geheimsekretär«), »Jacques«; in der Revue des Deux Mondes erscheinen die ersten vier »Lettres d'un voyageur« (»Briefe eines Reisenden«); in der ersten versucht Sand eine Deutung des Menschen und Dichters Musset.

1835 Anfang Januar: Sand nimmt erneut Liebesbeziehungen zu Musset auf, die jedoch von ständigen Krisen geschüttelt werden.

6. März: Endgültiger Bruch. Sand verläßt Paris.

9. April: George Sand lernt Michel de Bourges kennen, der ihr Geliebter wird.

Mai: G. Sand lernt Pierre Leroux kennen.

Buchpublikationen: »André«, »Léone Léoni«.

Musset veröffentlicht »La Nuit de mai« (»Die Mainacht«), »La Nuit de décembre« (»Die Dezembernacht«) sowie einen Teil des autobiographischen Romans »La Confession d'un enfant du siècle« (»Bekenntnisse eines Kindes seiner Zeit«).

1836 1. Februar: Mussets Roman »La Confession d'un enfant du siècle«, der die Beziehung zu George Sand verarbeitet, erscheint im Buchhandel.
16. Februar: Das Gericht von La Châtre verfügt die Trennung der Eheleute Dudevant.
Buchpublikation: »Simon«.

1837 Februar – März: Aufenthalt von Liszt und Marie d'Agoult in Nohant.
Juni: Die Beziehung zu Michel de Bourges geht zu Ende.
Juli: Félicien Mallefille wird Erzieher von Maurice Dudevant. Er wird etwas später der Geliebte George Sands.
Buchpublikationen: »Lettres d'un voyageur« (»Briefe eines Reisenden«), »Mauprat«.

1838 24. Februar bis 2. März: Aufenthalt Balzacs in Nohant.
Juni: Beginn der Liaison mit Frédéric Chopin.
18. Oktober: Aufbruch zu einer Spanienreise mit Chopin.
Buchpublikationen: »La Dernière Aldini« (»Die letzte Aldini«), »Les Maîtres mosaïstes« (»Die Mosaikmeister«).

1839 Buchpublikationen: »L'Uscoque« (»Der Uskoke«), »Spiridion«, die zweite Fassung von »Lélia« (in der der Held Züge Mussets annimmt).

1840 29. April: Erstaufführung am Théâtre-Français des Stückes »Cosima«.
Buchpublikationen: »Gabriel«, »Les Sept Cordes de la Lyre« (»Die sieben Saiten der Lyra«), »Cosima«, »Le Compagnon du tour de France« (»Der Handwerksbursche«).

1841 15. Februar: Die Revue des Deux Mondes publi-

253

ziert das Gedicht »Souvenir« (»Erinnerung«) von Alfred de Musset.

1. Oktober: Bruch George Sands mit Buloz und der Revue des Deux Mondes.

Buchpublikation: »Pauline«.

1842   4. Juni–2. Juli: Aufenthalt Delacroix' in Nohant.

Buchpublikationen: »Un hiver à Majorque« (»Ein Winter in Mallorca«), »Horace«, »Consuelo« (Bd. I und II).

Musset veröffentlicht »L'Histoire d'un merle blanc« (»Die Geschichte einer weißen Amsel«).

1843   »Consuelo« (Bd. III–VIII), »Mélanges«, »Fanchette«, »La Comtesse de Rudolfstadt« (Bd. I und II).

1844   »La Comtesse de Rudolfstadt« (Ende), »Jeanne«.

1845   »Le Meunier d'Angibault« (»Der Müller von Angibault«).

1846   11. November: Ende des letzten Aufenthaltes Chopins in Nohant.

Dezember: Intensive Bemühungen um das Theater in Nohant.

Buchpublikationen: »Isidora«, »Teverino«, »La Mare au Diable« (»Der Teufelssumpf«).

1847   15. April: George Sand beginnt die Niederschrift der »Histoire de ma vie« (»Geschichte meines Lebens«).

Ende Oktober: Kurzer Aufenthalt Mazzinis in Nohant.

Buchpublikationen: »Le Péché de M. Antoine« (»Die Sünde des Herrn Antoine«), »Lucrezia Floriani«, »Le Piccinino«.

1848   22.–24. Februar: Februarrevolution. Abdankung des Königs.

28. Februar: George Sand reist nach Paris. Sie entwickelt eine rege Aktivität zugunsten der Revolutionsregierung.

4. März: Letztes Treffen mit Chopin.

6. April: Aufführung von »Le Roi attend« (»Der König wartet«) im Théâtre de la République (Comédie Française).

9. April: George Sand publiziert die erste Nummer ihrer Zeitung »La Cause du Peuple« (»Die Sache des Volkes«).

15. April: Das 16. Bulletin de la République bringt einen Artikel Sands, der einen Aufruf zum Staatsstreich enthält, sollten die Wahlen zuungunsten der Republikaner ausfallen. Der Artikel provoziert einen Skandal.

17. Mai: George Sand kehrt nach Nohant zurück.

23.–25. Juni: Der Pariser Volksaufstand wird blutig niedergeschlagen.

10. Dezember: Louis-Napoléon Bonaparte wird zum Staatspräsidenten gewählt.

Buchpublikationen: »Aux riches« (»An die Reichen«), »Histoire de France écrite sous la dictée de Blaise Bonnin« (»Geschichte Frankreichs nach dem Diktat des Blaise Bonnin«), »Lettres au peuple« (»Briefe an das Volk«); »Paroles de Blaise Bonnin aux bons citoyens« (»Worte des Blaise Bonnin an die guten Bürger«).

1849   17. Oktober: Tod Chopins.

23. November: Erstaufführung von »François le Champi« (»Franz das Findelkind«) am Odéon.

Buchpublikation: »La Petite Fadette« (»Die kleine Fadette«).

1850   Anfang Januar: Ankunft in Nohant des Bildhauers Alexandre Manceau, der George Sands Sekretär, dann ihr Geliebter wird.

Buchpublikationen: »François le Champi« (»Franz das Findelkind«, Roman), »François le Champi« (Theaterstück), »Histoire du véritable Gribouille« (»Geschichte des wirklichen Gribouille«).

1851	2. Dezember: Staatsstreich des Louis-Napoléon Bonaparte. Erstaufführung der Stücke »Claudie«, »Molière«, »Le Mariage de Victorine« (»Die Hochzeit der Victorine«).
1852	29. Januar, 6. Februar: George Sand tritt beim Staatspräsidenten für die nach dem Staatsstreich Verurteilten und Verbannten ein.
	2. Dezember: Proklamation des Kaiserreichs.
	Buchpublikationen: »Les Vacances de Pandolphe« (»Die Ferien des Pandolphe«), »Le Démon du Foyer« (»Des Hauses Dämon«, Erstaufführung am 1. September).
1853	Buchpublikationen: »Mont-Revêche«, »La Filleule« (»Das Patenkind«), »Les Maîtres sonneurs« (»Die Meistermusikanten«), »Mauprat« (Erstaufführung am 28. November).
1854	»Adriani«, »Histoire de ma vie« (»Geschichte meines Lebens«) (Bd. I–IV), »Flaminio« (Erstaufführung 31. Oktober).
1855	11. März: Aufbruch zu einer Italienreise, die George Sand nach Rom führen wird.
	Buchpublikationen: »Histoire de ma vie« (»Geschichte meines Lebens«) (Bd. V–XX), »Maître Favilla« (Erstaufführung 15. September).
1856	Erstaufführung der Stücke »Lucie«, »Françoise«, »Comme il vous plaira« (»Wie es euch gefällt«, nach Shakespeare).
1857	2. Mai: Tod Alfred de Mussets.
	Buchpublikationen: »La Daniella«, »Le Diable aux champs« (»Der Teufel auf den Feldern«).
1858	»Les Beaux Messieurs de Bois-Doré« (»Die schönen Herren von Bois-Doré«), »Les Légendes rustiques« (»Die Bauernlegenden«). Sand versöhnt sich mit Buloz und der Revue des Deux Mondes.
1859	»Narcisse«, »Elle et Lui« (»Sie und Er«, 14. Mai; zunächst erschienen in der Revue des Deux Mon-

des vom 15. Januar bis 1. März), »L'Homme de neige« (»Der Schneemann«), »Les Dames vertes« (»Die grünen Damen«), »Promenades autour d'un village« (»Spaziergänge um ein Dorf herum«). Die Veröffentlichung von »Sie und Er« löst heftige Auseinandersetzungen zwischen den Anhängern Sands und Mussets aus. Paul de Musset antwortet im selben Jahr im Magasin de Librairie mit »Lui et Elle«, Louise Colet publiziert im Messager de Paris »Lui«.

1860 »Jean de la Roche«, »Constance Verrier«. »Lui et Elle« und »Lui« erscheinen in Buchform.

1861 »La Ville noire« (»Die schwarze Stadt«), »Le Marquis de Villemer«, »Valvèdre«, »La Famille de Germandre«.

1862 »Autour de la table« (»Rund um den Tisch«), »Souvenirs et impressions littéraires« (»Literarische Erinnerungen und Impressionen«), »Tamaris«, »Le Pavé« (»Der Pflasterstein«, Theaterstück), »Les Beaux Messieurs de Bois-Doré« (»Die schönen Herren von Bois-Doré«, Theaterstück).

1863 »Mademoiselle La Quintinie«.

1864 12. Juni: George Sand überläßt Nohant ihrem Sohn; sie lebt mit Manceau in Palaiseau.
Buchpublikationen: »Théâtre de Nohant«, »Le Marquis de Villemer« (Theaterstück), »Le Drac« (Theaterstück).

1865 21. August: Tod Manceaus.
Buchpublikationen: »La Confession d'une jeune fille« (»Die Bekenntnisse eines jungen Mädchens«), »Laura«.

1866 »Monsieur Sylvestre«, »Les Don Juan de village« (»Die Don Juans vom Dorf«, Theaterstück), »Le Lis du Japon« (»Die Lilie aus Japan«, Theaterstück).

1867 »Le Dernier Amour« (»Die letzte Liebe«).

1868 24.–26. Mai: George Sand trifft Flaubert in Crois-
set.
Buchpublikationen: »Cadio«, »Mademoiselle Mer-
quem«.
23.–28. Dezember: Aufenthalt Flauberts in Nohant.

1870 4. September: Proklamation der Republik.
Buchpublikationen: »Pierre qui roule«, »Le Beau
Laurence«, »Malgré tout« (»Trotz allem«).

1871 18. März–28. Mai: Aufstand der Commune.
George Sand verurteilt den Aufstand. Später ist
sie tief betroffen von seiner grausamen Unter-
drückung.
Buchpublikationen: »Césarine Dietrich«, »Journal
d'un voyageur pendant la guerre« (»Tagebuch eines Reisenden während des Krieges«).

1872 »Francia«, »Nanon«.

1873 12.–19. April: Aufenthalt Flauberts und Turgen-
jews in Nohant.
Buchpublikationen: »Impressions et souvenirs«
(»Eindrücke und Erinnerungen«), »Contes d'une
grand'mère« (»Erzählungen einer Großmutter«,
Erste Folge).

1874 »Ma sœur Jeanne« (»Meine Schwester Jeanne«).

1875 »Flamarande«, »Les Deux Frères« (»Die beiden
Brüder«).

1876 8. Juni: Tod George Sands in Nohant.
Buchpublikationen: »La Tour de Percemont«
(»Der Turm von Percemont«), »Marianne«, »Contes d'une grand'mère« (»Erzählungen einer Großmutter«, Zweite Folge).

Nachwort

»Die Nachwelt wird unsere Namen wiederholen wie die jener unsterblichen Liebespaare, die zusammen nur noch einen Namen haben, wie Romeo und Julia, Heloïse und Abälard; nie wird man von dem einen sprechen, ohne auch den anderen zu nennen.« Alfred de Musset täuschte sich nicht, als er in seinem Brief an George Sand vom 23. August 1834 (Evrard, p. 159) das bleibende Interesse der Nachwelt für ihre Liebe prophezeite: Wohl kaum eine Liebesbeziehung ist im 19. und 20. Jahrhundert derart häufig dargestellt und analysiert worden wie eben diese. Wir sind heute über kleinste Einzelheiten dieser Liaison informiert, jedes Detail wurde in den verschiedenen »Wahren Geschichten des Abenteuers von Venedig« ausgebreitet und diskutiert.

Freilich ein harmonisches Paar wie Romeo und Julia konnte die Nachwelt in den »venezianischen Liebenden« nicht erkennen. Im Gegenteil: Selten hat eine Liebesbeziehung derart leidenschaftliche Parteinahme für den einen oder den anderen Partner provoziert. »Mussetisten« und »Sandisten« befehdeten sich über Generationen hin, weil sie in der müßigen Frage der Schuld an dem Leid, das sich die beiden in ihrer unglücklichen, quälenden Liebe bereiteten, verschiedener Meinung waren. Noch die jüngste umfassende Darstellung der »Liaison Musset-Sand« (von Guillemin) ist im Ton dieser leidenschaftlichen Parteinahme geschrieben und stellt Sand als von Grund auf verlogenes, scheinheiliges und männertolles Wesen dar.

Das Interesse der Nachwelt erklärt sich nicht nur aus der Natur dieser stürmischen, zerstörerischen, skandalumwitterten Liebe, in der man das Paradigma romantischer Liebe und Lebenshaltung schlechthin erkennen konnte: In den Protagonisten dieser Beziehung haben wir vielmehr zwei der großen Autoren der französischen Literatur vor uns: Alfred de Musset, den Dichter der »Nuits«, den viele Generationen als den romantischen Lyriker *par excellence* ansahen und in dem wir heute aufgrund seiner Stücke »Lorenzaccio«, »Scherzt nicht mit der Liebe«, »Die launische Marianne«[1] den bedeutendsten französischen Dramatiker des 19. Jahrhunderts erkennen; George Sand, die eines der umfassendsten und vielseitigsten literarischen Werke hinterlassen hat, die lange Zeit verkürzt als Autorin regionalistischer Romane rezipiert wurde und uns heute vor allem durch ihre autobiographischen Schriften und die feministischen und gesellschaftsutopischen Züge ihrer Romane anspricht.

George Sand und Musset sind die Protagonisten und die ersten Darsteller dieser Liebe. Als Musset im eingangs gebrachten Zitat sich und Sand Unsterblichkeit prophezeit, da denkt er in erster Linie an die Wirkung seiner »Bekenntnisse eines Kindes seiner Zeit«,[2] die er damals plant und in denen er seine Beziehung zu Sand verarbeiten will. In den Briefen, die Musset nach seiner Abreise aus Venedig am 29. März 1834 an Sand schickt, kommt wiederholt zum Ausdruck, was er mit seinem Buch erreichen möchte. Er will »bekennen«, daß er durch sein Verhalten die Geliebte in Leid und Verzweiflung stürzte; mit seinem Bekenntnis will er sie um Entschuldigung bitten. Sand hingegen will er rein wie einen Engel darstellen, er will sie verehren wie eine Heilige, »ich möchte Dir«, so schreibt er am 30. 4., »einen Altar errichten, sei es mit meinen Gebeinen« (Evrard, p. 94).

Bei seiner Abreise aus Venedig befindet sich Musset in einer Art Zerknirschungswahn: Er ist überzeugt, daß er allein am ·Scheitern der Liebe schuldig ist, daß seine

1 Vgl. Alfred de Musset, Dramen, München 1981, Winkler Verlag.
2 Vgl. Alfred de Musset, Sämtliche Romane und Erzählungen, München 1980, Winkler Verlag.

Abreise, trotz seiner Liebe, notwendig ist, will er Sand nicht völlig zugrunde richten. Er empfindet grenzenlose Dankbarkeit gegenüber der Geliebten, die ihn selbstlos und aufopferungsvoll während seiner Krankheit gepflegt, ja ihm vielleicht das Leben gerettet hat. Vorsichtig hat Sand ihm zu verstehen gegeben, daß zwischen ihr und Pagello Liebe aufkeimt, daß sie vielleicht in dieser Liebe Trost und Heilung finden kann, daß Pagello und sie es jedoch nicht wagen würden, diesem Gefühl nachzugeben, wenn er dies nicht billige, denn allzu sehr liebten und respektierten sie ihn. Zutiefst durch die Ereignisse erschüttert und verzweifelt über sich selbst, opfert Musset sich großmütig auf und reist ab; er gibt Sand frei, damit Pagello sie glücklich machen kann, wozu er unfähig war. »[Octave] dankte Gott dafür, daß von drei Menschen, die durch seine Schuld gelitten hatten, nur einer unglücklich blieb«, so lautet der Schlußsatz der »Bekenntnisse«, der die Stimmung Mussets bei seiner Abreise aus Venedig getreu wiedergibt. Sand und Musset trennen sich in der Überzeugung, daß auf diese Weise ihre Liebe auf höherer Ebene fortdauern kann. »Ein erbärmlicher Streit von einer Stunde darf nicht unser ewiges Glück lösen« (so Brigitte beim Abschied zu Octave, »Bekenntnisse«, p. 271).

\ Als Musset später die »Bekenntnisse« ausarbeitet und fertigstellt, weiß er längst, daß er in Venedig das Opfer einer »Komödie« wurde (Maurras). Sand und Pagello waren schon Ende Februar ein Liebespaar geworden, als Sand noch mit dem rekonvaleszenten Musset zusammenlebte, doch sie hatte diesem die neue Beziehung verheimlicht (um den noch nicht völlig Genesenen zu schonen, wie sie später im »Journal intime« beteuert; »Œuvres autobiographiques«, II, 957). Musset, der von sich sagte, daß er nichts mehr haßte als die Lüge, war von dieser Entdeckung zutiefst betroffen: sein moralischer Aufschwung in Venedig, sein großmütiges Opfer, die gegenseitige Beteuerung der ewigen Liebe, all dies mußte sich nun lächerlich ausnehmen, beruhte auf erfundenem Machwerk.

Doch an der ursprünglichen Konzeption der »Bekenntnisse« änderte Musset deswegen nichts; offensichtlich behielt der Schriftsteller, der die literarische Ergiebigkeit des Stoffes erkannt hatte, gegenüber dem gekränkten Liebhaber die Oberhand. Musset läßt seinen Roman zu einer eindringlichen, schonungslosen Selbstanalyse werden. Wieso konnte er Sand nicht lieben, ohne sie gleichzeitig unglücklich zu machen? Im Niederschreiben seiner Geschichte, in ihrem Nacherleben, Nachfühlen sucht er sich zu verstehen, sucht er gleichzeitig Erleichterung und Heilung. Er sieht sein Ich gespalten, hin- und hergerissen zwischen dem Bedürfnis nach Glauben und wahrer Liebe und der Versuchung, an allem zu zweifeln, alles in den Schmutz zu ziehen. Musset will das Allgemeingültige an seinem Schicksal festhalten: er führt seinen Fall seinen Zeitgenossen als Warnung vor Augen, denn er ist überzeugt, daß die Zeit, in der er lebt, dieses »abgestumpfte, verdorbene, gottlose, schwelgerische Jahrhundert«, sein ursprünglich reines Herz verdorben hat und damit letztlich an seiner Unfähigkeit zur wahren Liebe die Schuld trägt.

Was konnte George Sand, die Mussets idealisierende Darstellung ihrer Liebe in den »Bekenntnissen« zu Tränen gerührt hatte (»Correspondance«, III, p. 398 f.), ein Vierteljahrhundert später bewegen, ihrerseits einen autobiographischen Roman über ihre Beziehungen zu Musset zu schreiben, und dies in einer Form, die ihr den beinahe einmütigen heftigen Tadel der damaligen Kritik einbrachte, sie glorifiziere sich selbst und beleidige das Andenken des eben verstorbenen wehrlosen Musset in schäbiger und infamer Weise? Selbst einen unverdächtigen Zeugen, Sands Freund und Verleger François Buloz, befremdete dieser Roman. In mehreren Briefen (siehe besonders den vom 14. August 1858; Spoelberch, p. 162 ff.) versuchte dieser der Autorin schonend beizubringen, sie möge doch vor der Drucklegung Änderungen erwägen: Thérèse sei allzu vollkommen geraten, ihr engelhaftes Wesen sollte gedämpft werden; »es gibt da *heilige* Ausdrücke, wenn ich so sagen darf, die allzu häufig auf Thérèse angewandt werden«; mit Musset hingegen sei sie zu streng verfahren, sie sollte großzügiger sein, den Künstler positiver zeichnen. »Sie müssen sozusagen alles wägen und mäßigen, so als ob Alfred da wäre und Ihnen antworten könnte.« Doch Sand ließ sich nicht beirren. Freilich Buloz' Kritik, Thérèse wechsle allzu leicht aus den Armen Laurents in die Palmers (Brief vom 19. 8.), nimmt sie sich zu Herzen: im Roman wird Thérèse zu keinem Zeitpunkt Palmers Mätresse.

Gewiß wollte Sand mit »Sie und Er« nicht verspätet auf die »Bekenntnisse« antworten, in denen sie so makellos dasteht. »Sie und Er« übernimmt ja im wesentlichen die Wertungen Mussets, so daß man den Roman nicht ganz zu Unrecht als Appendix der »Bekenntnisse«, der diese noch einmal bestätigt, bezeichnen konnte (Guillemin, p. 209). Nur: in den »Bekenntnissen« klagt der Autor sich an und verherrlicht die Geliebte, in »Sie und Er« beschuldigt die Autorin den Geliebten und beweihräuchert sich selbst. Mussets Roman ist zweifellos das noblere Buch, doch nicht nur dies: er ist Sands Darstellung literarisch wie gehaltmäßig weit überlegen.

Wollte die schreibwütige und geschäftstüchtige Sand nach dem Tod des populären Musset die günstige Stunde nutzen und ein Buch herausbringen, das sich ganz ohne Zweifel gut verkaufen ließe? Diese Motivation darf man kaum ausschließen, doch sie greift gewiß zu kurz. Die Korrespondenz Sands mit Buloz, in dessen Revue des Deux Mondes der Roman, wie schon die »Briefe eines Reisenden« und die »Bekenntnisse«, erscheinen sollte, zeigt uns dies: Sand meinte, sich vor der öffentlichen

Meinung rechtfertigen zu müssen; sie war gekränkt, fühlte sich ungerecht behandelt. »Man merkt«, so antwortet ihr Buloz am 14. August 1858, »daß Sie (in »Sie und Er«) bestimmte Anklagen haben zurückweisen wollen, die Sie mit vollem Recht zurückweisen dürfen, denn sie sind falsch . . . Selbstverständlich haben Sie den Dichter nicht getötet, wie man dies behauptet hat.« An Sainte-Beuve schreibt Sand am 20. Januar 1861, sie habe »Sie und Er« publizieren müssen, um klarzustellen, wie in dieser Geschichte, die »von bestimmten Leuten« entstellt worden sei, die »wirklichen Gefühle« ausgesehen hätten; auch Musset selbst habe ihr nach den »Bekenntnissen« schaden wollen (Sand denkt sicher an Bemerkungen Mussets gegenüber Freunden in Paris, aber auch an literarische Werke wie die Novelle »Die Geschichte einer weißen Amsel« oder das Gedicht »An meinen Bruder, der aus Italien zurückkehrt«), doch trage er gewiß an den Verleumdungen weniger Schuld als seine Freunde und Anhänger (Brief vom 6. Februar 1861). Sie fühle sich »unschuldig an dem langsamen Selbstmord, der das *ganze* Leben dieses Unglückseligen gewesen« sei (»Les Lettres de George Sand à Saint-Beuve«, hg. v. Ö. Södergård, Genf/Paris 1964, p. 140 ff.).

Um Sands Verbitterung zu verstehen, müssen wir uns vergegenwärtigen, daß der unpolitische Musset in den fünfziger Jahren zum populärsten französischen Dichter avanciert war; die Kritik feierte ihn, sah in ihm das poetische Genie *par excellence*, während Sand aufgrund ihrer gesellschaftskritischen Romane und ihres revolutionären Engagements als kompromittiert galt (1863 wird die Kirche ihr Gesamtwerk auf den Index setzen). Eine immer wieder diskutierte Frage war die nach den Gründen des frühen Erlöschens von Mussets Schaffenskraft, und die gängige Antwort lautete – trotz der »Bekenntnisse eines Kindes seiner Zeit« –, die unglückliche Liebe zu George Sand und deren treuloses Verhalten seien für des

Dichters lähmende Verzweiflung und seinen frühen Tod verantwortlich.

Der Roman »Sie und Er« hat die *Querelle* der Mussetisten und Sandisten ausgelöst. Neben einer Flut von Artikeln erschienen noch im selben Jahr die Romane von Mussets Bruder Paul (»Lui et Elle«) und von einer ehemaligen Geliebten Mussets – der langjährigen Mätresse Flauberts – Louise Colet (»Lui«), die den Spieß umdrehen und Sand in sehr negativem Licht zeigen. Louise Colet will alles aus erster Hand, also von Alfred de Musset selbst erfahren haben. Paul de Musset publiziert in seinem Roman gar Teile aus Sands »Journal intime«, was für diese, die das Dokument nicht in Pauls Händen vermutete, eine böse Überraschung gewesen sein dürfte: Paul, so die Auflösung der Fiktion des Romans, handelt im Auftrag seines Bruders selbst, der ihm die Dokumente vor seinem Tod mit der Bitte übergeben hatte, diese zu verwenden, sollte Sand einst es wagen, ihn öffentlich als »undankbar, verrückt und böse« hinzustellen, obwohl doch sie ihn betrogen, um den Verstand gebracht und ihm das Herz vergiftet habe (p. 237). 1860 publiziert Lescure mit »Eux et Elles. Histoire d'un scandale« eine kritische Rezension der drei Romane, in der unter moralischem Gesichtspunkt Paul de Musset am besten abschneidet. Wenig später erscheint das »zeitgenössische Drama« »Eux« von »Moi«, wiederum aus der Feder eines Mussetisten, das George Sand und Louise Colet lächerlich macht.

Sand fühlte sich von der auf sie herabprasselnden Kritik »beleidigt, verleumdet«. In der Revue des Deux Mondes vom 15. Oktober 1859 (im Vorwort zum Roman »Jean de la Roche«) versucht sie sich höchst indigniert zu verteidigen (p. 942 ff.). Hier werde eine Attacke gegen die Freiheit des Künstlers geritten, der unter der Voraussetzung, daß er die wirklichen Figuren und Begebenheiten unter einem Schleier verberge, das Recht habe, in seinen Werken eigene Erfahrungen und Erlebnisse zu verarbeiten. In ihrem Roman aber erschienen keine wirklichen Figuren, sondern durch die Kunst gestaltete Typen. Eben dies mochte die Kritik jedoch nicht wahrhaben; an jeder Ecke lugten nach ihrer Auffassung die historischen Figuren unter dem Schleier hervor. Im übrigen, so das zweite Argument Sands, könnten sie derartige Angriffe nicht treffen, denn demjenigen, der seine Erfahrungen der Wahrheit gemäß, im Geiste der Großzügigkeit, des Verzeihens und der Nächstenliebe darstelle, wie sie dies getan habe, könne die Kritik frivoler und reaktionärer Geister gleichgültig sein.

So ganz gleichgültig war ihr die Kritik aber dann doch nicht. In aller Eile bereitete sie, um auf »Lui et Elle« und »Lui« gebührend antworten zu können, den Briefwechsel zwischen ihr und Musset, dessen beide Teile sie in ihren Besitz gebracht hatte, zur Publikation vor. Sie hatte dabei keine Skrupel, Briefe zu verstümmeln, verschwinden zu lassen und neu zu schreiben. Die Publikation sollte nach ihrer Vorstellung beweisen, daß zumindest drei schreckliche Dinge, die Paul ihr in »Lui et Elle« angehängt hatte, nicht auf ihrem Gewissen lasteten (Brief an Sainte-Beuve vom 6. Februar 1861): daß sie sich im Angesicht eines Todkranken einen neuen Liebhaber nahm (Paul übertreibt hier nur wenig); daß sie Musset drohte, ihn in ein Irrenhaus einliefern zu lassen (Maurras hält dies für wahrscheinlich); daß sie – im Spätjahr 1834 nach Mussets Entdeckung ihres Betruges – alles tat, den widerstrebenden Musset zurückzuerobern (hier sagt Paul schlicht die Wahrheit). Glücklicherweise unterbreitete Sand ihren Plan zunächst Sainte-Beuve, der ihr von der Publikation abriet und sie – zu spät – beschwor, die Autographe ja nicht zu verstümmeln (Brief vom 14. 2. 1861).

»Sie und Er« steht wie die »Bekenntnisse eines Kindes seiner Zeit« in der Tradition des autobiographischen Romans, der seit der Frühromantik, in der der Drang zur

Zeichnung von Alfred de Musset: selbstironischer Kommentar zu der Episode von Fontainebleau. Vgl. Sie und Er, *S. 94.*

Selbstdarstellung allmächtig wurde, zum beliebten Genus geworden war (man denke an Chateaubriands »Atala« und »René«, Mme de Staëls »Delphine« und »Corinne«, Senancours »Oberman«, Constants »Adolphe« . . .). »Dieserart Werke . . . [sind] für Memoiren nicht wahr genug . . . und für Romane nicht falsch genug«, hatte Musset am 20. Juni 1836 nach der Publikation der »Bekenntnisse« an Liszt geschrieben (Séché, p. 132) und so deren Stellung zwischen einer autobiographischen und einer fiktiven Erzählung treffend gekennzeichnet.

Was Fiktion und was Wirklichkeit in »Sie und Er« ist, kann man sauber nicht voneinander trennen. Sand hat ihr Erleben mit Musset zur Grundlage ihres Romans gemacht, d. h. der große Ablauf der Geschichte bleibt gewahrt: die Liebe in Paris, der Ausflug nach Fontainebleau (der Name ist im Roman ausgespart), die Italienreise, die Krankheit Mussets, die Trennung, die Wiederaufnahme der Beziehungen in Paris, der endgültige Bruch . . . Doch handhabt Sand wie schon Musset (der seinen Roman mit der ersten Trennung hatte enden lassen) Einzelheiten völlig frei; sie ändert Namen, verlegt Ort und Zeit der Handlung, erfindet Umstände und Begebenheiten hinzu; vor allem: sie konzentriert die Handlung auf einige zentrale Ereignisse, um dem Roman Geschlossenheit zu geben. In einem Brief an Sainte-Beuve erläutert Sand, sie habe das »Wesentliche der wirklichen Gefühle« wiedergeben, die Tatsachen und Personen jedoch unkenntlich machen wollen. Die Ideen und Gefühle der Liebenden habe sie so, wie sie ihr im Gedächtnis waren, nachgezeichnet, aber auch so, wie sie sie aus der zeitlichen Distanz einschätzte (Brief vom 20. Januar 1861). Sand nimmt sich also explizit das Recht, aus der Warte ihrer späteren Entwicklung zu urteilen. Zweifellos erklärt dies viele »Ungerechtigkeiten« im Roman: das Bild, das Sand von Musset und von sich selbst hat, ist 1858 sehr viel anders als 1833.

Die Personen also sollen im Roman unkenntlich gemacht werden. George Sand wird zur Malerin Thérèse Jacques, Alfred de Musset zum Maler Laurent de Fauvel, (der – wie dies auch für Musset und Sand zutrifft – um einige Jahre jünger ist als Thérèse), der 26jährige Arzt Pagello zu Dick Palmer, einem etwa 40jährigen reichen amerikanischen Großkaufmann, der sich früh zur Ruhe gesetzt hat und nun auf Weltreisen seinen Bildungshunger stillt. Thérèse und Laurent unternehmen wie Sand und

Musset eine Italienreise, doch führt diese sie nicht nach
Venedig: Zur Krise kommt es in Genua, Laurent erkrankt
in Florenz (nachdem Thérèse sich schon vorher von ihm
getrennt hatte), die Abschiedsszene spielt (statt in Mestre)
in La Spezia, Porto-Venere und auf der Insel Palmaria:
Sand wählt Orte, die ihr von ihrer zweiten Italienreise
(1855) her noch in frischer Erinnerung waren.

Während die Lebensumstände, in die Laurent eingebet-
tet wird, denen Mussets deutlich ähneln, werden die Bio-
graphien Sands und Pagellos stark verändert, und dies
gewiß nicht nur, um die Personen und Fakten unkenntlich
zu machen. Die Änderungen tragen zur Tendenz des
Romans unmittelbar bei. Es ist eine romaneske Geschichte, wie sie in einem Abenteuerroman stehen könnte,
die wir da über Thérèse hören: sie ist die uneheliche
Tochter eines reichen Bankiers und eines einfachen Mädchens, das im Hause des Bankiers als Erzieherin arbeitete.
Nach der Geburt Thérèses wird die Mutter an einen
Angestellten des Bankiers verheiratet, der jedoch von
dem Kind nichts erfahren darf. Thérèse wird deshalb auf
dem Land aufgezogen und sieht ihre geliebte Mutter nur
selten. Sie wird sechzehnjährig vom Vater an einen portu-
giesischen Grafen und Großgrundbesitzer aus Havanna
verheiratet, der ihre Liebe auf das abscheulichste täuscht:
er heiratet sie, obwohl er bereits verheiratet ist. Als sie sich
nun von ihm trennt, raubt er ihr ihr Kind, das dann, so
erfährt sie, stirbt. Sie steht völlig mittellos da, schlägt sich
in England durch mit Französisch-, Mal- und Musikun-
terricht, bevor sie nach Paris kommt, wo sie sich als
Malerin ihren Lebensunterhalt verdient.

In dieser abenteuerlichen Geschichte sind ohne Zweifel
biographische Momente verarbeitet worden: der soziale
Unterschied zwischen Sands Vater, einem adligen Offizier, und der Mutter, der Tochter eines Pariser Vogel-
händlers; das seltene Zusammensein mit der Mutter, da
diese nach dem tödlichen Unfall des Vaters die Erzie-

hungsberechtigung gegen eine Pension an die Großmutter abgegeben hatte; die frühe und bald unglückliche Ehe mit Casimir Dudevant; die schriftstellerische Tätigkeit in Paris . . ., doch ist alles in dieselbe Richtung hin übersteigert. Thérèse soll als vom Leben unschuldigerweise grausam gezeichnete Frau erscheinen, die es früh gelernt hat, auf eigenen Füßen zu stehen, der es aufgrund strenger moralischer Prinzipien und eines eisernen Arbeitswillens gelang, sich durchzuschlagen, die, da sie den Ernst des Lebens früh in all seiner Tiefe erfahren hat, sich nach einem geregelten, ruhigen Leben sehnt und keinerlei Interesse haben kann, sich leichtfertig in frivole Liebesabenteuer zu stürzen.

Sand lernte Pagello erst am Krankenbett in Venedig kennen, und die beiden wurden schon nach wenigen Wochen, als Sand noch mit Musset zusammenlebte, ein Liebespaar. Dies hat Sand immer geleugnet (außer in ihrem in einer Phase der Zerknirschung geschriebenen, für Musset bestimmten »Journal intime«): Zwei Liebhaber gleichzeitig zu haben, das widersprach all ihren öffentlich bezeugten moralischen Prinzipien.

Ganz anders ist die Beziehung Thérèse–Palmer ausgefallen. Palmer kennt Thérèse (ähnlich wie Smith Brigitte) seit ihrer Jugend. Er war ein Freund ihres Vaters, der es gern gesehen hätte, wenn Palmer seine Tochter geheiratet hätte. Später hat sich Palmer der jungen betrogenen Frau in ihrer Not in England angenommen. Er fühlt sich für sie verantwortlich, denn er schuldet es dem verstorbenen Freund, über sie zu wachen. Er ist Thérèse ein väterlicher Freund geworden, zu dem sie volles Zutrauen hat, den sie respektiert und achtet.

Palmer ist in seiner Ausgeglichenheit, seiner Güte und Gerechtigkeit, seiner moralischen Kraft und Gesundheit, seiner Großmut und Nächstenliebe das Gegenbild des unsteten, wankelmütigen, schwachen, hilfsbedürftigen Laurent. »In seinen Vorstellungen, wenn nicht in seinem

Charakter glich er Thérèse und stimmte fast immer in jeder Hinsicht mit ihr überein«, heißt es bezeichnenderweise über ihn (p. 53). So erscheint es nur allzu verständlich, daß Thérèse, als ihre Liebe zu Laurent scheitert und sie sich an dessen Krankenbett erneut von der Großmut und dem Seelenadel Dick Palmers überzeugen kann, nach einigem Zögern einwilligt, als dieser sich ihr als Retter anbietet, ihr seinen Namen und sein Vermögen zu Füßen legt und ihr ein ruhiges Leben in der Ehe mit ihm in Aussicht stellt. Palmer, so meint Lescure spöttisch, fungiert in Sands Roman als »bürgerliche Vorsehung« (p. 14). Bei dem Eheversprechen bleibt es; Thérèse konzediert nicht mehr, und Palmer fordert auch nicht mehr. Mit den »wirklichen Gefühlen« Sands und Pagellos in Venedig hat dies nun nichts mehr zu tun.

Wieso wird Thérèse, die sich nach einem ruhigen, »bürgerlichen« Leben sehnt und sich im Einklang der Seelen mit Palmer weiß, trotzdem nicht dessen Frau? Nun, der gute, großmütige, starke Palmer zeigt schließlich doch eine Schwäche. Er wird eifersüchtig, beginnt, an Thérèse zu zweifeln, zuerst, als sie Laurent zum Abschied nach La Spezia begleitet, dann erneut bei der Rückkehr nach Paris, als sie Laurent ungewollt wiedersieht. Gerade das absolute Vertrauen, nach dem Thérèse nach all den Enttäuschungen, die das Leben ihr bereitet hat, sich sehnt, vermag Palmer ihr nicht zu schenken. Sie muß erkennen, »daß sein ganzer Ehrgeiz dem Guten und dem Schönen galt, die Stärke seines Charakters jedoch nicht immer Schritt halten konnte mit den Vorstellungen, die er sich davon machte« (so schon p. 162). Es kommt zur Trennung. Doch tritt Palmer noch einmal in all seiner Großmut in Erscheinung, als er Thérèse das totgeglaubte Kind zurückbringt und ihr damit erlaubt, sich endgültig von Laurent loszusagen.

Palmer ist eine wenig interessante Figur in diesem Roman, die vor allem der indirekten Kennzeichnung der

Charaktere der Protagonisten dient. Laurents Schwächen gewinnen im Vergleich mit den Vorzügen Palmers an Relief; Thérèse bestätigt ihre Seelengröße durch ihre Freundschaft zu einem solchen Mann, der ihrer idealistischen Liebeskonzeption aber schließlich doch nicht gewachsen ist.

Der eigentliche Gegenstand des Romans ist die Analyse der Liebesbeziehung zwischen Thérèse und Laurent.

Thérèse haben wir bereits kennengelernt. Ihr hartes Schicksal hat ihren Charakter geprägt. Sie ist ernst, überlegt, willensstark, pflichtbewußt, arbeitsam, »wahrhaft keusch«; sie liebt die Ordnung und sehnt sich nach einem ruhigen, geregelten »bürgerlichen« Familienleben, das die Künstler nach ihrer Meinung zu Unrecht verachten.

Laurent ist das völlige Gegenbild nicht nur Palmers, sondern insbesondere der Thérèse. Er verkehrt in mondänen Kreisen (lieber noch als in künstlerischen Zirkeln), gefällt sich in Liebesabenteuern mit freizügigen Damen und Freudenmädchen, trinkt, spielt. Er hat mit 24 Jahren die Erfahrungen eines Vierzigjährigen. Er gibt sich selber als alt, verbraucht, verdorben, skeptisch. Doch er ist nicht nur der durch die *débauche* verdorbene Libertin, er ist »voller Widersprüche«, ist in seinem Wesen gespalten. Trotz seines ausschweifenden Lebens ist er zu Aufschwüngen fähig, in denen er das »Schöne, Gute, Wahre« erkennt und selbst dem Ideal der reinen Liebe nachstrebt, das Thérèse verkörpert. Er leidet im Grunde an seinem Hang zum niederen Vergnügen, er ist – hierin ganz romantischer Held – dem *ennui*, dem Weltschmerz, verfallen; sein innerstes Ich, sein Herz, ist rein und der höchsten Gefühle fähig geblieben. Doch Laurent ist schwach, es gelingt ihm nicht, sich von seinen funesten Neigungen zu befreien; er schwankt hin und her zwischen dem Zweifel an allem, der Ausschweifung der Sinne und den Aufschwüngen der Seele, fällt von einem Extrem ins andere. Thérèse hält ihn für krank.

Die Schwäche Laurents ist nun andererseits eben die Eigenschaft, die Thérèse anzieht. Freilich sprechen ihre Prinzipien gegen eine Liebesbeziehung außerhalb der Ehe und insbesondere mit Laurent, der in seinem ausschweifenden Leben die Liebe in den Schmutz gezogen hat. Für ihn ist die Liebe Genuß, Vergnügen, Befriedigung der Sinne, Leidenschaft, eine Liebeskonzeption, die Thérèse abstößt. Für sie ist Liebe Liebe der Herzen, der Seelen, sie ist etwas Heiliges, Göttliches, das den Liebenden zu den höchsten Gefühlen beflügelt. Diese platonistisch spiritualistische Liebeskonzeption teilt Thérèse mit anderen Romanheldinnen George Sands (mit denen sie überhaupt zahlreiche Züge gemein hat): Die Liebe ist »das heilige Streben des ätherischsten Teils unserer Seele nach dem Unbekannten«, so meint etwa Lélia (im gleichnamigen Roman, I, 17).

Nicht Liebe kann also Thérèse Laurent bieten, sondern nur Freundschaft, *amitié*. Um Laurent, der sie umwirbt, in Schranken halten zu können, gibt sie gar vor, sie sei an einen anderen Liebhaber gebunden. Der Freundschaft mit Laurent ist etwa ein Drittel des Romans gewidmet, eine Gewichtung, die nicht die Beziehungen Sand–Musset widerspiegelt, wohl aber die keusche Thérèse treffend charakterisieren kann. Die Freundschaft der Thérèse erscheint selbstlos, getragen von Mitleid, Verantwortungsbewußtsein und Nächstenliebe. Thérèse meint, den göttlichen Auftrag zu haben, Laurent, an dessen guten Kern sie glaubt, aus der *débauche*, in der er seine Gesundheit schädigt und seine künstlerischen Gaben vergeudet, herauszuführen, ihn zu heilen, ihn zurückzuführen zu seiner wahren Natur. Mehr noch als in der Rolle des Freundes, des *camarade*, erscheint Thérèse dementprechend in der Rolle der treusorgenden Schwester, der beschützenden und liebenden Mutter; eine Rolle, die wiederum auch andere Romanheldinnen Sands gern ihren in der Regel schwachen, kranken Geliebten gegenüber einnehmen.

Der Leser muß diese mütterliche Zuneigung in Verbindung bringen mit dem Tod des Kindes der Thérèse; diese überträgt ihre Mutterliebe auf den um einige Jahre jüngeren Freund. Damit ist das Ende des Romans bereits angelegt: als Palmer das totgeglaubte Kind zurückbringt, verläßt Thérèse ohne zu zögern den Geliebten.

Laurent akzeptiert in seinen guten Stunden Thérèse in dieser Rolle. Er übernimmt seinerseits die Rolle des schwachen, hilfsbedürftigen Kindes, das die führende Hand braucht, er ist Thérèse gegenüber »nicht wie ein Liebender, der sich erklären will, sondern wie ein Kind, das etwas zu beichten hat« (p. 32); er ist in ihrer Nähe »keusch ... wie ein kleines Kind« (p. 66); sie ist sein »guter Engel«, der ihm den rechten Weg weist. In seinen schlechten Stunden aber bäumt er sich auf und hält ihr vor, sie sei eine Moralpredigerin, sei überempfindlich, maßlos stolz, prüde, scheinheilig, kalt.

In Laurent können wir unschwer Musset erkennen, aber Thérèse? Sie ist gewiß eine Schwester Brigittes (aber strenger, selbstgerechter, weniger zärtlich), doch ist diese, wie wir sahen, eine bewußt von Musset idealisierte Figur. Das gemeinsame Vorbild George Sand galt Anfang der dreißiger Jahre als *femme perdue*; sie stellte sich offen gegen die bürgerliche Moral, setzte bei ihrem Ehemann durch, daß sie die Hälfte des Jahres über mit dem Geliebten (Jules Sandeau) in Paris leben und schriftstellerisch tätig sein konnte. Sie demonstrierte ihre Emanzipation in provozierender Art, indem sie männliche Kleidung trug, Zigarren rauchte und einen männlichen Künstlernamen annahm. Jules Sandeau war nicht ihr erster Geliebter und Musset sollte nicht ihr letzter sein: ihm folgte schon nach wenigen Wochen Michel de Bourges in der langen Reihe, die auch Frédéric Chopin umfassen wird. George Sand hatte zwei Kinder, die niemand ihr wegnahm, die sie aber während ihres Italienaufenthaltes mit Musset und dann mit Pagello monatelang alleinließ. Man hat den Eindruck,

*George Sand auf der Schiffsreise nach Italien (Dezember 1833).
Zeichnung von Alfred de Musset.*

daß George Sand, die 1858 anders fühlte und urteilte als 1833, nachträglich ihrem Handeln Kohärenz verleihen möchte.

Wie kommt es unter den geschilderten Voraussetzungen dann doch zu einer Liebesbeziehung zwischen Thérèse und Laurent? Laurent hat die Lebensgeschichte seiner Freundin erfahren und ist sicher, daß sie nur vortäuscht, einen anderen Geliebten zu haben. Er wagt es nun, ihr in einem Brief seine »leidenschaftliche« Liebe zu gestehen. Thérèse ist über diese Erklärung zutiefst unglücklich, sie fühlt sich in ihrer Freundschaft betrogen, sieht ihr bisheriges Leben bedroht. Während sie noch unschlüssig über ihre Reaktion ist, trifft ein zweiter Brief ein, in dem Laurent ihr schreibt, er »liebe sie wie ein Kind«. In ihren mütterlichen Gefühlen angesprochen, gibt Thérèse nach; »die einzige Leidenschaft, die sie in ihrem Herzen niemals wirklich bekämpft hatte, war die mütterliche Liebe« (p. 72). Die Rollen in dieser Liebesbeziehung sind damit von Anfang an klar bezeichnet. Thérèse legt Wert darauf, ihre Hingabe auch Laurent gegenüber als Opfer erscheinen zu lassen: sie hat diese Entscheidung getroffen, da sie sich ihrer moralischen Verantwortung nicht entziehen will, sie opfert Laurent aus einer »Regung [ihres] Herzens« heraus ihre »Ruhe«, ihren »Stolz«, ihr »Leben«, um weiterhin den Auftrag erfüllen zu können, ihn von einer schlechten Vergangenheit zu läutern. Würde sie sich Laurent verweigern, verfiele dieser unweigerlich erneut seinem »lasterhaften Leben«.

Die ersten Tage sind überglücklich; das Paar ist geeint in der »wahren, keuschen, erhabenen Liebe«, Laurent glaubt sich geheilt, gerettet, denn er sieht sich reiner, großer Gefühle fähig. Er betet Thérèse an, weiht ihr einen wahren Kult.

Doch Laurent kann sich nur kurze Zeit in den Höhen der spiritualistischen Liebe halten, nicht einmal acht Tage. Dann beginnt er, seiner Freiheit, seinem mondänen

Leben, das sie nicht mitmachen will, nachzutrauern. Bei einem Landausflug kränkt er sie zutiefst, als er sich laut erinnert, hier schon einmal mit einer früheren Geliebten, gewesen zu sein. In Genua wagt er es, sie in ein Album zu zeichnen, wo sich bereits andere Frauen in herausfordernden Posen befinden. Für sie ist dies eine Profanation ihrer »heiligen« Liebe, die keinen Scherz, keinen Spott, keinen Zweifel verträgt. Laurent wird der »hohen Liebe« überdrüssig; er langweilt sich mit Thérèse, die ihr geregeltes, arbeitsames Leben auch auf Reisen fortsetzen will. In Genua nimmt er schließlich seine mondänen Lebensgewohnheiten wieder auf, bleibt selbst des Nachts außer Haus. Er verspottet das Arbeitsethos seiner Geliebten, wirft ihr vor, sie habe eine kleine Feder im Kopf, die man nur aufzuziehen brauche, damit der Wille funktioniere; sie sei zu ernst, könne keinen Spaß verstehen, sei zu tugendhaft, schwebe immer in höheren Regionen, sie gehöre in ein Kloster, denn sie sei für die Liebe zu keusch. Es kommt zur entscheidenden Auseinandersetzung, als er sie beschimpft, sie habe ihn, nach wer weiß wie vielen anderen, als Liebhaber eingefangen, ohne ihn wirklich zu lieben, um ihn zu versklaven; sie sei geistlos, dickköpfig, rechthaberisch, langweilig, eitel bis zum Exzess; ihre Liebe sei ein Irrtum, Palmer sei der richtige für sie. Laurent reist nach dieser Auseinandersetzung nach Florenz ab.

Laurent ist zwar auch in dieser Phase der Beziehung zu Aufschwüngen fähig: nach seinen Beleidigungen bekennt er sich schuldig, bereut, bittet Thérèse (die an all den Krisen nach ihrer Meinung keinerlei Schuld hat, in den Augen der Leser aber durch ihren Stolz und ihre Überempfindlichkeit nicht wenig zur Verschlimmerung der Lage beiträgt) um Verzeihung, doch kommt er von seiner Doppelnatur, deren Ursachen in seinem früheren ausschweifenden Leben liegen, nicht mehr los. Seine Vergangenheit verfolgt ihn; er trägt das Brandmal der *débauche*,

die ihm verwehrt, mit Thérèse in den Höhen der Liebe der
Seelen zu weilen und ihn hinabzieht zu den Sinnen, zum
»Sumpf der Wirklichkeit«. Die Halluzination, die er bei
dem gemeinsamen Landausflug hat, nimmt seine weitere
Entwicklung vorweg: er sieht sich als Vierzigjährigen,
von Trunksucht, Ausschweifung und Krankheit ausge-
zehrt. Dieses »Schreckensbild des Lasters« verhöhnt den
verblendeten Laurent, der sich in der reinen Liebe versucht.

»Nächstenliebe gegenüber den anderen, Würde gegenüber sich selbst, Aufrichtigkeit vor Gott«, so lautet das
Motto von George Sands »Geschichte meines Lebens«.
Die dominierende Eigenschaft der Thérèse ist ohne Zweifel die Würde, man könnte auch sagen die Selbstgerech-
tigkeit, die noch vor der »Nächstenliebe« rangiert, oder
doch dieser eine strenge, unerbittliche Note verleiht. Thérèse verliert trotz aller Kränkungen in keinem Augenblick
ihre *dignité*; sie ist zu stolz, um Eifersucht zu empfinden;
sie erträgt stumm Laurents Beleidigungen, denn sie verdienen keine Antwort. Sie entzieht sich den Umarmungen
des Geliebten, vor dem sie Abscheu empfindet, doch sie
bringt dem in sich zerrissenen, verzweifelten Freund weiterhin das Opfer ihres Rufs und ihrer wirtschaftlichen
Sicherheit, um als Schwester und Mutter ihr Rettungs-
werk fortführen zu können. Als Laurent nach dem Bruch
in Florenz erkrankt, eilt sie zu ihm und pflegt ihn aufopferungsvoll, nicht aus Liebe, wie dieser immer noch annimmt, sondern aus Mitleid, mütterlicher Zuneigung und
Pflichtgefühl, denn »Gott [hatte] sie und keinen anderen
ausersehen . . ., dieses zerbrechliche Leben zu retten«
(p. 130).

Im dualistischen Weltbild, das Sands Roman zugrunde
liegt, werden die hohen Gefühle des Herzens, der Seele
Thérèse zugesprochen; diese Gefühle lassen sie mit dem
Himmlischen, dem Göttlichen kommunizieren, sie ist
eine »Heilige«, ein »guter Engel«. Laurent bleibt trotz

seiner Aufschwünge den Sinnen, dem Körperlichen, der Materie verhaftet; er ist damit den Versuchungen des Teufels verfallen: er hielt »Ausschau nach der Hölle« so heißt es einmal, »und sein Hirn, ja selbst sein Gesicht, gerieten gelegentlich in ihren teuflischen Widerschein« (p. 96). Er ist ein »verirrter«, ein »kranker«, ein »gefallener Engel«, ein Wesen, das von Engeln gezeugt und geboren wurde, jedoch die Milch einer Furie saugte.

Als Laurent nach seiner Genesung begreift, was er Thérèse angetan und wie sie darauf geantwortet hat, führt ihn dies zu einem Seelenaufschwung, wie er ihn bis dahin noch nicht gekannt hatte; er lebt bis zur Abreise nach Frankreich »die beste Woche seines Lebens«. Thérèses Beispiel gibt ihm seinerseits die Kraft zu edlen Gefühlen, er ist »nur noch Seele«. »Aufrichtig und begeistert spielte er die Rolle des gebrochenen Herzens, des folgsamen und gezüchtigten Kindes« (p. 141). In seinen Briefen an Thérèse bekennt er erneut, wie unwürdig er ihrer reinen, großherzigen Liebe war; er hat sich wie ein »undankbares und törichtes Kind« benommen; nach seiner Krankheit in Florenz jedoch hat er erkannt, daß er sich von ihr trennen muß, will er sie nicht völlig zugrunde richten; deshalb ist er abgereist und hat sie Palmer, der ihrer würdig ist, überlassen. Ihnen beiden verdankt er es, wenn er »statt sich im Schmutz zu wälzen, jetzt einem Vogel gleich seine Schwingen ausbreitet« (p. 187). Er hat nur eine Entschuldigung für sein Verhalten: er war zur Zeit seines Zusammenlebens mit Thérèse moralisch krank.

Wir sagten schon, daß schließlich auch Palmer sich Thérèses Liebeskonzeption nicht gewachsen zeigte. Daß Thérèse freilich nun wieder Laurents Geliebte wird, nimmt nach den Erfahrungen, die sie mit ihm gemacht hat, wunder. Wie begründet die Autorin dieses Verhalten ihrer Heldin? Aus den Briefen Laurents, die im Geiste einer »enthusiastischen kindlichen Liebe« geschrieben sind, hat Thérèse den Eindruck gewonnen, daß Laurent geheilt ist, daß er nun endlich der Seelenliebe den ersten Platz in seinem Fühlen einräumt. Seine Lebensführung in Paris bestätigt diesen Eindruck: er arbeitet ernsthaft und meidet die Ausschweifung; auch sein künstlerisches Genie hat sich in höhere Regionen aufgeschwungen. Hinzu kommt, daß Laurent sie fortwährend beschwört, nachdem sie ihm das Leben gerettet hätte, nun die »heilige Aufgabe« auf sich zu nehmen, aus ihm einen »großen Künstler«, eine »große Seele« und einen »großen Menschen« zu machen; ohne sie könne er dies nicht erreichen.

Thérèse wird also wiederum in ihren mütterlichen Gefühlen angesprochen; doch immer mehr wird auch deutlich, wie stark sie selbst in die »unselige Liebe« zu Laurent verstrickt ist: Die in der Liebe gesuchte Hingabe und Selbstaufopferung schließt auch das Leiden am anderen mit ein, ja dieses wird zum unverzichtbaren Bestandteil der Verbindung: »Sie mußte lieben, und es war ihr größtes Unglück dabei, daß sie mit Sanftmut, mit Selbstaufopferung lieben und um jeden Preis dieses starke mütterliche Gefühl befriedigen mußte, das wie eine verhängnisvolle Fügung ihr Wesen und ihr Leben bestimmte. Sie hatte es sich angewöhnt, um einen anderen zu leiden, und dieses Leiden brauchte sie immer noch« (p. 216). Thérèse selbst erkennt diese Eigenart ihrer Liebe, als sie ihrer Mutter gesteht, sie habe »viele Tage gebraucht, bis ich mich daran gewöhnt hatte, ohne meine Ma..¨rqualen auszukommen« (p. 182). Unter diesem Aspekt erscheint auch das Scheitern ihrer Verbindung zu Palmer in neuem Licht: hier hätte Thérèse keine Möglichkeit gehabt, die Rolle der sorgenden und belehrenden mütterlichen Geliebten zu spielen, war es doch im Gegenteil Palmer, der den Part des edlen Beschützers für sich beanspruchte. Laurent selbst führt, als er Thérèse beschwört, die Beziehung wieder anzuknüpfen, ähnliche Argumente ins Feld: »Ist es denn das Glück, das Du, die treu ergebene Frau, suchst? Kannst Du leben, ohne für jemanden zu leiden, und hast Du mich nicht manchmal, wenn Du meine Torheiten vergabst, Deine liebe Qual, Deine unentbehrliche Folter genannt?« (p. 184).

Die Umstände bei der Wiederaufnahme der Liebesbeziehung sind nun allerdings anders als vor der Italienreise. Laurent und Thérèse haben einander das Eheversprechen gegeben; Thérèse hat darein schließlich eingewilligt, weil nicht nur Laurent, sondern auch ihre Mutter sie dazu drängten.

Diesmal dauert das Liebesglück keine vierundzwanzig Stunden. Laurents Zweifel, seine Neugier, sein Spott kehren zurück; er quält Thérèse mit einer »entsetzlichen, rückwärtsblickenden Eifersucht«: Was war mit Palmer? Die Beziehung wird Thérèse immer unerträglicher; dennoch bricht sie sie nicht ab, da ein »grenzenloses Mitleid« erneut die Liebe überdauert (als Liebhaber flößt ihr Laurent nun »mehr Ekel ein als eine Leiche«); sie bringt es nicht über sich, ihr »Kind« seinem bösen Schicksal, »seinen teuflischen Verirrungen« zu überlassen, bis schließlich der heimgekehrte totgeglaubte Sohn Laurent, das Adoptivkind, endgültig verdrängt. .

In der Liaison Sand-Musset war es zeitweilig zu ganz anderen Szenen gekommen, von denen im Roman keine Spur bleibt. Als Musset Anfang November 1834 von Sands Betrug in Venedig erfuhr (Pagello hatte Tattet gegenüber geplaudert, der seinerseits seinen Freund Musset aufklärte, als dieser sich mit Gustave Planche wegen dessen Verleumdungen gegen ihn – und Sand – duellieren wollte), zog er sich von der Geliebten zurück. Nun tat sie alles, um seine Achtung und Liebe zurückzugewinnen. Damals schrieb sie ihr »Journal intime«, das offensichtlich dazu bestimmt war, von Musset gelesen zu werden. Sie bekennt dort, sie habe ihn (in Venedig) »betrogen«, habe »zwei Männer zugleich geliebt«, und erfleht sein Verzeihen. Sie spricht – in Sands Werk seltene Töne – von ihrer glühenden Leidenschaft zu ihm: ihr »Blut hat sich in Feuer verwandelt«, »ein Vulkan brüllt« in ihr, sie fühlt in sich die »Liebe einer Löwin«; sie trauert seinem »kleinen, geschmeidigen Körper« nach, der sich nun »nicht mehr über sie hinbreiten« wird; sie »schreit des Nachts« nach dem Geliebten, »windet sich« auf dem verlassenen Lager. Damals plant auch sie ein Buch (wie die »Confession«), das eine »schreckliche Anklage« gegen sie selbst sein soll (»Œuvres autobiographiques«, II, p. 953 ff.). Sand schreibt nicht nur, sie tut auch Dinge, die Thérèse entsetzen würden: sie opfert dem Geliebten ihr wunderschönes Haar, sie kauft einen Totenkopf, um darin den letzten Brief Mussets aufzubewahren!

Im März 1835 wird es dann allerdings George Sand sein, die – nach dramatischen Zerwürfnissen und Versöhnungen – endgültig bricht. Im letzten uns erhaltenen Brief an Musset vor Sands Abreise nach Nohant heißt es (und die Beziehungen zum Schluß des Romans sind evident): »Nein, nein, es ist genug! armer Unglücklicher, ich habe Dich wie meinen Sohn geliebt ... Aber meine eigenen Kinder, ah! meine Kinder, meine Kinder! adieu, adieu, Unglücklicher, der Du bist, meine Kinder, meine Kinder!« (Evrard, p. 232).

»Sie und Er« ist ein Roman, in dem unterschiedliche Liebeskonzeptionen und Lebenshaltungen miteinander konfrontiert und bewertet werden. In diesem Zusammenhang spielt auch die Künstlerproblematik ihre Rolle, wenn auch George Sand hier nicht die Akzente setzt: Künstlerproblematik und Art der Lebenshaltung lassen sich im übrigen – namentlich im Urteil weiter Kreise der Kritik des Second Empire – nicht voneinander trennen. François Buloz, in dessen Revue des Deux Mondes »Sie und Er« erscheinen sollte, ermuntert Sand in seinem Brief vom 22. Januar 1859, die im ersten Teil angedeutete Idee, »daß der Künstler nur dann wirklich groß und vollkommen sein kann, wenn er Herr seines Lebens und seines

Willens ist«, weiter auszugestalten: »Wenn die Leidenschaft für den Dichter auch notwendig ist, so darf der Dichter doch nicht immer von seinen Leidenschaften beherrscht werden und deren kindischer Sklave sein . . . Nicht Begabungen haben unserem Jahrhundert gefehlt, sondern Charaktere. Daher ist man alt zu einer Zeit, als Rousseau anfing zu schreiben. Man wirft sein Leben in den Wind und ist nicht mehr fähig zu männlichen Anstrengungen, wenn man in das Mannesalter kommt. Das ist Ihrem Helden passiert, und es scheint mir, Sie könnten seinem Leben ein Ereignis entnehmen, das noch stärker die verdrießliche Seite des Künstlers hervorheben würde, der es nicht versteht, ein männlicher und vollkommener Künstler zu werden« (Spoelberch, p. 169 ff.).

Laurent ist in der Vorstellung Buloz' wie im Roman Sands das jugendliche, leidenschaftliche romantische Genie, das jedoch im nachromantischen Second Empire problematisch geworden ist.

An einer der Stellen des Romans, wo die Künstlerfrage in den Vordergrund tritt, erläutert Laurent Thérèse seine Arbeitsweise (p. 28 ff.): Das künstlerische Schaffen ist für ihn kein Willensakt, sondern spontanes sich Hingeben an die Inspiration. Er malt im Fieber des Herzens, unter dem Eindruck lebhafter Emotionen; die bewußte Gestaltung, die berechnende Suche nach der besten Form ist ihm unmöglich; sie kann mit seinen Eingebungen nicht Schritt halten und läuft daher Gefahr, den spontanen Gefühlsausbruch zu verfälschen, ja die Inspiration zu unterdrücken. Ihm fehle die Gabe der kühlen Überlegung, meint Laurent an anderer Stelle.

Die eigentlich schöpferischen Kräfte in ihm sind sein jugendliches Temperament, seine Spontaneität, seine Leidenschaftlichkeit, die ihn sich dem Leben ohne Widerstand ausliefern lassen und die seine unverfälschte Empfindungsfähigkeit garantieren. Er braucht namentlich die Liebe, um zu intensiven Gefühlen zu kommen, sie vermittelt ihm »göttliche Eingebungen«; die Geliebte ist seine »Muse«. Will Thérèse das »Fieber« in ihm unterdrücken, so erstickt sie sein Genie.

Laurent fühlt sich als Opfer seines Genies, seine Palette ist »das Instrument [seiner] Folterqualen«, er kann nicht arbeiten, ohne zu leiden, denn er malt mit dem Blut seines Herzens.

Thérèse »erschrecken« solche Theorien wie »etwas Widernatürliches«. In ihren Augen leidet Laurent unter »Anwandlungen von Faulheit«; er »arbeitet« nicht genug, während sie über Stunden und Stunden hin ruhig und konzentriert malen kann; sie hat die Gabe der kühlen Überlegung, die ihrem Freund abgeht.

Sein besonderes Genie verwehrt es Laurent, der auf Eingebungen warten muß, nach der Natur zu zeichnen; er ist »als Poet und Schöpfer« auf seine »Vorstellungen«, »Träume« festgelegt; die Darstellung der »gewaltigen und erhabenen Wirklichkeit«, für die Ausdauer und Beobachtungsgabe notwendig sind, entzieht sich ihm, während Thérèse, die Porträtmalerin, der Wirklichkeit, dem Leben verpflichtet bleibt und »so wie die großen Bildhauer der Antike und die großen Maler der Renaissance« wirkliche Menschen gestaltet (p. 8).

Die Gabe der Jugend ist nicht nur ein Vorzug. Sie bedeutet auch Schwäche, Unvermögen. In Laurent hat sich das Genie zu früh entwickelt; in der Verachtung »des normalen Glücks«, der »Pflichten des Alltags«, in der Auslieferung an die Leidenschaften ist sein Herz »vielleicht verkümmert«, »vielleicht«, so hält Thérèse ihm vor, »werden Sie niemals ein vollkommener Mensch und Künstler« (p. 31). Laurent gelingt es Thérèses Auffassung nach nicht, aus dem »Alter der Phantasie« den Übergang zu finden in das »Alter der Einsicht«, er ist unfähig zum Fortschritt. Ihm fehlt letztlich die Vernunft (die *raison*), die Kraft, die dafür sorgt, daß die verschiedenen Fähigkeiten des Künstlers sich im Gleichgewicht zueinander befinden, und ohne die kein Meisterwerk möglich ist. Laurent ist ein »sublimer Besessener«, ein »überspanntes Genie«, dessen Schönheitsideal sich von dem »Gesetz des Wahren« abgelöst hat. Thérèse hingegen, die unter dem Einfluß Laurents selbst »hin und wieder von diesem Taumel ergriffen« worden ist, sucht fortan das »Wahre«. »Sie fühlte, daß dort das Schöne liegen mußte und daß es galt, das einfache, schlichte und angemessene Leben zu suchen, um wieder zurückzufinden zur klaren Einsicht der Seele« (p. 232).

In »Sie und Er« spiegeln sich so zentrale Vorbehalte der Kritik des Second Empire gegenüber der romantischen Gefühlslyrik und ihrem Protagonisten Musset. Die Kritikpunkte, die bei George Sand anklingen, haben ausführlichen Ausdruck gefunden etwa in der Mussetkritik Lamartines oder – unter anderen Vorzeichen – Vacqueries. Aber auch ein Sainte-Beuve hatte sich nach 1848 zunehmend kritisch geäußert. Sands Roman ist deshalb mehr als nur ein Versuch der Selbstrechtfertigung gegenüber Vorwürfen der Anhänger Mussets. In »Sie und Er« setzt sie sich auseinander mit einer Lebenshaltung und einem Poesiebegriff, die ihr zeitweilig selbst zur Gefahr geworden waren und von denen sie sich endgültig befreit glaubt.

Bibliographische Hinweise

1834: GEORGE SAND, Lettres d'un voyageur I–III, Revue des Deux Mondes, 15. Mai, 15. Juli, 15. September (moderne Ausgabe z. B. in G. S., Œuvres autobiographiques, Bd. 2; s. u.).

1836: ALFRED DE MUSSET, La Confession d'un enfant du siècle, Paris, Félix Bonnaire (moderne Ausgabe z. B. von M. Allem, Paris, Garnier, 1956; deutsch von Mario Spiro, in: A. de M., Sämtliche Romane und Erzählungen, München, Winkler, 1980).

1859: GEORGE SAND, Elle et Lui, Paris, Hachette (letzte Ausgabe: Neuchâtel, Ides et Calendes, 1963, mit einem Vorwort von H. Guillemin).

1860: PAUL DE MUSSET, Lui et Elle, Paris, Charpentier.
LOUISE COLET, Lui. Roman contemporain, Paris, Librairie Nouvelle et A. Bourdillat.
M. DE LESCURE, Eux et Elles. Histoire d'un scandale, Paris, Poulet-Malassis et de Broise.
ALEXIS DOINET, Eux. Drame contemporain en un acte et prose, par Moi, Caen.

1877: PAUL DE MUSSET, Biographie de Alfred de Musset, Paris, Charpentier.

1893: A. BARINE, Alfred de Musset, Paris, Hachette.

1896: M. CLOUARD, A. de Musset et George Sand, Paris, Chaix.
A. CABANÈS, Un roman vécu à trois personnages, A. de Musset, George Sand et le docteur Pagello, Revue hebdomadaire, 1. August 1896.

1897: CH. DE SPOELBERCH DE LOUVENJOUL, La véritable histoire de »Elle et Lui«. Notes et documents, Paris, Lévy.
GEORGE SAND, Lettres à Alfred de Musset et à Sainte-Beuve, hg. v. S. Rocheblave, Paris, Lévy.

1902: CH. MAURRAS, Les Amants de Venise. George Sand et Musset, Paris, Flammarion (letzte Ausgabe: Paris 1978).

1903: P. MARIÉTON, Une histoire d'amour. George Sand et A. de Musset. Documents inédits. Lettres de Musset, Paris, Ollendorff.

1904: GEORGE SAND / ALFRED DE MUSSET, Correspondance, hg. v. F. Decori, Brüssel, Deman.

1906: A. LUMBROSO, Les Amants de Venise, Rom, Forzani.

1907: ALFRED DE MUSSET, Correspondance (1827–1857), hg. v. L. Séché, Paris, Mercure de France.

1923: R. BARBIERA, Nella città dell'amore. Passioni illustri a Venezia (1816–1861). Con lettere inedite di Giorgio Sand . . ., Mailand.

1926: GEORGE SAND, Journal intime, hg. v. A. Sand, Paris, Lévy.

1927: A. FEUGÈRE, Un grand amour romantique. George Sand et Alfred de Musset, Paris, Boivin.

1933: M. TOESCA, Le plus grand amour de George Sand, Paris, Rieder (Neuausgabe: Paris 1975).

1938: A. ADAM, Le Secret de l'aventure vénitienne. La vérité sur Sand et Musset, Paris, Perrin.

1947: M. ALLEM, Alfred de Musset, Paris, Arthaud.

1952: A. MAUROIS, Lélia ou la vie de George Sand, Paris, Hachette (Neuausgabe: Paris 1976).

1956: GEORGE SAND / ALFRED DE MUSSET, Correspondance, Journal intime de George Sand, hg. v. L. Evrard, Monaco, Editions du Rocher.

1958: J. POMMIER, Autour du drame de Venise. George Sand et Alfred de Musset au lendemain de »Lorenzaccio«, Paris, Nizet.

1960: A. POLI, L'Italie dans la vie et dans l'œuvre de George Sand, Paris, Colin.

1966: GEORGE SAND, Correspondance, Bd. II (1832–Juin 1835), hg. v. G. Lubin, Paris, Classiques Garnier.

1970/71: GEORGE SAND, Œuvres autobiographiques, 2 Bde., hg. v. G. Lubin, Paris, Bibliothèque de la Pléiade (mit ausführlicher Chronologie).

1972: H. GUILLEMIN, La liaison Musset – Sand, Paris, Gallimard.

1976: R. JORDAN, George Sand. A Biography, London, Constable.

F. MALLET, George Sand, Paris, Grasset.

Der Text wurde nach der Ausgabe von H. Guillemin, Neuchâtel 1963, übertragen.

Zu den Abbildungen:

Porträt von Alfred de Musset, Seite 49: Bleistiftzeichnung von
Eugène Lami, 1841. Die übrigen Zeichnungen sind Porträts der
George Sand – und, Seite 99, des Dichters selbst – von Alfred de
Musset.

Inhalt

Sie und Er 5

ANHANG

Zeittafel 249

Nachwort 259

Bibliographische Hinweise 287

Lesen, was zu lesen lohnt: Winkler Weltliteratur

Dünndruckausgaben
Lieferbar in Leinen und Leder.

Frank Wedekind
Werke in zwei Bänden
– Band I: Gedichte und
Lieder/Prosa/
Frühlings Erwachen und
die Lulu-Dramen
– Band II: Der Marquis von
Keith/Karl Hetmann/Musik/
Die Zensur/Schloß Wetter-
stein/Franziska und andere
Dramen
Herausgegeben, mit Nach-
wort in Band I und II,
Anmerkungen und Zeittafel
von E. Weidl. 1990.
Insgesamt ca. 1660 Seiten, mit
12 Illustrationen von Alastair

Henrik Ibsen
Dramen
Aus dem Norwegischen von
Chr. Morgenstern, E. Klin-
genfeld, M. v. Borch u. a.
Mit einem Nachwort von
O. Oberholzer und C. Raspels.
Revidierte Neuauflage in
einem Band. 1991. 724 Seiten

Elke Lasker-Schüler
Werke
Lyrik, Posa, Dramatisches.
Herausgegeben, mit Nach-
wort, Anmerkungen und
Zeittafel von S. Bauschinger.
1991. Ca. 450 Seiten

Friedrich Hölderlin
Werke/Briefe/Dokumente
Nach dem Text der von Fr.
Beißner besorgten Kleinen
Stuttgarter Hölderlin-Ausgabe.
Ausgewählt und mit einem
Nachwort versehen von
P. Bertaux. Mit Anmerkungen
und Literaturhinweisen von
Chr. Prignitz. 4., revidierte und
erweitere Auflage 1990.
928 Seiten

Gérard de Nerval
Werke in drei Bänden
Herausgegeben von N. Miller
und F. Kemp.
– Reise in den Orient
Aus dem Französischen von
A. Aigner-Dünnwald. Mit Zeit-
tafel, Anmerkungen und einem
Nachwort von Chr. Kunze.
Mit 14 ganzseitigen Illustra-
tionen zeitgenössischer
Künstler. 1986. 940 Seiten
– Oktobernächte/Lorelei/
Die Illuminaten
Aus dem Französischen von
A. Aigner-Dünnwald. Mit
Zeittafel und Anmerkungen von
B. Dieterle und N. Miller sowie
einem Nachwort von N. Miller.
1988. 644 Seiten mit 9 Tafeln

– Die Töchter der Flamme/
Erzählungen und Gedichte
Aus dem Französischen von
A. Aigner-Dünnwald von F. Kemp.
Mit Zeittafel, Anmerkungen
von N. Milller und F. Kemp und
einem Nachwort von N. Miller.
Alle Gedichte zweisprachig
deutsch und französisch. 1989.
672 Seiten mit 12 Abbildungen

François Rabelais
Gargantua und Pantagruel
Aus dem Französischen von
W. Widmer und K. A. Horst.
Mit 682 Illustrationen von
G. Doré und einem Nach-
wort von K. A. Horst. 2. Aufl.
1978. Zwei Bände, insgesamt
1582 Seiten

Giovanni Boccaccio
Das Dekameron
Aus dem Italienischen von
K. Witte. Mit einem Nachwort,
Zeittafel und Literaturhinweisen
von W. Wehle sowie mit
10 farbigen Miniaturen einer
französischen Bilderhandschrift
(ca.1414), 20. Auflage 1991.
Ca. 920 Seiten

Anton Tschechow
Die Steppe
Erzählungen aus den mittleren
Jahren 1887–1892.
Aus dem Russischen von
G. Dick, A. Knipper, H. v. Schulz
und G. Schwarz. Mit einem
Nachwort von J. R. Döring-
Smirnov. 3. Auflage 1991.
Ca. 820 Seiten

Artemis & Winkler Verlag, München und Zürich

| dtv klassik | Literatur · Philosophie · Wissenschaft |

George Sand im dtv

Ein Winter auf
Mallorca
Hrsg. und übertragen
von Ulrich C. A. Krebs
Mit zahlreichen
Illustrationen
dtv 2157

Sie sind ja eine Fee,
Madame!
Märchen aus Schloß
Nohant
Mit Zeichnungen von
George Sand
Hrsg. v. Hans T. Siepe
dtv 2197

Nimm Deinen Mut
in beide Hände
Briefe
Mit zahlreichen Abb.
Übersetzt u. hrsg. v.
Annedore Haberl
dtv 2238

Nanon
Roman
Übersetzt und mit
einem Nachwort
versehen von
Heidrun Hemje-
Oltmanns
dtv 2282

Sie und Er
Übersetzt von
Liselotte Ronte
Mit 10 Zeichnungen
von Alfred de Musset
und Eugène Lami
und einem Nachwort
von Bodo Guthmüller
dtv 2295

Mauprat
Geschichte einer Liebe
Aus dem
Französischen
übersetzt und mit
einem Nachwort
versehen von Heidrun
Hemje-Oltmanns
dtv 2300

Lélia
Roman
Neu übersetzt
von Heidrun
Hemje-Oltmanns
Originalausgabe
dtv 2311 (März)

Correspondance
Briefe
dtv 9234

Maurois, André:
Das Leben
der George Sand
dtv 10439

Klassiker der französischen Literatur

Abaelard:
Die Leidensgeschichte
und der Briefwechsel
mit Heloisa
dtv 2190

Henri Alain-Fournier:
Der große Meaulnes
dtv 2308

Charles Baudelaire:
Les Fleurs du Mal
Die Blumen des Bösen
Vollständige zwei-
sprachige Ausgabe
dtv 2173

Alexandre Dumas:
Die Kameliendame
dtv 2315

Gustave Flaubert:
Madame Bovary
dtv 2075

Französische Dichtung
Zweisprachige Ausgabe
in vier Bänden
Band 1:
Von Villon bis
Théophile de Viau
dtv 2288

Band 2:
Von Corneille bis
Gérard de Nerval
dtv 2289

Band 3:
Von Baudelaire
bis Valéry
dtv 2290

Band 4:
Von Apollinaire
bis heute
dtv 2291

Kassettenausgabe
der vier Bände
dtv 59019

Joris Karl Huysmans:
Marthe
Geschichte einer Dirne
dtv 2316

Guy de Maupassant:
Die Liebe zu dritt
Geistreiche Plaudereien
über das Leben und die
Kunst
dtv 2317

Jules Renard:
Natur-Geschichten
Von Katzen, Fröschen
und allerlei Getier
dtv 2297

Jean-Jacques
Rousseau:
Julie oder
Die Neue Héloïse
dtv 2191

J. H. Bernardin
de Saint-Pierre:
Die indische Hütte
dtv 2318

George Sand:
Ein Winter auf Mallorca
dtv 2197

Sie sind ja eine Fee,
Madame!
Märchen aus Schloß
Nohant
dtv 2197

Nimm Deinen
Mut in beide Hände
Briefe
dtv 2238

Nanon
Roman
dtv 2282

Sie und Er
dtv 2295

Mauprat
Geschichte einer
Liebe
dtv 2300

Lelia
Roman
dtv 2311

Jeanne
Roman
dtv 2319

Stendhal:
Die Kartause von Parma
dtv 2293

Alexis de Tocqueville:
Der alte Staat
und die Revolution
dtv 2204

François Villon:
Sämtliche Werke
französisch / deutsch
dtv 2304

Emile Zola:
Nana
dtv 2008

dtv klassik   Literatur · Philosophie · Wissenschaft

Klassiker der
italienischen Literatur

Alessandro Manzoni:
Die Verlobten
Mit 440 Illustrationen
Mit einem Essay von
Umberto Eco
Übersetzt und mit
einem Nachwort
versehen von
Ernst Wiegand-Junker
Dünndruck-Ausgabe
dtv 2142

Dante Alighieri:
Die Göttliche Komödie
Aus dem Italienischen
übertragen von
Wilhelm G. Hertz
Nachwort von Hans
Rheinfelder und
Anmerkungen von
Peter Amelung
Dünndruck-Ausgabe
dtv 2107

La Divina Commedia –
Die Göttliche Komödie
Italienisch und deutsch
Herausgegeben, übersetzt und kommentiert
von Hermann Gmelin
Vollständige Ausgabe
6 Bände, 2900 Seiten
dtv/Klett-Cotta 5916

Vita nova
Das neue Leben
Nach der revidierten
Übersetzung von Karl
Federn herausgegeben
und kommentiert
von Anna Coseriu
und Ulrike Kunkel
Zweisprachige Ausgabe
dtv 2199

Die Nonne von Monza
Aus dem Italienischen
übersetzt und mit
einem Nachwort versehen von Heinz Riedt
dtv 2192

Die Schandsäule
Romanchronik
Mit einem Vorwort
von Leonardo Sciascia
Herausgegeben und
aus dem Italienischen
übersetzt von
Wolfgang Boerner
dtv 2205